KB271933

아이언 위도우

천상의 폭군 2

쟈오 재이 시란 지음 | 심연희 옮김

arte

"추 진(秋瑾, 청나라의 혁명가이자 페미니스트, 시인.) 로자 룩셈부르크,

오마 사카라, 살바도르 아옌데, 그리고 이전의 선조들에게,

그리고 그 뒤를 이을 후세에게 이 책을 바친다."

이 책에는 폭력과 학대, 바디 호러, 대량 학살, 유독한 관계, 생식 강요 논쟁, 아동 성 학대에 대한 암시, 유산, 가정 폭력, 성폭력과 자살 등의 내용이 포함되어 있음을 알려드립니다.

이 책은 역사 소설이나 역사 판타지, 대체 역사물이 아닙니다. 이 글은 중국 역사의 문화적 요소에서 영감을 받아 창작했으며, 수많은 SF 소설이 로마 제국을 배경으로 하는 것과 같은 맥락으로 완전히 다른 세계를 배경으로 한 미래의 이야기입니다. 이 책에 등장하는 역사적 인물은 그들이 표현하는 정신을 탐구할 목적으로 재창조된 캐릭터입니다. 따라서 그들이 실제로 살았던 생활 환경과 자라온 배경을 정확하게 묘사하지 않습니다. 또한, 이 책은 어떤 식으로든 교육적 참고서로 볼 수 없습니다. 실제 역사에 대한 적절한 견해를 알아보시려면 논픽션 자료를 보시기 바랍니다.

이 소설에 등장하는 허구적 인물들은 자신들이 처한 세계 속의 고유한 조건 가운데 도덕적으로 문제가 될 만한 선택을 많이 합니다. 그러한 묘사가 있다고 하여 현실 세계에서도 이런 행동을 옹호한다는 뜻은 아니며, 현실과 유사성을 끌어내고 싶다면 먼저 크리살리스 같은 판타지 설정 장치가 있어서 세계관에 얼마나 큰 영향을 미치는지 고려하시기 바랍니다.

나무 목
木
성장과 잠재력
내적 증가: 속도
외적 발현: 전기
물 수
水
유연함과 적응력
내적 증가: 유동성
외적 발현: 냉기
불 화
火
힘과 파괴력
내적 증가: 힘
외적 발현: 열기
쇠 금
金
정확성과 통제력
내적 증가: 예리함
외적 발현: 광채
흙 토
土
안정성과 균형
내적 증가: 견고함
외적 발현: 없음

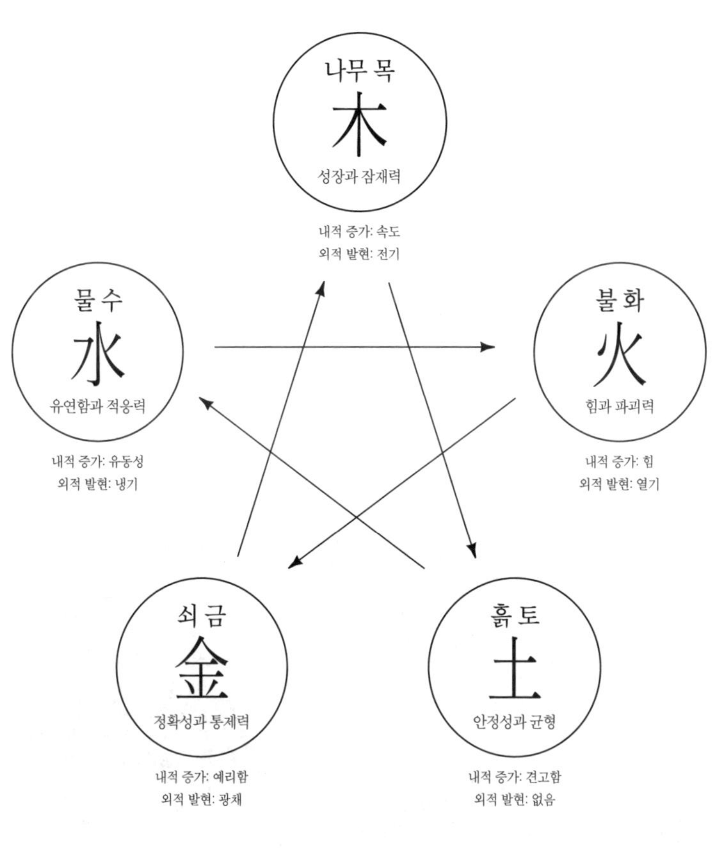

이기는 성질

유형: 목 유형

등급: 대공급

양의 조종사: 유체 (한 세종 효무황제 유철(劉徹)로, 아명이 체(彘)임.)

음의 조종사: 위자부 (衛子夫, 무사황후 위씨. 전한 무제의 두 번째 황후.)

일반형   기립형

청룡

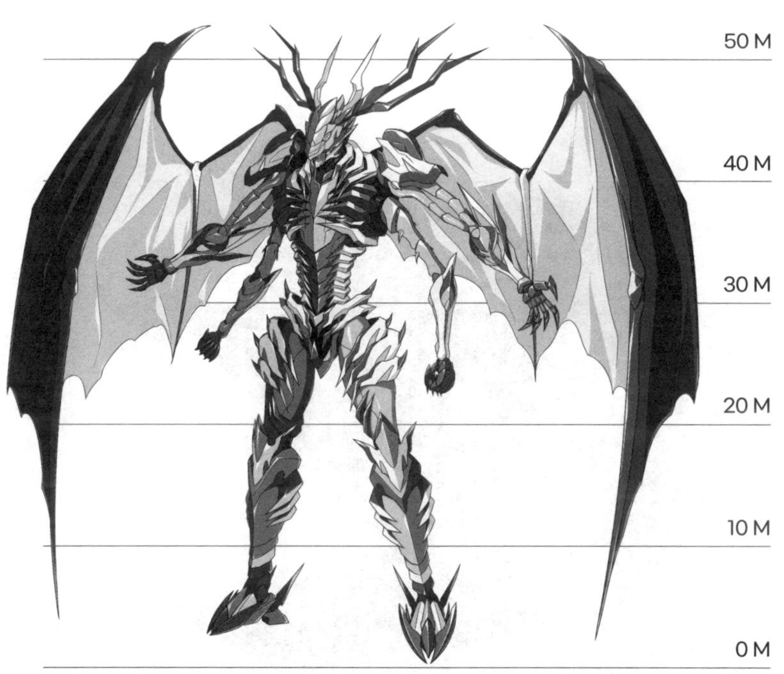

영웅형

유형: 수 유형

등급: 공작급

양의 조종사: 장자 (莊子, 중국 전국 시대의 도가 사상가)

음의 조종사: 경우에 따라 다름

일반형

곤붕

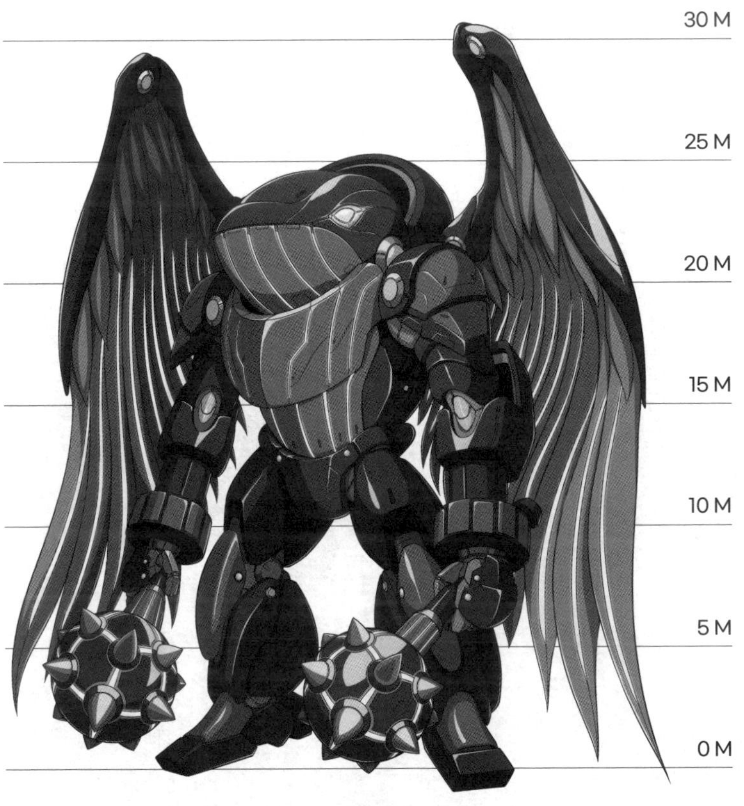

기립형

유형: 금 유형

등급: 백작급

양의 조종사: 경우에 따라 다름

음의 조종사: 양옥환 (楊玉環, 양귀비의 이름. 당 현종의 후궁이자 며느리로
중국의 대표 미인 중 하나.)

일반형

매화록

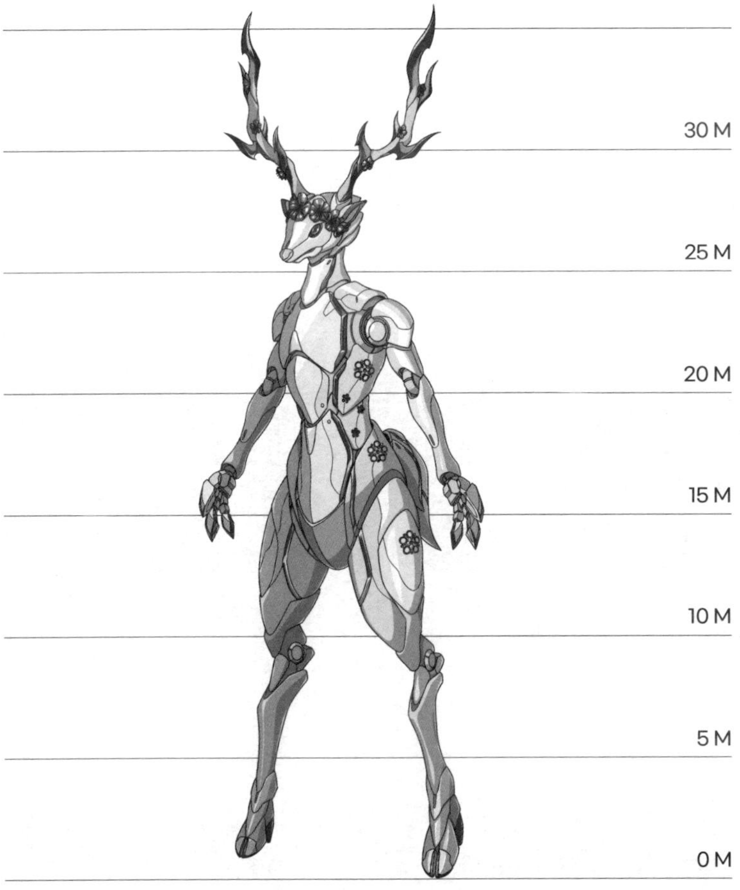

기립형

※ 이 책의 모든 주는 옮긴이 주입니다.

제26장

세상의 반을
지탱하는

나는 지금 의식용 낫을 들고서 궁의 중앙정원에 서 있다. 이곳은 오래전 내가 고구와 그의 손님들을 처음으로 본 곳이건만, 지금은 그들이 모두 죽거나 거지꼴이 되거나 도주했다고 생각하니 정말 초현실적이었다. 정원을 둘러싼 건물 세 곳은 모두 정부의 사무실로 개조되었다.

썩은 냄새를 싣고 온 바람이 내 망토를 아머 위로 휘날렸다. 그리고 일곱 명의 소녀가 입은 검은 조종사복의 하얀 가장자리를 흔들었다. 소녀들은 손바닥을 옆쪽 몸에 딱 붙이고 경직된 자세로 섰다. 우리는 지붕에 꽂힌 잘린 머리에서 파도처럼 밀려오는 썩은 냄새를 싹 무시했다. 제작진 중 누구도 영상을 유출했다고 시인하지 않았기 때문에, 진정은 위협을 정말로 실행에 옮겨 모두를 처형했다. 반동 세력들이 이토록 고집스럽다니 믿을 수가 없었다. 그들은 무고한 동료를 죽음으로 내모는 한이 있더라도 자백하여 우리에게 제갈량의 위치를 알려주지 않겠다는 것이군. 정말로 화하를 내전으로 내몰아 고구나 야행진 같은 자들이 다시 대중을 갖고 놀게 하려는 것인가?

가짜 즉위식은 상당히 현실감 있게 보였지만, 유출된 영상을 거짓이라 비난하는 것만으로는 수많은 사람들의 마음에 이미 뿌리내린 의심을 지울 수가 없었다. 그런 보안 유출은 다시는 일어나서는 안 되었다.

하지만 썩어가는 머리의 안구에서 보이는 공허한 시선은 이 자리에 서서 한껏 뿌듯함을 느끼는 몇몇 소녀들의 마음까지 막을 수는 없었다. 그들은 창백한 피부부터 구릿빛 피부까지 피부색도 다양하고, 또 내 키의 반밖에 되지 않는 사람부터 나보다 훌쩍 큰 키까지 몸집도 다양했고, 또 과일가게 딸부터 중간 관료의 딸까지 신분도 다양했다. 하지만 모두 공통으로 지닌 점이 바로 크리살리스를 탈 만한 기력이었다. 그들은 진정이 징집 기준을 남자로만 한정하지 않고 여자에게까지 펼친 결과 장안에서 처음으로 징집된 여자들이었다.

바로 나의 가장 강력한 지지자로 길러낼 미래의 철의 미망인들이다.

장안이 징집 회피의 온상이었던 시절은 이제 지났다. 12세 이상의 자녀를 둔 모든 가정은 기력 검사를 위해 검사 센터에 모두 방문하라는 명령을 받았다. 검사 중에는 비번인 조종사들이 함께 참석하여 기척을 활성화해 기력을 정확히 기록하는지 감시했다. 검사 팀에게

뇌물을 주고 거짓으로 수치를 조작하는 일은 더는 가능하지 않았다.

나는 카메라들이 빙 둘러 있는 정원에 서서 낫을 더욱 꽉 쥐고 자세를 유지했다. 이 역사적인 순간을 기록하기 위해 신중하게 선발된 새 제작진들이 촬영하는 카메라였다. 화하 제국의 황후가 현대사에서 처음으로 조종사로 징집된 소녀들과 대화를 나누는 장면이었으니까. 앞으로 가짜 임신 발표까지 나는 전쟁에 이바지하는 화려한 모습으로 살아남아야 했다.

나는 그들을 향해 말했다.

"나의 자매들이여! 너희는 너무 오랫동안 집에서만 머물며 사람들의 눈을 피해 살아야 한다는 말을 들어왔도다. 그래서 남성 조종사를 돕는 역할이 아니고서는 전쟁에 참여할 수 없는 채로 지냈다. 그러나 그것은 구체제가 스스로의 실패를 감추려 퍼뜨린 명백한 거짓말이며, 오히려 역효과를 내었다. 전쟁에 이러한 분열이란 있어서는 안 된다! 너희의 시험 결과를 통해 너희는 강하다는 것을 증명했다! 200년 전 '철의 미망인'이라 일컬어졌던 여성 조종사처럼 크리살리스를 주도적으로 조종할 수 있다는 것이다. 자, 이제 자매들아, 온 화하에 너희의 기력을 알려주어라!"

소녀들은 주먹을 들어 경례하며 하나씩 숫자를 외쳤다.

"535입니다!"

"589입니다!"

"624입니다!"

"715입니다!"

“842입니다!”

“880입니다!”

이제 마지막 소녀 차례였다. 그녀는 자신의 수치를 발표하기 전 잠시 입을 다물었다. 풍만한 몸매와 동그란 얼굴 위로 자그마한 입술과 살짝 내려간 눈초리를 한 소녀는 그 순간을 만끽했다. 그리고 심호흡을 하고서는 주먹을 들어 올렸다.

“3463입니다!”

카메라 셔터 소리가 더욱 세차게 터졌다. 화하 전역에서 터지는 환호성이 들리는 것만 같았다. 2천 단위를 넘어선다는 것은 그녀가 철의 귀족으로 입대하게 되었다는 의미다. 정확히 말하자면 철의 백작 부인이었다.

그 소녀는 내가 눈을 돌릴 수가 없을 만큼 강렬하고 환한 눈빛으로 날 바라보았다. 저 애에게 나는 분명히 의미 있는 존재였다. 내가 조종사가 되기 전, 독고가라의 존재를 보며 위로를 받았듯이, 이 소녀는 방송에서 날 보며 자신 안에 반향하는 힘을 느꼈으리라. 죄책감 때문에 속이 일그러졌다. 카메라에서 보이는 것과는 달리, 권력이란 쉽게 휘두를 수 있는 것이 아닌데.

“자매여, 그대의 이름이 무엇이오?”

“양옥환입니다, 마마!”

“철의 귀족이 된 것을 환영하오, 양 병장. 그대는 이제 백작 부인이 되었소. 구체제가 그대를 방치했기에 전쟁에서 승리하지 못한 것이오. 이 새로운 세상에서는 여성들도 세상의 반을 지탱하는 존재라는 것을 보여줍시다!"

나는 그녀에게 주먹 경례를 했다.

하지만 목구멍 안쪽으로 이건 아니라는 감각이 활활 타올랐다. 이들은 성인 여자도 아니었다. 이들은 소녀들이었다. 앞으로 보게 될 전장의 참상을 알고 있는 이들은 아무도 없다.

하지만 적어도, 이들은 자신의 크리살리스를 가질 것이다. 적어도 남자에게 복종하지 않아도 되고, 그의 손에 목숨을 맡기지 않아도 될 것이다. 어떤 운명을 맞이하더라도, 그 운명을 이끌어갈 힘이 있을 것이다.

나는 턱을 들어 올렸다. 그리고 주먹을 쥐어 카메라 앞에서 무적의 존재처럼 보이도록 애써 노력하고 있을 때였다. 정원 저 너머로 유령 같은 모습이 보였다. 고개를 젓고 있는 그 모습은 이윽고 바람에 날리는 안개처럼 사라져갔다.

제27장

남겨진 조각들

장안에서 기력을 회복하는 동안, 나는 최대한 혼자 있다가 생각에 잠기는 일이 없도록 애를 썼다.

낮에는 노동 원칙에 따라 여덟 시간 동안 완아와 함께 수업을 했다. 그리고 저녁이 되면 태평이 저녁을 같이 먹으러 와서는 환한 미소를 지으면서 완아를 열받게 할 주제를 꺼내 들었다. 보아하니 태평은 완아의 성질을 긁는 걸 좋아하는 것 같았다. 우리가 전선에서 싸우는 동안, 태평은 발 재건 수술을 받으며 중간중간 완아에게 온갖 메시지를 보내 귀찮게 굴었다. 그래서 현재 그녀는 휠체어를 타고 있었다. 그녀의 발은 엄밀히 말해서 '전족'한 발은 아니었다. 다만 오래전 엄지발가락부터 발꿈치까지 대각선으로 절단 수술을 한 발로, 그것은 부잣집 규수들이 연꽃 발을 얻는 방법이었다. 이렇게 하면 영구적으로 통증이 생기거나 감염이 될 위험이 훨씬 적다.

음. 이제 그것도 다 옛이야기다. 예전에 이 수술을 해주던 성형외과 의사들은 이제 소녀들에게 무료 인공 발 이식 수술을 해주고 있다. 정부는 과거 부유층에게서 의사들이 갈취하던 금액보다 훨씬 적은 금액을 지급하지만, 의사들은 불평하지 않았다. 감히 그럴 수가 없었다.

태평은 이제 비단옷을 입지 않지만, 처음 몇 번은 우리를 방문해서 혁명을 조롱하는 말을 서슴지 않고 내뱉었다. 그러다 어느 날, 상황이 변했다. 거리에서 볼 법한 혁명의 열렬한 지지자처럼 허리에 노란 띠를 두른 채로 그녀는 공허한 표정으로 나타났다. 그리고 우리에게 주먹을 들어 보이며 인사는 했지만, 저녁 내내 거의 말이 없었다.

나는 몇 번이고 물은 끝에 대답을 들었다. 혁명방어부 요원들이 태평의 친구를 체포했던 것이다. 진정은 다섯 가구를 한 단위로 묶어 상호 책임을 지우고, 어떤 범죄든 집단 처벌을 진지하게 내렸다. 그리고 태평의 친구는 이웃집이 48시간 이상 자취를 감추었다는 사실을 정부에 알리지 않았다. 아마도 이웃 사람들은 허가 없이 장안을 떠나 반혁명 일당에 합류했을 터였다.

그때, 태평은 혹시 내가 친구를 사면해 줄 수 있는지 넌지시 물었고, 나는 고개를 저었다.

"난 못 해. 황후와 친분이 있는 사람이 특권을 누린다면 공정하지 못하잖아. 우리는 이제 그렇게 살면 안 돼. 그 사람은 이웃을 감시해야 한다는 걸 알고 있었어. 지금 그 이웃 사람이 돈을 싸 들고 뭔지도 모를 반혁명 행위를 하려고 떠난 거야. 사람들은 자신의 의무를 진지하게 받아들여야 해. 그렇지 않으면 반동 세력이 설치고 다닐 테니까. 너는 최근에 무슨 일이 있는지 하나도 몰라?”

반동 세력은 공주희가 나타난 후로 더욱 대담해졌다. 성현의 승인을 받은 그들은 본인들을 더욱 정당하게 여겼다. 무기고에서 총기가 사라지고, 상관의 학대를 받아 신고한 공장 노동자들은 대체 어찌된 일인지는 몰라도 장비들이 하루아침에 파손된 상황을 맞이했다. 철도 선로가 파괴되고, 도시로 물자가 들어가지 못하도록 도로가 폭파되었다.

태평은 한숨을 쉬었다.

“알겠어요.”

“네 친구는 괜찮을 거야. 혁명 재판소는 이런 사건보다 훨씬 심각한 사건을 매일 처리하고 있거든. 아마 네 친구는 돈을 모두 몰수당하고 사회봉사형 정도 받게 되겠지.”

나는 한결 부드럽게 말했다. 태평은 돈을 몰수당한다는 말에 얼굴을 찌푸렸지만, 그래도 나직하게 말했다.

“그랬으면 좋겠네요.”

솔직히 말하자면, 이 혁명에 고삐를 죄이려고 나를 의지하는 사람은 없어져야 했다. 사람들은 온갖 걱정을 다 해대고 있으나, 이건 진정이 관료들을 수십 번도 더 논의해서 마친 사안이었다.

나는 나만의 목표에 집중했다. 새로 징병한 철의 미망인들을 완아를 통해 매일 점검했다. 장안의 징집병들은 다양한 전선으로 파병되었다. 나는 그들을 방문하고 싶지만, 아직 좋은 스승이 될 만큼 진정에게서 기술을 충분히 배우지는 않았다. 나는 이 점을 보완하기 위해서 매일 밤 알현실에 갔다.

우리 둘 사이에서는 누가 누가 잠을 더 안 자나 경쟁이 되다시피 했다. 안타깝게도 나는 전투로 기운이 지쳤는지라 이기기가 어려웠다.

정말 화가 나는 건 이거였다. 진정은 제아무리 늦게 잠을 자도 아침 회의에 참석하기 위해 새벽에 일어나는데, 나를 절대로 깨우는 법이 없었다. 내가 깨워달라고 강경하게 말해도 소용없었다.

"너는 쉬어야 한다."

그러는 진정 본인이야말로 언제든 뇌졸중이 다시 돌아올 위험이 있지 않은가. 망할 놈의 위선자 같으니라고.

백 명이나 되는 관료들이 고용 정책을 두고 서로 고함을 질러대는 소리에 깜짝 놀라 깨어나는 게 얼마나 불안한지 이루 말할 수가 없는데. 내가 자는 공간의 유리 벽이 불투명하게 변하지 않았더라면, 저 관료들은 아침마다 나를 쳐다보며 비웃었을 테지.

진정이 꿈의 영역에서 나를 두고 사라질 때마다 더 나쁜 일도 일어났다. 그에게는 절대로 말할 수 없는 일이었다. 그가 떠난 영역에서 악몽이 마치 굶주리고 매여 있던 괴물이 고삐가 풀린 것처럼 나를 덮쳤다. 건물이 무너지고, 혼돈이 부서지고 사람들이 비명을 질러댔다. 그 악몽 속에서 내가 죽인 사람들, 내가 실망 시킨 사람들이 등장했다. 어머니, 할머니, 마수영, 언니, 그리고 세민까지.

세민의 기억은 또 다른 수준의 공포였다. 계속해서 반복되는 꿈속에서 나는 좁디좁은 아파트에 갇혔다. 본능적으로 이곳은 세민이 아버지와 형제들과 함께 살았던 어린 시절의 아파트라는 걸 알 수 있었다. 이곳에서 일어났던 그 일을 '전후'로 모든 게 달라졌었지. 빛바랜 벽과 좁은 방들이 살아 있는 것처럼 일그러지고 수축하며 나를 옥죄었다. 몇 개 안 되는 방을 계속해서 뒤져봐도 탈출구가 없었다. 세민이 알던 삶을 끝장내고 이 감옥 저 감옥으로 전전하는 삶으로 몰아갔던 바로 그 폭력적인 순간이 다시금 나를 찾아왔다. 계속해서, 거듭해서 이어지는 그 순간들은 나를 불러대는 것만 같았다.

그래서 난 그 부름에 응답했다. 현실에서 그 아파트를 방문해 보기로 결심한 것이다. 악몽을 쫓아내지는 못하더라도, 세민의 기척을 더욱 잘 느낄 수는 있겠지. 그러면 천궁을 추적하는 데 도움이 될 터였다. 전쟁에서 비롯된 모든 고통은, 내가 어떻게든 신들을 끝장내지 않는 한 절대로 멈추지 않을 테니까.

세민의 고향인 농서(陇西)는 장안에서 차로 세 시간 거리였다. 나는 이치와 둘이서 가고 싶었지만, 진정은 내가 궁을 나설 때마다 독고가라를 반드시 경호원으로 데리고 다니게 했다.

우리 차는 자동 운전 기능으로 화물을 잔뜩 실은 대형 차량 사이를 이리저리 누비면서 빗물을 튀기며 고속도로를 달렸다. 하지만 중간쯤 왔을 때, 앞 차량이 서서히 속력을 줄이더니 결국 기다랗게 정체 구간을 이루었다.

"무슨 일이지?"

앞창에서 빗줄기를 닦아내는 와이퍼 사이로 바깥을 바라보았다. 폭풍우 쏟아지는 하늘 저 멀리, 연기가 솟아오르고 있었다.

완아로 변장한 이치는 태블릿 화면을 내리면서 펜으로 가끔 글을 썼다. 그러다 한참 후에야 한숨을 쉬면서 말했다.

"앞쪽 수송 차량에서 폭탄이 터졌습니다."

"아."

나는 눈을 깜빡였다. 독고가라는 못마땅한 소리를 냈다.

"또 시작이군."

집단으로 처벌받는 데 겁을 먹은 이들은 혁명에 반대하는 음모를 다수 신고했지만, 그래도 반혁명 세력은 계속해서 공격 방법을 찾아내었다.

"사고가 난 지점이 얼마나 멀지?"

나는 차 문손잡이를 잡았다. 독고가라는 나를 휙 돌아보며 물었다.

"거기 가려고요?"

"당연한 거 아니야? 난 언론에 등장할 기회를 놓칠 수 없다고!"

우리는 망토와 베일 달린 모자를 걸치고 사고 지점으로 가기 시작했다. 독고가라는 나의 휠체어를 밀어주었다. 이윽고 불타는 트럭에 도착하자, 나는 현장에 와 있던 병사들에게 내가 황후라는 것을 밝했다. 그리고 부상자들을 돌보는 구급대원들을 격려하며 반동 세력이 우리를 모두 굶겨 죽이려 한다고 외쳤다. 그동안 이치는 태블릿으로 나를 촬영했고, 독고가라는 주변을 둘러싼 군중 속에 혹시 위험한 자는 없는지 감시했다. 반동 세력들은 기회가 될 때마다 나를 모욕하잖아. 그렇다면 나도 받은 만큼 돌려주어야 공평하겠지. 그들과 달리 나는 거짓말을 하지도 않는다.

"저들이 한 짓을 보라! 열심히 일한 우리 농민들이 힘들여 길러낸 식량을 이렇게 만들어놓았다!"

나는 까맣게 타버린 쌀 한 줌을 쥐어 카메라에 들이대었다. 이러한 혼란과 방해 작전 때문에 필수 식료품에는 구매 제한을 걸어야 했다. 모든 이들에게 충분한 식량이 공급되도록 보장하는 조처였다.

부지불식간에 나는 깨닫고 말았다. 내가 세민의 기척을 감지하는 능력을 열심히 향상한다 해도, 제갈량이나 공주희 같은 자들을 제거하지 않고서 신들에게 도전한다면 우리가 떠난 후 혁명은 무너지고 말겠지. 그런데 반동 세력을 이길 방법을 아무리 생각해 봐도 최대한 무자비하게 대응하는 것 말고는 떠오르지 않았다.

"혁명은 계속될 것이다!"

이런 구호로 대중을 선동한 다음 결국 두 시간 후에야 농서 지방에 도착했다. 도시로 들어서자 믿을 수 없으리만큼 익숙한 느낌이 내 안에서 점점 커져만 갔다. 비에 젖은 차창 너머로 흐릿한 불빛으로 보이는 농서의 모습은 장안보다 사람이 적고 건물은 낮고 네온 사인도 많지 않았다. 우비 차림의 운전자들이 모터바이크를 타고 비내리는 거리를 이리저리 누볐다. 폭풍우가 어둑하게 몰아치는 가운데도 작은 상점과 음식점들은 불을 켜고 영업 중이었다.

'너 여기 있었잖아. 기억 안 나?' 모든 풍경과 소리가 나에게 속삭이는 것만 같았다.

어느새 난 아직 배우지 못한 글자로 적힌 간판을 알아보고, 전에는 무얼 하는 곳인지 몰랐던 상점들을 알아보게 되었다. 이것이 현실이라고 내게 일러주는 유일한 흔적은 바로 혁명의 잔재들이었다. 버스 정류장에서 빛나는 진정의 모습과 혁명 구호가 적힌 포스터, 그리고 진열장이 박살 난 보석 가게 같은 것들 말이다.

내가 이곳으로 여행하자고 제안하자 이치는 먼저 조사를 해서 몇 가지 사실을 알아내었다. 세민의 가족이 살던 아파트에는 더는 사람이 살지 않는다고 했다. 그렇다면 누군가 거주 중인 집에 무단으로 들어가지 않아도 되니 그건 다행이었다. 그러나 나쁜 소식도 있었다. 그 아파트가 비어 있는 이유는 건물을 관리하는 부동산 회사가 그곳을 관광지로 개조했기 때문이었다. 보아하니 철의 악마인 이세민이 저지른 범죄의 현장을 보기 위해 기꺼이 돈을 내고 찾아오는 사람들이 끊이지 않는 것 같았다.

이윽고 이치는 그 악명 높은 아파트 앞에 차를 세우고 말했다.

"마마님들, 저 안에 있는 물건은 대부분 새로 들여온 것들이라는 걸 알아주십시오. 사건이 벌어진 후, 관리 회사는 아파트를 대대적으로 청소한 다음 계속 임대했습니다. 세, 아니 이 조종사가 군에 징집된 다음에야 관광지로 바꾸었죠. 그러니 피와 식칼 같은 건 모두 가짜입니다."

"피가 있다고?"

독고가라는 접어놓은 휠체어를 차에서 꺼내며 물었다. 그러자 이치는 중얼거렸다.

"그 현장을 실감 나게 재현하려고 무척 공을 들였더군요."

5층으로 올라가는 엘리베이터에 탔을 때는 그리움이 아프도록 온몸을 휩싸는 바람에 눈을 뜨기조차 힘겨웠다. 독고가라가 휠체어를 밀어주지 않았더라면, 나는 복도를 지날 수도 없었을 것이다.

"마마, 정말로 들어가고 싶으십니까?"

드디어 502호에 도착하자, 이치는 손에 든 열쇠를 어루만지면서 물었다.

그 순간, 난 이제껏 이치의 입장에서 이 상황을 생각해 보지 않았다는 걸 깨달았다. 이치는 세민의 기억과 연결된 적이 없었기에, 이곳은 이치에게 그저 현실을 모방한 장면에 지나지 않았다.

"너는 어떤데?"

나는 이치를 올려다보았지만, 그는 내 시선을 피했다. 다만 고개를 더 깊이 숙이고서 이렇게만 말했다.

"마마의 뜻대로 하십시오."

마음속으로 나는 이치에게 약속했다. 이번 방문에서 떠오른 것이 있다면, 다음에 우리 둘만 있을 때 다 말해주겠노라고.

하지만 내가 제아무리 악몽 속에서 이 아파트를 보았더라도, 막상 이치가 문을 열어주었을 때의 충격을 제대로 예방해 주지는 못했다.

세민의 아파트를 실제로 보는 순간, 머리가 핑 돌기 시작하면서 여러 시간대의 순간들이 한꺼번에 경험으로 몰려들었다.

첫 번째 가짜 피 웅덩이는 주방 바로 바깥에 있었다. 바닥 타일에 하얀 테이프로 표시해 놓은 사람의 윤곽선 위에 있는 웅덩이였다. 동시에, 세민의 아버지가 도끼를 들고 그를 쫓아다니며 가의 가슴을 벤 장면이 생생하게 보였다. 이후, 세민은 자신이 들고 있던 칼로 반격했다. 원래는 팔을 노렸지만, 칼날은 팔 대신 아버지의 가슴에 깊숙이 박히고 말았다. 그 후, 아무도 세민의 공격이 고의가 아니었음을 믿어주지 않았다. 그의 아버지는 한 군데서 깔끔하게 피를 흘리며 죽지 않았다. 세민이 절박하게 아버지를 도와주려 했지만, 아버지는 세민의 턱에 주먹을 휘둘렀다. 그리고 세민을 휘청휘청 쫓아가며 욕설을 내뱉고 쓰러지고 기어다니다가, 결국 발코니 근처에서 멈추고 말았다. 실제로 여기저기 번지고 튀어버린 핏자국에 비하면, 이곳에 재현해 놓은 가짜 피는 별것 아닐 정도였다.

하지만 공포가 아닌 순간도, 더 온화하고 평범한 장면들도 보였다. 주방 싱크대에서 세민의 아버지는 손바닥 위에 젓가락을 돌돌 굴려 움직여가며 꼬마 세민이에게 젓가락을 씻는 법을 가르쳤다. 저녁 식사 자리에서 세민과 형제들은 음식을 갖고 장난치며 웃고 다투었고, 아버지는 멀거니 귀를 기울이면서 그들을 꾸짖었다. 낡은 거실 소파에 앉은 가운데, 세민의 아버지는 아들의 성화에 못 이겨 세민이 어릴 적 가장 좋아하는 동화를 가족용 태블릿으로 셀 수 없이 많이 틀어주었다. 훨씬 나중이 되자, 거실에 같은 자리에 앉은 아버지는 친구들과 함께 술을 마시면서 세민이 책을 얼마나 많이 읽었는지 자랑하고는 세민을 좋은 학교에 보낼 방법이 있는지 알아보려 했다.

나도 모르게 휠체어를 아파트 한가운데로 움직여갔다. 이치가 문 근처의 스위치를 더듬대어 찾는 것도 몰랐다. 이윽고 스위치가 켜지자 스산하게 움직이는 불빛과 소름 끼치는 음악이 흘러나왔다. 모퉁이 너머 어떤 방문을 발견하자, 그곳에 온 신경이 쏠렸다. 휠체어 방향을 틀기에는 공간이 너무 좁아서, 나는 발로 서서 한 손을 낡은 벽에 대고 기우뚱 몸을 가누었다. 문 뒤에서 소녀의 억눌린 비명이 마구 들려왔다. 문손잡이를 잡자 세민의 떨리는 손이 내 손 위로 휙 스쳤다. 그때와 지금의 시차는 3년이 났지만, 우리는 모두 긴장된 공포를 느끼며 문을 돌렸다.

좁은 방 안에는 2층 침대와 책상 위에 달린 침대 사이로 두 개의 인영이 하얀 테이프로 그려져 있었다. 격렬한 몸싸움이 눈앞을 스쳤다. 팔다리가 얽히고, 머리가 철제 침대 기둥에 부딪치고, 칼이 살과 뼈를 폭 찔렀다. 머릿속이 핑 돌았다. 무릎에서 힘이 빠졌다. 나는 2층 침대 아래쪽 매트리스에 쓰러졌다.

"측-!"

이치의 손이 확 뻗어왔다가 이내 물러났다. 나는 이치가 날 따라 방에 들어온 줄도 몰랐다.

"나는 괜찮아. 그냥……."

이렇게 말했지만, 아머로 감싼 손 아래로 침대에 피가 방울방울 번졌다. 세민의 형인 건성(이건성(李建成, 당 고조의 장자로, 황태자였으나 현무문의 변 때 이세민에게 살해됨.)이 침대에 반쯤 널브러진 채로 가쁘게 숨을 쉬고 있었다.

나는 고개를 마구 저었다. 이윽고 핏자국과 몸뚱이가 사라졌다.

그때, 독고가라가 문밖에서 좀 큰 소리로 말했다.

"있잖아요. 난 이 말도 안 되는 곳을 볼 만큼 봤거든요. 그러니까 마마께서는 느긋하게 보고 오시죠. 저는 문밖에서 보초를 설게요."

그녀는 돌아서다 말고 어깨 너머로 나를 의미심장하게 쳐다보았다. 나는 고맙다는 뜻으로 고개를 끄덕였다.

이윽고 독고가라가 현관을 탕 닫는 소리가 울리자, 이치도 침대에 앉았다. 하지만 나에게서 최대한 멀리 떨어진 채였다. 나는 이치가 아무런 걱정 없이 내 손을 잡아주는 순간을 꿈꾸면서 우리 사이 공간에 손을 얹었다.

"마마, 정말로 괜찮으십니까? 혹시 항생제 주사를 맞으셔서 부작용이 있는 건 아닌가요?"

이제 그의 목소리는 여성스럽게 꾸며대던 것에서 본래대로 낮게 돌아왔다.

"아."

나는 손을 허리에 얹었다. 화타 의사가 매일 나에게 주사하는 약 때문에 걱정하는 거구나. 진정과 더 많은 장면을 촬영하기 위한 안전 조치였다.

"괜찮아. 음, 아니, 잘은 모르겠어. 솔직히 뭐가 정상적이고 괜찮은 기분인지 기억이 안 나. 그러니 이게 항생제 증상인지 아니면……

예전에 있던 걸 경험해서 오는 증상인지 어떻게 알겠어.”

빗줄기가 방 창문에 떨어지면서 우리 위로 점점이 그림자를 뿌렸다.

“죄송합니다.”

이치의 말에 나는 얼른 대답했다.

“아니, 아니야. 죄송할 거 없어. 너도 내가 보는 걸 볼 수 있다면 좋을 텐데. 여기서 살인 사건만 일어난 건 아니야. 그 말고도 평범한 일상이 있었어.”

나는 세민이 책상에 앉아서 학교에서 대여한 태블릿에 글을 쓰는 모습을 보았다. 형이 머리에 쌀과자를 던지며 괴롭혀도 작문을 끝내기로 결심한 모습이었다. 세민이 막내와 함께 동영상을 보며 웃는 모습, 밤늦게 침대에 누워서 느릿느릿 별 의미도 없는 대화를 나누는 모습. 세 형제의 순간이 이 방 안에 겹겹이 참 많이도 쌓여 있었다.

그러자 이치는 태블릿을 꺼내며 말했다.

“나도 나름대로 세민을 보는 방식이 있습니다. 세민의 친척들에게서 받은 사진이 있는데 보여드리고 싶습니다.”

“아직 생존한 가족이 있다고?”

“먼 친척들입니다. 저는 국가 데이터베이스에 접근할 수 있어서 추적이 쉬웠죠. 혁명방어부를 통해 요청서를 보냈더니 사진을 순순히 넘겨줬고요.”

“권력을 너무 남용하는데?”

그러자 이치의 조심스러운 낯빛 위로 잠깐 미소가 스쳤다. 그 웃는 얼굴을 난 머릿속에 새겼다. 다음에 언제 또 이치의 미소를 볼 수 있을까. 이윽고 이치가 화면을 넘기며 창을 띄우자 나는 그의 옆에 조금 더 다가갔다.

"이거, 긴 머리 세민이야?"

나는 숨을 헉 들이쉬었다. 사진으로 보는 것과 세민의 기억을 통해 보는 건 달랐다. 마치 생전 처음 거울을 보는 기분이 이럴까. 사진 속 소년은 얼굴이 훨씬 부드럽고 턱에 수염 자국도 없었지만 분명히 세민이었다. 열두세 살 정도로 보이는 세민은 예전의 이치처럼 머리카락을 묶어 반쯤 올린 스타일이었지만, 누가 봐도 이치와는 달라 보였다. 그는 몸에 안 맞는 가운 차림으로 책가방 근처 옷감을 구긴 채 학교 정문 앞에 어색하게 서 있었다.

"음, 이건 농서고등학교 등교 첫날 찍은 사진이에요."

이치는 사진을 넘기며 설명해 주었다. 운동회에서 햇살에 눈을 찌푸리며 서 있는 세민. 서예로 받은 트로피를 들고 선 세민. 반 친구들과 찍은 단체 사진에서 홀로 뒤편에 불쑥 튀어나온 세민. 그리고 눈에 띄게 잘생긴 어떤 남자와 함께 서서 찍은 사진이 보였다.

"이 사람은 세민이의 숙부인 이치라고 합니다. 이 사진들은 대부분 이분이 준 것이죠. 세민이를 좋게 말해준 유일한 친척이었습니다."

나는 세민의 숙부 이치의 모습을 당겨 보았다. 왜 이리 그에게 빠져드는 걸까. 내가 조종사가 되었으니 우리는 어떻게 보면 친척인

셈이다. 하지만 그를 이렇게 생각하면 분명히 진정은 그에게 살인 충동을 느끼겠지.

"이분이 우리의 짝 대관식에 오셨어야 했는데."

"그럴 수 있었다면 좋았겠지요. 하지만 이분이 초대받았다면, 다른 가족들과 문제가 생겼을 겁니다."

이치는 이렇게 말하며 다음 사진으로 넘어갔다.

사진 갤러리를 계속 살펴보자 한 가지 분명한 사실을 알 수 있었다. 세민은 사진 찍는 걸 상당히 불편해했다.

"아, 웃어서 미안……."

복숭아 농장을 방문한 사진을 보자 나는 그만 웃고 말았다. 세민의 형제들은 저마다 멋진 포즈를 한껏 지으려 했지만, 세민은 팔을 어디 둬야 할지 전혀 모르겠다는 표정으로 카메라를 멍하니 쳐다보고 있었다.

이치는 눈을 질끈 감고는 우울하게 고개를 끄덕였다.

"괜찮아요. 저도 알겠으니까요. 세민이를 사랑하긴 하지만, 애의 패션 감각은 진짜 최악이거든요. 게다가 카메라 각도를 잘못 잡아서 거의 범죄급으로 못 나온 사진이네요. 다행히도 실제는 훨씬 더 잘생겼으니까."

"다들 그대처럼 거울 앞에서 어느 각도가 가장 아름답게 나올지 고민하며 시간을 많이 쓰지는 않소, 장이치."

"그건 마마도 마찬가지 아니십니까."

"야, 나는 정치적인 목적이 있으니까 포즈 연습을 시작한 거라고!"

우리는 함께 웃었다. 대체 얼마 만에 이렇게 웃어보는 건지 알 수가 없었다. 이치는 내 손 옆에 자신의 손을 얹었다.

"세민이가 그립습니다."

이치의 속삭임에 나는 그의 머리 가까이로 고개를 숙였다. 하지만 우리의 머리는 닿지 않았다.

"나도 그래. 이건 너무해."

"너무하지 않은 적이 없었지요."

세민이 있던 공간에 빗소리가 가득했다. 이 세상에서 사라진 사람이, 문제 그대로 이 땅에 있지 않은 사람이 이토록 많은 파편을 남길 수 있다니, 나와 이치에게까지 그렇다니, 믿을 수가 없었다.

진정이 이 순간의 기억을 본다 해도 두렵지 않다. 설령 본다 한들, 이토록 깊은 마음을 그는 이해할 수 없을 테니까.

제28장

관계

아침마다 가장 먼저 일어나는 사람은 세민이다. 태양처럼 성실한 그 애는 나와 이치 사이에서 빠져나와 차를 끓이고는 고요한 가운데 책을 읽는다. 그러다 나와 이치가 저마다 웃긴 소리를 내면서 그 고요함을 깨뜨리고 일어날 때쯤, 그는 주방에 불을 올리고 아침을 준비한다. 보통 우리는 죽이나 국수를 먹는다. 이치와 내가 겨우겨우 잠자리에서 일어나면 이미 상이 다 차려져 있다. 우리는 세민에게 감사의 키스를 해준다.

앞문에서 쿵 소리가 들려왔지만, 그걸 알아채는 사람은 나뿐이었다. 나는 그 소리를 무시하고 이치와 세민과 함께 웃으며 식사했다. 저 소리를 아는 척한다면 끔찍한 일이 벌어질 거다. 그건 알 수 있었다.

식사를 마치면 이치는 설거지를 맡고 난 상을 닦았다. 세민이 싱크대 앞에 서서 이치의 허리를 감싸고 머리에 입을 맞추는 모습을 보며 나는 미소를 지었다. 문을 계속해서 쿵쿵 두드리는 소리가 나지만…….

마룻바닥이, 벽과 창문이 갈라졌다.

"안 돼!"

쿵쿵대는 소리가 더욱 커지면서 나는 귀를 막았다. 이제는 온 아파트가 흔들려댔다.

무언가 산산이 부서지는 소리가 들렸다. 세민은 이치에게서 비틀대며 물러났다. 그의 옷에는 온통 붉은 피가 번졌다. 그의 피부 위로 용암처럼 선이 죽죽 그려졌다.

"그만해!"

나는 소리쳤다. 나는 휠체어에서 벌떡 일어나 현관을 비틀어 열었다. 이상하게도 발이 전혀 아프지 않았다.

"대체 원하는 게 뭐야?"

문가에 나타난 얼굴을 알아본 순간, 나는 온통 실망감을 느꼈다. '저 사람'이 여기 있다면, 이건 모두 현실이 아니라는 소리니까.

"환상에 빠져 있는 건 이쯤 해라. 우리는 일하러 가야-"

진정은 문틈에 팔꿈치를 기대고서 말하다 입을 다물었다. 내 뒤로 발소리가 쿵쿵 들려왔다.

세민이 진정의 얼굴에 주먹을 날렸다. 진정은 바깥 벽에 턱 부딪혔다가 비틀거리며 균형을 잡았다.

나는 너무 놀라 멍하니 입을 벌렸다.

진정은 한 손으로 벽을 짚고 다른 손으로 뺨을 쥐며 당황한 표정을 지었다. 내가 그를 200년 넘는 동면 상태에서 깨웠을 때와 똑같은 얼굴이었다. 세민은 내 옆에서 주먹을 쥔 채로 섰다.

"말도 안 돼. 이거…… 아픈데."

진정이 투덜거렸다. 나는 차가운 웃음을 지었다.

"그렇다니 좋네요."

진정은 불만 어린 기색으로 몸을 폈다.

"네가 이토록 생생한 환상을 만들어낼 정도로 저자와의 연결이 강하다는 건 우리의 임무에 좋은 일일 것이다."

그 말이 나의 마음을 찔렀다. 그래. 세민이 제아무리 현실처럼 느껴져도, 사실은 아니지. 나는 세민의 손을 잡고 상처투성이 손마디를 엄지로 어루만지며 꿈이 불러낸 그의 온기를 마지막으로 느껴보았다. 이 환상 속에서 여타의 생각을 다 차단하고 살면 얼마나 좋을까…….

하지만 진짜 세민은 저 별 사이에 있다. 나는 현실로 돌아가서 그를 고통에서 해방시켜 주어야 했다.

"고마워."

나는 아주 나직한 목소리로 속삭였다.

세민의 환영은 진정을 노려보더니, 이내 그렁그렁한 눈망울로 나를 내려다보았다. 진짜 세민이 지금의 내 모습을 알게 되더라도, 분명히 지금 같은 표정으로 날 바라보았겠지.

"난 괜찮을 거야."

나는 그의 손을 꼭 잡았다가 놓아주었다.

이윽고 나는 뒤를 돌아보지 않고 문턱을 넘어 진정 옆으로 다가갔다. 그는 여전히 놀란 기색으로 뺨을 문지르더니, 이내 투덜대었다.

"저렇게 키가 컸을 리 없는데."

"아뇨. 컸어요."

"너도 알겠지만, 나도 내 시대에서는 평균 이상의 신장이었다. 우리의 영양 상태는 지금보다 좋지 못했어."

"누가 뭐랬나요."

매 훈련 수업마다 진정은 나의 사고방식을 다른 방식으로 굽혀대었다. 그는 현실부터 의식, 물질까지 모든 삼라만상에 대한 관점을 다시 잡아보라고 주장했다. 나는 자그마한 폭발을 일으키듯 차츰차츰 변화하면서, 아머의 빽빽한 토기 금속을 날마다 조금씩 변형시켰다. 현실에서도 도자기 물레를 구해다가 토기를 빚는 법을 배우면서 구조를 만드는 연습을 했다. 기 금속을 마치 수은처럼 자유자재로 다루는 진정의 기술에 비하면 난 아직 멀었다. 그는 나보다 10년 이상이나 조종 경험이 있으니 어쩔 수 없다. 지금은 끈기 있게 그를 따라잡는 수밖에 없다. 어느 날 수업에서, 진정은 벽돌 건물 사이로 훈련장을 만들어내며 말했다.

"지금까지의 전투는 크리살리스의 크기만으로 승패가 좌우되었다. 그건 우아하지 못한 방식이지. 더욱 정교하게 전투 기술을 익힌다면 더 효율적인 기 운용이 가능하다. 강력한 크리살리스로 도시를 죄다 부숴버리는 거야 쉽겠지만, 그랬다간 분노한 적들이 단결하여 동맹을 맺어 우리에게 보복하기 십상이다. 나의 시대에는 적의 기지에 잠입해서 특정한 목표만을 제거하는 것을 더 나은 전략으로 보았다. 자, 봐라. 이게 황룡 아머의 공격 모드다."

그는 전투 자세를 잡고서 양손검을 소환했다. 그의 면류관이 녹아내리면서 용 머리를 닮은 거칠고 주름진 재질의 헬멧이 형성되었다. 헬멧은 어깨까지 이어져 목 보호대를 만들어냈다. 헬멧에서 돋아난 왕관이 이마 부분에서 뒤로 기울더니, 얼굴 앞쪽으로 보호대가 서로 맞물리며 얼굴을 완전히 가리면서 눈 부분만 좁게 드러내었다.

순간, 그는 경고 없이 나에게 달려들었다. 그의 검이 나의 몸뚱이를 베며 아머에 깊숙이 상처를 남겼고, 나는 비명을 질렀다.

"맞서봐."

그는 으르렁대었다.

나에겐 무기가 없었다. 기억을 바탕으로 생성된 꿈의 영역에서도 무기를 만들어내는 건 현실과 마찬가지로 어려웠다. 나는 뒤로 물러나면서 건틀릿으로 그의 공격을 막아내며 구조를 변형시키는 데 반드시 필요한 수기를 끌어내었다. 차갑고 유동적인 수기의 느낌을, 다양한 기를 순환시킬 때마다 나를 이끌어주는 그 감각을 떠올렸다.

헬멧의 움푹한 틈 사이로 진정의 홍채가 은빛으로 번뜩이며 눈빛을 쏘았다. 그의 검날을 따라 같은 은빛의 광채가 퍼져갔다. 금기로 날카로워진 칼날이 나에게 휙 움직이면서 내 팔을 베고 뼈를 쳤다. 상처에서 피가 솟으면서 내 입에서 새된 소리가 솟았다.

그는 나를 건물에 밀어붙이고는 나의 몸뚱이를 검으로 관통했다. 검날이 뒤편 벽돌 벽에 박혔다.

폭발하는 듯한 통증에 나는 비명을 질렀다. 한 손으로는 그의 어깨 보호대를 잡고, 다른 손으로는 그의 검을 움켜쥐었다. 더는 날 깊숙이 찌르지 못하도록 막으려 했지만, 검날은 건틀릿을 넘어서 손을 꿰뚫었다. 주먹에서 피가 흘러내렸다. 이것이 현실이 아님을 알지만 그렇다 하여 꿈의 영역에서 나를 구속하는 고통을 없애지는 못했다.

"난 널 계속해서 죽일 수 있어."

진정이 속삭였다. 헬멧으로 가려진 얼굴이 내 얼굴에 닿을 듯 가까웠다. 게슴츠레한 그의 눈이 묘하게도 부드러웠다.

지금 이 상황을 즐기고 있구나. 역겨운 새끼.

진정은 검을 비틀어 돌렸다. 나는 다시금 비명을 삼켰다. 내 비명을 듣고서 이 자식이 만족하게 둘 수는 없었다.

그의 목구멍에서 나지막한 웃음이 흘렀다.

"아무리 해도 날 이길 수 없다는 걸 알게 된 기분이 어떻지?"

독기 어린 증오심이 내 안을 질주했다. 이 증오가 진해져서 검은 수기로 변하는 상상을 했다.

내가 잡은 그의 어깨 보호대가 부드러워졌다. 나는 그것을 떼어내어 무기로 변형시켰다. 구불구불하고 제대로 형체가 잡히지 않은 무기였지만, 그의 목을 찌를 만큼은 되었다. 우세하게 타고난 나의 금기로 무기를 날카롭게 간 다음, 그의 목 보호대를 찔렀다. 진정은 뒤로 비틀거리며 내 몸에서 검을 뽑았다. 상처에서 피가 솟구쳤지만, 나는 환상을 무시하고 나의 조악한 검으로 계속해서 그를 공격했다. 그의 검과 부딪쳐 부러지지 않게 하려고 얼마 없는 토기를 최대한 그러모아 검날을 강화했다.

"바로 이거야! 이 느낌을 기억해라. 목적에서 비롯된 이 명징함을 기억해라. 그리고 이걸 끌어내는 방법을 익혀라!"

나의 으르렁거림이 한층 부드러워졌다. 진정의 검을 받아치는 격한 힘이 살짝 누그러졌다. 어쩐지 속아 넘어가 성장한 기분이 들었다.

꿈 영역에서 훈련하고 잠에서 깨면 두통이 너무나 심했다. 마치 머릿속을 산산이 조각낸 다음 다시 두개골에 욱여넣은 기분이 이럴까. 현실에서 무엇을 하다가도 문득 멈춰 서서 이게 혹시 꿈은 아닌지 의심할 때가 한두 번이 아니었다. 현실에서 느끼는 모든 것을 꿈의 영역에서도 모두 재현할 수 있기 때문에 그걸 파악하기가 힘들었다. 믿을 수 있는 차이점은 얼마 되지 않았다. 일단, 진정이 나를 만질 수 있다면 그건 현실이 아니다. 그리고 내가 움직였을 때 한 발 늦게 통증이 느껴진다며 그것 역시 현실이 아니다.

새로운 발로 균형을 잡는 것은 마치 학습 곡선처럼 초기에 더디게 이루어졌다. 골반과 다리가 이제는 다른 근육을 사용하게 되어서 걸을 때마다 타는 듯한 통증이 있었다. 물론 계속 걸으면서 확실히 통증은 많이 줄어들었지만, 완전히 사라질 것 같지는 않았다. 나는 낫이나 기 아머 없이도 걷는 연습을 했다. 이것들 없이도 걸어야 할 일이 있을지도 모르니까. 그리고 독고가라와 함께 진정이 가르쳐준 격투 기술을 연습하면서 근육 기억을 길렀다. 아머 발 밑창을 넓게 만들고 보폭도 넓히면 그럭저럭 안정된 자세를 유지할 수가 있었다. 인간의 몸으로는 아무리 해도 그저 시원찮은 격투가밖에 못 되겠지만, 그래도 누군가 나에게 해를 입히려 든다면 공격을 최대한 막아낼 수는 있을 듯했다.

수업과 훈련으로 하루 일정이 빡빡했지만, 신들을 물리치고 세민을 구해내겠다는 궁극적인 목적은 내 머릿속 한구석에서 계속 울려대었다. 지금 가장 큰 문제는 어떻게 신들에게 들키는 일 없이 태평이 수학 능력으로 우리 계획에 들어오느냐였다. 태평의 기력으로는 나와 함께 꿈의 영역에서 만날 수가 없었다. 하지만 그녀에게 같이 터널로 내려가자고 불쑥 요청한다면 그녀는 분명 "수상한 행동이다!"라고 소리를 지르겠지.

하지만…… 만약 신들이 우리가 뭔가 다른, '그런' 행동을 한다고 생각한다면 어떨까?

나는 저녁 식사를 하면서 태평을 은근한 눈빛으로 지그시 바라보았다. 그리고 그녀의 팔을 이유 없이 막 만졌다. 그녀가 농담을 던지면 너무 크게 웃었다. 그리고 침구 세트와 소지품 가방을 터널로 가

저가면서, 펜과 종이도 무심한 듯이 던져넣었다.

머지않아 태평은 잠깐이나마 휠체어에서 일어나도 괜찮을 수준으로 회복했다. 그녀가 받은 수술에는 골 재형성 과정이 없었기 때문에 나보다 회복이 빨랐다. 어느 날 밤, 나는 그녀에게 보여주고 싶은 게 있다는 말로 꾀어 낡은 엘리베이터에 태우고 터널로 내려갔다.

태평은 이불을 보고서 말을 더듬었다.

"마, 마마. 정말 죄송합니다. 물론 마마께서는 정말 아름다우시지만, 저보다 훨씬 어리신 분과 저는 양심상 함께할 수가 없습니다. 게다가 마마께서는 제 남동생과 사귀신 적도 있지 않습니까. 이러는 건 정말로 이상한……."

나는 머리를 격하게 저으면서 입에 손가락을 대고 조용히 하라고 명령했다. 신들이 이 깊은 지하까지는 볼 수 없을 거라고 생각하지만, 그래도 우리 말을 들을 수 있을지도 모른다고 생각하니 모든 게 의심스럽기만 했다. 게다가 터널 속에서는 소리가 멀리 퍼지지 않는가. 태평이 어리둥절한 채로 어색하게 서 있는 동안, 나는 이불 속에서 펜과 종이를 꺼내 바닥에 엎드리고는 '수학으로 도와줘'라고 썼다.

"이건…… 무슨 은유 같은 건가요?"

나는 더욱 격한 손짓으로 조용히 하라고 시킨 다음 이어서 썼다. '특급 기밀 수학이야. 뭐에 쓸 건지는 말할 수가 없어. 네 목숨이 위험해.'

그녀의 표정이 이제는 다른 수준의 걱정을 띠더니, 이제는 앉아서 나의 설명을 들으려 했다. 나는 서툰 글씨체로 필요한 계산 방법을 설명하면서, 이 과정은 반드시 디지털 기기 없이 이루어져야 한다고 강조했다. 지난번 꿈의 영역에서 한 수업에서 진정은 우리의 행성과 그 주위를 돌고 있는 천계, 황룡을 그린 도면을 소환했다. 거대한 숫자가 온갖 단위로 적혀 있었지만 나는 그 뜻을 알 수가 없었다. 진정은 꿈의 영역에서 나에게 그 도면을 수백 번도 더 쓰게 했고, 그 결과 나는 모든 선과 숫자를 다 기억해서 적어낼 수 있게 되었다.

이제 나는 태평에게 그 정보를 모두 적어주었다. 우리의 목표가 신들을 습격하는 것임을 드러내어 말하지는 않았으나, 태평의 얼굴에서 핏기가 싹 사라지는 걸 보니 그녀도 눈치챈 것 같았다.

'중요해. 자유를 위해서 반드시 해야 해.' 나는 '자유'라는 말에 여러 번 동그라미를 쳤다.

태평은 눈을 질끈 감고서 가슴을 들썩이며 무겁게 심호흡했다. 그러더니 이내 고개를 끄덕였다.

그녀는 내 수첩에 수식을 휘갈겨가며 작업을 시작했다. 내가 그린 도면을 보면서 눈살을 찌푸렸다.

그러다 나도 모르게 터널 벽에 기대어 잠들었다가, 몇 시간 후에 태평이 깨워주는 손길에 일어났다. 그녀는 먹글씨가 가득한 종이 더미 사이에 지친 채로 앉아 있었다. 그녀는 직접 쓴 숫자들과 물음표가 수없이 달린 수정된 도식을 보여주었다. 옆에는 더 명확히 해야 할 사항이 쭉 적혀 있었다.

진정에게 몰래 종이를 전달하는 건 너무 의심스러울 것 같아서,

나는 일단 다시금 내용을 옮겨적으며 머릿속에 고통스럽게 새겨넣었다. 그리고 알현실로 얼른 달려가 꿈의 영역에서 그것들을 전달했다.

이런 식으로 진정과 태평은 나를 통해 몇 밤 동안 소통했다. 그들은 내가 완전히 이해하지 못한 개념들을 전달하고, 현실의 경계를 넘어서서 논쟁을 벌였다. 특히 '속도 일치' 관련 내용을 두고 토론이 벌어졌다.

'수평 방향 속도를 맞추지 않는다면, 접촉하는 순간 가루가 되어버릴 겁니다.' 태평은 커다랗고 굵은 글자로 썼다.

논쟁은 진정이 황룡의 예상 궤적을 수직에서 대각선으로 바꾸자 끝났다.

밤 시간의 전반부를 태평과, 후반부를 진정과 함께 보내는 이런 일정을 신들이 너무 깊이 해석하지 않기를 바랄 뿐이다. 오히려 나의 음란한 행태를 재미있어해 주기를 바란다.

나의 이런 관계를 두고 오해하지 않아 주었으면 하는 사람이 딱 하나 있었다. 바로 완아였다. 완아는 태평의 친구가 체포된 후에는 태평에게 좀 누그러진 기색을 보였지만, 내가 태평에게 거짓 유혹을 시작한 후부터 완전히 달라지고 말았다. 태도가 굉장히 뻣뻣해지고 사무적인 모습만을 보였으니까. 결국 나는 더는 참을 수가 없어서 날을 잡아 밤에 완아를 터널로 데려가기로 했다. 생각하는 그런 일은 없다고 말이다. 완아에게 우리가 뭘 하는지 정확히 알려주는 건 너무나 위험했지만, 어쨌든 퇴폐적인 행위는 전혀 아니었으니.

태평이 글로 적은 종이를 보여주자, 완아는 내용을 읽고서 무척 놀란 표정으로 얼굴을 들었다. 둘만 있는 자리에서 알아서 해결을 보도록 나는 터널 깊숙이 들어갔다. 아끼는 사람을 매일 보면서도 거리를 두어야 하는 괴로움이 얼마나 큰지 난 너무나 잘 알고 있었으니까. 저들도 같은 처지가 되도록 할 수는 없었다.

어쩔 수 없이 중간중간 뒤를 돌아보았다. 거리가 많이 멀어져서 이제 두 사람은 종이에 글을 쓰는 윤곽선처럼 보였고, 점점 더 빠른 속도로 종이를 주고받게 되었다. 그러다 완아가 종이를 구겨 태평에게 던졌다. 태평은 그녀에게 확 달려들어 손목을 잡았다. 검은 인영 둘은 입술을 겹쳤다.

나는 획 돌아섰다.

얼굴에 커다란 미소가 번지면서도, 마음에는 공허한 아픔 또한 다가왔다. 슬프게도 나는, 이제 저들과 같은 순간을 결코 가질 수 없겠지.

회복 기간이 끝나고 다시 전선으로 돌아갈 날이 다가왔다. 요즈음 나는 어쩐지 전투로 기가 소진되었을 때보다 몸 상태가 좋지 않았다. 그러던 어느 날 아침, 잠에서 깨자 평생 느껴본 적 없는 심한 구토감과 배 아래쪽을 찌르는 듯한 통증이 닥쳤다. 침대에서 일어나려 안간힘을 쓰던 난 그만 굴러떨어지고 말았다.

"황후? 괜찮은가?"

진정은 이불을 벗어던지고 우리 사이의 유리 벽에 손바닥을 대며 나를 불렀다. 그의 맨 어깨 위로 알현실의 종이 창문 사이로 비치는 파란 불빛이 비쳤다.

내가 대답도 못 하고 그저 가느다란 신음을 흘리자, 진정은 벽에 설치된 인터콤을 누르며 소리쳤다.

"어의를 대령하라! 어서!"

나는 침대를 잡고 일어섰지만, 두통이 어찌나 심한지 차가운 금속 벽에 머리를 기대기만 했을 뿐, 움직일 수가 없었다. 진정은 검은 가운을 걸치고 방 앞으로 걸어와 유리 벽을 짜증스레 두드리더니, 다시 인터콤으로 가서 어의를 또 불렀다. 그러고서 침대에 무릎을 꿇고 유리 벽을 주먹으로 치며 명령했다.

"말해라. 증상이 어떤데?"

나는 머릿속이 너무 멍했다. 너무 힘들어서 말이 나오지 않았다.

"황후!"

그는 두 번 더 유리 벽을 쳤다.

어쩔 수 없이 오늘은 종일토록 이 자세로 침대에 널브러져 있어야 겠다고 생각했다. 그런데 몇 초 후, 금속이 달그락거리는 소리가 나면서 격리실 압력이 풀리는 소리가 났다.

진정이 유리 벽에 설치된 문을 열고서 내 쪽으로 성큼성큼 걸어왔다.

"지금 무슨!"

나는 코와 입을 막고서 하얀 타일 바닥 위를 허둥지둥 뒷걸음쳤다. 저 남자, 미쳤나? 내가 아무리 항생제 주사를 맞는다 해도, 그에게 면역이 없는 병을 옮길 수도 있는데.

"저리 가요! 나 때문에 죽을 수도 있다고!"

그는 걷다가 멈칫했지만, 이내 내 앞에 한쪽 무릎을 꿇고는 손바닥으로 바닥을 짚었다.

"왜 그러는지 말해라."

새벽녘 희미한 빛을 받은 진정의 얼굴에 반쯤 그늘이 졌다.

나는 입을 가린 손바닥에 거칠게 숨을 뱉었다. 그가 너무 가까이 있다는 사실 때문에 온몸의 신경이 경계 상태로 곤두섰다. 마치 그 옛날, 마을 근처 숲에서 호랑이 울음소리를 들은 것 같다고 확신했던 때가 떠올랐다. 나무에 몸을 기댄 채로 뭘 어떻게 해야 할지도 모른 채 그저 온몸이 굳어버렸던 그때. 나는 유리 벽 너머에 있으니, 그의 영역 너머에 있으니 제아무리 그가 가까이 있다 해도 안전해야 했건만.

"난……."

어색하게 몸을 움직이다 보니, 다리 사이에서 오싹한 습기가 느껴졌다. 이제 뭔지 알 것 같았다.

"생리가 일찍 시작된 것 같네요."

진정은 이제 움직이지 않았다. 그의 얼굴에 온갖 표정이 움찔 스치면서 이내 대답이 나왔다.

"알겠다."

알현실 바깥에서 둔탁한 발소리가 급하게 들려왔다.

"어서 들어가요!"

나는 진열장에서 알코올 스프레이 병을 들어 그를 향해 몇 번 뿌렸다.

그는 쏘는 듯한 알코올 연무에 기분이 언짢아진 고양이처럼 뒤로 물러섰지만, 사람들이 들어오기 직전에 알현실로 돌아가 문을 잠갔다. 이윽고 화타가 직원들과 함께 들어와 늦어서 죄송하다며 사과했다.

"황후를 돌봐라."

진정은 손을 휘저으며 깨뜨리지 말아야 할 유리 벽에 등을 대고 기댔다. 마치 내게 일어난 일에는 별 관심이 없는 듯한 몸짓이었다.

제29장

철의 미망인

화타 의사는 항생제 주사 때문에 내 몸에 균형이 무너졌다고 진단
했다. 그가 주사제를 놓지 않기로 결정하자 나는 안도의 한숨을 쉬
었다. 항생제라는 예방책이 사라졌으니, 진정은 그 유리 벽을 넘어올
때 생각에 생각을 거듭해야 하겠지.

나의 병 때문에 정해진 기 충전 기간이 지났어도 전장으로 곧바로
돌아가지는 않았지만, 현재 그렇지 않아도 위기인 한 지방의 상황이
급속히 악화되었기에 더는 출정을 미룰 수가 없게 되었다.

사마의는 격리실 앞에서 태블릿을 보여주며 설명을 시작했다. 화
하의 해안선 위로 소용돌이 이미지가 선명하게 보였다.

"남부에 폭풍 기간이 다가왔습니다, 폐하. 지존하신 신들께서는
한 세대에 한 번꼴로 나타날 만큼의 초강력 태풍이 오리라 경고하셨

습니다. 가능한 한 모든 조종사가 지원에 나서야 합니다.”

진정은 유리 벽 너머로 나를 바라보며 물었다.

“황후여, 지금은 건강이 어떤가?”

나는 침대 발치에 앉아서 손가락으로 무릎을 두드렸다. 거짓말을 할 수도 있다.

하지만 내가 나가지 않는다면 새로이 징집된 소녀들에게 무슨 본보기가 되겠는가? 그들이 도망칠 수도 없는 전쟁에서 내가 몸을 피한다면, 어떻게 나를 믿고서 따라오라고 그들을 설득하겠는가? 게다가 이 태풍은 정말로 심각한 위협 같았다. 한 지방은 그렇지 않아도 반동 세력이 가장 심하게 활동하여 고통받고 있었다. 우리는 이 문제를 두고 그 어떤 위험도 감수해서는 안 된다.

“그래, 가겠소.”

그러자 진정은 무슨 뜻인지 알 수 없는 눈빛으로 나를 보며 유리창에 손을 대고 물었다.

“정말인가?”

나는 그만 놀라고 말았다. 왜 이런 질문을 하지? 그러다 문득 깨달음이 왔다. 혹시 지난 번 전투 훈련 때문에 내 능력을 의심하게 됐을까?

“그래요. 내가 알아서 할 수 있어요. 폐하께서 이게 얼마나 중요한 일인지 굳이 누누이 강조하실 필요 없으십니다.”

나는 두 발로 딛고 서며 말했다. 발 재건 수술을 한 지 거의 두 달이 지났는지라, 어느 정도는 몸이 회복되었다.

진정은 이어서 당황한 표정이 되더니 눈을 깜빡였다. 그러더니 평소처럼 우쭐한 말을 내뱉는 일도 없이 표정 관리를 하지도 않고 그저 고개를 돌렸다. 반응이 이상하네. 그쪽 지방 사람들에게 어떻게 폭풍을 대비시킬 건지 생각하느라 정신이 없어서 그런가?

이윽고 그는 유리 벽에서 손을 떼고 왕좌로 돌아가며 말했다.

"잘 알겠다. 그리고 내가 준 책을 잊지 말고 공부하도록. 내가 그렇게까지 주석을 달아 놨는데 헛수고가 되게 해서는 안 된다."

"알겠습니다, 사부님!"

나는 짐짓 열성적인 학생인 척 말했다.

그는 고개를 휙 돌리고는 날 못 볼 것을 본 것처럼 쳐다보았다. 나는 그의 신경을 대놓고 무례하게 거스르기보다는 아첨하는 표정을 지어 보였다. 그 편이 진정을 더 짜증 나게 하기 때문이다. 솔직히 그는 내가 이렇게 고분고분하기를 바라는 듯 하지만, 오히려 이렇게 하므로 나는 무척 만족스러울 수 있었다.

그가 나를 나무라지도 않고서 단상으로 올라가자, 나는 내 쪽 유리문에 손을 뻗었다. 그러다 사마의가 나를 이상하게 바라보는 눈빛이 보였다.

"뭐요?"

나는 짜증스레 쏘아붙였다.

하지만 사마의는 나와 눈을 대놓고 마주칠 위험천만한 순간을 피해 고개를 숙였다.

"아닙니다, 마마."

한 국경에 다시 오자마자 나는 가장 먼저 가까운 훈련 캠프에 가서 징집된 소녀들을 방문했다.

독고가라와 함께 기름 낀 식당 유리문을 밀고 들어가자, 소란스러웠던 식당 안이 입구 쪽 테이블부터 뒤쪽으로 물결이 일 듯 소리가 잦아들었다. 독고가라는 우산을 접어 물기를 털었다. 나는 쭉 늘어선 테이블들을 바라보다가 찾던 곳을 발견했다. 바로 철의 미망인들이 앉은 자리였다.

나는 낫을 지팡이처럼 짚으며 그쪽으로 걸어갔다. 독고가라는 내 옆을 계속 지켰다. 휘날리는 망토 가운데 우리의 아머가 부딪치는 소리가 건물을 때리는 빗소리와 어우러져 울렸다. 초강력 태풍은 아직 도달하지 않았지만, 하늘에선 이미 폭포 같은 빗줄기가 쏟아졌다.

기다란 철제 의자들이 콘크리트 바닥을 긁는 소리와 함께 조종사들과 병사, 시설 담당 직원들이 일어나서 주먹을 들어 경례했다. 다들 허리에 노란 띠를 매고 있었다.

"황후마마 천세 천세 천천세!"

그들의 인사말은 박자가 맞지 않았다.

구미호 아머 아래로 소름이 돋았다. 나의 장수를 기원하는 저들의 말은 얼마나 많은 수가 진심일까. 내가 죽기를 바라는 이들은 얼마나 많을까.

나는 원래 가려던 테이블에 시선을 집중했다. 테이블 이편에 앉은 소녀들은 전족하지 않은 발로 벌떡 일어섰고, 반대편에 앉은 소녀들은 휠체어에서 일어나려 했다. 전족한 징집병들은 모두 가장 먼저 발 재건 수술을 받았다.

"일어날 필요 없어."

나는 손을 내저어 그들을 자리에 앉히고는 입가를 가린 천 너머로 이야기를 시작했다. 구미호 아머를 착용하고 있을 때는 입가를 드리운 실낱같은 베일 마스크를 만들어내기가 번거로웠기 때문이다.

"노동 계급에게 권력을!"

독고가라는 소녀들에게 주먹을 들어 경례를 받으며, 혁명 인사말로 많이 쓰이는 구호를 외쳤다. 그녀와 태평은 이런 유행을 특히 열심히 따랐다. 요즘은 엘리트 계급으로 보이면 위험했다. 가장 계급이 낮은 농민이라도 혁명에 대한 열정이 부족해 보인다는 이유로 총독을 고발할 수 있기 때문이다.

소녀들은 습관처럼 구호를 이어받아 인사했다.

"단결하여 일어나자!"

"자매들이여, 우리가 함께 앉아도 되겠느냐?"

내가 묻자, 서 있던 자들은 조금씩 움직여 우리에게 자리를 주었다. 나는 낫을 벽에 기대놓고서 독고가라와 함께 앉았다. 우리가 앉자마자 식당에 있던 사람들도 모두 앉으면서 공기 중에 웅성거림이 퍼졌다.

다들 우리 쪽을 쳐다보며 귀를 기울인다면 대화 자리가 아주 불편해지겠는데.

"있던 대로 편히 있으시오!"

나는 다른 테이블들에 손을 내저으며 말했다.

그들은 머뭇머뭇 먹던 음식을 바라보며 같이 앉은 동료들에게 시선을 돌렸지만, 말소리는 다들 나지막했다. 여기서 더 사생활을 보장받을 수는 없을 것 같다고 결론을 내린 나는 일단 소녀들의 이름과 고향을 확인하는 작업에 들어갔다. 국경 지역 전체의 여성 징집병들을 추적하는 도표를 만들어야 했다.

한 지방은 농경 지방이 대다수를 차지하는데도, 이곳 여성 징집병은 도시에 사는 이들이 단연 많았다. 소녀들은 대개 주도인 청도나 그 주변에 몇 있는 도시 출신이었다. 그도 그럴 것이, 도시의 기력 검사 센터는 하루에도 수백 명의 검사자를 처리할 수 있지만, 농촌 지역은 검사팀이 올 때까지 기다리거나 근처 도시로 가서 검사를 받아야 했다.

일반적으로 농촌 지역에서 혁명적 변화가 퍼져가는 양상은 예측이 쉽지 않았다. 혁명 초기에는 농민들이 지주들을 강요하여 토지 문서를 태웠으나, 그 후로 지주들은 도시에서 부정 축재한 재산을 가지고 도망친 엘리트 가문과 결탁하여 반격을 시작했다. 그들은 사람을 고용하여 농민의 수확물을 불태우거나 가축을 독살하고 반란을 일으킨 소작농들을 살해했다. 가끔은 죽은 시체에서 내장을 꺼내어 경고하기도 했다. 농촌 지역은 무척 넓은 데다 전국 시대부터 이어져온 지하 터널이 광범위하게 존재하기 때문에 범인이 몸을 숨기기도 쉬웠다.

"게릴라 반란이죠."

완아는 그 현상을 이런 말로 지칭했다.

게릴라들은 농민들에게 야만적인 거짓 정보를 퍼트리기도 했다. 예를 들자면, 우리가 이불부터 칫솔까지 온갖 물건을 다 나누어 가져야 한다고 사람들에게 강요한다는 말이나, 결혼을 인정하지 않고 모든 여성에게 억지로 다른 남자들과 자도록, 특히 오랑캐 남자들과의 동침을 강요할 것이라는 말이었다. 이런 말도 안 되는 이야기 때문에 점점 더 많은 사람들이 제갈량의 반동 세력으로 마음이 기울었다. 지방에서 오는 보고서를 받을 때마다 진정이 얼마나 심하게 스트레스를 받던지, 나도 그가 안타까울 지경이었다.

내가 이 문제를 해결할 지식이 없는 상황에서 이 혁명을 위해 할 수 있는 최선의 행동은 새로 선발한 '철의 미망인들'을 데리고 국경을 지키는 것이었다. 하지만 그들이 조종사가 된 후 삶이 확 달라졌다고, 부동산 개발회사로부터 몰수한 고급 아파트로 가족이 이사할 수 있었다는 이야기를 웃으며 해주는 걸 들으니, 이들을 보러 오지 말 걸 그랬다는 생각이 들었다. 전투에서 짓밟혀 나갈 소녀들의 모습이 눈앞에 선했으니까.

나는 소녀 조종사들에게 전형적인 전략 훈련 외에도 '꿈 영역 훈련'을 받고 있는지 확인해 보았다. 독고가라와 내가 다시 도입한 이 훈련은 그 후로 상당히 광범위하게 퍼졌다. 한 지방의 조종사들은 회복기간 동안 다른 전선으로 파견되어 그곳 조종사들을 교육했다.

처음에는 함께 누워 자야 한다는 이유로 남자 조종사들이 많이 소동을 벌였지만, 결국은 극복했다고 했다. 이번 파병기간 동안 나는 진정에게 배운 새로운 내용을 독고가라에게 가르칠 수 있었다. 그러면 독고가라는 그 정보를 이 신입 조종사들에게 가르칠 수 있을 것이다. 부디 첫 전투 전에 배울 수 있기를 바랄 뿐.

완아가 설치해 준 디지털 대화방을 통해 현지의 한 지방 소녀들을 알고는 있었지만, 이중 두 명은 내가 장안에 있을 때 함께 촬영하며 소개했던 아이들이었다. 가장 높은 기력을 지닌 양옥환은 벌써 본인의 크리살리스가 있었다. 일주일 전 내가 단칼에 깨끗하게 쓰러뜨린 백작급 혼돈으로 구현한 '매화록'이었다. 양옥환의 하얀 금기 아머는 단단한 금속판으로 이루어진 몸통에 팔다리 부분이 꽃무늬 그물로 덮인 디자인이었다. 그녀의 조종사 왕관은 화환 두 개에서 돋아난 뿔 네 개가 꽃잎에 뒤덮인 모습이었다.

양옥환이 크리살리스를 만들어내었을 때의 짜릿함을 설명하자, 장안에서 양옥환과 함께 선발된 또 다른 소녀 조종사 이과아(李裹兒, 측천무후의 손녀 안락공주의 이름.)가 그녀의 꽃송이를 콕 찌르며 말했다.

"꼭 이렇게 여성스러운 형태를 골라야 했니?"

"내가 고른 게 아니야! 정말이야. 내 머릿속에 사슴의 영혼이 다가오는 게 보였다고. 그러더니 갑자기 내 크리살리스가 그렇게 변했는걸. 게다가 '여성스러운' 게 약하다는 뜻은 아니거든."

양옥환은 리치를 입에 넣으며 웃더니, 마치 다람쥐처럼 한쪽 뺨을 부풀린 채로 환하게 웃으며 덧붙였다.

“전투에서 내가 싸우는 걸 보게 되면 그 말이 쏙 들어갈걸?”

나의 목에서 쓴 물이 확 올라왔다. 나는 낫을 짚고서 의자에서 일어나며 말했다.

“좋아, 자매들아. 너희와 대화할 수 있어서 즐거웠다. 기 금속을 제어하는 법을 열심히 익히도록 해. 그 기술은 꼭 쓸모가 있을 테니.”

나는 테이블에서 허겁지겁 걸음을 옮겼다. 독고가라는 급히 나를 따라오면서도 나와 소녀들을 번갈아 힐끔힐끔 바라보았다.

그런데 문에 미처 다다르기도 전에, 익숙한 소년의 목소리가 들려와 등줄기가 오싹해졌다.

“마마!”

뒤를 돌아보자 청룡 아머를 입은 유체가 이쪽으로 달려오고 있었다. 그는 내 앞에 무릎을 꿇고 앉았다. 앉은 자리를 따라 망토가 바닥에 덮였다. 더러운 콘크리트 바닥을 짚은 그의 손을 보니, 한쪽 손에 새끼손가락이 사라진 자리로 흉한 흉터가 덮였다.

“제가 저지른 어리석고 무시한 행동에 대해 진심으로 사과드립니다, 마마.”

그는 이마를 바닥에 대었지만, 그의 목소리는 전동차의 안내 방송만큼이나 무미건조했다.

쓰러진 나를 내려다보며 불꽃 같은 검기를 뿜어대는 칼을 휘두르던 유체의 모습이 떠오르자, 온몸이 오싹해졌다. 그가 죽인 경비병 두 사람의 몸에서 나던 탄내가 풍겨왔다.

식당은 다시 조용해졌다. 바깥의 빗소리만 들리는 가운데, 다들 나를 응시하고 있었다.

"그만 가봐라."

대답하는 나의 입에 쓴맛이 돌았다.

유체는 다시금 이마를 바닥에 찧었다.

"저는 천 번 찔리고 만 번 베어져 마땅합니다."

"알았으니 조용히 하라! 이미 처벌을 받았잖느냐. 다시는 그런 짓을 저지르지 마라."

"내세에서는 마마께서 타고 다니시는 짐승이 되겠습니다!"

난 그에게 욕을 하려다 참았다. 사방에서 나를 찌를 듯한 시선이 느껴졌다. 그중에는 독고가라도 있었다.

"나는 매우 바쁜 몸이다, 유 대위. 내세에서 뭘 할지 고민하는 것보다 현세에서 최선을 다해 화하를 섬기도록 하라. 그럼 몸조심하고."

나는 휙 돌아섰다.

누가 유체더러 이런 짓을 시켰는지는 모르겠으나, 혹시 내 마음을 풀어주려는 의도였다면, 완전히 틀렸다. 오히려 역효과만 났으니.

제30장

대자연의 분노와는
다른

"아, 폐하께서 또 메시지를 보내셨습니다, 마마."

완아는 초강력 태풍 백월(百越, 고대 중국 대륙의 남방에 살고 있던 백월족을 일컫는 말. 현대의 베트남은 이들의 후손임.)이 상륙하면서 제대로 잡히지 않는 신호를 잡아보려고 태블릿을 들며 말했다. 나의 망루에 천장과 바닥을 잇는 통창에는 빗줄기가 심하게 내리쳐 아무것도 보이지 않았다. 낮인데도 어두워서 불을 켜야 할 정도였다.

나는 탁자에서 일하다 말고 고개를 들었다. 태평도 나처럼 고개를 들었다. 그녀는 휴가를 내고서 태풍을 보러 여기 왔다. 그리고 적인걸 역시 혼돈의 공격이 언제든 발생하면 나와 함께 나가려고 이곳에서 대기 중이었다. 독고가라는 평소 우리와 함께 있었지만, 지금은 양견과 함께 다른 망루에서 전투를 준비 중이었다. 백호는 아주

정교한 공중 수송 작전을 거쳐서 장안에서 이곳 한 국경으로 이송되었다.

"이번에는 또 뭔데?"

나는 투덜대면서 〈노동주의〉 책을 베껴 쓰던 작업을 다시 시작했다. 책에는 진정이 달아놓은 주석 옆에 완아가 또 추가로 설명해 놓은 주석이 이중으로 달려 있었다.

"폐하께서는요, 음, 마마가 이해하실 수 있도록 혹시 주석을 일곱 살 어린이 수준으로 더 쉽게 풀어 써야 하느냐고 물으셨습니다."

"무시해."

"정말로…… 그래도 될까요?"

"걱정하지 마. 네 일 아니야. 내가 알아서 해."

이번 파병 기간 동안, 진정은 매일 짜증을 유발하는 메시지를 보내는 데 맛 들인 모양이었다. 이런 짓을 계속하도록 그에게 장단 맞춰 주고 싶지 않은 마음에 나는 답장을 하지 않았지만, 그래서 진정은 더 화가 난 것일까. 하지만 진정과 대화하며 굳이 힘을 빼고 싶지 않았다. 그렇지 않아도 걱정거리가 많은 상황인데. 예를 들어, 철의 미망인들이 어떻게 훈련받는가 하는 문제가 있었다. 게다가 가장 이상한 건, 진정은 내가 디지털 기기를 만지지도 못하게 하고 본인도 쓰지 않기 때문에, 실제로 완아에게 메시지를 보내는 사람은 이치였다. 정말이지, 진정이 점점 미쳐서 내뱉는 헛소리를 받아 옮겨야 하는 이치의 얼굴이 궁금할 지경이었다.

그러나 완아는 화면을 계속 내리며 말했다.

"하지만 마마, 제가 보기에는 폐하께서는 정말로 마마의 답장을 받고 싶어 하시는 듯합니다. 너는 답장할 수 있는 능력이 있다는 걸 알고 있지 않은가? 라는 말이 왔습니다."

그녀는 굵은 목소리로 진정을 흉내 내어 말했다.

"너의 비서에게 시켜서 네 말을 비서의 기기로 전달하도록 해라. 내가 실시간 메시지 전달 기능이 발명된 세상에서 깨어났지 않았나. 지금은 편지를 써 두지도 않았다가 나중에 우편으로 보냈는데 분실되었다고 거짓말을 할 수 있는 시대가 아니야."

그녀는 진정을 조롱하려는 의도는 전혀 없었겠지만, 나는 그만 웃음을 터뜨리고 말았다. 태평은 차를 마시다가 눈썹을 치켜떴다. 이어서 적인걸은 눈살을 찌푸렸다.

"폐하께서는-."

순간, 태평은 차를 마시다가 중얼거렸다.

"말하지 마, 인걸. 너 그러다가 다시 감옥으로 또 가는 수가 있어."

"저는 우리의 법이 그런 식으로 더 침몰하지 않기를 바랍니다. 그래서 말입니다만, 저는 폐하께 드릴 법 개정안 제안서를 거의 완성했습니다."

적인걸은 진지한 목소리로 말하며 공책을 톡톡 쳤다.

"우리는 처벌보다 교화와 예방에 더 집중해야 합니다. 연구에 따르면 형벌이 더 엄하다고 해서 범죄율이 줄어들지 않습니다. 사람들의 생활 환경을 개선하는 것이 더 효과적입니다."

나는 입술을 깨물었다. 적인걸이 한 제안은 언제나 그렇듯 참 훌륭하고 틀린 말이 하나 없다.

하지만 우리의 상황에서는 너무나 비현실적인 이야기다.

진정이 '교화'라는 걸 퍽이나 믿을까. 절대 아니다. 특히 게릴라 반란군을 진압하는 중이니 더더욱 믿지 않을 거다. 그가 적인걸을 이상주의자라고 부르며 나에게 왜 그토록 화를 냈는지 이제야 이해가 갔다. 적인걸에 비하면 진정은 정말로 이상주의자가 아니니까. 적인걸은 엘리트들의 인간성에 호소에 그들의 부와 권력을 나누는 게 가능하기를 바란다. 진정은 그들의 목을 베고 저택을 약탈해서 그들의 돈과 패물을 밖에 있는 군중들에게 던져준다.

가끔은 적인걸이 대사면 기회를 놓쳐서 다행이라는 생각도 든다. 그가 풀려났다면 아마도 진정의 벽화에 '위대한 사기꾼'이라고 스프레이로 낙서하거나 '노동자 제국이라는 개념 자체는 전혀 이데올로기적인 것이 아니다'라는 논설문을 썼다가 당장에 교도소로 다시 잡혀들어갔을 테니.

"저기, 음, 나는 우리의 고귀하신 폐하께서 과연 네 말을 들어주실지 보장할 수는 없어. 하지만 전달해 볼게."

"가처분 조항 관련한 새로운 법령 부분은 어떻게 됐어?"

태평은 차를 한 모금 더 마시며 물었다.

"태평!"

완아는 그녀에게 나지막하게 새된 소리를 지르면서 조용히 하라는 시늉을 하더니 나에게 말했다.

"마마, 그럼 제가 대신 폐하께 좀 품위 있는 답변을 써드릴까요?"

"좋아. 하지만 너무 공손하게 쓰지는 마. 그렇지 않으면 내가 쓴 게 아니라는 걸 알아챌 거야."

나는 잠시 생각했다가 덧붙였다.

"아니, 잠깐. 나중에 황제가 이 기억을 돌려보면 결국 내가 쓴 게 아니라는 걸 알아내겠군."

나는 탁자에 앉은 이들을 돌아보았다. 이제 이들은 나의 동료라는 생각이 들기 시작했는데. 혹시 지금 이 순간을 보고 진정이 이들에게 벌을 내릴 만큼 속이 좁을까?

"됐어. 내가 쓸게."

나는 적인걸에게 종이를 한 장 달라고 했다.

그가 공책에서 종이를 찢던 순간, 무언가가 망루에 쾅 부딪쳤다. 건물이 흔들리면서 저 아래 어딘가에서 창문이 깨지는 소리가 들렸다. 우리는 탁자에 몸을 기대어 가누며 소리를 질렀다. 조명이 깜빡여댔다.

"이게 무슨 일이지?"

태평은 창문을 통해 계속 비쳐 드는 음울한 잿빛 조명을 바라보았다. 빗줄기가 우리의 얼굴 위로 그림자를 드리웠다.

나는 눈을 감고 정신을 집중했다.

망루 아래로 기척이 득시글거렸다.

"혼돈이다! 바로 아래 있어!"

어찌나 급하게 일어났던지 눈앞에 까만 점들이 어른거렸다.

완아는 숨을 헉 들이쉬며 외쳤다.

"어떻게 그럴 수가 있죠? 경보음이 울리지 않았는데요?"

"몰라. 얼른 가자!"

나는 적인걸에게 손짓하고서 탑승용 폴로 급히 달려갔다.

출구의 미닫이 판이 평소와는 달리 제대로 움직이지 않았다. 적인걸은 나 대신 판을 발로 쳐서 열었다. 출구가 열리자마자 태풍이 세차게 몰아쳐서 우리를 뒤로 밀었다. 나는 얼굴을 마구 때려대는 빗줄기를 손으로 가렸다. 탁자 위 종이가 확 날아오르자 완아와 태평은 비명을 질렀다. 도개교 아래 다리로 하얀 파도가 망루에 철썩 쳤다.

바다가 만리장성까지 불어난 것이다.

손끝까지 싸늘해진 채였지만 난 한 손으로 폴을 잡고 다른 손으로는 적인걸의 팔을 잡아 그가 뒤로 밀려나지 않게 붙잡아주었다. 지금 그에게는 아머가 없어서 나보다 취약한 상태이기 때문이다. 그가 입은 점프슈트 죄수복이 마른 몸에 착 달라붙어 앙상한 팔다리가 드러났다. 비에 젖은 바람을 맞으며 적인걸은 눈을 찌푸린 채였지만, 우리는 서로를 향해 고개를 끄덕였다. 나는 그의 허리를 잡고서 태풍 속으로 뛰어들었다.

악천후는 겪을 만큼 겪었다고 생각했건만. 예전에도 가족이 살던 집을 두드리는 빗줄기 때문에 밤새 잠을 못 이루면서 혹시나 벽이 무너지지는 않는지 서로 고함을 지르며 견디던 태풍도 경험했건만.

그런데 남부의 폭풍우를 겪고 보니, 북부의 날씨는 그저 순진한 아이 수준이었다는 걸 깨달았다. 악마의 무리처럼 귓가를 때리며 울부짖는 이 바람은 내가 살던 마을쯤은 순식간에 파괴할 수 있었다. 대자연의 분노에 비할 것은 이 세상 어디에도 없다.

나는 적인걸을 꽉 잡고서 도킹 플랫폼을 건넜다. 하얀 모래처럼 내 얼굴을 때려대는 빗줄기 사이로 구미호의 녹색 표면이 간신히 보였다.

아래에서 다시금 강한 타격이 일면서 다리와 감시탑이 또 휘청였다. 나는 비틀거리며 다리 난간에 몸을 기댔다. 저 앞에서 구미호가 흔들거렸다.

가슴이 철렁였다. 검은빛 수형 혼돈이 촉수 같은 다리로 구미호의 꼬리를 기어오르고 있었다. 지금 구미호는 아홉 갈래 꼬리로 몸을 덮어 마치 우리 속에 들어있는 것처럼 수면형이 되어 있었다. 저 혼돈은 평민 등급으로 크기는 나의 망루 숙소 정도밖에 되지 않지만, 인간의 몸으로 마주보면 두 눈으로는 이해할 수 없는 공포감이 느껴지고 만다. 본능을 따르자면 여기서 더는 움직이지 말아야 하지만, 나는 물러설 수가 없었다. 내가 크리살리스에 타지 못하면 저 혼돈을 이길 수가 없다. 그러면 나의 크리살리스는 곧 쓰러질 것이다.

"마음 단단히 먹어!"

나는 적인걸의 귓가에 소리쳤다.

그리고 너무 많은 생각을 하지 않으려고 애쓰며, 다리 저 끝까지 있는 힘껏 달려서 구미호의 꼬리 사이로 함께 뛰어내렸다.

우리는 옆으로 쓰러져있는 구미호의 머리 부분에 쿵 부딪혔다. 일단 몸체에 접촉하자 아머를 통해 구미호의 전체적인 윤곽이 느껴졌다. 정신력을 있는 대로 끌어모아 구미호를 반대 방향으로 들어 올리면서 꼬리를 펴서 혼돈들이 기어오르지 못하도록 떨쳐내었다. 물론 혼돈들이 다 떨어지지는 않았지만, 그래도 구미호를 제대로 세울 만큼은 없어졌다. 나는 우리 아래의 기 금속에 구멍을 내어 조종석 안으로 들어갔다.

잠시 후, 완전히 젖은 채로 물보라를 일으키며 착지한 나는 물웅덩이 위를 구르며 팔을 휘저어 내가 만들어낸 구멍을 닫았다. 이렇게 움직이는 동안에는 다른 생각을 할 수 없다는 건 좋더라. 이윽고 우리는 완전히 어둠에 감싸였다. 구미호의 금속 표면으로 정전기처럼 내리치는 빗소리도 이제 아스라이 들려왔다. 나는 숨을 헐떡이면서 무감각해진 얼굴을 닦았다. 손과 무릎이 욱신거렸다. 무언가 따스한 것이, 아마도 피일 것이 코에서 흘렀다. 하지만 그 생각도 잠시, 나는 엉금엉금 기어서 조종석으로 다가갔다. 그리고 기를 흘려보내 빛을 내어서 적인걸도 자기 좌석을 찾아갈 수 있게 해준 다음 그의 점프슈트 등에 달린 지퍼를 내려주었다. 다행히도 그는 비전투 상황에서도 척추 보호대를 차고 있어도 좋다는 허락을 받았기 때문에 좌석에 앉아 등을 대기만 해도 연결이 가능했다. 이제 우리는 아머를 의자에 단단히 연결하고서 구미호에 정신을 집중했다.

이윽고 구미호의 시야로 감각이 확장되자마자 물에 젖은 짐승처럼 몸을 털어 이제는 무척 작아 보이는 혼돈을 곧바로 떨구어냈다. 그들은 이제 구미호의 무릎까지 차오르는 물속으로 떨어져 물결에 쓸려 사라졌다. 물이 여기까지 찼다는 것은 최소한 건물 3층은 잠길

정도라는 소리다. 평민급 혼돈들은 저 부글대며 파도치는 물결 속에서 충분히 숨을 수 있었다.

나는 흰빛을 폭발적으로 내뿜으며 구미호를 기립형으로 변신시켰다. 그리고 낫을 만들어 기척을 발휘하여 혼돈을 정확히 겨냥하고는 연속해서 물속으로 휘둘렀다. 혼돈을 죽일 때마다 내 몸에도 고통이 퍼졌지만, 우리가 지금 만리장성 바로 앞에 있었기 때문에 주저할 겨를이 없었다. 왜 경보가 울리지 않았을까. 전략가들이 설명해 준다 해도 난 도무지 이해할 수 없을 것 같다. 소용돌이치는 바람 너머로는 아무런 소리가 들리지 않았다. 이런 풍속이라면 카메라 드론도 버티지 못하겠지. 아마 그래서 경고가 없었을지도.

기척을 더 멀리까지 뻗어 상황을 파악해 보았다. 저쪽에서 거대한 기척이 감지되었다. 적어도 대공급 크기가 만리장성 바로 옆에 있었다. 작은 혼돈의 흔적들이 위험하리만큼 모여 있는 곳이었다. 혹시 백호일까. 하지만 군대는 철의 귀족들 크리살리스를 바로 옆에 배치하는 경우가 없다. 옆쪽 조종사 동료는 평민급으로 오늘은 비번일 텐데.

그러자 불길한 예감으로 속이 떨려왔다. 미친 듯이 몰아쳐서 마치 안개의 회오리처럼 보이는 폭우를 뚫고서 그쪽으로 전진했다. 구미호의 걸음마다 폭포처럼 쏟아지는 빗줄기가 떨리면서 다리를 잡아당겼다. 나는 속도를 늦추지 않고 최대한 많은 수의 혼돈을 베면서 앞으로 나아갔다. 못 죽였다 해도 신경 쓰지 않았다. 그보다 저 앞으로 몰려드는 혼돈이 훨씬 더 많았으니까. 폭풍우 속에서도 직접 들거나 보기도 전에 저기서 무언가 일어나고 있다는 게 먼저 느껴졌다. 리드미컬하게 땅을 울리는 거대한 떨림이었다. 그건 구미호의 발자국에서 나는 게 아니었다.

바람과 빗줄기 사이로 드디어 드러난 장면에 나는 커다랗게 비명을 질렀다. 토형 대공급 혼돈이 소수의 혼돈 무리와 함께 한 몸으로 장벽에 몸을 부딪쳐대고 있었다. 움푹 팬 콘크리트에 균열이 생기기 시작했다. 몇몇 혼돈들의 몸체에서 붉은 화기와 초록색 목기가 뿜어져 추가로 피해를 주었다.

나는 작은 혼돈 무리를 낫으로 베면서 구미호의 몸을 대공급 혼돈에 부딪쳐 밀어냈다. 혼돈은 여섯 개의 거미 같은 다리로 비틀비틀 옆걸음질을 치더니 다시금 나를 밀어냈다. 앞쪽의 두 다리가 구미호를 와락 잡았다. 나의 낫은 혼돈의 몸체에 부딪혀 두 동강 났다. 구미호의 한 팔을 빼내 뒤쪽에 달린 다른 창을 뽑아냈다. 그리고 화기를 흘려보내며 창으로 혼돈을 찔렀다. 혼돈은 밀도가 높은 토형 껍데기를 지닌 탓에 창은 깊이 박히지 않았다. 게다가 혼돈이 클수록 안의 불꽃을 꺼버리기까지 뚫고 들어가야 할 기 금속 층이 더욱 두꺼웠다. 나는 혼돈과 몸싸움을 하면서 비로 얼룩진 시야로 황금빛 몸체가 흔들리는 것을 보았다. 이것과 싸우기도 이토록 힘든데, 황룡과 싸우는 건 또 얼마나 힘들까. 구미호는 상대도 되지 않을 것이다.

그러다 너무 늦게서야 다른 혼돈들이 나를 공격하지 않는다는 걸 깨달았다. 구미호의 고개를 돌려보니 작은 혼돈들은 계속 덩어리를 이루어 만리장성을 치고 있었다. 움푹 들어간 장벽을 더욱 깊고도 넓게 파고드는 중이었다.

이제는 서로 다른 충동이 머릿속을 갈라놓았다. 이 대공급 혼돈을 막아야 하는데, 저 작은 혼돈들도 흩어야 한다. 이걸 동시에 할 방법이 있나?

평민급 혼돈에게 창을 휘두르자, 대공급 혼돈이 다시 힘을 얻어 나를 밀어내고는 움푹 팬 장벽으로 더 가까이 다가갔다.

이런 썅!

나는 다시금 대공급 혼돈을 찔렀다. 만리장성이 다시금 충격을 받는다면 견딜 수 없을 것이다. 그러니 혼돈이 돌아가게 둘 수 없었다. 나는 구미호의 뒤꿈치를 바닥에 박으려 했지만, 홍수 때문에 바닥은 이미 미끌미끌한 진창이 되어 있었다. 나는 화기와 금기를 최대한 창으로 흘려보내며 창을 더 깊이 찌르려 했다. 혹시나 대공급 혼돈을 죽일 수만 있다면…….

그 순간, 만리장성에서 느껴지는 진동이 갑자기 달라졌다.

뒤를 돌아보니 평민급 혼돈이 움푹 팬 곳을 마지막으로 부수고 있었다. 이윽고 물이 확 쏟아지면서 부서진 장벽 너머로 혼돈이 흘러 들어갔다. 물살 때문에 틈이 더욱 커졌다.

"안 돼!"

구미호의 입으로 소리쳤지만 태풍 때문에 들리지 않았다. 나는 틈으로 돌진했지만 이제는 대공급 혼돈이 나를 막았다. 그것의 손에 잡혀 몸부림치면서, 계속해서 수많은 혼돈이 한 지방으로 들어가는 것을 하릴없이 지켜보았다.

마침내 혼돈의 손아귀에서 벗어난 나는 구미호로 평민급 혼돈을 짓이기면서 만리장성의 틈으로 몸체를 밀어넣었다. 크리살리스의 무릎을 가슴에 붙이고서 꼬리의 창을 접어 틈새를 맞추었다. 그렇게 혼돈의 유입은 막았지만, 구미호가 취한 태아 자세 사이로 물이 계속 흘러들어와 이제는 허리까지 차올랐다.

대공급 혼돈은 여섯 개의 굵은 다리로 땅을 울려대면서 거품 이는 거친 물결을 일으키며 내 쪽으로 돌진했다.

그렇게 충돌하기 직전, 나는 물속에서 창을 들어 올렸다. 대공급 혼돈은 창끝에 꿰뚫렸다. 상처는 비록 깊지 않았지만, 나는 창끝을 화살촉처럼 뾰족하게 만든 다음 토기를 강화했다. 대공급 혼돈은 이제 내 쪽으로 돌진할 수도 없고, 그렇다고 앞으로 나가면 상처가 더욱 커질 상황이 되었다.

우리는 그렇게 교착 상태에서 밀고 당겼다. 그동안 의식 저 깊은 곳에서는 싸늘한 현실이 실감났다. 나는 벌써 전투의 주된 목표 달성에 실패하고 말았다. 조종사가 절대로 해서는 안 될 일을, 바로 혼돈이 만리장성을 넘어가도록 해버린 것이다. 만리장성 안쪽으로는 혼돈을 격파할 크리살리스가 없다. 전투 가능한 모든 개체는 만리장성 수호를 위한 것이었으니까.

만리장성을 뚫고 들어온 혼돈이 이제 화하로 들어가고 있었다. 국경 근처 황무지를 벗어나면 농경지에 도달하겠지. 바로 마을들로. 초강력 태풍의 경로에 있는 마을에는 강제 대피 명령이 내려져서 모두 집을 비웠지만, 혼돈을 막을 만한 대비책은 없었다. 그들은 사람들이 사는 곳으로 더욱 깊이 들어갈 것이고, 그러면 대량 학살이 벌어질 거다. 한 지방도 주 지방처럼 멸망할 수도 있다. 그건 모두 내 잘못이 되겠지.

나는 대공급 혼돈 옆을 파고들어 구미호의 조종석으로 기어오르려는 작은 혼돈들을 떨구어내며 비명을 질렀다. 구미호의 손을 움직일 공간이 없었다. 평민급 혼돈 하나가 구미호의 어깨 스파이크 사이로 기어올라 날카로운 금기가 어린 다리로 머리 아랫부분을 긁어대었다. 통증이 찌르듯 몰려왔다. 집중력이 흐트러지자 대공급 혼돈이 내 창에서 벗어나려 했다.

나는 평민급 혼돈을 던져버리고 장성의 틈새에서 반쯤 빠져나와 대공급 혼돈과 다시 몸싸움을 벌일 준비를 했다. 이 혼란스러운 상황에서 벗어날 가장 좋은 방법은 혼돈을 죽여서 그 사체로 틈을 막은 다음 침입한 작은 혼돈들을 추격하는 것이다.

하지만 내 생각을 다 읽었다는 듯, 대공급 혼돈은 홍수 속을 헤치고 멀어지더니 이내 폭풍 속으로 자취를 감췄다.

"야! 돌아와!"

나는 버럭 소리를 질렀다. 이제는 대공급 혼돈이 사라지자, 자그마한 혼돈들이 훨씬 더 집요하게 나를 에워싸기 시작했다. 나는 구미호를 부서진 만리장성의 틈에 단단히 끼워 넣어 그들이 빠져나가지 못하도록 막았다.

나의 창은 그들을 막아내기는 너무 무겁고 불편했다. 그래서 창의 길이를 대폭 줄여서 단검으로 만들었다. 하지만 그래도 별 소용이 없었다. 칼날은 물속에서 계속 헛돌았고, 혼돈 하나를 부수면 둘이 더 공격해 왔다. 남은 창을 합쳐 방패로 만들어 저 틈을 막아볼까 생각했지만, 이 혼돈들은 모이면 벽을 부술 만큼의 힘을 내니까, 똑같은 방법으로 날 밀어낼 수 있을 것 같았다. 그런 일이 다시는 일어나게 할 수는 없었다.

나는 단검을 버리고 구미호의 발톱으로 혼돈을 하나씩 저 멀리 던져버리기 시작했다. 처음에는 금기로 발톱을 날카롭게 만들어서 몸통을 꿰뚫어버릴까 싶었지만, 추가로 살상을 하면 시간이 너무 많이 걸리기도 하지만 혼돈이 죽으면서 내게 느껴지는 후폭풍이 너무 심해서 견딜 수가 없었다. 해를 입히지 않고 멀리 던져버리는 편이 오히려 더 오래 버틸 수 있는 합리적인 방법이겠지. 비록 혼돈들이 끝없이 돌아오더라도 말이다.

"지원 요청한다!"

나는 폭풍우에 대고 소리쳤지만, 나도 내 목소리를 제대로 듣지 못할 정도였으니 카메라 드론이 작동하고 있다 한들 나를 포착해 줄 것 같지 않았다. 여섯 나라를 정복했던 진정이 한낱 바이러스로 쓰러졌다는 사실이 떠올랐다. 진정처럼 죽는 것과 지금의 나처럼 죽는 것 중 어느 쪽이 더 분노가 클까.

절망이 정점을 찍었을 때였다. 휘몰아치는 빗줄기 사이로 커다랗고 하얀 형체가 나타났다. 혼돈이 아니었다. 그 형체는 뿔이 달렸다.

"마마?"

괴물처럼 포악하게 불어오는 바람 사이로 크리살리스의 외침이 희미하게 들렸다.

여자의 목소리에 나는 깜짝 놀랐다. 이윽고 꽃송이로 둘러싸인 뿔이 좀 더 또렷하게 눈에 들어왔다. 하얀 금기로 이루어진 사슴의 몸통은 몰아치는 폭풍과 거의 비슷하게 보였다. 그 가운데 빨간 눈망울이 빛났다.

"옥환? 옥환인가?"

나는 큰 소리로 물었다. 왜 저 애가 전장에 왔지? 겨우 크리살리스를 형성한 아이인데!

"네, 접니다, 마마!"

옥환은 매화록을 타고 힘겹게 불어난 물을 헤쳐서 다가왔다. 물은 이제 복부까지 차올랐다. 매화록의 양옆으로 가느다랗고 붉은 기가 꽃무늬를 그리며 너울거렸다.

"여긴 왜 왔지?"

나는 혼돈을 매화록에게서 멀리 던지며 물었다.

"혼돈을 따라왔습니다! 그것들이 모두 움직이기 시작하더라고요."

옥환은 내 주변에서 폭동을 일으키는 듯한 혼돈 떼를 보더니 멈춰섰다.

"아니, 이건? 이게 무슨 일입니까?"

나는 결국 인정하고 말았다.

"저들이 벽을 뚫었다! 혹시 네 망루에서 경보음이 울렸나?"

"당연히 울렸습니다. 왜 물으십니까?"

옥환은 버둥대는 혼돈을 슬쩍 피하고서는 날카로운 발굽으로 혼돈을 쿡 밟으며 물었다.

나는 방금 던지려 집은 혼돈을 거의 으스러뜨릴 뻔했다. 반동 세력 소행이군. 나를 방해하려고 의도적으로 이런 짓을 저지른 거야. 여기서 살아 나간다면 한 국경의 공병들에게 물어볼 것이 참 많겠군.

"내 경보는 울리지 않았다! 그래서 이렇게 된 거야!"

"예?"

"그렇다니까!"

혼돈의 포위가 더욱 심해지자 옥환은 매화록의 뒷다리로 섰다. 붉은 화기가 크리살리스의 몸에서 터져나오더니 이제 매화록은 인간의 모습과 비슷한 기립형이 되었다. 앞발굽이 갈라져 발톱이 나오고 몸통이 곧게 펴지면서 뿔이 길어지고 다리가 쭉 늘어나 이제는 허벅지가 물 밖으로 드러났다. 각 부분마다 붉은 강조선이 감싸듯 퍼졌다. 옆구리에 새겨진 꽃무늬도 붉은 선이 그려졌다. 옥환은 매화록의 팔을 놀라운 눈빛으로 바라보면서 혼돈에게서 물러섰다. 이윽고 그녀는 매화록의 뿔을 잘라내어 날이 여러 개인 단검처럼 휘두르기 시작했다.

"혹시 혼돈이 장벽을 넘어왔습니까?"

옥환은 싸우면서 물살을 헤치며 내게 달려왔다.

"그래!"

나는 의도했던 것보다 더욱 세차게 혼돈을 그녀의 너머로 던지며 대답했다. 옥환은 욕설을 내뱉으며 내 앞에 경비병처럼 엎드리더니 물었다.

“그럼 이제 어떻게 할까요? 혼돈을 추격해야 하지 않을까요?”

“여기서 움직일 수는 없어. 그랬다간 놈들이 더욱 밀고 들어올 거다!”

“제가 마마의 자리에서 만리장성을 맡으면 마마께서 혼돈을 추격하실 수 있지 않을까요?”

마음속으로 만들어낸 혀끝에서 안 된다는 말이 확 밀려왔다가 이내 멈칫하게 되었다. 양옥환이 전투에 적응하는 속도는 정말 빨랐다. 그녀는 벌써 잡은 두 뿔로 둥둥 뜬 혼돈들을 찔러 꿰어대고 있었다. 적어도 예전에 훈련을 좀 받은 모양이었다. 나 역시 첫 전투에서 아무런 훈련도 하지 않았는데도 그럭저럭 버텨내지 않았던가. 저 애가 자신을 의심하지도 않는데 내가 왜 의심하는 거지?

매화록은 금형 크리살리스라서 더욱 견고하게 방어할 수 있었다. 그리고 목형 크리살리스인 구미호는 속도를 더 빠르게 낼 수 있었다. 우리가 해야 할 일을 따져 보면 자리를 바꾸는 것이 합리적이었다.

“좋아. 그러면 셋을 셀 테니 네가 틈을 막아라. 하나, 둘, 셋!”

나는 구미호를 만리장성 내부로 확 움직였다. 옥환은 매화록의 무릎을 꿀려서 틈으로 밀어넣었다. 매화록이 더 체구가 작아서 몸집을 구기는 일 없이 장성 틈에 딱 맞아들어갔다. 그리고 구미호보다 더 자유롭게 움직일 수가 있었다. 나는 옥환을 믿고서 폭풍 속으로 뛰어 들어갔다.

탁 트인 대지 위로 물이 넓게 흘렀다. 그래서 더는 구미호의 앞길을 막는 물살이 없었다. 나는 더 빠르게 달리기 위해서 구미호를 표준형으로 변신시켰다. 울부짖는 폭풍우가 나의 등을 떠밀었고, 때로는 옆으로 밀기도 했다. 기척을 따라 나는 침입한 혼돈들을 하나씩 추격했다. 일단 가장 멀리 나간 혼돈을 감지해 보았다. 그들을 따라 잡으려면 인내심이 많이 필요했지만, 어쨌든 잡아내기만 하면 대부분 평민급 혼돈인지라 나에겐 위협이 되지 않았다.

빗줄기와 바람이 차츰 누그러졌다. 마지막 혼돈의 흔적을 추격할 때는 가장 심한 고비는 넘긴 상태였다. 혼돈을 마을까지 추격하면서 이제는 앞이 어느 정도 잘 보였다.

아니, 한때 마을이었던 곳은 모두 파괴되었다.

그 피해의 규모가 어찌나 큰지 나는 깜짝 놀라고 말았다. 건물이 휘어지고, 나무가 쓰러지고, 농작물이 모두 못 쓰게 되고, 전선이 얽히고, 널빤지가 부러지고, 금속 판이 여기저기 흩어지고, 지붕 파일을 비롯한 온갖 잔해가 사방에 널려 있었다. 어디까지가 태풍 때문이고 어디서부터 혼돈 때문인지 구분하기가 힘들었다.

그러다 폐허 더미 위에 올라간 혼돈이 보였다. 내가 다가가자 혼돈은 용맹스러우나 무의미한 싸움을 벌이려고 더미에서 뛰어내렸다. 그의 몸체에 구미호의 발톱을 꽂아 부수자, 죽어가는 혼돈의 증오가 이내 안도감의 물결 속으로 섞여 들었다. 네 발로 딛고 선 구미호 위에서 나는 휘청였다. 크리살리스의 머리를 낮게 숙이고, 평화를 만끽하며 기 금속을 두드리는 빗줄기의 부드러운 리듬을 느꼈다.

그 순간, 혼돈이 올라앉았던 잔해 속에서 기척이 느껴졌다. 그보다 훨씬 작은 기였다. 나는 구미호의 발로 콘크리트 더미를 밀어내었다.

무너진 지하실 한구석에서 바들바들 떨며 나를 올려다보는 소녀가 보였다. 두 팔로 머리를 감싼 아이 옆에는 두 구의 시체가 일그러진 자세로 짓이겨져 죽어 있었다. 그들의 옷 사이로 선홍색 피가 배어 나왔다.

나의 머릿속 모든 생각이 백색 소음으로 변해버렸다.

제31장

패배

다시 깨어나지 않을 수 있다면 얼마나 좋을까. 악몽보다 현실이 더욱 견디기 어려웠다.

가느다랗게 비쳐드는 달빛에 내 위에 달린 유리병이 반짝였다. 병에서 나온 약물이 나의 손등에 연결된 관으로 떨어지고 있었다. 순간, 그 여자애를 구미호의 조종석에 넣고 만리장성에 데려오는 장면이 떠올랐다. 그 후, 가장 가까운 훈련 캠프의 의무실로 안내를 받은 다음 군의관이 그 애를 검사하는 동안 난 의식을 잃었다.

왜 너희 가족은 대피하지 않았니? 나는 그 애에게 소리를 지르고 싶었지만, 내가 만리장성 너머로 혼돈을 들여보내지 않았다면 그들은 지하실에서 안전하게 있었을 것이다. 혼돈이 인간에게 들이닥치면 이런 일이 일어난다. 내가 어떻게 이들에게 자비를 베풀 수 있다

고 생각했나?

병을 바라보다 시선을 내리자, 소녀가 아니라 옥환이 보였다. 이 방의 다른 침대에 누운 그녀는 창문으로 들어온 달빛을 받아 우아한 옆모습을 반짝이고 있었다. 나처럼 손에도 정맥 주사관을 단 채로, 옥환은 눈도 깜빡이지 않고서 벽면의 하얀 타일을 지그시 응시했다.

불길한 느낌이 확 일었다. 구미호를 도킹 플랫폼에 연결하러 갔을 때, 옥환과 전략가들은 만리장성의 틈을 수리하는 동안 매화록을 어떤 자세로 놓아야 할지 논의하고 있었다. 그때만 해도 옥환은 아주 활기찬 목소리로 말했다. 하지만 그녀가 크리살리스와 연결을 끊었을 때 나는 그 자리에 없었다.

"옥환."

나의 부름에 그녀는 허둥지둥 침대에서 몸을 일으켰다.

"마마!"

"일어날 필요 없어."

나는 손을 들어 그녀를 저지하면서 침대에서 몸을 일으키며 물었다.

"옥환, 혹시…… 무슨 일이 있었니?"

그녀는 갑자기 조용해졌다. 눈빛이 멍하게 변했다. 그러다 그저 혼란스러운 목소리로 설명이 이어졌다.

"제가 개를 죽였어요. 분명히 제 의식 뒤에서 개 의식이 느껴졌는데, 연결을 끊는 순간……."

옥환은 이마에 손을 대었다.

나의 뱃속이 차갑고 묵직하게 가라앉았다. 나는 급히 대답했다.

"그건 네 잘못이 아니야. 크리살리스를 조종할 때 일어날 수 있는 일이야. 힘이란 때로 우리의 통제에서 벗어난 대가를 치러야 하는 법이란다."

"어떻게 된 건지 모르겠어요. 전 개를 죽일 의도가 없었어요."

"당연히 그런 의도가 없었겠지. 넌 화하를 방어하고 있었어. 네가 없었더라면 나는 성공할 수 없었을 거고, 네가 주저했더라면 임무를 이토록 잘 해낼 수 없었을 거야. 너의 부조종사는 그 자리에 자원했잖아?"

옥환의 숨소리가 빨라졌다.

"그 애는 아버지 소유 은행에서 일했댔어요. 하지만 혁명이 일어나고서 둘 다 모두 사기 혐의로 기소되었대요. 개는 10년 강제노역형을 받는 대신 자원입대하는 조종사가 되는 조건으로 혐의를 인정했어요."

진정은 이런 식으로 남자들이 여성 조종사의 부조종사에 지원하게 했군.

나는 정맥 주사 스탠드를 잡고 일어나 옥환에게 다가갔다.

"네 부조종사는 어떤 일이 일어날지 알고서도 자원했던 거야. 그런데도 입대를 결심했다고."

나는 죽은 첩 조종사들을 두고 사람들이 사용했던 말을 급히 생각해 내면서, 옥환이 정신적으로 무너지지 않도록 애써 말을 주워섬겼다.

"너의 조종사는 화하를 위해 자랑스럽게 목숨을 바쳤어. 그 애의 영혼은 황천에서 편히 쉴 거야. 부조종사의 고귀한 희생은 헛되지 않을 것이야."

옥환은 내게 기댄 채로 두 손에 얼굴을 묻었다.

"걔는 스물한 살이었어요. 은행에서 일한 지는 1년도 되지 않았댔어요."

목구멍이 꽉 막혔다. 나는 옥환을 안고서 중얼거렸다.

"앞으로는 부조종사들에게 너무 많은 걸 묻지 마. 너만 속상할 거야."

옥환의 어깨가 부들부들 떨렸다.

"왜 이럴 수밖에 없는 거예요?"

"이러지 않으면 혼돈이 우리를 모두 죽일 테니까. 네가 직접 보았잖니."

"호, 혼돈을 찌르면 죽어가는 기분을 느낄 수 있다는 소리를 들었을 때는…… 정말 그럴 줄 몰랐어요."

"그건 방어기제일 뿐이야. 죽어가는 벌이 침을 쏘는 것과 같은 이치지."

나는 독고가라가 스스로를 다독이기 위해 했던 말을 그대로 읊었다. 그렇게 하나씩, 내가 그토록 싫어했던 상투적인 말들이 존재하는 이유를 알아가고 있구나. 사람들이 죽은 자를 두고 어째서 의미 없는 말들을 반복하는지. 이 세계에 고립된 우리 조상들은 어째서 다른 현실을 창조했는지. 세대를 이어가며 권력을 잡은 자들이 어째서 계속 거짓말을 하는지.

옥환이 이런 상황에 빠진 건 나 때문이었다. 강력한 지지 기반이 절실히 필요한 나머지 내가 옥환을 징집해 버렸기 때문이었다. 이 애가 싸울 수밖에 없다면, 이 애를 나처럼 되게 할 수는 없다. 나처럼 진실에 얽매어 영원히 전투할 수밖에 없는 운명으로 두어서는 안 된다.

한 지방 기술자들은 나의 경보 시스템이 태풍 때문에 고장 났다고 주장했다. 내가 죽기를 바라는 자들에게는 참으로 딱 알맞은 우연이지 않은가. 특히 군대가 한 지방 일을 비밀에 부치라고 명령했는데도, 아침이 되자 이미 소문은 온라인상에 들불처럼 번지고 있었다.

곧바로 남부 전역의 파괴 규모가 알려지면서 모든 것이 내 탓이 되었다. 그다음은 여성 전체를 탓하는 것으로 여론이 확대되었다. 이어서 혁명 전체로, 또 혁명이 상징하는 모든 것이 다 문제가 되었다. 하지만 대부분의 피해는 한 세대에 한 번 올까 말까 한 초강력 태풍 때문이었고, 건물이 버티지 못했던 것은 구체제의 법령이 잘못되었기 때문이었다는 사실에는 아무도 관심이 없었다. 사람들은 사실에 관심이 없는 법이다. 그저 자신의 생각에 가장 잘 들어맞아 강화해 주는 이야기를, 그 이야기가 주는 왜곡된 해석을 믿는다.

솔직히 앞으로 남은 인생을 이렇게 병원에 틀어박혀 웅크리고 지내고 싶었다. 하지만 소문이 통제 불능으로 치닫고 있는데 겁쟁이처럼 숨어 있을 수는 없다. 군의관들이 퇴원 허가를 내주자 나는 내키지 않는 발걸음으로 장안에 돌아가 진정을 만났다.

"내 메시지에 단 한 번도 답장이 없더군."

그는 다시 나를 보자 격리실에서 허리에 손을 대고서 말했다.

나는 휠체어에서 그대로 있었다. 일어나 걷기에는 기력을 너무 소모한 참이었다.

"그래서 화가 나셨나 봐요?"

"장비 고장을 네 탓으로 보지 않는다."

진정은 좀 더 부드럽게 말했다. 어쩌면 그 역시 지쳐서일지도 모르지. 황제 측에서도 나름 해야 할 문제가 수도 없이 쌓여 있으니까. 그의 다크서클이 전보다 더 진해질 수 있을 줄은 몰랐다.

나는 무릎에 손을 모으고서 엄지로 건틀릿 위를 쓰다듬으며 말했다.

"그건 우연한 사고가 아니었다고 생각해요. 한 지방 공병 중에 반란 세력이 있는 거겠죠."

"나도 그렇게 생각한다. 따로 인력을 보내 개별 조사를 할 예정이다."

진정은 사상자를 그저 통계로 처리할 때 내비치는 특유의 눈빛을 지었다. 나는 그만 팔에 소름이 오소소 돋았다.

"좋아요."

나는 바닥을 내려다보며 말했다. 그 뭉개진 지하실에 있던 꼬마 소녀가 어쩔 수 없이 계속 떠올랐다. 무너진 집과 죽은 가족에게서 그 아이를 구해주려 했을 때, 구미호의 젖은 앞발 위로 바들바들 떨면서 올라왔던 그 모습. 그런데도 나에게 모함을 씌우려고 화하 자체를 위험에 빠뜨리기까지 하는 사람들이 있다는 생각에 머릿속이 멍해졌지만, 그게 바로 반혁명 세력들의 방식이었다. 그들은 변한 세상에서 본인들이 특권을 누리지 못하는 상황을 받아들이느니 차라리 죽는 편을 선택하는 것이다.

그래도 이젠 그 소녀를 누가 돌보나 걱정하지는 않아도 되었다. 진정의 통치 하에서 고아원 지원은 훨씬 늘어났으니까. 진정이 하도 처형을 많이 했기 때문에 고아원에 가야 하는 아이들이 확 늘어난 탓이었다.

나는 알현실이 이제껏 조용한 줄도 몰랐다. 그러다 진정이 한 걸음 이쪽으로 다가오는 소리가 들리자 퍼뜩 정신이 들었다.

"너는……."

그의 손마디가 유리 벽을 쳤다. 나는 고개를 홱 들었다.

그는 자신의 손을 멍하니 바라보았다. 나만큼이나 본인도 놀란 모양이었다. 그러더니 숨을 훅 내뱉고는 고개를 저으며 물었다.

"몸은 괜찮은가?"

"난…… 괜찮아요. 남부 해안가 마을이 고생하고 있어요. 즉시 지원해야 해요."

나는 이렇게 말하며 휠체어 방향을 돌렸다. 진정이 나를 바라보는 모습이 마음에 들지 않았다. 망가져서 안쓰러운 물건을 보는 것 같은 저 눈빛은 뭐란 말인가.

"물론이다. 하지만 그 전에……."

진정은 단상에 올라가 책상에서 두툼한 종이와 펜을 가져와서는 유리 벽에 난 상자에 넣었다.

"여기에 서명해."

내 쪽에 난 뚜껑을 열고 서류를 꺼내자마자, 상단에 적힌 글자를 보고 난 놀라고 말았다.

"이건……."

"우리의 결혼 증명서다. 생각해 보니 이 서류를 제출하지 않았다는 게 떠오르더군. 대관식에서……. 예상치 못한 일이 벌어졌으니까."

"왜 결혼 증명서에 서명해야 하죠?"

진정은 단호하게 말했다.

"기록 관리는 중요하니까. 특히 정부의 최고등급 문서가 그렇다. 네가 먹는 식사는 모두 기록되고, 교통비로 지출한 금액은 동전 하나까지 모두 정확히 궁의 예산에서 차감된다. 혹시 모르고 있었나? 법적으로 말하자면, 일반 시민이 제출해야 하는 서류는 우리도 다 제출해야 한다. 혼인상태 변경과 이 주소로 새로운 세대 등록을 하는 것 역시 마찬가지다."

"우리는 그런 게……. 아니, 알았어요."

나는 최대한 엉망으로 나의 이름을 휘갈겨 썼다. 서명을 할 때는 또박또박 이름을 적는 게 아니라는 생각이 들어서였다. 그러다 진정의 서명을 보자 그 자리에서 시선이 멈췄다. 손끝으로 종이가 움푹해지도록 흉포하게 써내려 간 획을 훑으며 말했다.

"이 문서 정말 웃기네요. 우리의 생일이 200년도 넘게 차이나다니."

"나이 차이가 어차피 100년을 넘어가는 상황에서, 100년이든 200년이든 뭐가 그리 이상하겠나?"

나는 별 감흥 없이 서류를 다시 유리 벽의 상자에 넣었다. 그는 의기양양한 표정으로 증명서를 가져갔지만, 난 이게 대체 무슨 필요가 있는지 알 수가 없었다. 차라리 서기 같은 사람을 시켜서 내 서명을 위조하게 했어도, 나는 아무런 말을 할 수 없었을 텐데.

"여기 있어. 또 줄 게 있다."

그는 서류를 책상에 돌려놓은 다음 단상 뒤의 뒷방으로 사라졌다. 그러더니 숟가락을 꽂은 뜨거운 그릇 하나를 들고 돌아왔다.

"나의 스승님이 가르쳐준 기 보양식이다. 연꽃씨와 땅콩, 팥과 대추, 구기자와 석잠풀, 돌 설탕을 넣었다."

미선 장군이 알려준 음식이라고?

"저 뒤에서 만들어준 걸 그냥 가져온 게 아니고요?"

나는 그릇 안을 보려고 손을 뻗었다.

"내가 만들었다."

"직접 만들었다고요?"

"주방에서 만든 음식에 독이 들었는지 검사하느라 기다려야 하는 게 화가 날 때가 많다. 그래서 저 뒤에 조리 도구와 식료품 저장실을 설치했다."

그는 그릇을 이동용 상자에 넣었다. 자그마한 공간 안에 김이 뿌옇게 들어찼다.

"아, 고마워요."

나는 그릇을 꺼냈다. 짙은 보랏빛 죽은 숟갈로 저을 때마다 따스한 김이 얼굴에 훅 끼쳐왔다. 이건 전혀 예상하지 못한 것이라서 오히려 신경이 쓰였다. 혹시 함정은 아닐까? 하지만 만리장성이 부서진 걸 두고 나를 보란 듯이 공개처형 할 딱 좋은 핑계가 있는데 굳이 여기에 독을 타서 날 죽일 필요가 없는데?

"전기압력솥이라는 건 정말 놀라운 물건이더군. 음식을 몇 시간이고 넣어둬도 타는 일 없이 보온이 되니까. 식기 전에 먹어라."

진정은 유리 벽에 의자를 끌어다 놓고서 뒷짐을 지고 앉았다.

휠체어를 탄 채 이 그릇을 꼴사납지 않게 옮기는 방법은 없어 보였다. 게다가 내가 이걸 안 먹겠다고 하면 마구 화를 내며 사형 선고를 내릴지도 모르지.

나는 한 숟갈 떠서 후후 분 다음 맛을 보았다.

"맛있어요! 달콤하니 딱 좋네요!"

나는 진심으로 기쁜 표정으로 그를 바라보았다.

진정은 빙긋 웃었다가 이내 얼굴을 닦으려는 듯 손을 앞으로 가져와 미소를 숨겼다.

이제 내가 혼자 먹게 놔두려나 싶었지만, 그는 다시 나를 엄한 시선으로 바라보았다. 내가 다 먹는지 아닌지 감시할 작정인가? 애써 그를 무시하고 미선의 요리법이 몇백 년의 시차를 뛰어넘어 기적적으로 나에게 전달되었다는 것만 생각하려 했다. 하지만 반쯤 먹다 문득 그를 좀 놀려주고 싶어졌다.

"음, 이거 지인짜 맛있네요."

나는 천천히, 나른하게 숟가락을 핥았다.

진정은 얼굴을 찌푸리고 눈을 질끈 감았다. 의자에 앉은 몸에 힘이 확 들어갔다. 난 애써 웃음을 참았다.

"먹고 싶다면 더 있다."

그는 평소보다 퉁명스럽게 쏘아붙였다.

"아, 좋아요, 사부님. 더 줘요."

그는 손으로 얼굴을 덮었다. 귓가가 빨개졌다.

"그만 좀 하지 않겠나?"

나는 죽을 한술 더 뜨며 대꾸했다.

"그럼 날 그렇게 보지 말던가요. 남부에 구호물자를 보내도록 하세요. 아, 솔직히 말하면 내가 물자를 직접 가져다주도록 해주세요. 그러면 사람들이 날 좀 덜 미워할지도 모르니까."

진정은 얼굴에서 손을 떼다가 우뚝 멈췄다.

"네가 공식 발표를 하지 않는 한, 명성은 절대로 회복할 수 없다는 걸 알기는 하지?"

이 상황을 오랫동안 대비해 왔는데도 속이 착 가라앉았다. 반동 세력이 군대를 저들 편으로 끌어들이려고 내세운 가장 강력한 전략은 모든 책임을 다 나한테 돌리는 것이었다. 진정보다는 내가 더 분노를 퍼붓기 적절한 대상이니까. 그렇다면 내가 분노하기 좋은 대상이 아니게 되는 상황이야말로 효과적인 대응책이겠지.

"알았어요. 내가 임신했다고 발표해요."

다음 방송에서 진정은 온 화하에 "우리"가 임신했다고 발표했고, 나는 그 옆에 말없이 서 있었다. 그는 조종사 지위는 아이에게 상속될 수 없다고 강조했다. 그가 이미 200년 전에 금지했던 사안이었다. 그래서 아이는 자동으로 제국의 후계자가 될 수 없지만, 아이가 자라서 언젠가 강력한 조종사가 되어 화하에 크게 기여하리라는 낙천적인 전망을 내놓았다. 그는 나의 출산 능력이 자랑스럽다고 말했다. 마치 가만히 누워서 남자가, 또는 주사기가 필요한 액체를 내 몸에 주입하도록 두는 게 대단한 재능이라는 식이었다. 그리고 내가 임신 시기에도 전투에 계속 참여하기로 다짐했다는 말도 했다.

사실을 말하자면 나와 진정은 완전히 따로 촬영했다. 그리고 나의 영상을 같은 배경에서 찍은 그의 영상과 합성하여 내보냈다. 피부가 맞닿은 적이 없는데도 함께 아이를 낳게 된 두 사람에게 어울리는 구도였다. 이 모든 게 다 거짓임을 아는 건 나와 진정, 이치와 사마의, 그리고 나의 배에 조금씩 패드를 추가해 아기가 자라는 것처럼 보이도록 방법을 일러준 의사 화타뿐이었다. 완아와 태평, 독고가라도 진실은 몰랐다. 이건 아는 사람이 적으면 적을수록 좋기 때문이었다.

임신 발표로 나의 이미지가 달라지기를 기대하긴 했으나, 그 효과가 너무 좋다는 게 증오스러웠다. 나는 이제껏 화하를 멸망 직전까지 몰아넣은 교활하고도 무능한 요부였다가, 갑자기 최선을 다하여 임신한 여자가 되었다. 완아는 온라인 댓글에서 나를 동정하는 여론이 어마어마하게 나온다고 알려주었다. 몇몇 사람들은 정말로 나를 걱정하며 전투에 나가지 말고 쉬라고 했다. 특히 진정이 파견한 독립 조사 인력이 경보 시스템 조작 증거를 발견하자, 만리장성이 무너진 걸 나의 탓으로 돌리는 사람들은 욕을 먹었다. 한 지방 국경에는 이런 짓을 저지른 용의자로 지목된 자들이 많았다. 하지만 내가 기술에 대해 뭘 알겠는가? 그들의 생명을 구해달라고 얼른 달려가 빌 마음은 없었다. 그 때문에 한 지방 전체가 멸망할 뻔했으니까.

이번 전투 후 기 회복 기간은 2주가 아니라 한 달이었다. 군대에 있는 임신 관련 조항에 따라 휴가가 늘어난 것이다. 그동안 나는 방송 제작진과 함께 호버크래프트를 타고 남부에 가서 재해를 입은 마을에 직접 구호품을 전달하는 모습을 촬영했다. 이제 어머니 역할을 할 거라면, 제대로 해야 할 테니까. 처음 마을을 방문했을 때는 마을 사람들이 멍한 표정으로 나를 데면데면하게 대했다. 내가 사악하고 기만적인 여자라는 소문을 너무나 많이 들었기 때문이었다. 하지만 구호물자를 받자 그들은 곧 마음을 풀었다. 나는 자궁에서 자라고 있다는 세포 덕분에 내가 완전히 다른 사람이 되었다고 그들을 설득했다. 그리하여 다섯 번째 마을에 다다랐을 때는 내가 탄 호버크래프트가 착륙하는 모습에 사람들이 환호했다. 여성 농민들은 경비병이 늘어선 뒤에서 나에게 소리치며 선물을 주려 했다. 태풍으로 재산을 거의 다 잃은 상황에서도 구할 수 있는 재료로 만든 아기 신발과 옷, 장난감들을 흔들어댔다. 이걸 보며 나는 어떤 마음이 들어야 할까.

새로 만든 혁명 포스터가 여기저기 붙었다. 내가 구미호 크리살리스의 어깨에 포대기로 싼 아기를 들고서 서 있는 모습과 불타는 전장 앞에서 결의에 찬 눈빛으로 망토를 휘날리는 모습이었다. 그 포스터에는 커다랗고 굵은 글씨체로 〈철의 여인으로 태어나 강철 같은 어머니가 되다〉라는 문구가 쓰여 있기도 했다.

이 포스터들을 볼 때마다 나는 눈가에 경련이 일었지만, 그래도 문화부에서 포스터와 전단지, 연극과 게임, 라디오 드라마와 방송 드라마를 제작하는 화하 최고의 예술가들을 위해 촬영에 협조해 달라는 요청이 올 때마다 나는 한 번도 거절하지 않았다. 뭐든 나의 위치를 단단하게 다져주기만 하면 상관없었다.

사적인 영역에서는 내가 대놓고 기분 안 좋은 티를 냈는지라 완아나 태평, 독고가라는 아기 이야기를 많이 하지 않았다. 하지만 그들은 내 주변에서 조심스럽게 행동하며 무엇을 먹어야 하고 먹지 말아야 하는지 조언을 해주며, 내가 조금이라도 휘청이는 기색을 보이면 서둘러 나를 잡아주었다. 난 정말 참을 수가 없었다. 마치 온 세상이

보는 앞에서 거대한 멍 자국을 달고 걸어 다니는 것과 무엇이 다르단 말인가.

그래서 난 계속 스스로를 다독였다. 이건 모두 잠깐의 속임수일 뿐이야. 제갈량과 공주희를 비롯한 반동 세력을 물리치기만 하면 더는 이럴 필요 없을 거야. 혁명방어부는 반란 세력의 음모를 잡아내고 근거지를 드러내면서 그들을 점점 압박해 가고 있으니까.

어서 이 가짜 아기 사기극이 끝나버렸으면 좋겠다.

제32장

이 너머에
더 많은 것이

촛불을 켠 방 안에 미주(米酒) 냄새가 풍겼다. 얇은 옷을 걸친 여자가 나무 벽에 나른히 기대어 누웠다. 더러운 이불 사이로 맨발이 살짝 드러났다. 풀어헤친 머리카락은 얼굴을 가렸고, 손에 들고 있는 유리 술병에도 머리카락이 가닥가닥 붙어 있었다.

어머니구나. 난 본능적으로 그녀를 알아보았다.

나의 작은 손이 엄마의 어깨를 건드렸다.

"엄마."

그녀는 술 냄새 풍기는 잇새로 무어라 중얼거리면서 어깨를 흔들어 나를 뿌리쳤다.

"엄마, 일어나요. 어서, 일어나요. 뭘 좀 먹어야 해요."

나는 어머니의 팔을 잡아당겼다.

"닥쳐!"

그녀는 술병으로 날 내리쳤다. 내 뺨에 맞은 술병이 부서지고, 나는 바닥으로 쓰러졌다.

"왜 안 죽어?"

그녀는 나를 바닥에 누르고는 부서진 병을 내 얼굴에 긁어댔다. 나는 비명을 지르며 몸부림쳤다.

"왜 안 죽냐고!"

통증에 충격을 받아 나는 정신이 확 들었다. 숨을 헐떡이면서 뒤로 넘어지고 말았다. 방이 싹 사라졌다. 남은 것은 텅 빈 하얀 공간 속 진정뿐이었다. 나에게서 등을 돌리고 앉은 그는 뺨을 움켜쥐고 있었다. 그의 어깨가 오르락내리락했다.

그는 천천히 나를 향해 돌아섰다. 얼굴을 쥐었던 손을 내리자, 뺨을 덮은 삐죽삐죽한 흉터가 드러났다.

우리는 한참 동안 아무런 말을 하지 못했다.

"네 시어머니를 본 것 같군."

이윽고 진정이 입을 열었다. 나를 보지 않고 손바닥으로 눈을 내리깐 채였다. 그는 지금 아마도, 단정한 역사 속 복식도 아니었다. 그저 격리실에서 평소 입고 돌아다니던 수수한 검은 가운을 걸치고 아무렇게나 머리를 묶고 있었다.

흠. 진정의 기억을 이토록 생생하게 경험한 건 이번이 처음이네. 게다가 이건 그가 꼭꼭 숨겨두었을 것 같은 기억임은 말할 것도 없었다.

그렇다면 지금이 취약한 순간이라는 건데. 지금 그의 비밀을 또 캔다면 얼마나 알아낼 수 있으려나?

이윽고 그가 또 입을 열려던 순간, 나는 건틀릿으로 감싼 손을 뻗어 그의 얼굴을 만졌다. 아머 차림은 이제 나에게 너무나 자연스러운 것이라 꿈의 영역에서는 이게 기본적인 모습이 되었다. 금속을 두른 나의 손가락이 그의 흉터에 닿자 그는 온몸을 굳히고 말았다.

"여기서는 원하는 대로 모습을 바꿀 수 있잖아요. 그런데도 흉터가 계속 있네요. 왜 그래요?"

그는 화두를 잃았지만, 영혼의 모습으로는 화두의 흉터를 만들어놓지 않았었는데.

"나는 흉터 없는 깨끗한 얼굴이었던 기억이 없다. 이건 아주 어릴 적에 생긴 것이라서."

그는 팔을 비틀어 빼내려는 것처럼 나의 손목을 쥐었지만, 결국 힘을 주지는 않았다. 그런 행동 때문에 나는 더욱 불안해졌다. 그래서 슬그머니 잡힌 손을 뺐지만, 그래도 진정의 눈을 계속 바라보기는 했다.

"그러면 폐하께서 조종사가 된 다음에는 그분은 어떻게 되셨나요? 전설에는 알려진 바가 없어요."

그러자 진정은 길고도 무거운 한숨을 쉬었다. 오랜 피로감이 밴 소리였다. 그는 돌아서서 걷기 시작했다.

나는 그를 따라갔다. 이 대화를 그만두고 싶어 하는 기색은 아니었으니까. 그저 나를 마주보며 말하고 싶지 않은 거겠지. 우리의 발

밑으로 분홍빛 모래가 나타나면서 찬란한 별빛이 빛나는 밤하늘 아래로 남부 해안이 옆으로 광대하게 펼쳐졌다. 분홍빛으로 빛나는 물은 해변으로 밀려들어와 철썩 소리를 내며 부서졌다. 나는 파병기간 동안 이런 풍경을 본 적이 없었다. 다른 계절에 가야 할까. 아니면 진정이 살던 시대에서는 볼 수 있었던 풍경이 우리 대에 와서 사라진 걸까.

그는 한참 동안 침묵을 지키며 걸었다가 입을 열었다.

"어머니는 포로로 잡힌 후에는 억지로 적군의 매춘굴에서 지냈지만, 자유의 몸이 되어 진나라로 돌아온 후에도 몸을 팔아야 했다. 달리 선택지가 없었지. 가족은 돌아온 어머니를 받아주지 않았고, 아내로 삼아주는 남자도 없었다. 하지만 내가 조종사 급여를 받기 시작한 다음에는 어머니에게 다시는 매춘을 하지 않아도 된다고 말해두고 기지 근처에 집을 얻어주었어."

나는 불어오는 모래바람을 막으려 눈을 감았다. 기억에서 비롯된 게 분명한 듯 실감 나는 바람이었다.

"어머니한테 그런 학대를 당했는데도 집을 구해주었어요?"

"그러면 내가 어머니를 방치했어야 한다는 건가?"

"그건 아니죠. 하지만 폐하께서 남을 용서할 줄도 아는 분인 줄은 몰랐거든요."

"그건 용서가 아니었다. 다만……."

진정은 천천히 걸음을 멈추고는 바다를 바라보았다. 짠 기운이 서린 바람이 그의 검은 가운을 휘날리고 묶은 머리카락을 휘저었다.

"이걸 알아둬라. 참 오랫동안 어머니는 나의 전부였어. 어머니를 미워하는 순간에도 실은 어머니가 나아졌으면 좋겠다는 마음을 버릴 수가 없었어."

"그래서 변하셨나요?"

다시금 숨 막히는 침묵이 흘렀다.

"어머니는 더 이상 나를 학대할 엄두를 내지 못했다. 하지만 자해를 멈추지도 않았지. 내가 치른 통일 전쟁 막바지에서 돌봄을 담당한 직원들이 욕조에서 손목을 그은 어머니를 발견했다. 오늘은 그 기일이지."

"아."

나의 목소리는 너무나 나지막해서 진정에게 들렸을지 알 수 없었다. 바람이 한층 차가워졌다. 나는 팔을 감싸고서 파르르 떨었다.

그는 눈을 가늘게 뜨고 빛나는 물결을 바라보았다.

"어머니는 종종 내게 말하곤 했다. 나를 임신했을 때 다른 매춘부들이 온갖 방법을 동원해서 나를 없애주려 했다고. 그런데 하나도 성공하지 못했다고. 가끔은 다 실패했다는 사실에 나도 슬펐지. 또 어떤 때는 애초에 어머니가 날 죽이려 했다는 사실에 분노가 일었다. 결국 아주 오랜 세월이 지나서야 어머니도 그런 환경에서는 어쩔 수 없었다는 점을 받아들이게 됐지. 날 낳았을 때 어머니는 열다섯 살이었다. 만약 우리가 다른 세상에서 살았더라면, 우리는 좀 더 다르게 살 수도 있었으련만. 난 그 점이 너무나 슬프다."

진정은 빛나는 물속으로 한 발짝씩 나아갔다. 옷자락이 수면 위로 떠올라 물결 따라 나부꼈다.

"뭐 해요?!"

나는 그를 따라 풍덩 물 속으로 들어가 손을 뻗었다가 이내 팔을 내렸다. 여기는 꿈의 영역이니 걱정할 일이 없다는 게 떠올랐으니까. 빛나는 물결이 아머로 감싸인 다리 주변을 따라 일렁였다. 진정에게서 퍼져 나오는 고통 때문에 가슴으로 부자연스러운 압박감이 점점 커졌다.

그는 손바닥을 오므려 바닷물을 떠올렸다가 다시 흘려보냈다. 그리고 두 손으로 주먹을 쥐더니, 고개를 들고 말했다.

"이 너머에 더 많은 것이 있을 거다. 이 바다와 이 별들 너머에는. 우리는 우리에서 태어난 거다. 우리를 여기 가두고는 여흥거리로 만들어놓은 사람들에 의해서 말이다."

나는 그의 팔꿈치에 손을 대고는 둘이 함께 끝없이 펼쳐진 바다와 하늘을 바라보았다.

"우리는 신들에게 복수할 거예요."

나는 어떻게든 우리가 가야 할 별들을 올려다보았다. 태평과 진정이 한 계산식이 머릿속에서 뒤섞였다. 그게 정말 될지는 모르겠지만, 우리가 가진 최선의 계획이란 그것뿐이었다.

진정은 작게 웃음을 지었다.

"그렇다. 우리는 복수할 거다."

그는 내게로 시선을 돌렸다. 그의 흉터 난 얼굴의 이목구비 윤곽을 따라 저 너른 바다의 빛이 어른거렸다. 그는 할 말이 있는 것 같다가,

문득 몸을 굽히더니 분홍빛 파도 속에서 무언가를 건졌다.

"손을 줘. 줄 것이 있다."

"그게…… 뭔데요?"

나는 그의 주먹을 응시했다. 지금 이 순간을 본인이 만들어낸 무슨 괴상한 바다 생물로 망치려는 건 아니겠지?

"손을 줘."

그는 짜증 어린 기색으로 말했다.

"먼저 뭔지 말해줘요!"

"손을 주면 곧바로 알게 될 거라고!"

더는 참으며 싸울 힘도 없어서, 나는 시키는 대로 했다. 그는 내 손을 당기고는 뜨겁게 빛나는 것을 손바닥에 올려놓았다.

"이게 뭐예요?"

나는 반짝이는 빛 덩이를 휘둥그레한 눈으로 바라보았다.

"별이다."

그는 여전히 내 손을 잡고서 보면 모르냐는 듯이 말했다.

"별이라니, 그걸 왜 줘요?"

그는 눈을 흘겼다.

"바다에 비친 별을 따다 너에게 준다고 생각해 봐. 시적이지 않은가? 여기서는 그럴 수 있다."

"그러니까 왜요? 그게 무슨 뜻인데요?"

그는 몇 번 눈을 깜빡이다가 이내 눈길을 떨구었다.

"그냥 네 손을 잡고 싶어서 핑계를 대었나 보지."

나는 코웃음을 쳤다.

"언제부터 하고 싶은 일에 핑계를 댔죠? 항상 맘대로 했으면서?"

그러자 진정의 태도가 변했다. 열기가 확 타오르는 눈동자는 마치 그 속에 성냥을 켠 것만 같았다.

"맞아. 난 항상 맘대로 했지."

그는 내 목덜미를 잡고는 내 입술을 자신의 입술에 맞추었다.

아, 씨발.

제33장

악몽보다 더 끔찍한

솔직히 이렇게 될 줄 모르지 않았다. 하지만 그저 이 모든 신호는 나만의 상상이기를, 진정이 나를 바라보는 태도가 조금씩 변하는 것뿐인데 내가 너무 과하게 해석하는 것이기를 바랐다. 나에게 머무는 그 시선들. 그러니까, 애초에 그는 나에게 별 매력을 못 느낀다고 아주 대놓고 말했잖아!

진정 앞에서 뭘 너무 많이 핥아먹지 말아야 했나.

온몸을 휘감는 공포를 느끼면서도, 그의 키스는 생각보다 부드러웠다. 나의 입술 위를 나른하게 움직이는 그의 입술. 그 감촉은 위험에서 휙 달아버리려는 나의 충동을 막아주었다. 지금은 저항하기보다 이렇게 진정과 함께 있어야 더 많은 걸 얻어낼 수 있다. 그의 단단함을 풀어내어, 그가 내 정신을 뒤지는 것처럼 나도 그의 정신을 뒤질 수만 있다면야…….

내가 마지못해 진정을 우러러보게 되는 것들을 생각해 보았다. 그가 지닌 독보적인 능력과, 그의 놀라운 지성과, 그의 더없는 대담함, 그리고 사람들의 마음을 움직이며 일어나도록 독려할 때 그의 눈동자에서 타오르는 불꽃까지.

어느새 나는 팔을 진정의 어깨에 둘렀다. 그는 낮게 신음하면서 나의 가슴이 그의 가슴에 맞닿은 것만으로는 아직 모자라는 것처럼, 나의 허리를 더욱 가까이 끌어당겼다. 내 안에서 욕망이 꿈틀대며…….

아니. 이건 나의 욕망이 아니었다. 바로 진정의 욕망이었다. 마치 파도치는 바다처럼 그를 감싸는 욕망은 그의 기력처럼 압도적이었다. 그의 손이 나의 엉덩이 위를 미끄러져 내려가면서 내 몸을 뒤로 기울였다. 난 바다에 풍덩 빠질 마음의 준비를 했지만, 등에 닿는 것은 폭신한 매트리스였다. 이제 그는 두 팔로 나의 가슴 옆을 짚고 내 위로 몸을 드리웠다. 이어서 나의 아머가 얇은 가운으로 변했다. 우리의 입술이 마치 녹아내린 꿀처럼 뒤섞이면서 나의 몸에 열기가 고이자 깨달음이 왔다. 새로이 들어온 이 어두운 공간은 그의 격리실이로구나. 우리를 분리해 놓는 유리 벽 너머로 텅 빈 나의 침대가 보였다.

"이런 상상을 했었어요?"

나는 진정에게서 입술을 떼고서 물었다. 그는 대답하지 않고 다시 입을 맞추려 들었지만, 나는 두 손가락으로 그의 입술을 누르고는 눈빛으로 대답을 요구했다.

잠깐 서로 눈싸움을 한 끝에, 그는 한숨을 쉬었다. 아까 과거를 회상했을 때처럼 지친 기색이었다. 그리고 나의 가운 띠를 들더니, 장난치듯 만지다가 천천히 풀기 시작했다.

"그랬을지도. 매일 밤 네 옆에 누워 있는데도 유리 벽 너머로 너를 데려와 이렇게 만질 수가 없는 현실에 정말 미칠 것 같다."

그의 눈이 나의 눈과 마주쳤다. 그가 기다란 손가락으로 단호하게 허리띠를 당기자 끈이 풀렸다. 가운이 벌어지면서 나의 몸이 드러났다. 나는 파르르 떨면서 애써 머릿속을 또렷하게 유지하려 했다. 나의 몸을 지배하려는 강렬한 욕망을 뚫고서 생각을 유지하기란 정말이지 너무나도 힘들었다. 그가 나를 볼 때마다 그의 속에서부터 울리는 이 강력한 욕망을 알게 되자, 대체 무엇을 느껴야 할지 알 수가 없었다. 기꺼이 받아들여야 할까. 아니면 무서워해야 할까.

그러다 문득 이런 생각이 들었다. 진정은 굳이 나를 옷 입은 모습으로 구현할 필요가 없지 않나. 그렇다면 아마도 이것 역시 그의 판타지겠지. 자신의 침대에 나를 눕혀두고 옷을 벗기는 게 욕망이었군.

그는 내 가슴에 입술을 대고서는 목덜미까지 위로 쭉 훑어 올렸다. 그의 손가락이 복부를 쓸면서 나의 다리 사이로 들어갔다.

"아……."

놀라운 쾌감이 격하게 온몸을 통과했다.

나의 맥박에 닿은 그의 입술이 미소를 지었다. 난 입술을 깨물었다. 이토록 별것 아닌 노력에 이토록 좋은 기분이 들어서는 안 되는 것인데. 진정은 훈련 중에 내게 여러 감각을 일으키는 방식으로 나에게 이런 느낌을 일부러 주고 있는 것 같았다. 그가 무방비하게 드러난 나의 신경망을 어루만지면서, 악기의 현을 어루만지듯 너르게 퍼진 그 가닥들을 쓰다듬는 모습이 상상되었다.

"여기서는 신들도 우리의 소리를 들을 수 없다, 황후여. 나에게 신음을 더 들려줘."

그는 내 귓가에 속삭였다.

"저리 꺼져!"

나는 본능적으로 쏘아붙이면서 입술을 더욱 세차게 깨물었다.

"흐음? 진심인가?"

그는 손을 거두었다. 그러자 쾌감이 썰물처럼 사라져갔다.

"……아뇨."

나는 순순히 인정했다. 사라져 버린 쾌감에 어찌나 실망스럽던지 나도 모르게 그를 향해 몸을 굽히고 말았다.

그는 웃으면서 다시금 나에게 손을 대었다.

제발 멈추지 말아 주었으면 싶은 마음이 어찌나 크던지, 나는 크나큰 좌절감에 작게 칭얼대었다. 이런 식의 행동은 도무지 진정과는 하지 말아야 할 게 아닌가. 나는 그가 얼마나 끔찍한 사람인지 다시금 상기하기 위해 그가 누군가를 참수하는 모습을 떠올렸다. 그런데 정말로 이상하게도, 내가 도무지 밝히고 싶지 않은 모종의 이유로, 그렇게 상상해 봤자 더욱 그를 과감하게 대하고 싶어졌다.

마치 내가 총에 맞았을 때 군의관들이 놔주었던 진통제가 이랬었다. 주사를 맞자 순수한 비자연적인 행복이 나의 혈관 속을 마치 햇살처럼 흘러가는 느낌이었지. 내가 조심하지 않는다면, 바로 그 진통제처럼 이 감각 역시 나를 파멸시킬 것이다.

"내가 정신적으로 너무 어리고 신체적으로도 혐오스럽다고 했던 사람은 어디 갔죠?"

말이 가냘프게 흘러나왔다. 우리 사이에 넘쳐흐르는 열기에 취한 것만 같았다.

"너한테 정이 들었나 보지. 게다가……."

그의 입술이 내 입술 위에서 어른거렸다.

"네가 이런 쪽에 순진하다고 생각한 적은 한 번도 없어."

그는 새로이 열정을 보이며 내게 키스했다.

계속 이럴 거냐고 스스로를 꾸짖는 마음을 난 덮어버렸다. 진정이 나의 저항을 느낀다면, 다시는 이런 취약한 상태를 포착할 수 없을 지도 모른다. 나는 계속 정신을 차리기 위해 되뇌었다. 진정이 나를 만질 수 있다면, 그건 현실이 아니야. 그러니 이건 현실이 아니다. 이 건 실제 상황으로 쳐서는 안 돼. 이건 게임이야. 진정이 누구이고 어 떤 인간이지 내가 기억하는 한, 나는 지지 않아.

나는 허벅지로 그의 하체를 꽉 조였다. 그는 나의 손목을 침대에 찍어 눌렀다. 우리를 잇는 황금 실이 어둠 속에서 부드럽게 빛나면 서 그와 나의 손가락이 서로 얽혀 들어가는 과정을 비추었다. 나는 자존심을 유지하려는 마음을 거두고는 내 몸을 휘감는 감각의 리듬 에 맞추어서 숨과 신음을 내뱉었다. 나는 무력하고 숨 가쁜 소리를 일부러 냈다. 진정은 분명히 좋아하겠지.

"사부님……."

나는 혼잣말처럼 칭얼거렸다. 그러자 예상대로 그는 크게 자극을 받았다. 미친 듯한 강렬함으로 나에게 키스하고 또 키스하고 계속해서 키스했다.

의식 저 깊은 곳에서 내가 경험한 적 없는 기억의 파도가 밀려들었다. 200년 전의 장면들이었다. 총기와 불꽃과 폭탄과 기공포의 모습, 진군하는 군대의 함성, 인간 대 인간, 크리살리스 대 크리살리스로 맞서는 모습들, 어두운 공장으로 동원되는 노동자들, 화려한 옷차림의 사람들의 시체가 가로등에 매달려 죽은 모습, 소리치며 배반하는 인간 사이의 다사다난한 일들.

그의 정신이 풀어져서 내 정신으로 들어온다는 게 어찌나 기쁜지, 진정이 나에게 해주는 그 어떤 일보다도 더욱 기뻤다. 진정을 더 알면 알수록 그에게 대항할 때 써먹을 수 있는 점이 더 많아진다. 나는 급하게, 탐욕스럽게 그에게 입을 맞추었다.

"……거리 저 끝의 공장에서 일해라, 애야. 우리는 너를 대가도 안받고 먹여 살릴 수가 없어……."

"……너는 스스로 왕좌에 올라서는 안 됐어! 너 개인의 영달을 위해 우리의 이상을 모두 왜곡하고 있잖아!"

"……내가 언제 너더러 수천 명을 학살하라고 가르쳤더냐……!"

"……너를 이해하지 못하는 사람이 있다면 다 제거하라. 그런 자들은 혁명에 방해만 될 뿐이니……."

"……가서 좀 쉬어, 정아. 곧 돌아올게."

"……마마께 이 사실을 알려드린다면 절대로 동의하지 않으실 겁니다.

마지막 목소리에 나는 정신이 확 들었다.

이치의 목소리였다.

진정에게서 나온 의식의 흐름을 되감았다. 보랏빛 관복을 입은 이치와 사마의가 진정의 격리실을 향해 절을 했다.

"황후에게는 장 비서관이 말하겠는가? 이제는 선택의 여지 따위 없이 인공 수정을 받아야 한다고 말이야. 내가 생각해도 비서관이 이야기를 해주는 게 황후에게도 가장 좋겠군."

진정은 조롱기도 섞였지만, 그보다는 일렁이는 분노로 날카로워진 목소리로 말했다.

"폐하, 사실을 말씀드리자면, 폐하와 마마가 직접 아기를 만드는 과정을 거치지 않으셔도 아기를 낳으실 수 있는 길이 있습니다.

"그게 사실인가? 어떻게 하는 것이지?"

진정의 어조가 좀 더 자연스럽게 바뀌었다.

"마마의 난자를 채취해서 폐하의 조직으로 수정시킨 후 실험실에서 배아를 배양시키는 겁니다. 그리고 배아를 대리모에게 이식하면 됩니다."

이지는 의학 연구에서 나올 법한 냉정한 태도로 설명했다.

"그래도 그 애가 여전히 나와 황후의 자녀가 되는가? 결함이 생기는 건 아닌가?"

그러자 사마의가 황제에게 말했다.

"그래도 마마께서 직접 낳으시는 것과 다를 바 없게 됩니다. 저의

형도 형수와 임신이 잘되지 않을 때 같은 절차를 거쳤습니다. 아름다운 쌍둥이를 낳았지요. 다른 여성의 몸에서 태어났더라도 여전히 핏줄이 같으므로 부부의 아이입니다. 솔직히 말씀드리자면 임신 자체는 어느 여성이 하든 큰 차이가 없습니다."

이치는 못마땅하다는 소리를 냈다.

"하지만 모체의 나이에 따른 차이는 있습니다. 제가 말씀드렸듯, 마마의 나이는 임신하기에는 너무나 어렵습니다. 5년에서 10년 정도 더 나이 든 여성이라면 임신 과정이 순조롭게 이루어질 겁니다. 하지만 마마께 이 사실을 알려드린다면 절대로 동의하지 않으시겠지요. 그러니 마마가 모르시도록 일을 진행하는 것이 최선입니다. 약 열흘 동안 호르몬 주사제를 투여한 후, 마마가 잠드신 상태에서 마취하에 난자를 채취할 수 있습니다. 장비는 폐하의 격리실에 설치된 마마의 방에 설치하겠습니다. 이러면 신들의 마음을 편안하게 해드리면서 마마 역시 고통스러우실 일이 없게 될 겁니다."

나는 의식층 사이를 헤치고 나오다 실제 공기를 미친 듯이 들이마시면서 퍼뜩 깨어났다. 유리 벽 너머의 내 침대에서 몸을 확 일으키자, 반대편에 있던 진정도 몸을 일으켜 눈을 깜빡이며 흐릿한 눈동자로 나를 보았다.

침대 옆에 설치된 의료 기기가 어둡게 서 있었다. 악몽보다 더 끔찍한 모습이었다.

제34장

어두운 면

얼마 전에 발이 다 나았기에, 나는 궁궐 안뜰을 성큼성큼 걸어갔다. 주변 산맥으로 동이 터 오는 가운데, 내가 지팡이처럼 든 낫이 돌길을 마구 쳐댔다. 현실이 아닌 것만 같은 감각이 온몸을 떠돌았다. 혹시 이게 여전히 꿈은 아닐까. 세상천지에 어떻게 이치가 나의 믿음을 이토록 끔찍하게 배신한단 말인가. 이건 다 진정의 거짓말일 것이다. 내 정신을 혼란스럽게 만들려 꾸며낸 거겠지.

내가 가까이 다가오자 이치의 숙소를 지키는 경비병들이 긴장했다. 그들은 나를 막아야 할지 말지 망설이는 듯했다. 내가 앞 계단을 비틀비틀 오르는 동안 그들은 날 막아야 할지 고민하며 꿈쩍도 하지 않았다.

"비켜라!"

하지만 내가 명령하자, 그들은 비켜섰다.

나는 이치의 침실로 이어지는 익숙한 길을 쭉 따라가 방문에 도착했다. 그리고 건틀릿 감싼 주먹으로 잠긴 문을 쿵쿵 쳤다.

"누구냐?"

안에서 잠기운 서린 이치의 목소리가 들렸다.

"나야."

몸이 덜덜 떨렸지만, 최대한 차분한 목소리를 냈다.

"마마?"

이치가 문을 열었다. 가면을 쓴 나의 얼굴을 잠시 바라보던 그는 이내 퍼뜩 정신을 차리고 눈길을 돌렸다.

아무렇게나 풀어헤친 이치의 머리카락과 얇은 잠옷을 본 순간, 쿵쿵 뛰던 가슴이 그만 죄어들었다. 우리가 더없이 친밀했던 시절 보았던 기억 속의 그 모습. 그냥 이제껏 알아낸 사실 따위 잊고, 우리 둘이 세상과 맞서 싸우던 그때로, 지금보다는 단순했던 시절로 돌아갈 수 있으면 얼마나 좋을까.

하지만 나는 여기에 답을 받기 위해 왔으니, 받기 전에는 돌아가지 않을 것이다.

"이치, 화 의사가 나에게 놓은 주사의 정체가 뭐지?"

그 순간, 이치의 숨이 탁 멎으며 온몸이 돌처럼 굳는 게 보였다.

"마마께서는 그걸 왜 물으십니까?"

그는 전혀 떨림 없는 평온한 기색으로 물었다.

눈앞으로 까만 점이 마구 떠올랐다. 가슴으로 넘나드는 공기가 마구 떨렸다.

"장이치. 그 주사에 호르몬제를 잔뜩 넣어서…… 내 난자를 훔치려 한 건가?"

이렇게 말로 뱉으니 정말 어리석기 짝이 없는 소리 같았다. 하지만 이치는 당황하며 움찔하는 대신, 몇 초간 입을 벌렸다가 도로 다물기만 했다.

의사들은 진정제 주사를 맞혀서 내가 꿈속에서 진정과 수업을 하기를 기다렸다가, 몰래 내 방으로 들어와서 의식 없는 몸에 채취 시술을 했다 이거지. 생각만 해도 메스꺼움이 확 밀려왔다. 그러다 너무 끔찍한 느낌에서 깨어난 날이 떠올랐다. 바로 진정이 유리 벽을 열고 들어와 무슨 일이냐고 내게 소리쳤던 그날. 그는 나를 걱정해서 겁이 났던 게 아니었다. 자신이 아끼는 장난감을 의사들이 실수로 부쉈을까 걱정이 된 거였다.

"장이치."

나는 낫의 날을 그의 가슴에 대고서 방 안으로 깊이 밀어 넣었다.

"장이치. 정말이지, 진심으로, 절대로 아니길 바란다. 나와 진정의 아이를 임신한 여자 같은 건 없다고 말해라."

이치는 옷자락을 풀어 헤친 채 뒤로 비틀거렸다. 그러다 결국 발코니로 통하는 미닫이문을 막아놓은 나무판자에 등이 부딪혔다. 아마도 암살 방지를 위해 문을 막아놓은 것이겠지. 이치는 내가 자신의 가슴에 무기를 꽂을 수도 있을 거란 생각을 안 했을까? 내 아머와 연결된 이 낫으로 자신의 갈비뼈를 으스러뜨리고 폐를 뚫어 피에 숨

막혀 죽게 할 거란 생각을?

"어서 말해봐!"

나는 비명을 질렀다.

"신들은 우리에게 최후통첩을 했습니다."

이치의 목소리는 너무나 작게 들려왔다. 나의 가슴 속에서 쿵쿵대는 심장 소리 때문에 겨우 들릴 만큼 가느다란 소리였다.

"그리고 마마께서 강제로 아이를 낳으셔야 한다고 생각하니 견딜 수가 없었습니다."

"그래서 내게 거짓말을 했다고? 나도 모르는 새에 다른 남자 둘을 불러다 놓고 나를 소처럼 번식시키기로 결정했다고?"

"마마를 그렇게 생각한 적 없습니다."

그는 나의 낫에 손을 얹었다. 하지만 자신의 가슴에서 낫을 치우려 하지는 않았다.

"아니야. 너는 내가 자격이 없다고 생각하는 거잖아. 내 몸에서 일어나는 일을 알 자격이 없다고 생각하잖아! 나를 상대하기가 너무 어려우니까! 내가 너무 이성적이지 않아서 그래? 너무 불안해서 그래?"

차라리 이치가 나와 같이 목소리를 높이고 서로 소리를 질렀다면, 서로의 몸뚱이를 찢어발길 수 있었다면 상황이 어렵지 않았을 거다. 하지만 그는 어떻게 이럴 수 있을까 싶을 만큼 소름 끼치도록 차분하기만 했다. 마치 인간인 척하는 기계 같았다.

"다른 여자가 임신한다는 선택지를 생각하면 마마께서 무척 고통스러우시지 않았겠습니까. 그래서…… 마마의 입장에서 결정을 내렸습니다.”

그의 말에 나는 피가 확 끓어올랐지만 반대로 피부는 얼음처럼 차가워졌다.

“왜 내가 그런 회의 자리를 감당할 수 없을 거라고 단정했지?”

나는 버럭 소리를 질렀다. 그러다 잠시 망설이고서는 결국 물었다.

“그래서, 성공했어?”

이치의 아랫입술이 떨렸다.

“네.”

손아귀에서 낫이 스르르 떨어져 나갔다. 이어서 묵직하게 쿵 소리를 흩뿌리며 낫이 바닥에 떨어졌다. 나는 쓰러지지 않으려고 벽에 몸을 기댔다.

나와 진정의 아이를 임신한 여자가 있다니. 나는 선택의 여지도 없이 어머니가 되는 것이로구나. 자궁에 직접 칼을 꽂아 임신을 중단한다는 선택지조차 없이.

“위 아주머니는 제가 신뢰하는 직원입니다. 이미 아이를 두 명이나 낳아본 사람이니 힘들지 않을 겁니다. 지금 좋은 대접을 받으며 지내고 있습니다. 가족에게도 입지 좋은 새 아파트를 지급했고요.”

귀에 이명이 울리는 가운데 이치의 목소리가 아스라이 들렸다.

아주 잠깐, 나는 진지하게 이치를 죽일까 생각했다. 낫의 날을 날카롭게 갈면 머리를 잘라낼 수 있지 않을까.

하지만 머릿속의 이성은 곧바로 그 제안을 거부했다. 시야 한구석으로 그의 침대가 보이자, 내 가슴과 더불어 영혼까지 쩍 갈라지는 고통이 느껴졌다. 저기, 그의 침대 속에서 우리는 서로를 안으며 그저 안전함을 느꼈었는데. 그때는 세상의 비난 따위 신경 쓰지 않고서 웃으며 이치에게 키스하고 나의 가장 깊은 욕망에 그저 빠져들었는데. 어색하고 서투른 처음의 순간부터 익숙하게 서로의 몸을 알게 된 후의 순간까지 저곳에서 보냈었는데.

내 기억 속 가장 행복한 순간을 주던 남자가, 어떻게 지금은 나를 갈기갈기 찢어버리는 사람이 되었단 말인가?

너무나 혼란스러웠지만, 답은 명확했다. 내 앞에 보이는 그의 형제회 문신이 있지 않은가. 난 이치에게 어두운 면이 있다는 걸 언제나 알고 있었다. 다만 그게 날 향할 줄은 몰랐다. 난 정말이지, 어리석기 짝이 없구나.

이치는 자신이 한 일이 용납할 수 없는 짓이라는 걸 알기는 할까? 아니면 그저, 나에게 고통을 주지 않으려고 한 짓이니 괜찮다고 생각하는 걸까?

온몸에서 피가 빠져나가는 듯, 서서히 사지가 마비되는 느낌이었다. 나는 어쩔 수 없이 고개를 저었다.

"이치, 네가 무슨 짓을 했는지는 알아? 넌 내 신뢰를 배신했어. 나에게 거짓말을 하고 내 몸을 함부로 대했어. 나를 강간한 거라고. 그걸 알고 있었지? 우리는 이제 돌이킬 수 없어. 다시는."

가장 끔찍한 것은 바로 그의 체념한 표정이었다. 마치 아주 오래전부터 이 순간을 준비해 온 것처럼 말이다.

그는 속삭이듯 나에게 말했다.

"압니다. 알고 있었어요."

제35장

항상 준비된

"와, 믿을 수가 없네! 진짜로 정말 몰랐거든요!"

태평은 터널의 그림자 아래에서 고개를 저었다. 자동으로 켜지는 조명은 우리가 가만히 앉아 있을 때는 금방 꺼져버리기 때문에, 지금은 밝은 흰색 손전등이 태평이 주변에 어지러이 흩어놓은 계산식 종이들을 비추었다.

"그래. 이건 다 그의 소행이었어. 그들의 소행이었다고."

"다음번에 이치를 만나면……."

태평은 손바닥을 주먹으로 쳤다. 하지만 나는 중얼거렸다.

"그러지 마. 이치는 우리의 귀하신 폐하의 총애를 받고 있잖아. 너한테 무슨 일이라도 생기면 어떡해."

"저한테요? 저는 폐하의 비밀스러운 수학자인데요?"

태평은 주판알을 튕기며 대꾸했다. 이 수학식을 계산할 때 사용할 수 있는 유일한 도구가 주판이었다. 계산은 거의 끝났지만, 지금 그녀는 고급 물리학 서적들을 읽으면서 고려해야 할 새로운 점이 나온 듯할 때마다 세 번씩 계산을 확인하고 싶어 했다.

"너무 무서워서 지금은 비단옷도 못 입는 수학자 말이지?"

내가 지적했지만, 태평은 진정의 대국민 담화 목소리를 완벽하게 성대모사 하며 말했다.

"무섭다니요? 마마께서는 무슨 말씀을 하는 겁니까? 저는 방탕했던 과거의 생활을 뉘우치려는 마음으로 비단옷을 포기한 것입니다. 이제 저는 평민 백성 동지들과 함께 연대하고 있습니다. 그들이 감당할 수 없는 의복은 소비하지 않을 것입니다."

"그만해!"

나는 우울한 와중에도 터지는 웃음을 참으며 새된 소리를 질렀다. 태평은 이제 본래의 목소리로 돌아왔다.

"하지만요, 이치가 절대로 잊지 못할 만큼 따끔하게 혼을 내줄게요. 어휴, 진짜, 걔는 언제나 좀 이상하긴 했지만 이건…… 말 그대로 생명을 갖고 노는 거잖아요."

그녀는 주판알을 튕기기 시작했다. 그러다 다시 입을 열었을 때는 느릿하니 조심성 있는 말투가 되었다.

"위 아주머니라는 분을 찾아가실 거예요?"

나는 갑자기 흥미가 확 식었다.

"모르겠어."

내가 뭘 할 수 있는데? 그녀에게 임신을 중단하라고 강요하라고?

이미 내가 진정을 알현실로 찾아가 따졌을 때, 그는 나에게 으르렁대며 말했다.

"그 여자는 자랑스러운 어머니다. 그리고 아이를 품고 있다는 사실에 자부심을 느끼고 있어. 그 뜻을 네가 억지로 꺾을 수는 없다."

어쩌면 당연하게도, 우리가 꿈의 영역에서 그런 일을 했다 하여 바뀐 것은 아무것도 없었다. 진정이 나를 원한다고 해서 나를 존중한다는 뜻은 아니었다. 오히려 그건 진정이 나를 더욱 더 존중하지 않는다는 뜻일 거다. 진정 같은 남자들은 그런 식으로 이상하게 군다. 친해진 것이라 생각해야 할 것을 자신이 정복했다고 생각하니까.

그와 함께 한 일을 후회하지는 않는다. 만약 진정이 방심한 틈을 타서 그의 기억을 알아내지 않았다면, 난 무방비한 채로 얼마나 더 오랫동안 아무것도 모르고 있었을까?

물론 내가 그 사실을 알았다 하여 할 수 있는 건 없었다. 심지어 진정이 펼치는 놀랍도록 위선적인 요구를 반박할 수도 없었다. 나라도 아이를 임신한 여성에게 임신 중단을 요구하는 남자가 있다면 용서하지 않았을 거다. 그런데 내가 위 아주머니에게 똑같은 짓을 할 권리가 어디 있단 말인가?

내가 바라는 최선이란, 200년 전 진정의 첩들처럼 위 아주머니가 유산하는 것뿐이었다. 하지만 그렇다 해도 내가 내 자궁으로 또 임신 시도를 해야 한다는 압박을 받게 되는 건 불 보듯 뻔하겠지. 신들은 진정이 아이를 갖게 되면 그걸 약점으로 삼고 휘두를 수 있다고 믿는 듯했다.

솔직하게 말해서, 사마의와 진정이 나와도 계획을 함께 논의했다면, 난 찬성했을지도 모른다. 신들과 맞서고 반동 세력을 잠재우기 위해서라면 나도 합리적으로 굴 마음이 있단 말이다.

하지만 그들은 내가 단계마다 이런저런 우려를 내놓을 때 들어주고 싶어 하지 않았던 거다.

나는 허탈하게 숨을 내쉬며 터널 벽에 머리를 기대었다. 아직도 이치가 왜 그랬는지 이해가 되지 않았다. 그게 무슨 가치가 있다고? 내가 생각해 낼 수 있는 이유라고는 단 하나, 진정의 총애를 계속 이어가기 위해서 자신은 나에게 아무런 마음이 없다는 걸 증명하려는 것이었다. 과거 나와 이치의 관계를 떠올릴 때마다 진정의 얼굴에 어렸던 불쾌함, 그리고 이치가 그 절차를 제안하기 전에 목소리에 어렸던 씁쓸함이 다시금 생각났다.

이치가 우리 사이에 선을 긋기로 그토록 단단하게 결심했다면, 난 그 선을 존중할 거다. 다시는 이치와 아무런 사이가 되고 싶지 않다.

태평은 살짝 얼굴을 찌푸렸다.

"마마, 솔직히 말씀드리자면, 왜 마마께서 남자들에게 그토록 신경을 쓰시는지 알 수가 없네요. 가치 없는 남자들이 너무 많다고요. 물론 태생적으로 남자들이 개판이라는 건 아닌데요, 우리 여자들보다 나쁜 짓을 훨씬 더 많이 하는데도 처벌도 안 받는다는 현실 때문에 남자들이 더 나빠지는 것 아니겠어요? 그러니까 제 말은요, 이치는 제 친동생이긴 해도 걔가 그런 끔찍한 짓을 했다는 게 별로 놀랍지는 않아요. 난 남자에겐 실망할 준비가 항상 되어 있거든요."

"나쁜 존재가 되기 때문에 남자들은 모든 권력과 통제력을 갖게 되는 법이지. 놈들이 나쁜 짓을 하면 피할 수가 없으니."

나는 이렇게 중얼거리며 생각했다. 내 인생에 들어온 모든 남자와 난 결국 어떻게 되었는가. 그들이 남자라는 사실에 상황이 얼마나 크게 달라졌던가. 만약 이치가 여자였다면 절대로 혼자서 주기적으로 나를 만나러 여행할 수가 없었을 것이다. 세민이 여자였다면 조종사로 선발되지 않았을 테고, 나와 짝이 될 수도 없었을 것이다. 진정은 미선 장군처럼 역사에서 사라졌을 것이다. 물론 이 세상은 그들 남자에게도 각자의 불공평한 현실을 주었지만, 그래도 남자로 태어났기에 자신이 할 수 있는 것이 뭔지, 갈 수 있는 곳이 어딘지 결정할 수가 있었다.

태평은 잠시 생각에 잠긴 듯 소리를 내더니 말했다.

"만약 마마께서 황후만 아니었더라도 제가 소개할 여자들이 참 많았을 텐데요. 클럽에 데려갈 수도 있었을 거고요."

"클럽이라니?"

태평은 이제 눈을 반짝이며 말했다.

"아시잖아요. 제가 완아랑 처음 만난 〈백합〉 클럽 같은 곳이요. 그곳은 사회가 우리에게 억지로 부여한 성별에서 벗어나고 싶은 사람들이 모이는 곳이에요. 여자를 좋아하는 여자, 남자를 좋아하는 남자, 둘 다 좋아하는 사람이나 둘 다 안 좋아하는 사람들까지 다요. 태어날 때부터 정해진 성별을 거부하고 싶은 사람들, 사회가 우리를 억지로 욱여넣으려는 반듯한 틀에 맞지 않는 사람들이 오죠."

그녀가 이런 '클럽'에 대해 설명을 이어가자, 숲에서 이치와 만났던 시절 그에게서 들었던 이야기가 생각났다. 그때는 도시 생활이 뭔지 하나도 몰라서 상상이 되지 않았지만, 이제는 요란하게 흔들리는 레이저와 쿵쿵대는 음악과 이 사회의 주변인들이 시름을 잊고 마구 날뛰며 춤추는 모습이 그려졌다.

가슴이 문득 파르르 떨렸다.

"그런 데가 정말로 있다고?"

태평은 미소를 지었다.

"성현들이 추적해서 박멸하려고 기를 써도 없어지지 않죠. 군인들이 덮쳐서 없애도 계속 생겨나요. 그들은 우리를 절대 없애지 못해요. 지금 클럽들은 혁명 때문에 다들 긴장 상태라 영업을 중단하긴 했지만, 반드시 열릴 거예요. 언제나 그랬으니까. 어쩌면 마마를 변장시켜서 모시고 갈 수 있을 수도 있겠죠. 언젠가는요."

나는 미소를 지어 보였다.

"그러면 참 좋겠구나."

제36장

최악의 실수

이치만큼이나 진정도 이 임신 계획에 중요한 역할을 했지만, 이상하게도 나는 이치만큼 그가 밉지는 않았다. 애초에 신뢰하지도 않았던 사람이었으니 실망을 할 일이 없었으니까.

그래서 유리 벽 하나만을 사이에 두고 침대에 누워 훈련에 들어가는 것도 그럭저럭 견딜 만했다.

"최근 드러난 일로 난 그리 마음 쓰지 않을 거다."

지금 진정은 꿈으로 만들어낸 주점에 와 있다. 초를 켜 둔 방에 앉은 그는 고풍스러운 술잔으로 술을 조금씩 들이켰다. 야수 무늬를 표면에 새긴 삼발이 술잔은 고구의 저택에 전시되어 있던 녹슨 청동색 골동품과는 다르게 만들어진 당시에 지녔을 영롱한 광채를 빛내고 있었다. 그는 자신의 꿈으로 만든 200년 전 시대로 나를 데려가서 승마를 가르쳐주고 오래전 사라진 식당이나 노점에 데려가서 그의 기억 속 음식을 맛보여 주었다. 그는 이러는 게 '더 강력한 조종사를 배출해 낸 시대의 방식'을 경험시켜 주기 위해서라고 주장하지만, 내가 보기엔 진정은 그저 자신이 잘 아는 시대로 돌아가고 싶어하는 거였다.

그는 잔을 들어 건배했다.

"주변 사람들의 진면목을 보게 되는 것은 언제나 축하할 만한 일이지."

"폐하의 진면목을 보게 된 것처럼요?"

나는 진정의 시대에 흔히 쓰였던 나지막한 탁자 맞은편에 무릎을 꿇고 앉은 채 빈정거렸다. 그가 나에게 내준 와인에는 손도 대지 않았다.

"내가 언제부터 나의 진면목을 너에게 숨겼다는 거지? 이번 일로 나에 대한 네 평가가 바뀌기라고 했다는 건가?"

나는 눈을 흘겼다.

그는 쯧 혀를 차며 잔을 상에 탁 놓았다.

"나한테 눈을 그렇게 뜨지 마라."

"뜨면 어쩌시려고요?"

내 말에 그의 눈초리가 가늘어졌다가, 이내 입꼬리가 악랄한 미소로 슬그머니 올라갔다. 그는 앞으로 몸을 기울이며 말했다.

"또 뜨면 너에게 다시 입 맞출지도 모르지. 네가 내 밑에서 신음할 때만 고분고분해지는 것 같으니."

나는 잔을 확 들어다 그에게 술을 뿌렸다. 그의 얼굴에 튄 와인은 높다란 머리 장식을 묶어 턱 아래로 고정한 끈까지 흘러내렸다. 그런데 진정은 눈을 번쩍 뜨더니 더욱 활짝 웃으면서 입술을 핥았다. 그 모습에 충동적인 나의 행동에 후회가 일었다. 이런 더러운 말을 하면 내가 동요한다는 사실을 알려주었을 뿐이니까. 이러면 앞으로 계속 진정은 이런 행동을 하게 될 뿐이다.

하지만 나 역시 그의 허를 찌른다면 어떨까.

나는 팔다리로 탁자 위에 올라가 진정의 예스러운 저고리 앞섶을 덥석 잡아끌었다. 깜짝 놀라 멍하니 벌어진 그의 입술을 나는 내 입술로 틀어막았다. 처음 받았던 충격도 잠시, 진정은 준비하고 있었다는 듯 나의 뺨을 손으로 잡고서 함께 입을 맞추었다.

그가 한껏 정신을 판 순간, 나는 그의 아랫입술을 세차게 깨물었다.

진정의 목에서 먹먹한 비명이 흘러나왔다. 그가 벌떡 일어나는 바람에 허벅지가 나지막한 상을 흔들어 우리의 술잔이 바닥에 떨어졌다. 그는 손으로 내 머리채를 움켜잡았다. 우리가 몸을 떨어뜨리자 그의 눈에 분노가 번뜩였다. 나를 상에서 끌어 내리려는 진정의 손아귀 때문에 두피가 아팠지만, 나는 그를 마구 밀치면서 그의 턱을 잡았다.

그리고 쓰레기 봉지에나 넣어 마땅하다는 얼굴로 그를 내려다보며 말했다.

"그 정도면 욕구 해소에 충분하지 않나요? 우리는 신들을 죽이려고 훈련하는 것 아니었어요? 너무나 중요하지만 불가능할지도 모르는 임무잖아요? 그런데 시간을 낭비하며 놀고 싶어요? 그렇다면야 정말로 폐하에 대한 평가를 달리 해야겠네요."

잠시 후, 그는 내 머리채를 놓았다. 나는 그의 턱을 확 밀어내고서 표정을 돌처럼 굳힌 채로 상에서 내려왔다.

그는 피 흐르는 입술을 만지면서 나를 지켜보다가 이내 우쭐한 표정을 도로 지었다. 그리고 턱에 묻은 피와 술을 닦아내며 말했다.

"너랑 장 비서관은 전혀 어울리지 않았어. 그가 널 바라본 이유는 네가 그의 환상 속 영웅의 이미지에 딱 맞은 대상이었기 때문이지."

가슴이 찌른 듯이 아팠다.

"갑자기 장 비서관 이야기는 왜 꺼내죠?"

"네가 평소보다 기분이 안 좋아 보이니까. 그래서 불편하다. 내가 말했지만, 겉과 속이 다르다는 걸 간파했다고 슬퍼할 필요가 없어. 나는 장 비서관 같은 부류의 사람을 잘 알지. 그들은 매춘업소에 들어갈 때마다 마음 가득 말랑해져서는, 여자랑 둘만 있을 때 다리를 잡아 벌리려고 하지 않고 여자의 이름을 물어봐 주는 자신이 참 세련되고 깨어 있다고 생각하지."

진정은 자신의 가슴에 손을 얹으면서 꿀처럼 느릿한 목소리로 말을 이었다.

"하지만 이런 남자들은 그 상냥하고도 의로운 외양 아래로 숨겨놓은 본질이 다 똑같다. 그자들은 자신이 구원자라는 개념에 푹 빠져 있지, 막상 구원해 주어야 하는 여자들에게는 관심이 없어. 그래서 우리가 있는 거다. 장 비서관은 널 위해 자신이 궁극적인 희생을 했다고 느끼고 있지만, 너는 배신당했다는 날카로운 상처를 감당하고 있지 않나."

꿈속 나의 형태가 역겨움을 느끼며 뜨겁게 맥동했다. 진정에게 다시 술을 마구 뿌려대고 싶은 충동이 일어서 억지로 참았다.

진정은 바닥에 떨어진 잔을 들고서 텅 빈 안쪽을 응시했다.

"그건 부유한 환경에서 자란 이들의 본성이지. 그자들은 하루하루 살아갈 걱정을 할 필요가 없었기 때문에, 그들의 예쁘장하고 좁은 정신으로 인생의 더 깊은 의미를 필사적으로 찾아 헤맨다. 그래서 장 비서관은 본인의 성장 배경인 부패한 엘리트층에 맞서서 훌륭한 선동가가 된 것이다. 아, 날 오해하지는 마라. 나는 이익 추구 계급에 속해 있다가 배신하고 나온 이들은 높이 평가하니까. 나의 가장 훌륭한 동지 중에는 본인의 계급을 배신한 이들이 있었다. 하지만 그런 자가 연인으로 좋을까? 그는 우리처럼 하루하루 살아남기에 급급했던 사람들을 절대로 이해하지 못할 거다."

"'우리'라고요? 이걸 '우리' 문제로 만들려는 건가요? 마치 폐하께서는 그 아기가 생겨나는 데 필수적인 요소를 제공하지 않았다는 것처럼 말하네요?"

나는 말을 확 뱉었다.

"그걸 뽑아낼 때 널 생각하긴 했다. 그러면 네 기분이 좀 낫나?"

"아니!"

진정이 숨죽여 웃자, 내가 또 그의 의도대로 반응했다는 걸 알아차리고 말았다. 그에게 휘둘리지 말아야 하는데. 세상에, 앞으로 진정과 나누는 대화는 다 이런 식이 되어간다고?

"어쨌든 장 비서관은 이 일을 비밀에 부치라고 강하게 요구했다. 너를 아프게 하지 않고 싶다면서. 하지만 나는 너에게 알리는 데 아무런 거리낌이 없었다."

"그러면 왜 말하지 않았는데요?"

내 물음에 진정은 날 가리키며 말했다.

"말했다면 내가 너라는 사안을 처리해야 했을 테니까. 내 인생에 골치 아플 일을 또 뭐 하러 덥석 만드나."

"그냥 나한테 말만 해도 되었을 텐데요. 신들이 아이를 낳으라는 압박을 점점 세게 하고 있다고 했다면 이런 소동은 일어나지 않았을 거라고요. 나는 타협이 불가능한 사람이 아니에요. 임신을 위장하겠다고 한 건 나였잖아요?"

순간 그의 얼굴에 후회 같은 것이 스쳤다. 하지만 내가 그를 너무 과대평가하는지도 모르겠다. 난 이치처럼 그를 완전히 차단할 수는 없으니까.

"이미 이렇게 된 걸 어쩌겠나. 네가 감정을 정리할 시간을 주어야겠지. 하지만 명심해라. 우리에겐 애새끼의 로맨스 같은 것보다 더 중요한 일을 걱정해야 한다."

"아, 또 나더러 애새끼 같다고 하는군요? 폐하께서 나를 침대에 눕혀놓고 상상했을 때는 유치하지 않았나 보죠? 아니면, 내 생각보다 머리가 훨씬 더 망가지셨나요?"

　진정은 얼굴을 찡그리더니, 내 몸을 단단히 감싼 예스러운 나선형 겉옷을 슬쩍 보며 대꾸했다.

　"역겹게 굴지 마라. 하긴, 애새끼에겐 너 같은 몸매가 없긴 하지."

　나는 벌떡 일어나 어둑한 술집을 성큼성큼 빠져나갔다. 등 뒤로 그의 웃음소리가 울려퍼졌다. 정말 짜증 나. 진정이 이토록 크게 웃는 건 처음 들었다. 의외로 소년 같이 맑은 소리네. 아니, 당연히 애새끼 같은 건 저쪽 아니야? 내 반응에 그가 좋아하든 말든 상관없어. 난 진정과 단 한 순간도 같이 있고 싶지 않았다.

　꿈은 초현실적으로 작동했다. 시야 끝으로 보이는 술집 내부에는 언제나 다른 손님들이 있는 것 같았지만, 막상 그쪽으로 고개를 돌려 보면 사라지고 없었다. 나는 정문을 밀어젖히고 밤거리로 나섰다. 예스러운 등불 빛이 둥그렇게 빛나는 거리로 흐릿한 형체의 사람들이 이리저리 지나갔다. 나는 내 의지로 이 꿈의 영역에서 벗어나는 법을 아직 다 익히지 못했다. 특히 실제의 기억으로 이루어진 꿈에서 나가는 건 더 어려웠다. 하지만 어딘가 분명히 끝이 있을 텐데.

　진정이 작게 쿡쿡 웃는 소리가 뒤에서 다가왔다.

　"농담이다, 농담……."

　그는 내 손목을 잡아당겼다. 나는 그의 손을 세차게 뿌리쳤다.

　"만지지 말아요. 난 이런 의미 없는 꿈의 장면들이 아주 지긋지긋해. 이건 다 오래전에 죽어버린 과거를 다시 살아보려는 폐하의 핑계일 뿐이죠. 이제부터는 딱 봐서 훈련이 아닌 것은 아무것도 하지 않을 거예요. 다음에 또 슬프고 외로워지신다면 혼자 알아서 극복하시죠."

부드럽게 일렁이는 등불 아래로 그는 얼굴을 찌푸렸다. 그리고 날 놓아주더니 한숨을 쉬었다.

"황후여. 내가 1대 6으로 맞서 싸워서도 통일 전쟁에서 이긴 이유를 아나?"

"아 진짜, 혹시 또 폐하의 '거대한 용' 따위로 농담을 할 생각이라면-."

순간, 그는 손을 들어 내 말을 막았다.

"내 용이 칭찬받을 만큼 크다고 봐줘서 고맙지만, 그게 있었더라도 적국이 연합했다면 나를 짓밟아버릴 수 있었을 거다. 황룡은 동시에 여러 곳에 나타날 수도 없고 계속해서 끝없이 작동할 수 있는 것도 아니니까. 하지만 나의 적국은 해묵은 원한과 내분 때문에 제대로 연합하질 못했다. 화하의 존재는 내가 승리해서이기도 하지만 그들이 실패한 탓이기도 하다. 그러니 그들이 저지른 실수를 우리는 반복하지 말도록 하자, 황후여. 신들을 물리치려면 그들을 파괴하기 전에 우리가 서로를 파괴해서는 안 돼."

"그래서 나더러 여기 있으면서 폐하의 변태적인 농담을 계속 듣는 게 제일 중요하다고요? 그렇지 않으면 신들에게 진다는 소린가요?"

진정은 희미한 미소를 지으며 고개를 돌렸다.

"미안하다. 내가 좀 자제하도록 하겠다. 내 삶에는 재미있을 일이 너무 적어서 그렇다. 내가 그렇다고 다른 사람에게 변태적인 농담을 할 수는 없지 않나. 아니, 혹시 너의 그 귀여운 비서라면 어떨까…….그 여자는 이념적으로 나를 대단히 존경하는 것 같던데?"

그는 본인의 입술을 톡톡 두드리며 말했다.

"존경한다고 해서 같이 자고 싶다는 뜻이 아니잖아요! 어디 한번 완아를 쫓아다니기만 해 봐요!"

"어라? 질투하는 건가? 너는 두 남자랑 한꺼번에 놀아나면서, 나는 다른 여자를 유혹하면 안 된다는 소리인가?"

진정을 때리고 싶은 마음이 팔에 확 끼쳤지만, 그의 얼굴에 서린 기대감을 보면 내가 때려주기를 바라고 있는 것도 같았다. 나는 그런 타락한 행위에 장단 맞춰줄 마음은 없었다. 그래서 그저 진정을 노려보며 멍하니 눈을 깜빡이다가 이렇게 말했다.

"폐하께서는 내가 살면서 저지른 가장 큰 실수이십니다."

그러자 진정은 손가락을 들었다.

"지금까지는 그렇겠지. 앞으로 더 큰 실수를 저지르게 될 테니까. 어쨌든 우리가 신들을 공격하고 살아 돌아올 확률이 거의 없다는 걸 생각한다면, 다음 일곱 달 동안은 네 인생을 망칠 실수 같은 건 더는 하지 않기를 바란다."

한창 그의 살갗을 벗겨버리는 상상을 생생하게 하고 있었던 나는 그 말을 듣고 우뚝 멈췄다.

"일곱 달이라고요?"

진정은 이제 웃음기를 싹 지우고 말했다.

"나는 신들의 명령을 따르려고 너와 아이를 낳기로 한 게 아니다. 이건 더없이 귀중한 기회야. 신들은 아이가 태어나기 전까지는 우리가 그들을 공격하리라고는 예상하지 못할 것이다. 그래서 우리는 그 틈을 노려야 한다. 아이가 태어날 예정일에서 약 한 달 전, 천궁은 황혼 직전에 장안 위를 지나가게 된다. 우리는 그때 공격한다.”

나는 입을 멍하니 벌렸다. 진정은 계속 말을 이었다.

“그때까지는 주요한 반혁명 세력을 다 근절할 수 있다고 본다. 그러면 혁명이 앞으로도 이어지리라고 확신하고서 떠날 수 있겠지. 그렇지 않다면 계획을 연기할 수도 있겠지만, 솔직히 이보다 더 좋은 기회란 없을 거다. 이건 진심이다.”

나는 고장 난 기계처럼 고개를 도리도리 저으면서 이마에 손가락을 짚었다.

“일곱 달이라……. 그건, 너무 이른데요.”

“오래 기다릴수록 신들이 우리의 의도를 알아챌 가능성만 높아진다. 그리고 내가 살날이 얼마 남지 않았다는 것도 분명하지.”

진정은 손을 바라보며 말을 이었다.

“나는 너희 시대 사람이 아니다, 황후여. 나의 고향은…… 여기다.”

그는 일렁이는 등불 빛 아래 보이는 나무와 벽돌 건물을 가리키며 두 팔을 벌렸다.

“나는 너희의 세계에서 벌어진 잘못을 최선을 다해 바로잡고 있다. 하지만 공기에 떠도는 병원균을 걱정하면서 바깥으로 나가지도 못하는 상황에서는 일하는 데도 한계가 있는 법이다. 살아 있는 인간은 죽은 자의 전설을 따라잡을 수가 없는 법이지. 내 이름이 아직도 사람들의 마음을 움직여 혁명에 같이 참여하게 이끌 수 있을 때 떠나야 한다. 화하가 통일 왕국으로 나의 첫 죽음에서도 살아남았듯이 말이다."

꿈의 형태에서는 심장 같은 게 없을 텐데. 내 가슴 속에서는 묵직한 심장 박동이 느껴졌다. 그의 기억으로 만들어낸 이 거리 위로 사람들의 흐릿한 형체가 느릿느릿 지나갔다. 진정의 입에서 나온 달콤쌉싸름한 감정은 상처에서 마구 흐르는 피처럼 퍼졌다. 너무나도 부드러운 그 감정에 나는 아주 잠깐이나마 그의 진심을 있는 그대로 받아들였다. 이 임무는, 그가 무엇보다도 소중하게 생각하는 이 임무는 의심할 것이 아니다. 이 임무는 화하와 세민을 해방하게 되리라.

"폐하께서 이성적인 말을 할 때는 짜증이 덜 나네요."

그의 눈동자에 한 줄기 빛이 번뜩였다.

"죽어가게 되면 현실이 명확하게 보이는 법이지. 게다가 죽었다 살아나게 되면 훨씬 더 명확하게 보이고. 나는 병을 앓아 또 쇠약해지는 일 따윈 없게 할 거다. 나는 그런 식의 죽음을 바라지 않아. 내가 이 세상에 돌아온 이유가 있다면, 그것은 바로 신들에게서 이 세상을 해방하는 것이다."

그는 나에게 손을 내밀었다.

"어떤가, 황후여? 일곱 달 동안 세상을 바꿔보자."

나는 한숨을 쉬면서 두 손으로 그의 손을 꽉 잡았다. 단순히 그의 손 위에 얹은 것보다도 훨씬 현실감이 있었다. 마치 서로 나눈 입맞춤보다 서로 나눈 비밀이 더욱 의미가 있는 것과 비슷하달까.

"이런다고 해서 폐하의 변태 같은 헛소리를 들어주겠다는 건 아니에요."

내가 경고하자, 그는 종소리처럼 맑게 웃었다.

"그런 기대는 나도 해본 적이 없어."

제37장

혁명 속의 혁명

결국 나는 문제의 위 아주머니를 찾아내지 않기로 했다. 아무도 나를 그들의 계획에 끼워주지 않았으니, 내 문제가 아니니까. 그건 진정과 이치의 아이이니, 내 알 바가 아니다.

이제는 전장에 나가 싸운다는 게 조금이나마 견딜 만해졌다. 기껏해야 여섯 번, 아니 일곱 번만 더 버티면 되니까. 신들을 물리치는 것이야말로 이 전쟁을 막아내기 위해 내가 할 수 있는 최고의 기여가 아니던가. 전쟁을 어떻게 끝내는가는 미래의 사람들이 할 일이다.

옥환이 매화록을 타고 국경을 수호하는 활약을 펼친 후, 여성 조종사들은 자신의 크리살리스를 데리고 전장에 처음으로 나서기 시작했다. 그들은 의심의 시선을 하나씩 누르며 국경의 긴장 상태를 완화시켰다. 심지어 보병으로 징집된 여성 조종사들이 초고속 승진하여 장교가 되기도 했다. 이것이야말로 내가 원했던 것이라 생각했건만. 여성들이 권력을 잡게 되는 것을 보면 나의 행동이 정당화되리라고 생각했건만. 언니의 영혼인지 아닌지 모를 존재가 남긴 말들이 머릿속을 떠나지 않았다. '크리살리스를 조종할 기력이 되는 사람은 3퍼센트밖에 되지 않아. 그러면 나머지 97퍼센트의 여자들과 소녀들에게 좋은 게 뭐겠니?'

난 현실을 직시해야 했다. 내가 황후가 되었다고 해서 평범한 여성들이 하루하루 살아가는 데 무슨 도움이 되었단 말인가? 그들이 나와 같은 일을 똑같이 할 수 없는 상황인데, 내가 권력을 더 갖게 되었다 한들 여성들이 충격받고 호기심 갖는 것 이상의 의미가 있을까?

물론 혁명은 그들을 돕기 위한 것이었다. 기본적인 식량과 주거, 교육, 의료 서비스를 무상으로 제공하면 모두가 더 편하게 살 수 있다. 하지만 진정의 정부에서 담당하는 서비스는 온 화하 전역에서 보자면 효율성과 성실성 측면에서 차이가 났다. 만약 내가 아직도 접경 지역 마을 농민 소녀였다면, 그래서 도시에 가서 새로운 삶을 시작하려고 도와달라 했다면 무슨 대답을 들었을까. 지방 정부에서 내건 감동적인 구호가 무엇이든, 현재 권력자들은 내 얼굴을 보고 면전에서 비웃으며 날 도로 가족에게 돌려보내지 않았을까.

완아와 공부하며 나는 두 가지 유형의 자유를 배웠다. 바로 긍정적 자유와 부정적 자유였다. 부정적 자유는 외부의 간섭 없이도 무언가를 할 수 있는 것이며, 긍정적 자유는 실제로 무언가를 할 수 있는 자원을 소유한 것이다. 소녀들이 학교 다니는 걸 금지하는 법을 폐지한다 해도 산간 지역 농민 소녀의 삶이 의미 있게 변하는 것은 아니다. 그들에게는 학교에 가는 것 자체가 쉬운 게 아니기 때문이다.

아마도 예전의 나 같은 모습의 아이들이 자유로워질 수 있는 자원을 제공하려면, 바로 내가 그럴 힘을 만들어내야 할 것이다. 만약 일곱 달 후에 내가 정말로 세상을 떠나게 된다면, 화하의 여성과 소녀들에게 여성 조종사만 바라보며 살게 하는 것 이상으로 무언가 실질적인 것을 남겨두어야 한다.

태풍으로 폐허가 된 마을을 방문한 나의 구호 활동에 대중은 열렬한 반응을 보냈다. 그리고 고위 관료의 아내들은 예로부터 자선 활동을 통해 자신들을 돋보이게 해 왔다. 나는 거기서 영감을 얻어 나만의 조직을 설립한다는 아이디어를 떠올렸다. 바로 이름하여 '봉황동맹'이었다. 정부의 지원 없이 독립적으로 자금을 조달할 수만 있다면, 일일이 사소한 것까지 진정에게 보고할 필요가 없을 테니까.

완아와 태평의 조언을 받아서, 나는 기존 여성 중심 비영리 단체들을 통합하는 것부터 작업을 시작했다. 이들은 동맹의 기본적 뼈대가 되어, 이런 단체들이 어떻게 운영되고 어떤 여성들에게 가장 빨리 지원해 주어야 하는지, 또 어떤 지원이 필요한지 나는 알게 되었다. 홀로 아이를 키우는 여성들, 가족을 잃은 노년 여성들, 가족의 강요로 매춘을 시작하거나 가족에게 버림받아 시작했지만, 진정의 강경한 매춘 금지법 때문에 일자리를 잃은 이른바 '청탑녀'들, 남자와 헤어지고 싶지만 갇혀 살고 있는 여성들까지 참 다양한 이들이 있었다.

계획이 어느 정도 윤곽이 잡히자, 나는 동맹이 창립되었음을 알리는 방송을 찍었다. 이것은 나의 첫 번째 공식 연설로, 용두기를 연단 양편에 걸고 진행했다.

스튜디오 조명과 제작진들은 익숙했지만, 카메라 앞에서 오랫동안 연설한 경험은 내겐 없었다.

완아가 함께 작성해 준 대본을 다섯 줄도 채 읽지 않았는데, 벌써 이 내용이 공개 전 편집을 거쳐서 다행이라는 생각이 들었다. 갑자기 나의 말투가 신경 쓰였다. 머릿속에서는 언제나 유창하고 세련되게 들렸는데, 실제로 말해 보니 아닌 것 같았다. 나는 전혀 인식이 안 되었지만, 다들 내 말에 사투리 억양이 뚜렷하다고들 한다. 혁명이 일어난 후에는 그런 게 별로 중요하지 않다고 생각하지만…….

진정이 몇 시간이고 생중계 연설을 하면서도 말 한마디 실수하지 않는 비결은 대체 뭘까. 아마도 연습이겠지. 그리고 진정을 향해 '닥쳐'라고 말할 사람이 없다는 비극도 한몫할 테고.

카메라맨 옆에 선 완아가 격려의 미소를 지어주었지만, 말을 더듬거나 말문이 막힐 때마다 완아를 내 옆으로 끌고 오고 싶은 마음이 커졌다. 하지만 역사의 지도자로 남으려면 단순히 구호만 외치는 것만으로는 부족하다. 그 이상으로 사람들을 끌어모으는 능력을 익혀야 한다. 안타깝게도 내가 깨달아버린 것처럼, 연설과 서류 작업이야말로 통치의 본질이었다.

여성들에게서 나타나는 더 높은 빈곤율과 무급으로 치부되는 여성 노동의 양, 우리를 사랑해야 하는 이들이 오히려 우리를 학대하고 죽여서 나오는 범죄율과 사망률을 비롯한 여타의 끔찍한 통계를 인용하면서, 나는 봉황 동맹에 기부금을 내줄 것을 요청했다. 황후의 권력을 이용하여 사람들에게 강제로 기부를 받는다면 정부 조처로 보일 것이므로, 지금은 자발적 기부를 받아야 했다.

나의 연설문은 거기서 끝났다. 하지만 나는 카메라를 계속 바라보며 말했다. 온 화하가 나의 이미지를 멋대로 조작하여 선정적으로 다루는 일 없이, 처음으로 나의 말에 오롯이 관심을 집중할 테니까. 마음 깊은 곳에서 독처럼 진실이 흘러나왔다. 할아버지가 술에 취해 나와 언니에게 줄줄이 딸로 태어나 어찌나 수치스럽고 실망스러운지 모르겠다며 욕을 해대고, 딸밖에 못 낳는 약한 여자를 며느리로 맞지 말아야 했다고 한탄했던 기억을 털어놓았다. 나와 언니는 어릴 적부터 집을 청소하고 집안 빨래를 도맡았지만, 남동생은 친구들과 놀고 나서 돌아와 우리가 미처 닦아놓지 못한 더러운 부분을 지적해댔던 기억도 말했다. 병든 할머니가 10분마다 불만을 쏟아내며 우리와 어머니를 밤새도록 불러 자지도 못했던 때를 고백했다. 그러다 아버지가 스크린으로 축국 경기를 보다가 단 2분 시간을 내어 할머니에게 뜨거운 물을 한 잔 떠다 주자 할머니는 그제야 만족하며 이렇게 말했다.

"결국 믿을 건 아들밖에 없구나."

평생 썩혀서 묵혔던 속을 모두 쏟아내는 듯한, 세상을 향해 내 속으로 뒤집어 보인 듯한 심정이었다. 완아를 바라보자, 가슴에 손을 모은 채로 선 그녀의 조심스러운 눈망울이 젖어서 번쩍였다. 이제 나는 더 이상 추저하지 않고 어둡디어두운 충동을 고백했다. 바로 양광을 죽이기 위한 마음으로 첩 조종사에 지원했다는 사실을 완전히 털어놓은 것이다.

나는 건틀릿으로 감싼 손으로 연단을 누르며 말했다.

"사실을 말하자면 양광은 분노를 이기지 못하고 나의 언니 무여의를 죽였습니다. 언니는 남을 돌보며 평생을 살았건만, 그 보답으로 받은 것이 죽음이었습니다. 나는 이해가 되지 않았습니다. 규칙을 따르면 우리가 안전하게 보호받아야 하는 것 아닙니까? 그래서 내가 다다른 결론은 단 하나, 우리 여성들과 소녀들은 태어날 때부터 잘못된 가르침을 받았다는 겁니다. 우리가 배우라 받은 규칙은 결코 좋은 삶으로 우리를 인도하려고 만든 게 아니었습니다. 우리는 그 규칙을 따르면서 맹목적인 희망을 품었습니다. 우리가 사랑과 노력을 준다면, 우리도 사랑과 보상을 받을 것이라는 희망이었습니다. 하지만 우리 어머니들, 어머니의 어머니들은 어떻게 되셨습니까? 그들의 희생에 마땅히 받아야 할 헌신을 받은 사람이 얼마나 됩니까? 그분들 중 남을 위해 봉사하며 살았다가 진정한 존경을 받은 이들이 있습니까?"

말이 어찌나 청산유수로 흘러 나오던지 말하는 나조차도 놀라웠다. 거침없이 나오는 말은 나의 목소리에 놀라운 힘을 실어주었다.

내가 적들 앞에서 크리살리스를 타고 우뚝 서 있을 때만 느낄 수 있다고 생각한 힘이었다. 예전에는 분노가 내 안에서 폭발할 때는 사나운 고함과 폭력적인 행동으로 표출되었지만, 이제 세상이 왜 이런지 이해하게 되자 그 분노는 놀라우리만큼 부드러운 언사로 변했다. 완아와 함께 참 많은 책을 읽었던 시간이 헛되지 않았구나.

"우리는 타인을 착취하는 이익 추구자들에게 맞서 노동자 형제들과 함께 설 수 있습니다. 하지만 억압에 맞서 전심으로 싸우자고 주창하는 혁명가들 사이에서도 여성에 관한 억압이 나오기만 하면 입을 싹 씻어버리는 남자들이 있습니다. 고용주들에겐 이 사회에 필요한 모든 벽돌을 쌓고 필수품을 생산하는 노동자들이 필요한데도 그들을 쓰레기처럼 대하듯, 이런 남성들은 우리 여성들에게 '여자는 남자 없이 살 수 없다'는 사상을 주입하려 듭니다. 하지만 현실은 다릅니다. '그들'이야말로 '우리' 없이는 살 수가 없습니다. 수천 년 전부터 그들은 우리를 고립시키고 생존에 필요한 자원을 뺏으며 우리를 가치 없다고 명명하고 우리를 존중하지 않는 방식으로 우리에게 온갖 종류의 노동력을 착취하면서도 존중하지 않을 수 있다는 것을 알아냈습니다. 하지만 우리가 정말로 무릎 꿇고 사는 것이 자연스러운 것이라면, 왜 그들은 우리를 억압하기 위해 그토록 노력을 기울여야 했을까요? 개인의 가정부터 소유권이 나오는 가장 첫 번째 기반이고, 여성은 그곳에서 첫 번째 노예로 착취당하는 계층이었습니다. 우리는 이 기반을 해체하지 않고서는 구체제를 해체할 수 없습니다! 우리가 모두 느끼는 분노가 있음을 나는 압니다. 우리가 하는 일은 더 많은 걸 받아 마땅하다는 분노입니다. 하지만 이러한 분노는 때로 딸들과 며느리들, 가난한 여성과 타민족 여성들에게 쏟아집니다. 바로 보복을 당할 두려움이 없이 학대할 수 있는 안전한 대상에게 쏟는 것입니다. 이것은 거짓된 위안을 찾으려는 비겁한 방식입니다. 우리의 고통은 진정한 권력자들을 향해 목표를 세우고 도전하지 않는 이상 끝이 없을 것입니다. 구체제가 나의 언니에게 정의롭지 못했기에, 나는 개인의 힘으로 정의를 얻어냈습니다. 하지만 혼자서 정의를 추구하는 것은 어리석은 짓이었습니다. 나는 그 와중에 우연히 살아남았을 뿐입니다. 개인으로 행동한다면 그 권력은 우리를 너무나 쉽게 파괴하곤 합니다. 오로지 우리가 힘을 합칠 때 우리는 그 권력을 깰 수 있습니다. 이를 위해 나는 봉황 동맹을 결성하려 합니다. 이 혁명 속의 형명에 함께 해주십시오. 이 혁명이 우리를 자유롭게 하기를! 모든 노동자 여성에게 권력을! 단결하여 일어나자!"

나는 주먹을 들어 경례했다.

몇 초 동안 아무도 움직이지 않다가, 드디어 완아가 말했다.

"컷!"

그녀는 환하게 웃으며 손뼉을 쳤다.

숨을 크게 몰아쉬었다. 제작진은 멍했던 상태에서 벗어나 완아와 함께 박수를 쳤지만, 다들 눈을 단호하게 내리깔고 있었다. 앞으로 연설을 계속하려면 나만의 여성 제작진을 꾸려야겠군. 이 남자들이 내 근처에 오지도 못하고 눈도 마주치지 못한 채 일해서 무척 불편했다.

카메라맨은 렌즈에서 눈을 떼고 말했다.

“마마…… 잘하셨습니다만, 마지막 부분은 폐하께서 승인하지 않으실 듯합니다.”

내가 아무리 말해봤자 진정이 승인해 주지 않는다면 아무도 듣지 못한다니. 이 점을 떠올리자 가슴이 훅 꺼지는 기분이었다. 그는 언제나 내가 대중 앞에 드러나는 걸 경계할 테니까.

“일단 보내라. 어떻게 되는지 보자.”

진정은 방송이 나가게 해주었지만, 내가 그날 밤 알현실에 오자 역시나 쓸데없는 비평을 늘어놓았다.

“대본을 좀 덜 보고 해라. 어깨에서 힘을 빼고. 말의 리듬을 다양하게 잡아라. 발음을 제대로 하고. 후반부에는 노력한 대로 아주 좋아졌지만, 앞으로는…….”

내가 수중에 있는 옷 중에서 가장 얇은 잠옷을 입고 침대 옆에 눕자, 그는 말꼬리를 흐렸다.

진정은 꿈의 영역에서 앞으로는 훈련에 대한 말을 집중적으로 하겠다고 약속했지만, 격리실에 혼자 갇혀 있어서 고통스러워한다는 게 보였다. 나는 그래서 주저하지 않고 그의 고통을 심화시켰다. 그가 나에게 저지른 일을 다 따지자면 이건 아주 사소한 복수일 뿐이다. 어쩌면 내 머릿속으로만 의미가 있는 복수일 수도 있겠지만 어쨌든 상관없었다.

그는 목을 가다듬고는 내 몸에 시선을 두지 않으려고 눈을 이리저리 굴렸다.

"…… 노동 계급을 분열시키는 언사는 가급적 사용을 자제해라. 구체제의 엘리트 여성이야말로 혁명을 가장 반대하는 이들이라는 것을 너도 이미 봤잖아. 그들은 남성들처럼 적극적으로 착취할 수 없다는 것만 한탄하는 이들이란 말이다."

그렇다 한들 여성 문제에 특별히 관심을 주지 않아도 된다는 의미는 또 아니지 않은가. 하지만 난 그 점을 굳이 설명하지 않았다. 진정이 거기에 관심을 둘 거라고 기대하지 않으니까.

"알겠습니다, 사부님."

나는 최대한 유혹적인 목소리로 말하면서 우리 사이를 가른 유리 벽을 손가락으로 훑어내렸다.

그는 눈을 감고서 입술을 깨물었다.

"언젠가는……."

"여기 오시겠다고요?"

나의 숨결로 유리 벽에 김이 서렸다.

"폐하께서 보실 수만 있고 만질 수는 없다니 참 안됐네요."

나는 허리를 쓸어내리며 덧붙였다.

"평생 누구도 안거나 입 맞출 수 없다니 말이죠."

진정은 가슴 깊은 곳에서부터 웃음을 터뜨렸다. 이윽고 눈을 뜨자, 그의 눈동자는 경고 조의 빛이 어둡도록 서려 있었다.

"그건 너도 마찬가지다, 나의 귀여운 황후여."

제38장

단결하어 일어나자

나는 방송 연설이 얼마나 영향력 있을지 큰 기대를 하지 않으려고 마음을 다잡았다. 자칫 너무 많이 기대했다가 실망해서는 안 되니까. 하지만 다음 날, 봉황 동맹에 연락을 주는 사람이 어찌나 많던지 기부 플랫폼이 몇 시간이나 마비되었다. 혁명의 가장 열띤 수호자들인 노란 허리띠를 맨 여성들이 거리로 쏟아져나와 더 많은 기부를 받으려는 캠페인을 시작했다. 자발적인 군중으로 모인 여성들은 부유한 집을 찾아다니며 문을 두드리고 기부를 했는지 물었다.

화하는 하루아침에 평등해지지 않았다. 지금은 오히려 평등과는 거리가 먼 실정이었다. 심지어 진정조차도 손 한 번 까딱하는 것으로 모든 시장을 해체하고 화폐 개념을 폐지할 수 있다고 생각하지 않았다. 이제까지는 혁명방어부의 조사 대상이 최상위 부유층과 가장 심한 부패 용의자들을 중심으로 진행되었지, 기업가들은 대부분 건드리지도 않았다. 진정이 국유화한 산업의 기업가들은 소유주에서 관리자로 지위가 하락했을 뿐이다. 그들이 실제로 운영을 담당하면 여전히 많은 급여를 받을 수 있었다. 그러나 이제 부자들은 가난한 이들을 두려워하게 되었다. 그래서 부자들은 최대한 몸가짐을 바르게 하고 살아야 했다. '반혁명적 감정'이라는 말이 쓰인 보고서 한 장만으로도 그들은 혁명방어부의 감시 목록에 올라갈 수 있었다. 그러다 보고서 내용이 확인이라도 된다면 천뢰 교도소 같은 곳으로 가두 행진을 당해 끌려갔다. 내가 듣기로 내 교도소장은 수감자들을 아주 효율적으로 다루어 자백과 참회를 받아낸다고 했다.

말하자면, 기부할 여력이 있는 자들은 기부하는 편이 훨씬 좋았다는 것이다.

봉황 동맹이 이렇게 시작되기를 바랐던 것은 아니었으나, 지금은 기부를 안 된다고 할 수가 없었다. 나는 두 번째로 방송 연설을 해서 황색 허리띠 단원들에게 동맹의 이름으로 행동에 나서기 전에 먼저 자원봉사자로 등록하라 말했다. 이러면 그들을 조금이나마 통제할 수 있었으니까. 동맹 직원들은 자원봉사자들을 그룹 채팅으로 조직화했다. 그룹 내 모든 구성원이 서로를 알게 되면 반란을 꾀하는 이중 첩자를 방지하기가 더 쉽기 때문이다. 반란 분자들의 전략은 일반적으로 군중 사이에 숨어들어 일부러 폭력을 선동하여 혁명의 이미지에 먹칠을 하는 것이다. 나는 그런 자들의 손에 놀아날 수가 없었다.

하지만 나는 마음 한구석으로 자제를 촉구할 수밖에 없다는 점이 슬펐다. 혁명이 일어나며 생긴 혼란은 내가 언제나 믿어왔던 점을 확인시켜 준 지 오래였다. 여자들은 남자들의 상상 이상으로 훨씬 더 커다란 분노를 억눌러온 상태라는 점이다. 특히 여성 청소년들은 봉황 동맹을 위해 무리를 지어 캠페인을 다니면서 밀대와 대나무 지팡이를 들고 다니는 유행을 시작했다.

우리는 자원봉사자들이 모은 자금을 이용하여, 내가 흡수한 자선 단체 중 한 곳에서 넘겨받은 건물을 새로 고쳐 봉황 동맹의 첫 공식 사무소를 열었다. 그곳은 장안 최대의 빈민가인 북문에 있었다. 개소식 날, 내가 고용한 전원 여성 제작진과 동맹 관리위원회를 이끄는 독고가라, 그리고 황색 허리띠 모임이 다 같이 여성 주민들에게 물자를 나누어주었다.

수많은 여성이 안전모와 네온색 조끼를 입고 얼굴에 검댕을 묻힌 채로 의기양양하게 나타났다. 곳곳에서 건설 현장 표지판이 보였다. 구체제가 여러 번 시도했던 빈민가 철거와 주민 이주 정책은 언제나 다른 곳에 새로운 빈민가를 만들어내는 결과로 이어졌기에, 혁명 정부는 다른 방법을 택했다. 주민들이 사는 밀집된 판잣집을 본인의 의사에 따라 리모델링할 수 있도록 지원하는 것이었다. 그래서 더 안정적인 구조와 안전한 시설을 갖춘 주택으로 탈바꿈시키려는 것이다. 북문 쪽의 일부 주민들은 주 지방 재건 정책에 따라 기회를 잡으러 이주했지만, 주민들은 대개 익숙한 고향이나 그들이 의지하며 살아온 유대 깊은 공동체를 떠나고 싶어 하지 않았다. 결국 가난에서 사람을 구제하려는 가장 좋은 방법이란 가난한 이들의 삶에 대한 결정을 내릴 때 당사자들을 참여시키는 것이었다. 참으로 충격적인 일이 아닌가.

나의 주위로 끝없이 이어지는 축하의 말과 임신 관련 조언이 들려왔다. 그뿐만 아니라 내가 연설에서 말한 경험에 공감한다는 진심 어린 고백도 있었다. 나는 그 말들에 미소 짓고 고개를 끄덕이고 고맙다고 말하며 나아갔다. 온 화하의 내가 모르는 이들이 이제는 내 인생에서 가장 추했던 부분을 상상하게 되었다는 점은 딱히 편안한 일은 아니겠으나, 진정에겐 없지만 나에겐 있는 단 하나의 장점이 있었다. 바로 내가 사람들 사이를 이렇게 걸어 다닐 수 있다는 것이다. 그러니 이걸 최대한 활용하지 않는다면 멍청한 짓이겠지. 빨랫줄과 어지럽게 들어찬 지붕 사이로 햇볕에 반짝이며 모여 선 고층 건물들이 보였다. 이제는 저 건물들이 이 아래에 뭐가 있는지 아랑곳하지 않고 우뚝 솟아오르기만 할 수 없다는 것을 알자, 오랜만에 처음으로 내가 하는 짓이 끔찍하게 여겨지지 않았다.

나는 모든 일정을 구호 활동에 할애했다. 특히 내가 태어난 산간 지역 마을처럼 의료 지식과 물자가 너무나도 부족한 지역도 방문했다. 어린 시절 나는 생리 때는 나무 재로 생리대를 만들어 피를 흡수하고, 피임 방법 같은 건 없다고 생각하며 자랐다. 그러다 장안에 처음 가게 되었을 때야 세상이 그렇지 않다는 걸 알게 되었다. 지금 나는 트럭이나 호버크래프트에 백신과 항생제, 피임약은 물론이고 더 좋은 생리대와 실리콘 생리컵을 가득 싣고 마을을 방문했다. 여성들이 자신의 신체에 대한 통제권을 빼앗기지 않도록 최대한 도울 작정이었다. 나는 우리 몸의 기능을 수치스럽게 생각하고 비밀에 부쳐야 한다는 태도에 질려버렸다. 제작진이 날 따라다니며 촬영할 때, 나는 공개적으로 이런 물품들의 사용법을 다 이야기해 주었다.

당연한 말이지만, 난 가는 곳마다 환영을 받은 건 아니었다. 한 지방만큼이나 반동 세력이 골치 아프게 들끓는 곳인 송 지방의 어느 마을에 갔었을 때 사건이 벌어졌다. 어떤 할머니가 나의 태아를 두고 "우주를 바꿀 여자아이"가 태어날 거라고 이야기를 해주었다. 나는 그 말에 고개를 끄덕이다가 시야 끝으로 어떤 남자를 보았다. 그는 내게 무언가를 던지며 소리쳤다.

"독재자!"

나는 얼른 뒤로 물러나서 그게 내 얼굴에 맞지는 않았다. 문제의 물체는 나의 아머에 맞고 터졌고, 두툼하고 붉은 액체가 바닥에 뚝뚝 떨어졌다.

독고가라와 호위병들보다도 주위에 있던 군중이 먼저 남자에게 달려들었다.

"너는 노동주의를 조롱하고 있다!"

그는 눈물을 줄줄 흘리며 군중과 몸싸움을 하면서도 소리쳤다.

"황제와 황후가 최상위 계층에 있다니! 그런 계급이란 애초에 존재해서는 안 된다! 권력은 노동자의 것이어야 한다! 고문자와 처형자의 것이 되어서는 안 된다!"

나는 심한 충격을 받아서 방어 자세로 손을 들어 올린 채 섰다. 저 사람 입에서 그런 말이 나올 줄은 몰랐다.

"너희는 아직도 우리 곡식을 빼앗고 있다! 공장과 광산에서 노예처럼 우리를 부리고 있다고! 너희들은 우리 목에다 사슬을 채워놓고서는 이것이 '인민의 목걸이'라며 기만을 떨고 있다! 너희는 구체제보다 더 나빠! 너희는-."

나의 호위병 하나가 그의 입에 장갑을 쑤셔 넣었지만, 때는 이미 늦었다. 그를 막으려고 달려들었던 군중은 뒤로 물러나 팔을 늘어뜨리고 무표정하게 서 있었다.

"마마. 저걸 당장 치우셔야 합니다."

독고가라는 내 옆으로 다가와 말했다. 나는 건틀릿에 묻은 빨간 얼룩의 냄새를 맡아보았다. 토마토 냄새뿐이었다.

"노동 계급에게 권력을!"

남자는 먹먹한 목소리로 외쳤다. 우리는 모두 그걸 인사말로 써 왔기 때문에 그의 말을 알아들을 수 있었다.

나는 당황한 군중을 돌아보았다. 그리고 날 향한 카메라를 의식하면서 이 긴장된 분위기를 풀 수 있는 단 하나의 행동을 했다. 그 자리에서 웃은 것이다.

"말은 멋지군요! 말로만은 얼마나 쉬운가요!"

나는 소리치기 시작했다.

"하지만 당신이 실제로 한 일은 뭐죠? 이 선량한 사람들에게 구호
품을 나눠주려는 나를 막아서기밖에 더 했나요? 그래요, 혁명은 완
벽하진 않습니다. 하지만 그건 우리를 방해하는 근시안을 지닌 바보
들 때문입니다! 당신이 나를 굴복시킬 수 있을 것 같았어요? 절대 아
닙니다! 나는 여기서 머물면서 혁명을 위해 생산적인 활동을 할 겁
니다! 당신과 달리!"

"혁명 만세!"

독고가라가 소리쳤다.

"혁명 만세!"

군중들도 따라 했다. 구호를 따라 하지 않는 모습을 보여주면 안
되기 때문이었다.

나의 호위병 둘이 그자를 근처 관청으로 끌고 가자, 사람들은 이제
긴장이 많이 풀려 편안한 모습이 되었다. 심지어 활기를 되찾은 것
도 같았다. 어떤 이들은 자발적으로 이렇게 외쳤다.

"황후마마 만세!"

군중이 환호하는 가운데, 독고가라는 나에게 속삭였다.

"폐하께는 뭐라 말씀드릴까요?"

"아무 말도 하지 마."

나도 속삭여 대답했다. 진정이 과민반응을 보일지도 몰라서 갑자
기 조심스러워졌다. 나중에 알게 되면 그때 가서 어떻게든 처리하면
된다. 내 쪽에서 일부러 고자질하지는 않을 마음이었다.

"별일 아니잖아. 토마토소스일 뿐인데. 배 쪽에 소스 주머니를 숨

겼을 거야. 그래서 몸 수색을 할 때 잡아내지 못했던 거겠지."

"그러면…… 풀어줄까요?"

나는 잠깐 생각해 보았다. 만약 내가 그의 말을 막지 못했다면 어떻게 되었을까. 마을 광장에서 계속 이런 말을 하게 두었더라면, 이 사람들에게 의심이 번졌겠지.

"아니. 계속 가둬놔."

가끔 부정적인 상황이 있었지만, 나는 흔들리지 않았다. 봉황 동맹은 흡수한 산하 조직의 사무실을 화하 전역의 동맹 사무소로 전환하는 전략을 계속 밀고 나갔다. 장안의 두 번째 사무소 위치를 정할 때가 오자, 나는 당안정이 사는 곳 근처에 있는 건물을 골랐다. 그리고 후에 당안정에게 '지역 사회에서 저명한 지위'를 갖고 있는 분에게 제안을 드린다며 우리 사무소의 접수원으로 일해달라고 설득했다. 이렇게 해서 나는 당안정의 주위에 계속 있으면서 기척 감지를 연마할 완벽한 구실을 만들었다. 한편, 태평은 고 기업의 일을 그만두고 동맹에 합류해 물류 관리 기술과 경영 인맥을 활용해 전 사무소에 물자를 공급하는 일을 맡았다.

그러던 어느 날의 일이었다. 나는 태평과 완아를 데리고 예산 보고서를 검토하고 있었다. 그러면서 사무실 바깥에서 당안정이 지닌 세민의 기척을 감지하기 위해 몇 분마다 한 번씩 감각을 집중하고 있었는데, 건물 앞에서 소동이 일었다.

"무슨 일이지?"

나는 낫을 손에 들고 문을 열었다. 태평과 완아, 독고가라도 나를 따라 나왔다. 그러자 동맹 사무소 직원들이 붉은 얼굴의 군인 장교를 둘러싸고 서 있었다. 올리브색 군복 위로 계급장을 보니 소위인 듯했다. 그는 낮은 계급이었다가 동료들이 그를 혁명 선봉대원으로 임명했기 때문에 진정이 구체제의 군 장교부를 대체하려고 승진시킨 대상이었을 것이다. 삼색 허리띠를 두른 소위의 가슴 근처에는 용 머리 배지가 빛나고 있었다.

직원들은 양쪽으로 물러나 나에게 길을 터주었다. 당안정은 나와 그를 슬쩍 번갈아 바라보다 말했다.

"마마, 이자의 말로는-."

"저는 아내를 찾고 있습니다. 마마께서 여기 계신 줄은 몰랐습니다. 노동자 계급에게 권력을!"

소위는 가쁜 숨을 몰아쉬며 끼어들더니, 나에게 경례를 붙였다. 그리고 다른 손은 허리춤에 찬 권총 옆에서 움츠러들었다.

"단결하여 일어나자."

나는 낫을 들지 않은 손을 들어 경례를 해준 다음 다른 직원들에게 내 뒤로 물러서라 손짓했다. 직원 하나가 내 뒤로 속삭였다.

"이자의 아내가 저희 보호소에 들어왔습니다. 그녀의 말로는 이자가 때리고 죽이겠다고 협박했다고 합니다. 저도 멍 자국을 보았습니다."

그러자 소위가 소리쳤다.

"헛소리입니다! 마마, 제 아내는 허풍을 떨고 있는 겁니다. 언제나 별것 아닌 일로 소란을 일으키는 여자거든요! 여자들이 다 그렇죠. 처음에는 울고, 다음에는 아주 난리를 피우고, 마지막에는 목매달아 죽어버리겠다고 협박합니다. 아시잖아요."

"아니. 난 모른다."

나는 낫을 타일 바닥에 탕 내리쳐서 맑은 소리를 낸 다음 다시 물었다.

"아내를 때렸느냐? 안 때렸느냐?"

"마마께서 생각하시는 그런 게-."

"네 아니면 아니오로 답하라."

"그 여자가 먼저 절 때렸다고요! 여기를 밀쳤단 말입니다!"

그는 자기 가슴을 탁 쳤다.

"너를 밀쳤을 때 넌 무엇을 하고 있었지?"

그러자 소위는 분개한 기색으로 못마땅한 소리를 냈다.

"하, 세상이 다 이따위네. 남자가 여자를 때리면 온 세상이 분노하지만, 여자가 남자를 때리면 갑자기 아무도 신경 쓰지 않잖아요!"

"나는 신경 쓰지 않는다고 하지 않았다. 상황을 더 알고 싶으니 설명해 달라고 묻는 거다. 네 아내가 널 때릴 때 서로 뭘 하고 있었지?"

그러자 소위는 상기된 얼굴이 더욱 시뻘게졌다.

"좀 오붓하게 있으려고 했을 뿐입니다! 마마께서는 그 여자가 얼마나 오랫동안 저를 거부했는지 아십니까? 제가 매일 혁명을 위해서 얼마나 고생하고 있는데요!”

나는 짧고 거칠게 숨을 들이쉬었다.

“그래서…… 너는 아내를 강제로 범하려고 했고, 아내는 저항했는데, 네가 아내를 때리고 죽이겠다고 협박해서 여기 도망친 거라고?”

그는 입을 벌렸다가 다물었다가 또 벌렸다.

“아니, 나를 무슨 나쁜 놈 취급하지 마십쇼! 그럼 남자는 아내랑 이제 같이 자고 싶을 때 잘 권리도 없다는 말입니까? 그런 이중 잣대가 아주 신물이 납니다! 당신네 여자들은 평등을 원하는 게 아니죠. 특권을 달라는 거잖아요! 남자의 성욕이랑 아버지의 권리를 통제해서 새로운 특권층이 되고 싶어 하는 거잖아요! 야, 너! 그 카메라 치워!”

그는 내 뒤에 대고 소리쳤다. 뒤를 돌아보니 완아가 남자를 촬영하고 있었다. 그녀는 한 걸음 뒤로 물러섰지만 촬영하던 태블릿을 내리지 않았다.

남자는 나를 옆으로 밀치더니 총을 잡으려 했다.

내가 비틀거리자 독고가라가 그를 향해 돌진했다. 하지만 나는 금기로 낫을 날카롭게 갈아서 휘둘렀다.

휘어진 날이 소위의 머리를 잘라내자 모여 있던 직원들에게 피가 확 튀었다. 그들은 비명을 지르며 뒤로 물러섰다. 소위의 몸이 육중하게 턱 소리를 내며 바닥에 쓰러졌다. 그의 총은 옆으로 굴러 바닥 위를 쭉 미끄러졌다.

목의 절단면에서 피가 솟구쳐 붉은 웅덩이가 생겼다. 그의 잘린 머리는 뜬 눈과 벌린 입을 하고 내 발 옆에서 굴렀다. 붉은 피에 흠뻑 젖은 완아는 몇 번 멍하니 눈을 깜빡이다가 카메라 렌즈를 닦은 다음 머리를 향해 각도를 조정했다. 그리고 두 손가락으로 줌을 당겨 촬영했다.

내 날 낫의 끝에서 피가 더 많이 떨어졌다. 공기 중에 피비린내가 가득했다.

“잘하셨어요.”

독고가라가 먼저 입을 열었다. 그녀는 망토를 들어 얼굴에 묻은 피를 닦았다.

직원들은 혼란스러운 가운데 박수를 치기 시작했다.

“미안하구나.”

나는 피 웅덩이 위에서 낫을 흔들며 말했다. 그리고 청소를 감독하면서 당안정에게는 소위의 아내에게 가서 방금 있었던 일을 설명하라고 보내고, 완아에게는 이 영상이 정당방위였음을 주장할 때 참고 자료로 사용할 수 있도록 업로드하라고 지시했다.

“모두가 손뼉 친 부분은 삭제하고 올려.”

나는 완아와 함께 사무실로 가는 동안 중얼거렸다.

“보안을 강화해야겠어요. 모든 사무소예요.”

태평은 우리 뒤를 따라오며 멍한 눈으로 말했다.

“군대는 반동 세력의 반란 진압을 하느라 너무 바빠서 그건 어려울 텐데.”

내가 망토로 낫을 닦으며 대꾸하자, 독고가라가 제안했다.

"그러면 직원과 자원봉사자들에게 제가 호신술을 가르칠 수 있어요. 저희 부족의 여성들은 다 격투기를 알거든요. 그들을 모집해서 도움을 요청해 볼게요."

그녀는 완아를 바라보며 물었다.

"당신은 어때요? 당신 부족에 아는 격투가가 있어요?"

"음, 어머니와 저는 사실 부족과 그다지 교류가 없어요."

완아는 머리를 긁적이며 대답했다.

"그거 아쉽군요."

독고가라는 나의 사무실 문을 닫고 들어와서는 숨죽여 말했다.

"폐하께서 이번 일로 화내지는 않으실까요? 그 남자는 선봉대원이었으니까요."

나는 쓴웃음을 지었다.

"그자는 폐하의 황후를 건드리고 총을 잡아빼려던 남자였지. 아마 본인이 직접 처단하지 못해서 화내지 않을까."

이 사건이 대중에게 공개되자, 내가 저지른 짓에 대해 격분하는 여론이 있었다. 하지만 그렇다 해서 내가 봉황 동맹을 위한 전투 훈련 인원을 모집하는 것을 막지는 못했다.

흥미로운 사실이 있었다. 전투 훈련 인원에 지원한 이들은 오랑캐 여성들이 아니면 근육질의 여성들이었다. 태평의 말에 따르면 클럽

〈백합〉 앞에서 난동꾼들을 막을 목적으로 경비를 서던 이들이었다. 이런 클럽들에서는 내가 꽤 인기 있는 인물이라고 했다. 심지어 황후가 되기 전부터도 나의 인기는 상당했다나. 나는 봉황 동맹의 후원을 통해 이런 클럽 〈백합〉 같은 곳이 재개장하도록 조처했다. 그곳을 자주 찾는 이들은 모두 같은 투쟁을 하고 있다는 느낌이 들었기 때문이었다. 진정은 새로운 법령을 통해 구체제의 외설 금지법을 폐지했기 때문에 그들은 더 이상 쉬쉬하며 살 필요가 없게 되었다. 완아와 태평이 서로 다르게 겪었던 경험을 설명하여 그 법들이 가난한 자들에게 불공정하게 적용되었다는 점을 진정에게 알려주자, 설득은 어렵지 않았다. 진정도 가끔 합리적일 때가 있긴 했다.

봉황 동맹의 규모가 날마다 커짐에 따라, 우리는 청소년 지지자들에게 영감을 얻어 모든 회원에게 대나무 지팡이와 유니폼을 지급했다. 지팡이는 비살상용이었지만 그래도 위협적인 무기였으며, 유니폼은 붉은색 짧은 튜닉과 통 넓은 갈색 바지, 봉황 깃털을 금실로 수놓은 스카프로 구성되었다. 이 유니폼은 도움이 필요한 여성들이 동맹 회원을 쉽게 알아볼 수 있도록 하는 용도였다. 여성 학대가 있다는 보고를 받으면 우리 회원들은 무리를 지어 가해자를 체포해 지역 재판정에 넘긴 다음 사건이 흐지부지되지 않도록 감시했다.

이게 민병대라고는 말하지 않겠다. 하지만 민병대가 없는 것보다는 하나라도 있는 편이 언제나 좋은 법이다. 진정에게 혁명 선봉대가 있고, 이치에게 혁명방어부 요원들이 있다면, 나에게는 봉황 여성단이 있었다.

제39장

얼마나 더

초록 가득한 여름날의 잎사귀가 가을의 붉은 낙엽이 될 무렵이었다. 이제는 장안 어디에 있든 세민의 남은 기척을 구분해 낼 수 있었다. 세민이 자주 찾던 장소를 많이 방문하면 할수록 기척을 느끼는 감각이 얼마나 멀리 뻗어갈 수 있는지 알게 되어 놀라웠다. 세민의 학교, 세민이 일했던 지하 격투장. 지금 그곳은 〈반도(半桃)〉라는 클럽이 되었다. 부유층의 여흥으로 오랑캐 남자들이 서로 격투를 벌였던 장소가 이제는 노동자들이 웃통을 벗고 서로의 맨가슴에 젤리 샷을 뿌려 마시며 환호하는 곳으로 변했다는 걸 세민이 본다면 얼마나 좋을까.

나는 봉황 여성단원으로 변장한 채 바 의자에 앉아서 이치에게 농담을 하려다가 멈칫했다. 이제는 이치가 이런 곳에 나와 함께 오지 않게 됐다는 사실을 떠올리자 심장이 돌처럼 바닥으로 쿵 떨어지는 것만 같았다.

이치가 내게 남긴 상처란 과연 낫게 될까. 모르겠다. 하지만 적어도 그 상처를 오래 견디고 살 필요는 없을 테지. 게다가 내겐 완아와 태평, 독고가라와 철의 미망인들, 그리고 봉황 동맹이 있다. 이제 몇 달 남지 않은 내 여생 동안 난 결코 혼자가 아닐 것이다.

이 〈반도〉 클럽 말고도 세민이 무척 흥분했을 만한 사실이 또 하나 있었다. 바로 새로이 도입된 공정한 과거 시험이었다. 진정과 내가 세상을 떠난다 해도, 화하의 미래를 더 나은 쪽으로 이끌어갈 똑똑하고 유능한 사람들은 부족하지 않았다. 다만 그들을 찾아내는 게 문제였다.

예전의 과거 시험은 응시 기준이 무척 엄격하고 부패가 만연했지만, 진정은 새로운 시험 제도를 발표하면서 응시자의 조건을 단 하나로 내걸었다. 바로 소유 재산이 없어야 한다는 것이었다.

"국민을 위한 결정을 내리고자 한다면, 재산보다 공동체에 더 충성한다는 것을 증명해야 한다!"

그는 방송에서 천둥처럼 우렁차게 말했다.

성별이 더는 결격 사유가 되지 않자, 완아와 태평은 과거 시험에 도전하기로 마음먹었다. 나는 같이 했던 수업을 중단하고 봉황 동맹에서 그들이 맡은 임무를 다시 짜서 둘이 시험을 준비하도록 해주었다. 대신 나는 적인걸에게 나를 가르쳐 달라고 말했다. 내가 이 세상을 곧 떠난다 해도, 최대한 많은 것을 배우고 싶어서였다.

진정은 매달 있는 나의 전투 후, 적인걸이 나와 함께 장안으로 오는 것을 허락해 주었다. 그를 설득할 필요조차 없었고, 항상 간섭을 일삼던 관료들도 전혀 반대하지 않았다. 그들이 보기에 적인걸은 더 이상 남자가 아니었으니까. 난 이런 태도가 여전히 당황스러웠다. 이들에게 남자를 결정하는 요소란 성기뿐이란 말인가?

적인걸의 관점은 분명히 남성적이었다. 그는 완아나 태평처럼 여성의 글이나 여성 문제에 대한 지식이 없었다. 또한 그는 상당히 엄격한 교사라서, 서슴없이 나의 실수를 지적했다. 하지만 나는 그의 직설적인 태도가 고마웠다. 그는 진정처럼 사람을 깔보는 태도가 없었기 때문이다. 적인걸은 훌륭한 관료가 될 자질이 있었다. 나는 우리가 임무를 시작하기 전에 그를 사면해 줄 계획이었다. 그러면 훗날 과거 시험을 치를 수 있을 테니.

요즈음 관료가 되려면 다른 수준의 인물이 되어야 했다. 민중을 섬겨야 한다는 생각을 거부하는 자는 반동 세력으로 이탈할 위험이 높았다. 혁명방어부 요원들은 고위 문관들을 밀착 감시하면서 부패나 반역의 낌새를 찾아내었다. 조정 관료들은 집에 돌아오지 못할 경우를 대비하여 매일 아침 가족과 눈물의 출근 인사를 한다는 소문도 돌았다. 참 신파적이기도 하지.

물론 일반적으로 처형이 다수 이루어지는 건 사실이었다. 이제는 매일 봉황소 경기장에서 수천 명 군중의 환호성 가운데 처형이 진행되며, 그 장면은 수백만 개의 화면에 방영되고 있었다. 반동 세력들은 이런 처형을 두고 잔혹하고 끔찍하다며 비난하지만, 그들은 우리가 날것이나 다름없는 민중의 의지보다는 온건하고 질서 있는 편임을 인정하려 들지 않았다. 우리의 조처는 마치 화하를 가로질러 흐르는 장강을 적벽 댐으로 막아 날것의 힘을 억제하고 그 에너지를 우리나라 전기 수요의 20퍼센트를 차지하는 수력 발전으로 활용하는 것과 같다. 만약 우리가 공식 채널을 통해서 민중의 분노를 풀어주지 못한다면, 그 분노는 우리를 넘어서서 눈에 보이는 모든 것을 삼켜버릴 것이다.

경기장의 관중석은 선착순으로 입장 가능했다. 몇몇 할머니들은 바느질감을 들고 하루 종일 경기장에서 앉아 있으면서 범죄자들의 처형을 감상한다고 했다. 범죄의 심각한 정도에 따라 사형수들은 교수형이나 참수형을 받거나 '심판의 망치'라는 장치로 사형 집행을 당하기도 했다. 이것은 수압으로 거대한 금속 블록을 들어 올린 다음 사형수를 내리쳐서 몸을 부수어 죽이는 형틀이었다. 이 형벌은 사람이 상상할 수 있는 가장 끔찍한 범죄에만 사용하도록 정해졌고, 사형수가 저승에서도 존엄한 형체를 갖추지 못하는 상황을 확실하게 보장했다. 원래 진정은 과거에 존재했던 능지형이나 거열형을 도입하려고 했으나, 조정에서는 그걸 포기하게 하고서 대신 도입하기로 고안한 사형 방식이었다.

나는 망치로 하는 처형을 절대로 보지 않았다. 확실히 대단한 볼거리이긴 하고, 망치형에 처하기 전 사형수가 저지른 범죄의 목록을 낭독할 때는 일말의 동정심마저 싹 사라지기도 했다. 하지만 그 처형 장면은 나의 악몽 속에서 짓이겨진 시체들을 너무나 생생하게 떠올려주었다.

망치 처형은 최악의 범죄를 저지른 이들 중에서도 가장 심한 이들에게 내려진 데 반해, 그보다 더 수위가 약한 처형법으로 죽은 이들 가운데에는 실제 범죄를 저지르지 않은 이들도 있었다. 적인걸은 연좌제 정책을 그 무엇보다도 강하게 비판했다. 그는 장안 관료들이 반란 세력과 연락하다가 적발된 사건 때문에 처형이 특히 비약적으로 많이 이루어진 후 나에게 말했다.

"범죄를 신고할 '합리적인 기회'가 있었다는 이유로 유죄 판결을 내린다는 건 너무 모호하고 자의적입니다. 연좌제에서는 죄가 있는 자보다 없는 자들이 더 많이 처벌됩니다. 이건 제대로 되는 게 아닙니다. 죄 없는 이를 한 명 처형하면 열 명의 적이 생긴단 말입니다."

나는 고개를 저으며 화제를 돌렸다. 적을 뿌리 뽑는 데 더욱 효과적인 방법을 제시하지 않는다면 진정을 설득하는 건 불가능했다. 가족과 친구, 이웃의 신고 덕분에 반혁명적 음모가 초기에 진화된 사례가 많았기 때문이었다. 자신이 안전하지 못해 두려운 상황이 아니라면야, 대체 누가 사랑하는 이들을 신고한단 말인가?

지금 와서 처형을 중단한다 해도 화하에 평화가 찾아올 리는 없다. 구체제의 엘리트들은 권력을 되찾기를 바라고 있으며, 그 목표를 이루려면 백성에게 보복할 수밖에 없다. 내 휘하의 더없이 유능한 봉황 동맹 직원들이 거리로 끌려 나가 남의 손에 죽는다니, 상상할 수 없는 일이다. 우리는 신들을 뒤쫓기 전에 먼저 이 내전에서 이겨야 했다.

그래도 우리는 아이들까지 처형하지는 않았다. 하지만 반동 세력은 우리가 아이들까지 죽인다고 줄기차게 주장했다.

"이 광기를, 이 유혈 사태를 반드시 멈춰야 합니다!"

반동 세력이 어떻게든 방송해대는 메시지에서 제갈량이 외쳤다.

우리와 반란 세력 사이에서는 술래잡기가 벌어지고 있었다. 우리는 요원을 파견해 그들의 진영에 잠입시켰고, 그들은 우리 진영에 정보원을 심었다. 이중 간첩, 삼중 간첩도 있었다. 집회에서 황색 띠를 두르고 가장 열렬하게 활동하는 사람이 알고 보면 반란 선동자일 수도 있었다. 가족이 처형된 후 쓰라린 원한에 차서 반혁명에 가담한 자가, 알고 보니 가족을 싫어했기 때문에 우리 쪽에 정보를 흘릴 수도 있었다. 최고의 훈련을 거친 혁명방어부 요원이 반란 근거지에 잠입했다가 혁명을 배신할 수도 있었다. 그 누구도 전적으로 믿을 수 없는 상황이었다. 누군가가 정말로 믿을 만한 사람이었다는 걸 알았을 때는 이미 때가 늦어버리기도 했다.

좌절감은 끝이 없을 모양인지, 반동 세력은 물자 공급을 아주 능숙하게 방해해 나갔다. 그래서 태평이 예측한 대로 물자가 부족해져서 경제가 통제 불능 상태로 치달았다. 화하가 이 힘든 전환기를 버텨내기만 한다면, 미래는 더 나아질 것이라는 생각을 일반 시민들은 하지 않았다. 그저 지금 모든 게 열 배나 비싸졌는데 심지어 가게에서 구할 수도 없다는 것만 알 뿐이다. 그래서 시민들은 어쩔 수 없이 두 갈래로 갈리게 되었다. 우리의 정책이 과도하기 때문에 화하를 파괴한다고 여기며 반동 세력에 가담하든지, 아니면 황색 띠를 두르고 시위대와 함께 행진하면서 '아직 멀었다'고 구호를 외치는 것이다. 아직 이익을 추구하려는 자들이, 사회를 파괴하려는 자들이 완전히 없어지지 않았다고, 제조업체와 생산자에게 더 압력을 가해야 한다고, 가격을 더욱 제한해야 한다고 주장하면서 말이다. 이 극단 사이에 중도는 이제 존재하지 않았다. 양측은 거리와 농촌에서 서로 충돌하며, 폭력과 증오의 행위로 서로를 극단으로 밀어붙였다.

때로 나는 너무 분노하여 폭발해 버릴 것만 같았다. 혁명이 지연되고 혼란이 계속되면서 해결되어야 할 수많은 문제가 정체되고 말았다. 농촌 마을에서는 여전히 부모들이 딸을 전족시켰다. 전족하지 않으면 좋은 조건으로 결혼할 수 없다는 사고방식이 뿌리박혔기 때문이었다. 그들의 마음을 안심시키려고 봉황 동맹은 젊은 남자를 모아 앞으로 전족하지 않은 여성과만 결혼하겠다는 극적인 서약식을 개최했다. 그러나 이런 행사는 오히려 아직 전족 중인 여성들을 혐오스럽고 수치스러운 대상으로 여겨지게 만들 뿐이었고, 이상적인 해결책도 아니었다. 발 재건 수술은 무료지만 대기자 목록이 너무나 길었다. 신들과 싸우기 전에 이런 식으로 남은 문제를 다 해결할 수 있을 것 같지 않았다.

하지만 다시 생각해 보면, 그래서 내가 봉황 동맹을 만든 것 아니겠는가? 봉황 여성단 사이의 유대감은 내가 없어도 지속될 것이다. 그들이 단결했을 때 발휘할 힘을 모두 이미 경험했고, 그걸 쉽게 잊지도 않을 것이다.

지금 더 걱정되는 건 완아와 태평의 시험 결과였다. 내가 떠나기 전에 그들이 조정에 자리를 얻는다면, 봉황 동맹의 미래는 훨씬 더 굳건할 테니까.

～～～

과거 시험 결과가 온라인에 공개되는 날, 나는 봉황 동맹의 중앙관리 위원회와 함께 북문 사무소에서 결과를 기다리고 있었다. 이제는 더 이상 당안정이 있는 지점에서 기척 감지 능력을 훈련할 필요가 없기 때문에 북문으로 돌아와 일하기 시작했다.

나는 회의장 탁자에 앉아서 독고가라에게 태블릿으로 결과 페이지를 계속 새로고침 하라고 시켰다. 다른 사람들도 각자의 기기에서 똑같은 페이지를 보고 있었다. 일단 익명으로 채점된 결과를 알고리즘으로 수험자 이름과 이어지게 되면, 온 화하에서 동시에 최상위 점수를 받은 이들이 공개될 예정이었다.

정확한 공개 시각이 되자, 페이지는 로딩되다 멈췄다. 자리에서 벌떡 일어나서 시스템 엔지니어들을 엄히 문책하려고 나서려던 순간, 드디어 순위표가 나타났다. 처음에는 일련번호만 쭉 떠 있던 화면은 이어서 이름으로 변환되기 시작했다.

방 안 곳곳에서 충격 어린 비명이 들려왔다. 태평이 마구 소리를 질렀다. 그들이 본 것을 잠시 후 나도 보게 되었다.

3위 상관완아

완아는 과거시험에서 전국 3위를 했다. 탐화(探花, 과거 시험에서 3위로 합격한 사람을 이르는 용어.)를 차지한 것이다.

나도 태평과 함께 마구 소리를 질렀다. 완아는 순위를 바라보다가 머릿속이 텅 비어버린 것처럼 입을 벌리고만 있었다. 그녀의 어머니인 고적 아주머니는 완아의 어깨를 잡고서 환한 눈빛으로 기쁨의 눈물을 흘렸다.

"탐화야! 네가 탐화야!"

태평은 완아를 마구 흔들었다.

"너도 34위를 했어, 태평! 축하해!"

위원회의 회원인 부 아주머니(婦好, 상나라의 왕후로, 문자로서 기록된 중국 역사상 최초의 여자 정치인, 장군으로 알려짐.)가 화면을 아래로 내리며 말했다.

"아, 제길, 정말요?"

태평은 새된 소리를 지르며 태블릿을 다시 확인했다.

"나쁘지 않네."

독고가라는 씩 웃으며 손뼉을 치기 시작했다.

우리 모두는 커다랗게 환호하고 박수갈채를 보냈다. 그때, 태평이 소리쳤다.

"다 같이 안아요!"

우리는 탁자에서 나와 모여들었다. 독고가라는 처음엔 입을 부루퉁하게 내밀며 거부했지만, 내가 팔을 잡아끌자 결국 마지못해 눈을 흘기며 다가왔다.

방 밖에서는 더 커다랗게 소리가 일었다. 문을 열자 봉황 여성단원들과 우리 사무소가 운영하는 쉼터의 여성들이 소리를 지르며 펄쩍펄쩍 뛰고 있었다. 북문에 사는 주민들도 사무소의 유리문 앞으로 모여들었다. 완아와 태평은 밖으로 밀려나가 서늘한 가을날 군중의 손에 들려 올려갔다. 완아는 새된 소리를 질렀고 태평은 팔을 마구 휘두르며 고함을 쳤다. 둘을 들어 올린 채 우리가 청소해 놓은 거리를 행진하는 대열을 바라보면서 나는 그저 웃었다. 살면서 이보다 더 행복했던 순간이 또 있었을까.

이거야. 난 바로 이 순간을 위해서 싸우는 거야.

이 행복을 지키기 위해서 또 얼마나 더 많은 피를 흘려야 할까.

완아와 태평이 앞으로 조정에서 맡을 지위에 대해 진정과 논의하고 싶었다. 그래서 궁궐로 떠나려던 찰나, 남자 두 명이 봉황 동맹 사무소로 들어왔다.

나는 도움을 요청하는 한부모 어머니와 대화를 나누다 말고 남자들을 보며 얼굴을 찌푸렸다. 사무소 접견실에 있는 사람들이 일제히 경계심을 품었다. 참수 사건 후로 이 사무소에 발들인 남자는 거의 없다시피 했는데 무슨 일일까.

두 남자는 낡은 겉옷과 바지에 황색 띠를 두르고 대충 자른 짧은 머리카락을 한 전형적인 선봉대원의 모습이었다. 하지만 유리문 바깥에 선 무장 경비원들은 공포 어린 눈으로 뒤를 돌아보았다.

"시민 여러분, 어떻게 오셨는지?"

나는 남자들과 인사하고 경례를 나눈 후 물었다.

"혁명방어부에서 왔습니다."

그들은 한목소리로 말하며 배지를 휙 보여주었다. 방패 앞으로 용머리가 새겨진 로고가 보였다.

분위기가 삽시간에 얼어붙었다. 독고가라는 내 앞으로 살짝 팔을 움직였다.

"마마께서 저희의 업무를 막지 않으시기를 바랍니다."

혁명방어부 요원 하나가 덧붙여 말했다.

제길, 드디어 태평이 날 때부터 부자라는 이유로 조사를 하러 온 건가? 건물 뒤편의 움직임을 주의 깊게 들어보았다. 태평은 아직 회의실에 있었다. 나가라고 신호를 보내면 너무 의심스러우려나?

그런데 놀랍게도 다른 요원은 내 옆에 있는 완아를 바라보며 물었다.

"당신이 창족 출신 고적쇄엽의 딸 상관완아입니까?"

"네, 그런데요?"

완아는 고개를 갸웃거렸다.

"어머니는 어디에 있습니까?"

"어…… 뒤편에요?"

요원은 안내데스크를 성큼성큼 지나갔다.

"이보게!"

나는 소리를 질렀다. 불안한 마음이 스멀스멀 올라왔다.

완아는 말을 걸었던 요원과 계속 대화하며 내 팔에 손을 얹어 진정시켰다.

"혁명방어부가 어머니에게 무슨 일이신가요?"

"최근에 당신 어머니가 〈맹강녀(孟姜女, 만리장성을 울음으로 무너뜨렸다는 만리장성 축성공사에 얽힌 비극적인 전설의 주인공.)의 여행〉이라는 단편 소설을 썼습니까?"

"그럴…… 걸요?"

그러자 요원은 바지 주머니에서 수갑을 꺼냈다.

"상관완아. 당신을 고적쇄엽의 반혁명적 발언을 신고하지 않은 혐의로 체포합니다."

제40장

이제는 그만

"완아를 석방시켜요!"

나는 진정의 격리실 유리병을 내리쳤다. 완아와 그녀의 어머니는 나를 막아서고는 혁명방어부 요원을 자진해서 따라갔다. 고적 아주머니와 뒤쪽 사무실에서 헐레벌떡 나온 태평은 내가 요원들을 공격하지 못하게 막았다. 하지만 나는 그냥 두고볼 수가 없었다.

"진정해라. 네 비서와 그 어머니가 무고하다면, 그들은 알아서 문제를 해결하고 나올 수 있겠지."

진정은 유리 벽 뒤에서 서류를 쌓아두고 읽었다. 종이에 그래프가 그려진 것을 보니 나의 부탁과는 전혀 상관없는 내용이었다.

"못 나온다면요?"

진정은 서류를 읽다 말고 눈살을 찌푸린 채 고개를 들었다. 그의 눈 밑으로 다크서클이 어찌나 심하던지 꼭 검댕을 발라놓은 것만 같았다.

"그러면 왜 네 비서의 어머니는 반혁명적 내용을 퍼트린 건데?"

"반혁명적이라는 정의가 너무 넓잖아요! 그 단편 소설은 출간되지도 않았어요. 그저 친구들과 초안을 돌려본 것뿐인데!"

순간, 나는 분노하는 와중에 깨달았다. 그 친구 중 하나가 신고했구나.

그러자 분노가 서서히 가라앉았다. 그들이 신고하지 않았다면, 소설이 반혁명적이라고 판정을 받을 경우 본인이 위험해질 위기인데 어떻게 신고를 안 하겠는가?

이건 다 우리가 초래한 결과였다. 친구가 친구를 배신할 수밖에 없도록 강요했구나.

"폐하께서는 혁명방어부에서 그 소설의 사본을 받아 읽으시고 직접 판단하실 수 있습니다. 부디 그렇게 해주세요."

진정은 짜증 어린 한숨을 쉬었다.

"나는 그 소설을 읽을 시간이 없다. 그리고 네가 황후라는 이유로 네 친구가 더 너그러운 처분을 받아도 된다는 건 아니야."

"내가 폐하랑 잘게요! 꿈의 영역에서!"

순간 분위기가 경악으로 굳더니, 이어서 진정은 팔을 툭 떨어뜨려 서류를 눌렀다.

"내가 원하는 게 그거라고 생각하나?"

그의 목소리는 꾹 누른 용수철처럼 긴장감이 서렸다. 나는 아머 깃에 손가락을 걸며 말했다.

"아닌가요? 같이 잔다고요. 당신이 원하는 대로 뭐든 한다니까요."

어차피 그건 현실이 아닐 테니까.

그는 유리 벽에 달린 인터콤에 대고 마구 소리쳤다. 그의 격한 어조에 스피커가 잡음을 내었다.

"가슴에 손을 얹고 물어봐라. 너는 혁명 정부의 사법부에 아무런 믿음이 없는 건가?"

나는 대답하지 않았다.

그는 부들부들 떨며 돌아앉았다.

"나가라. 너의 비서와 그 어머니는 화하의 다른 용의자들과 똑같이 조사를 거칠 것이다. 이게 최종 결정이다. 더는 관여하지 마라."

"안 하면요? 나도 체포할 건가요?"

내가 쏘아붙이자, 진정은 고개를 돌려 대꾸했다.

"너 역시 다시는 햇빛을 보지 못하게 해주겠다."

그날, 나는 자정 넘어서까지 나의 처소에 있는 거대한 방을 훈련장 삼아 독고가라와 검투를 벌였다. 그녀는 예전에 검을 사용하지 않았지만, 지금은 내 옆에서 같이 검술을 배우는 중이었다. 우리는 지난 몇 달 간 황룡과 백호에게서 얻은 여분의 기 금속으로 검을 만들었다.

독고가라를 이토록 늦게까지 재우지 않아 미안했지만, 난 이 분노를 어떻게든 풀어야 했다. 완아를 걱정하고 있는 태평과 차마 함께 있을 수는 없었다. 그렇다고 책을 집중해서 읽을 수도 없었다. 도자기물레로 구조를 만드는 연습을 하다가도 벽에다 진흙을 던지고 말았다.

"어이! 천천히 좀 해요!"

독고가라는 손을 내밀어 우리의 시합을 멈추었다. 그녀의 올림머리에서 잔머리가 삐져나와 흩날렸다. 백호 왕관의 이빨 아래로 드러난 이마에서 땀방울이 반짝였다.

"조심해야죠! 아기도 있는데!"

"아기?"

나는 비웃음을 날리며 아머 아래 입은 네 달짜리 임신 위장 패드를 떠올렸다. 화타 의사의 최신 검진에 따르면 그 패딩에 해당하는 태아는 남자아이라고 했다. 나는 으르렁거리며 칼을 들어 나의 배 쪽으로 날을 겨누었다.

"헉!"

독고가라가 내 팔을 잡았다.

"이건 사실⋯⋯!"

나는 진실을 내뱉기 직전 가까스로 말을 멈췄다.

내 몸에서 긴장이 풀리자 독고가라는 잡은 팔을 놓았다. 나는 휘청이면서 검을 바닥에 떨구었다. 침실에 길게 깔아놓은 양탄자로 떨어진 검은 마룻바닥 위를 쭉 미끄러졌다. 나는 고개를 떨군 채로 양탄자에 주저앉았다.

"우리가 뭘 하는 걸까."

나는 이마를 감싸며 나직하게 물었다. 독고가라는 내 옆에 웅크려 앉았지만 아무런 말이 없었다. 그녀가 무슨 대답을 할 거라고는 기대하지 않았다. 말 한마디 잘못 했다가는 그녀도 죽을 수 있었으니까.

그래, 내가 가까운 사람에게 문제가 생겼을 때만 이게 부당하다고 문제를 제기하는 건 위선이었다. 그것까지는 잘 안다. 하지만 이 시스템이 완아까지도 해치고 있다면, 절대로 혁명을 배반하지 않을 게 분명한 사람까지도 잡아들인다면, 분명 뭔가 잘못된 것이었다.

천뢰에서 완아와 그 어머니를 구출해내야겠다는 상상이 계속 떠올랐다. 물론 그러면 문제를 죄다 악화시킬 거라는 점은 어렴풋이 알고는 있었다. 진정은 내가 그런 반란을 저지른다면 절대로 너그럽게 보아넘기지 않을 테니.

하지만 내가 하는 게 아니라면?

내가 팔을 뻗자, 독고가라는 나를 일으켜주었다. 나는 검을 허리에 차면서 말했다.

"봉황 여성단에게 최대한 많이 연락을 돌려줘. 그리고 아침에 제일 먼저 통일 광장에 모이라고 해줘."

진정은 시위를 좋아하지? 그렇다면 시위가 뭔지 보여주겠어.

나는 벽에 세워 둔 낫을 들고서 태평에게 가려고 문을 열었다. 그녀는 아마 아직도 자고 있지 않을 것이다.

“잠깐만, 센트럴 챗이 지금 먹통이네요.”

독고가라는 나를 비척비척 따라오며 말했다.

그런데 밖으로 나가 보니 뭔가 이상했다. 나의 궁을 지키는 호위병들이 태블릿을 손에 든 채로 다급하게 이야기를 나누고 있었다. 그들은 근무 중에 절대로 채팅 같은 걸 하지 않는 법인데.

“이게 무슨……”

내가 채 말을 잇기도 전에 눈앞에 보이는 등불이 일제히 꺼졌다. 이제는 별빛만 비치는 어둠이 사방에 내려앉았다.

다급한 발소리가 저 멀리서 이쪽으로 다가왔다.

“마마!”

이치의 목소리에 나는 온몸의 신경이 곤두섰다. 본능적으로 돌아서려 했지만, 이치가 자줏빛 관복을 제대로 입지도 않은 채로 궁의 산책로를 미친 듯이 달려오고 있었던지라 그만 멈춰 서고 말았다. 그는 계속 소리치고 있었다.

“지금 당장 알현실로 가셔야 합니다! 한 국경에서 조종사들이 반란을 일으켰습니다!”

제41장

인민의 이름으로

사마의가 켠 화면 속으로 유체와 위자부를 비롯한 한 지방의 조종사들이 제갈량과 함께 등장했다. 그들은 청룡을 세워둔 만리장성을 배경으로 서 있었다. 카메라 드론의 강렬한 조명이 밤하늘을 밝히며 그들을 하얗게 비추었다.

나는 가슴을 두 팔로 꽉 안고 입을 앙다문 채로 어두운 알현실에서 영상을 보았다. 반란군이 적벽 댐을 점령해 전기가 끊겼기 때문이었다.

유체는 카메라 드론의 로터 바람을 받아 펄럭이는 반란군의 백련기를 들어올리며 연설을 시작했다.

"화하 시민들이여, 우리는 이 독재 정권을 더는 참을 수가 없습니다! 주위를 둘러보십시오. 진짜로 권력을 쥔 자들은 누굽니까? 왜 폐하께서는 돌아오신 후로 단 한 번도 전투에 나오지 않으실까요? 무언가 잘못되었습니다. 우리는 속고 있는 겁니다! 분명히 그자는 우리 전설 속의 황제 폐하가 아닙니다! 정말로 황제 폐하가 맞으시다면, 모든 남자를 파멸시키려는 악독한 여우에게 속아서 휘둘리실 리가 없잖습니까! 황제께서는 퇴폐한 자들이 정직한 시민들의 것을 빼앗아 화하를 퇴보적인 혼란에 빠지도록 두실 리가 없습니다! 무고한 사람들이 저지르지도 않은 범죄를 자백하라며 고문을 받고, 야만인들이 문명의 공간을 침범하며, 여성들이 허위로 남성을 고발해 인생을 망가뜨리고, 가족의 가치가 무너지고 있습니다! 한 지방의 모든 조종사를 대표하여 나는 선언합니다. 우리는 이 불의한 상황을 더는 참고 보지 않을 것입니다! 한 지방은 악과 공존하지 않을 것입니다! 오늘 밤, 인민의 이름으로 우리는 진정한 화하를 되찾을 겁니다!"

영상이 끝나자 사마의는 태블릿을 본인 쪽으로 돌리며 말했다.

"통신선을 다시 연결하여 최신 정보를 받으려는 중입니다만, 이제까지 확인한 바로는 성도의 군대들이 상당수 반란군이 되었습니다. 그들은 한 지방 총독을 살해하고 교도소를 열어서 수감자들을 무장시켰지요. 성도의 거리에서는 전면전이 벌어지고 있습니다. 적벽 댐의 통제권을 두고 총격전이 진행 중입니다."

진정은 이마를 문지르며 말했다.

"그러면 혁명방어부의 정보는 어느 정도 정확했군. 내가 한 지방 내륙 국경 쪽으로 이동시킨 다른 지방의 병력은 배치가 완료되었는가?"

"현재 이동 중입니다. 하지만 지금 시점에서 방어 계획에는 반란군에 합류한 조종사들을 고려하지는 않았습니다.”

이치가 대답하자 사마의가 간청했다.

“폐하께서는 직접 전장에 나가서야 합니다. 오직 폐하만이 청룡을 물리치실 수 있습니다.”

진정은 손의 움직임을 멈췄다. 그는 그림자 드리워진 바닥을 오랫동안 물끄러미 바라보았다.

그가 망설이는 이유가 있었다. 철저하게 활용할 가치가 있는 이유였다.

“좋아요. 그럼 당장 시작하죠!”

나는 낫을 들어 올리면서 그의 격리실 유리를 겨누었다.

“어이!”

진정은 방어하듯 팔을 들면서 뒤로 물러섰다. 사마의는 내 팔을 잡았다.

“지금 대체 뭐 하시는 겁니까?”

“날 만지지 마시오!”

나는 사마의를 밀치며 진정을 계속 노려보고 말했다.

“폐하께서는 대체 무엇이 두려우시죠? 내가 지금 유리를 깨나 폐하께서 전투에 나가시나 똑같이 위험하지 않나요? 화하를 위해 죽을 준비가 된 것 아니었어요? 오늘 밤이라고요! 아니면 더 중요한 일이 있나 보죠?”

이치와 사마의가 우리를 당황스러운 눈빛으로 쳐다보았다. 하지만 나는 진정의 속내가 어떻게 돌아가는지 알고 있었다. ‘내가 이 세상에 돌아온 이유가 있다면, 그것은 바로 신들에게서 이 세상을 해방하는 것이다.'라고 말했으니까.

그는 턱에 힘을 주고 손을 주먹 쥐었다.

"내가 너에게 황룡을 조종하라고 믿고 넘겨주기를 바라나?"

"내가 바라는 건 반동 세력을 이기는 겁니다. 그자들이 나에 대해 말한 걸 생각하면 내가 동정심을 느낄 것 같으세요? 폐하께서 나를 믿지 않는다면, 훈련은 뭐 하러 시키셨죠?"

이치와 사마의 태블릿 화면에서 나온 차가운 빛 가운데 진정의 얼굴은 아무런 표정을 보여주지 않았다. 하지만 그의 가슴은 빠르게 오르내리고 있었다.

"그래서 너는 가장 위험한 적이 누군지 알고는 있나?"

"알고 있죠. 이 혁명을 시작한 진짜 주범이 누군지 폐하는 잊으셨나요? 만약 내가 폐하를 없애고 싶었더라면, 이 낫으로 벽을 내리치기만 하면 되잖아요. 하지만 난 그러지 않아요. 내가 사랑하는 이들이 날 기다리고 있으니까."

우리의 시선은 전류처럼 유리 벽을 꿰뚫고 마주쳤다. 신들이 포로로 잡아놓은 세민의 끔찍한 모습이 머릿속에 선했다. 진정이 사라진다면 세민을 구할 수 없겠지. 그건 진정도 나만큼이나 잘 알고 있었다.

나는 낫을 바닥에 쿵 내리쳤다.

"만약 날 믿고 이 일을 맡기지 않는다면……."

이어서 주먹을 들고 경례했다.

"화하는 폐하의 헌신에 감사할 것입니다. 잊지 말고 유언을 남기시죠."

그는 눈을 질끈 감았다.

"적인걸을 데리고 가라."

그러자 사마의가 소리쳤다.

"폐하! 화하의 안보가 달린 문제보다 일신의 안위를 앞세우실 때가 아닙니다!"

"사마 의장. 나의 판단을 의심하지 마시오. 나는 여기 있으면서 전선을 총지휘하는 편이 더 낫소."

"마마께서는 전투에서 돌아오신 지 일주일도 되지 않으셨습니다!"

"그때는 구미호를 타고 갔잖아요. 지금 황룡은 완전히 기를 충전했고요."

내가 지적했다. 이어서 진정이 말했다.

"나는 황후에게 기를 줄 수 있다."

그는 척추 보호대에 연결된 꿈 훈련용 기 금속 실을 뽑아냈다. 그리고 나와 눈을 마주하며 덧붙였다.

"나를 부활시켜 준 데 대한 보상이라고 생각하라."

청룡과 첫 전투를 치른 후, 황룡은 근 여섯 달 동안 자미산에 뙈리

를 틀고 있었다. 구체제를 되살리려는 자들에게 주는 경고로 그대로 폐허로 남은 성현궁이 있는 곳이었다.

하지만 이제는 그 경고도 더는 통하지 않는 것 같군.

이치는 적인걸에게 자신의 기를 빌려주었고, 태평은 전기차를 운전하여 우리를 황룡이 있는 곳까지 데려다주었다. 적인걸이 최근 전투를 치르느라 기가 고갈된 상태라서, 나는 그를 여기에 끌어들이고 싶지 않았지만, 다른 거세 조종사인 풍소보는 아직 장안으로 데려오지 못한 상태였다. 나는 황룡을 정말로 진정 대신 조종할 수 있으리라고는 예상하지 못했으니까. 심지어 진정은 자신의 아머를 적인걸에게 빌려주었다. 남성 조종사가 아머를 빌려준다는 의미는 칫솔을 나눠 쓰는 것과 다름없는 행동이었다.

엄밀히 말하자면 나는 다른 사람과 황룡을 조종할 수 있었지만, 진정이 황룡에 타지 않았다는 사실을 극소수 내부자를 제외한 타인에게 알리면 너무나 위험했다. 그리고 우리 극소수 내부자들 중에서는 적인걸이 가장 기력이 높기에 사망 가능성이 가장 낮았다. 나는 혹시 적인걸 대신 독고가라를 부조종사로 태울 수 있지는 않을까 하는 미친 생각을 잠깐 했었지만, 수포로 돌아갔다. 진정과 사마의는 독고가라와 양진을 호버크래프트에 태워 한 지방 국경으로 보낸 후, 그곳에서 상황을 파악한 다음 필요한 경우에 백호를 내보내기로 결정했기 때문이었다. 유체의 방송을 보면 여성 조종사는 위자부 말고는 없었다. 양옥환과 이과아를 비롯한 다른 철의 미망인들은 행방을 알 수 없었다. 그들의 가족은 혁명을 통해 많은 것을 얻었으니 반란에 가담할 리는 없을 것이다. 부디 그들이 살아있어 주기를 바랐다.

자미산으로 오르는 구불구불한 도로 중간쯤에 이르자, 전기차의 불빛을 받은 황룡의 머리가 거대한 바위처럼 드러났다. 이치는 진정이 적인걸의 건틀릿 손바닥 부분에 만들어 준 침에서 손을 떼어내며 얼굴을 찌푸렸다. 태평이 차를 천천히 세우자 우리는 급히 뛰어내렸다. 산 아래 장안은 으스스한 어둠에 휩싸여 있었다. 비상용 발전기를 가동하여 불을 켜 놓은 병원 같은 필수 시설에서만 간간히 불빛이 반짝일 뿐이었다.

황룡의 턱만 해도 나의 키의 두 배는 되었다. 순간, 이걸 타고 벌였던 마지막 전투의 참혹한 기억에 나는 멈칫하고 말았다. 하지만 난 이 순간을 위해 훈련해 오지 않았던가. 이 순간을 위해서 죽을 힘을 다해 노력했고, 이 궁극의 권력인 크리살리스를 타기 위해 전장에서 스스로를 단련해 온 것이다. 나는 몇 달 전의 미숙한 조종사가 아니었다. 건틀릿을 황룡의 기다란 주둥이에 대고 억지로 열어젖히려 했던 순간.

"마마!"

이치가 소리쳤다. 나는 뒤로 고개를 돌렸다. 이치는 입을 움직이지만 말없이 도로 닫았다. 그의 옆에서 태평은 잔뜩 겁에 질린 눈빛으로 나를 보았다.

혹시 태평은 내가 황룡을 타고 이 정부를 또 공격해 주기를 바라는 걸까.

"내 걱정은 하지 마."

"예. 예, 마마께서는 잘하실 겁니다. 노동 계급에게 권력을."

이치는 숨 가쁜 소리를 내면서 고개를 거듭 끄덕이더니, 왼쪽 주먹을 들어올렸다.

난 그에게서 무슨 말을 기대했던 걸까. 다른 이들이 있는 앞에서 이치가 달리 할 말이 무엇이 있다고.

"단결하여 일어나자."

나는 중얼중얼 대답하고는 건틀릿과 무릎을 자석처럼 이용하여 한 동작씩 황룡의 턱을 기어 올라갔다.

태평과 이치는 적인걸을 들어 올려주었고, 나는 그를 조종석으로 끌어올렸다. 적인걸은 조종석에 앉으면서 나직하게 말했다.

"동족상잔의 내전이라니 참으로 비극입니다. 무고한 이들을 이토록 많이 처형하지 않았더라면, 일반 시민들이 반란군 편으로 밀려나지 않았을 겁니다."

"알고 있다."

나는 이렇게만 말했다.

"마마께서 마침내 눈을 뜨시는 겁니까?"

나는 그 말에 대답하지 않았다. 목이 콱 막혔지만 억지로 삼킨 다음, 우리의 의식을 전투 연결로 이끌어갔다.

세상이 기우는 듯하더니, 구미호에 탔을 때보다 훨씬 더 혼란스러운 시야의 변동이 일어났다. 마치 죽음 너머 망각 속에 던져진 영혼처럼 흩어졌다가 황룡 안에서 다시 태어난 것만 같았다.

이치와 태평, 차량이 내 시야에 들어왔다. 개미만 한 크기였다. 훨씬 더 광대한 황룡의 감각에 익숙해지자, 나는 발톱으로 산비탈을 짚고서 똬리를 풀고 하늘로 날아올랐다. 그 느낌이란 진정과 함께 천궁 공격을 시뮬레이션했을 때와 비슷하게 대단히 인상적이었다. 이제 다섯 달도 되지 않아 진짜 공격을 감행해야겠지.

나는 그에게 임무를 위해서라도 배신하지 않겠다고 설득했지만, 그렇다 해서 진정이 마음에 든다는 소리는 아니었다. 그는 스스로를 대체할 수 없는 존재라고 생각하고 있지만, 그렇지 않다. 나도 10년 넘게 경험을 쌓는다면 진정의 수준에 도달할 만큼의 기술을 갖출 수 있다.

어둠에 빠진 장안의 거리 위로 사람들은 비행하는 황룡의 휙 소리에 맞추어 손전등을 하늘로 휘둘러 밝혔다. 나는 성도로 이어지는 널찍한 고속도로를 찾아 남쪽으로 향했다. 꺼진 가로등 아래 멈춰선 화물차 사이로 군용 차량들이 빠르게 움직이고 있었다.

장안 남쪽에 있는 파촉 산맥에 도착하자, 달빛도 없는 밤이라 고속도로는 산봉우리 사이를 휘감아 들어가다가 터널로 이어지면서 점점 더 분간하기 힘들어졌다. 나는 별자리를 이용하여 계속 방향을 잡아갔다. 그 옛날 언니와 함께 뒷마당에 앉아 낡은 달력에서 뜯어낸 별자리 지도를 보면서 별을 구분했었더랬지. 어린 시절의 친구를 찾은 것처럼, 남쪽을 가리키는 커다란 별자리가 눈에 들어왔다. 바로 세민이 크리살리스를 불러낼 때 영감을 준 주작의 별자리였다. 나랑 언니가 그랬던 것처럼, 세민도 학교 공부와 일을 마치고 지친 몸으로 같은 밤하늘을 올려다보며 저 반짝이는 우주에서 마음의 평안을 찾았을지도 모른다. 언젠가는 저 하늘로 끌려가게 될 운명은 꿈에도 모르고서.

지금도 신들은 나를 지켜보고 있겠지. 그들은 즐거우려나? 지금껏 아무런 움직임도 없었으니, 이들이 반동 세력을 무너뜨리는 걸 도와줄 거란 기대는 없다. 아마도 유체가 내가 한 짓과 맞먹을 정도로, 그러니까 진정이 있는 궁궐을 부숴버릴 정도로 최악의 행동을 하면 또 모를까.

그런 생각을 하자 황룡을 더욱 빠르게 몰게 되었다. 하지만 동시에, 나는 언제든지 황룡을 돌려서 진정을 죽여버릴 수도 있다는 생각이 너무나 또렷하게 느껴졌다. 진정은 어두운 방에서 책상에 앉아 손으로 턱을 괴고서, 아머도 크리살리스도 없는 상태로 자신이 혹시나 인생 최악의 결정을 내린 건 아닌가 고민하고 있겠지.

몇 분마다 감각을 펼쳐 기척을 감지하면서 대공급 기력이 있는지 알아보았다. 청룡의 위치는 모르지만, 논리적으로 따져 보면 그들은 내가 성도에 도착하기 전에 앞을 막고 설 것이다. 그러면 반란을 쉽게 진압할 수 있을 텐데.

두툼한 그림자 아래로 끝없이 펼쳐진 산맥이 보였다. 둘로 갈라져 버린 제국이 이토록 평화로워 보이다니 마치 속임수 같았다. 시간 감각도 바람결에 날려 흩어져갔다. 난 어쩌면 무한한 순간 속에서 무한히 선회하고 있는 것인지도 몰라. 그러다 문득, 이쪽으로 빠르게 다가오는 거대한 기척이 하나 감지되었다.

아니, 기척은 둘이었다.

나는 황룡의 주둥이를 아래로 향하여 내려가 느릿하고도 거대한 몸짓으로 산을 둘러 똬리를 틀었다. 나무를 부러뜨리고 이파리를 눌러가며 내려앉았다. 상대방이 온 힘을 다해 다가오고 있는데 내가 맞설 준비를 하며 기를 과하게 소모하는 건 무의미했다. 아직 보지는 못했지만, 황후에게 배정된 예산을 걸고 장담하는데 청룡과 같이 오는 기척은 곤붕일 것이었다. 한 지방의 비행 가능한 대형 크리살리스니까. 우리가 함께 전투에서 싸웠던 것도 다 소용없어졌구나.

나는 황룡의 작은 기립형 모습을 상상했다. 기 아머와 비슷한 형태이지만 거대한 날개와 뿔이 달린 용 머리가 있는 모습이었다. 크리살리스 두 대를 동시에 상대하려면 이 모습이 필요할 터였다. 하지만 기립형은 황룡 안에 미리 만들어두어 퍼즐처럼 딱 맞게 설치되어 있지 않다. 진정은 기 금속을 액체로 변화시킨다는 말도 안 되는 능력으로 기립형을 그 자리에서 만들어냈다. 하지만 나는 그 수준에는 미치지도 못했기 때문에, 기립형을 훨씬 더 천천히 만들어야 했다.

도예용 점토를 적시는 것처럼 수기를 흘려보냈다. 아주, 아주 단단한 점토를…….

아니. 그런 식의 생각은 안 된다. 토기 금속이 딱딱하고 유연성이 없다는 생각은 버렸다. 대신, 원시 입자 수준까지 들어가 나의 차가운 수기 흐름을 토기의 밀집된 구조 속으로 파고들어 풀어내는 상상을 했다. 황룡의 머리에서 층층이 입자를 끌어내 앞 발톱으로 밀어내어 팔을 길게 만들었다. 만든 팔로 산을 밀어내면서 둥글게 어깨를 만들었다. 황룡의 머리가 조종석을 보호할 만큼 두꺼우면서도 보조 몸체를 효율적인 비율로 유지할 수 있는 균형점을 찾아야 했다.

기척이 점점 가까워졌다. 날개 달린 형체가 흔들흔들 점점 크게 보이기 시작했다.

그래, 날개를 잊으면 안 되지. 보조 몸체는 파동만으로 날 수가 없으니까. 어깨에서 날개를 돋아나게 하려고 더 많은 입자를 집중적으로 끌어내면서, 두 번째 발 한 쌍을 다리로 길게 늘였다. 세상에, 왜 이리 만들어야 하는 게 많지? 복잡한 진정의 방식을 그대로 따라 할 시간이 부족했다. 나의 기립형 황룡은 아머 차림의 전사라기보다는 진흙에서 알아서 만들어진 괴물처럼 보일 것이다. 부디 어두운 밤에 조종사들이 이 몸체를 수상하게 보지 않아 주기를 바랄 뿐.

나의 정신이 편안하게 담길 만한 형태를 애써 만들던 도중, 나의 것이 아닌 기척이 머릿속을 스쳤다. 진정이 전극에 연결되어 전류로 고통을 당하면서 기 금속을 애써 조작하는 모습이었다. 그는 처음부터 능력을 갖고 태어나지 않았다. 다만 고문의 위협을 당하면서 수없이 실패하고 노력한 끝에 그 수준에 이른 것이었다. 그러나 나 역시 불가능한 도전을 하는 게 아니었다.

다만, 실패하면 그대로 끝이라는 상황이 불행할 뿐이지.

산 위에서 날개 치는 소리가 들리며 청룡이 다가왔다. 청룡은 포효를 내뿜으며 영웅형으로 변신했다. 붉은색과 노란색 광선이 청룡의 골격을 따라 갈라지면서 산봉우리를 주홍빛으로 물들였다. 저 뒤로 오는 크리살리스는 내 생각대로 곤붕이었다. 곤붕은 초록색 빛을 폭발하듯 발산하며 기립형으로 변신했다.

지금이로군. 나는 이제껏 만들어낸 형태로 싸워야 했다.

거대한 탯줄에서 분리되는 느낌으로, 나는 황룡의 보조 몸체를 분리했다. 이제 정신에서 묵직한 무게감은 사라졌지만, 보조 몸체는 옆으로 기울었다. 머리 비례가 여전히 맞지 않았고, 관절은 녹슨 기계의 부품처럼 매끄럽게 움직이지 않았다.

뼈대로 이루어진 팔 네 개가 달린 청룡은 갈비뼈 네 대를 떼어내 날카로운 검으로 만든 후 나에게 돌진했다. 나는 비틀비틀 넓은 자세를 취하고는 만들다 만 검을 들어 올렸다. 내 무기는 검이라기보다는 배 젓는 노처럼 보였다. 금속이 챙 부딪치는 소리가 산맥에 울려 퍼졌다. 보조 몸체에 가해진 진동이 땅으로 울렸다. 계속해서 이어지는 칼날과 팔과 빛나는 기의 공격이 빙빙 몰아치는 회오리바람 같았다. 뒤로 비틀거리는 나의 귓가에 진정이 훈련에서 내게 해준 말이 들려왔다. 그는 상대방의 공격 범위 안에 절대로 머물러 있지 말라고 소리쳤다. 이제껏 내가 연마해 온 반응 속도와 전투 본능이, 어설프게나마 살아나고 있었다.

"근접 전투의 첫째 원칙은 바로 상대방의 전투 방식을 파악하는 것이다. 상대의 약점과 틈을 찾아라!"

유체와 위자부는 실제로 검술 훈련을 받은 적은 없다. 그들이 검을 휘두르는 궤적은 너무 넓었다. 이건 혼돈에게 여봐란 듯 뽐내기 위한 것이지, 효율적인 공격이나 방어를 하는 동작이 아니었다. 나는 보기 안타깝도록 무딘 검을 보조 몸체의 머리 앞으로 단단히 잡고, 최대한 간결한 움직임으로 그들의 공격을 막아내면서 금기를 검날에 집중시켜 날카롭게 무기를 벼렸다. 만약 우리가 인간의 몸으로 싸우는 중이었다면, 수없이 보이는 틈으로 그들의 장기를 찌를 수 있을 터였다. 하지만 크리살리스에는 장기가 없었다. 이것은 축복이자 저주였다. 나는 내 급소를 보호할 필요가 없었지만, 그건 상대방도 마찬가지였다. 그들의 조종석을 공격해서 이기려면 일단 저 네 개의 움직이는 팔을 돌파해야 했다.

나는 계속 뒤로 물러서면서 걸음마다 기 금속을 온몸에 흘려보내며 보조 몸체를 청룡의 크기로 압축하고 머리와 몸의 비율을 조정했다. 날개를 더 얇고 넓게 펼치면서 산자락으로 굴러떨어지지 않으려고 날갯짓하며 균형을 잡았다. 만약 내가 굴러떨어진다면 진정인 척할 수가 없을 테니까. 이 보조 몸체는 너무 투박해서 우리를 지켜보고 있는 사람은 분명히 의심하고 있을 터였다.

하지만 다시금 진정의 말이 떠올랐다. 크리살리스는 고정관념의 제약만을 받을 뿐이라는 말이었다. 그렇다면 몸체에서 나오는 목소리도 마찬가지일까?

나는 이쪽을 베려는 칼날을 검으로 막고 두 번째 날을 슬쩍 피하면서 최대한 진정을 흉내 내어 소리쳤다.

"이 무례한 아이들아! 감히 나에게 반항하느냐?!"

내 목소리가 더 굵게 나오고 있지만, 이게 얼마나 먹힐지는 알 수 없었다. 완아와 태평과 함께 누가 누가 진정의 성대모사를 잘하나 내기를 더 할 걸 그랬다.

"폐하! 진실을 깨달아주십시오! 화하를 다시 해방하셔야 합니다!"

이글거리는 화기를 뿜으며 청룡의 검이 방어하려 들어 올린 나의 보조 몸체의 팔뚝을 베었다. 정신적인 통증이 머리를 스쳤다. 애써 이 감각을 억눌러 보아도, 상처가 아프다는 본능적인 마음이 쉽게 사라지지 않았다.

"해방되어 어떡하라는 것이냐? 굶어 죽으라는 것이냐? 거리에서 자라는 것이냐?"

나는 진정의 흉내를 계속 내면서 보조 몸체의 날개를 더욱 격하게 퍼덕였다. 그러자 날개에 비행 능력이 점점 생겨나는 느낌이 들었다. 경직되어 있던 날개의 움직임이 좀 더 부드러워졌다.

"소녀들을 전족시켜 신부를 팔라는 것이냐? 아이들을 공장과 광산에 보내어 일을 시키라는 것이냐? 사람의 목숨을 지키기보다 안전 관리를 부실하게 하는 편이 더 이익이 남으니 그러자는 것이냐?"

마침내 날갯짓으로 나는 날아오르기 시작했다.

"사람의 목숨이라 하셨습니까? 혁명이야말로 매일 사람을 죽이고 있지 않습니까!"

청룡은 마구 검을 휘두르면서 나를 추격했다. 검날이 부딪치는 소리에 우리의 논쟁이 끊어졌다.

나는 밤하늘에 날개를 마구 퍼덕이면서 청룡의 검이 닿는 궤적에서 벗어나려 위아래로 움직이고 회전했다. 동시에 금기로 검을 날카롭게 갈았다. 어느 정도 시간이 지나서야 난 필요한 말을 간신히 할 수 있게 되었다.

"우리가 처형한 사람들은 대부분 권력을 쥔 동안 무고한 사람들을 훨씬 더 많이 죽여 왔다! 혁명이 없었더라면 계속 죽였을 테지!"

"아닙니다! 평범한 사람인데도 말을 잘못해서, 이웃이 한 일 때문에 고문당하고 죽은 경우가 많습니다! 사람들은 이제 가족조차 믿을 수가 없단 말입니다!"

나는 화가 치밀어올라 진정의 흉내 내기를 그만두고 말았다.

"그래! 안다! 안다고! 수많은 사람들이 고통받고 죽었지! 너무나 많은 게 잘못되었어! 이건 아수라장이야!"

나는 청룡이 각기 쥔 검 네 자루에서 날아오는 불규칙한 공격을 막고 피하며 말을 이어갔다.

"허위 고발과 자의적 체포가 있었지! 권력을 쥔 후 남용한 자들도 있었고!"

청룡은 공중에서 비틀거리며 어리둥절한 소리를 냈다. 내가 그 말에 동의한다면 지금 왜 싸우는 건지 의아하겠지. 이 전투를 멈추면 어떨까. 내 정체를 드러내고서 청룡과 함께 장안을 장악하고 혁명을 되돌리면 어떨까. 모든 걸 다.

……하지만 반동 세력이 *나와* 협력할 리가 없잖아.

나는 보조 몸체의 날개를 앞으로 확 젖혀서 청룡에게 달려들었다.

"하지만 그럼에도 불구하고 더 나쁜 게 무엇인지 아느냐? 바로 구체제다! 혁명이 완벽하지 않으니, 우리가 더 잘 해야 하는 것이다! 혁명을 추구할 가치가 없는 게 아니란 말이다!"

나는 연좌제에 반대하는 봉황 여성단의 시위를 조직하려 했다. 하지만 그건 혁명을 뒤엎어버리는 것과는 전혀 다른 행동이었다. 사실, 연좌제는 반동 세력이 잔인하게 훼방을 놓기에 생긴 것이었다. 이들 세력과 함께한다면 해방을 얻을 수 없었다. 이들을 물리치는 것이야말로 완아를 풀어줄 수 있는 진정한 해결책이다.

"하지만 혁명은 누가 봐도 실패했습니다! 모든 게 다 무너지고 있습니다!"

청룡은 나의 날카로운 검을 막아내며 소리쳤다. 나는 검을 다시 휘둘러 공격을 계속해 나갔다. 그의 네 자루 검 사이로 틈을 노리며 난 말했다.

"아직 반년밖에 지나지 않았다! 너는 스위치 하나만 누르면 천국이 만들어질 줄 아느냐? 너희 반동 세력이 곡식을 망치고 다리와 길을 폭파했잖느냐! 너희들은 아기가 숨을 못 쉬고 있다고 말하면서 실은 요람에서 아기의 숨통을 막고 있다!"

"죄송합니다만 저희는 무고한 이들이 죽는 걸 두고 볼 수가 없습니다!"

"너희 패거리들은 지방에서 수많은 사람들을 죽였어! 우리가 말하는 동안에도 성도에서는 많은 사람들이 죽어가고 있다!"

"그건 다른 문제입니다! 이 반란은 화하를 구하려는 것입니다!"

"혁명도 마찬가지다!"

우리의 검이 맞부딪치며 유독 커다란 반향을 일으켰다.

"너……!"

순간, 청룡이 으르렁거리기 시작했다. 나는 검을 비틀어 빼내고는 이제 날카로운 끝으로 청룡의 머리를 겨누어 찔렀다.

청룡은 공격을 피하려고 공중에서 휙 하강했다. 나의 검은 청룡의 뿔 하나를 베어내었다.

청룡은 분노에 친 신음을 내뱉었다.

"너는 내 황제가 아니다!"

유체와 위자부가 나의 허술한 연기를 꿰뚫어 본 것일까. 아니면 단순히 격한 반응을 보인 것일까. 알 수 없었지만 중요하지도 않았다. 이제는 대화로 해결할 문제가 아니었으니까. 서로의 잔혹한 행위를 온종일 읊어봤자 우리의 사고방식은 변하지 않을 것이다. 이건 누가 살고 누가 죽어야 하는지 따지는 도덕의 문제가 애초에 아니었기 때문이다. 서로 다른 이익을 가진 두 계급 간의 대결이고, 승리한 자가 서사를 갖게 된다.

나는 청룡이 든 네 자루 검의 궤적을 계속 파악하느라 정신을 쏟은 나머지, 내 뒤로 날아오른 곤붕을 하마터면 보지 못할 뻔했다. 곤붕은 쌍둥이 망치를 내 보조 몸체에 휘둘렀다.

나는 그 타격을 완전히 피하지 못했다. 맞은 충격으로 하늘에서 떨어져 산비탈에 굴러떨어졌다가, 본능적으로 검을 놓고 황룡의 거대한 몸체와 충돌했다. 어떻게 내가 이걸 조종했던 거지?

청룡과 곤붕이 이쪽으로 돌진해 왔다. 나는 황룡의 몸체를 쥐고서 억지로 그 일부를 떼어내었다. 그리고 화기를 모아 힘을 흘려보낸 다음 떼어낸 부분을 다가오는 두 크리살리스에게 휘둘렀다.

청룡은 공격을 피했지만, 곤붕은 정통으로 그 조각에 맞았다. 곤붕은 저편 산에 충돌하여 밤하늘 안에 연기처럼 뭉게뭉게 파편을 휘날렸다.

나는 검을 되찾으려 몸을 확 던지며 청룡의 다음 공격을 방어했다. 하지만 청룡은 보조 몸체의 머리를 노리지 않았다. 오히려 내가 다가서자 급히 옆으로 방향을 틀어 날았다. 그리고 내가 검을 막는 순간, 청룡은 세 개의 검을 동시에 놓아버렸다. 갑자기 맞받아치는 힘이 없어지자 나는 균형을 잃고 빙글 돌았는데, 그 순간 청룡은 네 번째 검을 휘둘러 나의 날개 밑부분을 하나 베어냈다. 통증이 보조 몸체의 어깨를 관통했고, 나는 방향을 다시 잡으려고 뒤를 돌았다.

마지막 검을 바닥으로 던진 청룡은 네 손으로 나의 날개를 움켜쥐고 반동을 이용해 날개를 완전히 뜯어냈다.

나는 비명을 지르며 검을 휘둘렀지만, 청룡은 내 바로 뒤로 방향을 틀었다. 위쪽의 두 팔은 보조 몸체의 어깨를 단단히 잡았고, 아래쪽 두 팔은 허리를 감싸 쥐었다. 위아래로 잡혀 몸싸움하는 동안, 청룡은 날개에 기를 분출하여 나를 하늘 높이 들어 올렸다.

세상이 어두운 줄무늬로 흐릿하게 보였다. 바람이 우리를 마구 덮쳤다. 청룡의 날개에서 계속해서 분출하는 기는 부글부글 끓는 주전자 같은 소리를 내었다. 이건 기력을 엄청나게 낭비하는 비행 방식이었지만, 걱정스러울 정도로 빠른 속도를 내며 우리 몸을 높이 올렸다.

"황룡을 누가 조종하는지는 몰라도 당장은 크리살리스 수리가 불가능해 보입니다."

우리가 점점 더 높이 날아오르는 동안. 제갈량의 목소리가 청룡 조종석 안에서 희미한 전자음으로 들려왔다. 어딘가 카메라를 두고 보고 있는 건가?

"내 신호에 맞추어 떨어뜨리십시오!"

보조 몸체가 공중에서 추락하는 모습이 그려졌다. 한쪽 날개로는 날 수 없다. 지면에 충돌하기 전까지 다른 날개를 만들어내지 못하면 나와 적인걸은 죽을 것이다.

내 몸에서 화기가 마지막으로 용솟음치며 날 잡은 청룡의 손을 풀려 했다. 나는 있는 힘껏 팔을 비틀었다. 그리고 나와 닿는 표면에서 죄다 기를 빨아들였다.

하지만 청룡은 꿈쩍도 하지 않았다.

이제는 살아남을 수 없을 만큼 높은 지점까지 오르자, 나는 목표를 바꾸어 청룡이 나를 놓지 못하도록 했다. 화기와 금기, 토기를 한쪽 팔에 집중적으로 모은 다음, 나는 보조 몸체를 관통하여 청룡을 찔렀다. 검 끝이 청룡의 등을 완전히 뚫고 나오자, 나는 밖으로 튀어나온 검날을 두 조각으로 가른 다음 조각을 평평하게 눌러서 우리를 딱 붙였다.

청룡은 욕설을 뱉더니 이제는 기를 내뿜는 대신 날개를 치면서 고도를 유지했다. 그리고 아래쪽 손으로 내 검 손잡이를 움켜쥐었다. 이건 해결책이 전혀 아니었다. 나는 우리를 더 낮은 고도로 내리도록 몸부림치면서, 머릿속으로는 보조 몸체의 등과 옆면에 날개를 새기기 시작했다. 처음부터 날개를 만들어내는 것보다는 새긴 모양대로 떼어내는 편이 더 쉬울 테니까. 하지만 청룡의 아래쪽 팔이 내 허리를 안고 있어서, 추락하기 전까지는 과연 날 수 있는지 알아볼 수가 없을 것이다.

그러다 그만, 실수로 아래를 내려다보고 말았다. 어마어마한 공포가 들면서 보조 몸체의 사지가 굳어버렸다. 수천, 수만 단위의 허공이 펼쳐진 저 아래로 산맥이 뻗어 있었다. 추락까지의 높이는 살아남기에는 너무 높았고, 날개를 만들어낼 만한 시간을 벌기에는 너무 낮았다. 혹시, 내려가는 동안 보조 몸체의 하반신을 떼어버린다면……

그러다 그만 미친 것처럼 웃어버릴 뻔했다. 그렇게 살아남는다 한들, 청룡이 없어지는 것도 아닌데. 부서진 나의 보조 몸체를 찾으러 다시 오겠지. 만약 곤붕의 조종사들이 살아 있다면 역시 같이 올지도. 내 뼈가 부서지고 피부가 찢어져 살이 터지는 모습이 머릿속에 가득했다. 세민과 마수영, 우리 가족의 모습도 떠올랐다. 이게 다 무엇을 위한 것이었지? 살육이 또 살육으로 이어지는 끝없는 악순환만이…….

순간, 기억들이 전기 충격처럼 나를 뒤흔들었다. 새로운 철의 미망인들이 서 있는 모습, 북문 여성 시민들이 기뻐하는 모습, 나의 봉황 여성단원들이 거리를 행진하는 모습이.

아니. 나의 모든 일이 헛된 것은 아니었다.

헛되게 만들지 않을 것이다.

나는 보조 몸체의 머리를 뒤로 돌린 다음 입을 열고서 전투 연결을 끊었다.

정신이 인간의 몸으로 확 돌아왔다. 지금까지 느껴본 것 중 최악으로 방향 감각이 상실된 느낌이었다. 마치 폭풍처럼 몰아치는 감각에 나는 조종석 옆에 구토했다.

"독재를 끝내십시오, 마마."

적인걸이 말하는 소리가 들린 것도 같았다.

"그래, 자, 어서 와!"

나는 입을 닦고서 두 발로 섰다. 눈앞에 까만 점이 마구 몰려들었다. 조종석 벽으로 휘청휘청 다가가 등을 벽에 댄 다음, 정신을 최대한 확장시키며 나의 아머에 날개를 새겼다. 제발 이 방법이 통해야 할 텐데. 나는 적인걸에게 줄 날개를 하나 더 만들어준 다음 보조 몸체의 열린 입 쪽으로 비틀비틀 나아갔다. 입구로 나아가자 바람이 얼굴을 마구 때렸다. 나는 숨을 참고서 턱 바깥으로 몸을 던졌다.

속이 뒤틀릴 정도로 무중력 상태가 몸을 덮치더니, 이윽고 보조 몸체의 어깨가 나와 쾅 부딪쳤다. 청룡의 날갯짓 때문에 어깨의 둥근 곡선은 내 몸을 밀어내려 했지만, 나는 아머의 손과 무릎을 기 금속에 융합시켰다. 그리고 한 번에 두 부분씩 앞으로 붙이면서 보조 몸체의 목 쪽으로 기어갔다. 꼭 필요할 때까지는 내 날개의 성능을 시험해 보고 싶지 않았다.

날카로운 바람 때문에 눈물이 났다. 청룡의 머리는 보조 몸체 바로 뒤에 있었다. 밤하늘 아래 한쪽 눈은 붉게, 또 한쪽 눈은 노랗게 빛났다. 드디어 그 두 눈이 주홍빛으로 물들이는 내 보조 몸체의 목덜미에 도착하자, 나는 허리에서 검을 뽑아들고 뛰어올랐다.

검 끝으로 청룡을 찌르자, 나의 검은 부서지기 쉬운 목기 금속을 쉽게 찢었다. 나는 날개를 퍼덕이면서 발 디딜 곳을 애써 찾았다.

"이게 뭐야?"

청룡이 고개를 흔들었다.

검을 뒤틀자 어깨에 통증이 느껴졌다. 내 목에서 터져 나온 비명이 귀를 찢을 듯 부는 바람 소리와 맞서 울려퍼졌다. 나는 검을 옆으로 쭉 그어 안으로 비집고 들어갈 만큼의 틈을 만들었다.

청룡의 조종석 안으로 굴러떨어져 보니, 유체와 위자부의 인간 몸이 조종석에 앉아 있었다. 붉은빛과 노란빛의 은은한 빛으로 뒤덮여 있는 그들의 몸은 기이하게도 평온해 보였다. 온몸이 욱신거린 채로, 나는 양의 조종석 뒤로 올라갔다. 그리고 실수로 베어버리지는 않을 정도로 간격을 두고서 유체의 목에 검을 가까이 댄 다음, 고함을 질렀다.

"지상으로 돌아가라. 그렇지 않으면 너의 인간 몸을 죽이겠다!"

"이게 무슨 지랄이지?"

청룡의 목소리가 급격히 높아지면서 조종석에 쩌렁쩌렁 울렸다.

그러자 제갈량의 목소리가 스피커에서 떨려 나왔다.

"청룡, 시키는 대로 하십시오. 이 싸움에서 이길 방법이 여럿 있습니다. 안전한 곳에 도착하면 그녀를 제압하십시오. 하지만 태아는 다치게 하지 마십시오!"

나는 눈을 흘겼다. 하지만 나의 시선은 내 검이 닿는 범위에서 벗어난 음의 조종석에 앉은 위자부를 향했다. 우리가 착륙하는 순간,

내가 유체를 죽인다 해도 위자부와는 또 맞서 싸워야 했다. 마수영 때처럼 위자부도 여기에 마지못해 왔다고 생각해서는 안 된다. 나는 같은 실수를 또 저지르지 않을 것이다.

"씨발!"

청룡이 울부짖었다.

조종석의 불빛이 꺼져갔다.

우리는 추락하기 시작했다.

나는 그만 천장으로 확 떠밀려 올라갔다. 검은 유체의 턱을 간발의 차이로 베지 않았다. 팔다리가 무자비한 힘에 눌려 꼼짝도 할 수가 없었다.

"체, 이러지 마!"

혼란스러운 어둠 속에서 위자부의 목소리가 울려 퍼졌다. 지금 이 소리는 자연스러운 인간의 목소리였다.

둘이 연결을 끊었나?

상황을 채 파악하기도 전에 토기의 노란 빛이 다시 조종석에 들어왔다. 청룡은 날개를 힘차게 퍼덕이면서 추락하지 않으려 애를 썼다. 한 번, 두 번, 세 번, 추락하지 않으려고 미친 듯한 날갯짓이 이어졌다. 나는 조종석이 세차게 흔들릴 때마다 천장 여기저기에 몸을 부딪쳐댔고, 결국은 검을 쥐지 않은 팔 쪽으로 바닥에 강하게 떨어졌다.

유체가 검을 머리 높이 치켜들고서 나에게 달려들었다. 하지만 그런 자세는 급소를 노출시키는 행위에 지나지 않았다. 위자부는 덜덜 떨리는 손으로 조종석을 힘껏 잡았다. 그녀의 건틀릿에서 나오는 빛으로 조종실이 환하게 밝아졌다.

맙소사. 위자부가 혼자서 날개를 퍼덕이고 있었다. 그것도 수동으로.

"우리를 다 죽이고 싶어?"

나는 아래로 떨어지는 유체의 검을 막아내며 소리쳤다. 나의 비명이 조종실 여기저기에 울렸다. 곧바로 그의 눈을 검을 찌르려고 했지만, 열네 살밖에 되지 않은 남자애의 진짜 얼굴을 보니 망설여졌다.

"아니야! 너만 죽인다! 폐하께 대체 무슨 짓을 했지?"

"아무 짓도 안 했어! 내 행동은 모두 폐하의 뜻이었다! 그분은 직접 결정을 내리시는 성인이라는 걸 똑똑히 알라고! 그분은 자신의 말을 모두 진심으로 믿으신다고!"

"변명은 집어치워!"

"이건 변명이 아니-!"

"체……."

위자부의 목소리가 사그라들었다.

그녀의 빛이 어두워지며 조종석에서 나오는 빛이 줄어들어갔다.

우리는 다시 자유 낙하하기 시작했다. 이번에 나는 천장을 향해 얼굴을 맞대고 검으로 조종석 천장을 찔렀다. 자연의 무자비한 중력에 맞서 금속 판에 뺨을 대고 검을 흔들어 크리살리스 몸체의 틈을 넓혔다. 틈은 고통스러우리만큼 좀처럼 커지지 않다가, 갑자기 임계점을 넘은 순간 확 찢어지면서 나는 조종실 밖으로 밀려났다.

마치 세민이 나를 주작 밖으로 내던진 순간으로 돌아간 것만 같았다. 그때처럼 휘몰아치는 바람 속에서 나는 비명을 지르며 무자비한 중력에 맞서 날개를 괴롭게 퍼덕였다. 눈앞이 정전기로 번쩍이는 가운데 가까스로 균형을 잡자, 찢어진 틈으로 나처럼 튀어나온 유체가 보였다. 그는 나처럼 애써 공중에 뜨려고 안간힘을 썼지만, 결국 위자부의 이름을 부르며 추락하기 시작했다.

그러다 문득, 적인걸이 청룡을 따라오지 않았다는 사실을 너무 늦게 깨달아버렸다.

나는 유체와 같이 추락하는 크리살리스를 향해 손을 뻗었다. 우리의 애원이 공기를 갈랐다.

아무런 소용도 없는 절규였다.

우리의 크리살리스는 조종사들과 함께 산으로 추락했다.

제42장

절대 알려져서는
안 되는

태평과 나는 그녀의 숙소에 설치한 대형 화면으로 반란의 최근 상황을 지켜보았다. 방송 해설자의 우렁찬 목소리는 '악한 배신자'들이 '영웅적인 혁명가들'의 손에 결국 패배할 수밖에 없다고 선전을 늘어놓았다. 일부 끈질긴 반란군이 특정 거리와 건물에 숨어 있지만, 지난 밤낮으로 군대가 합동 작전을 벌인 끝에 반란군 지도부는 대개 죽거나 포로로 잡히거나 지하로 쫓겨났다고 했다. 방송에서는 성도와 적벽 댐, 그리고 반란군의 초기 공격에 영향을 받아 동시에 일어난 다른 지방의 소요 사태를 좋지 못한 화질로 보여주었다.

현지에서는 내전으로 민간인들이 피해를 받아 그야말로 혼란 그 자체라는 이야기를 들었으나, 이 방송에서는 이해하기 쉽게 이야기를 꾸며서 내보내었다. 먼저 이마에 하얀 두건을 두른 반란군이 총을 쏘고 화염병을 거리로 던지는 장면이 몽타주로 나왔다. 그러면서 비명을 지르는 아이들과 우는 여성들, 피를 뿜으며 경련하는 몸과 불길이 붙어 몸부림치는 사람들이 교차 편집되었다. 다음으로는 황제의 편에 선 군인들과 선봉대원들, 노란 띠를 두른 사람들과 나의 봉황 여성단원들이 진정의 명에 따라 필수로 수료한 총기 훈련을 활용하는 장면이 나왔다. 그들이 사람들을 안전하게 안내하고 창문이나 기둥 뒤에서 총을 쏘며 반란군이 장악한 건물을 돌파하는 장면이 이어졌다. 혁명가가 쓰러질 때마다 카메라는 그를 비추었고, 동료들이 그에게 소리치는 모습과 고통을 참으면서도 굳건한 표정으로 버티는 모습도 있었다. 반란군이 죽을 때마다 화면은 곧바로 다음 장면으로 넘어갔다. 승리한 자는 어떤 이야기를 들려줄지 정할 수 있는 법이다.

하지만 나는 예외인 것 같다. 내가 한 전투에는 말할 수 없는 게 많았다.

"네가 원한 게 이거였어?!"

우리가 착륙 끝에 생기 없는 짝들의 망가진 몸뚱이를 찾아내자, 나는 유체의 어깨를 잡아 흔들며 계속 비명을 질렀다.

나는 그 산기슭에서 유체가 우는 소리를 몇 시간이고 들어야 했다. 반란이 이제 어찌 되었는지는 알 수 없었고, 알아보러 갈 기도 남아 있지 않았다. 망가진 우리의 크리살리스 옆에 주저앉아, 머릿속으로 이제껏 일어난 일을 돌려보면서 나는 생각했다. 만약 위자부가 가망이 없다고 여기지 않고, 그녀를 포기하지 않았더라면 결과는 달라졌을까. 위자부와 대화하려고 더 노력했더라면 어땠을까. 그 애는 겨우

열세 살이었는데.

이런 건 방송에서 보여주지 않는 일이다.

마침내 태양이 떠올라 산봉우리를 금빛으로 물들이기 시작할 무렵, 독고가라와 양견은 진정의 명령을 받아 한 국경을 재탈환한 후 우리의 기척을 추적해 호버크래프트를 타고 나타났다.

지금 방송에서는 독고가라와 양견이 바로 그 호버크래프트에서 뛰어내리는 장면을 카메라 드론 영상으로 방영하고 있었다. 백호 아머 차림으로 무수한 총탄 세례를 튕겨내면서 만리장성에 착륙하는 모습이었다. 그들은 기척을 감지하여 장성 아래 감옥에 갇힌 조종사들을 찾아내었다고 말했다. 제갈량은 너무도 고결하여 반란에 가담하지 않았다는 이유로 그들을 죽이지는 않았던 것이다. 그래서 독고가라와 양견이 조종사들을 구출하자 반란은 사실상 종결되었다. 하지만 반란군 조종사들은 계속 저항했다. 그들은 황제 측 군인들이 제갈량이 지휘하고 있는 망루의 포위를 풀지 않으면 만리장성에 구멍을 내겠다고 위협했고, 정말로 그 위협을 실행에 옮겼다.

예전에 적인걸은 이렇게 말한 적이 있었다.

"법이 엄하면 어느 시점부터는 억제력이 아니라 오히려 동기를 부여하는 부작용을 낳습니다. 조금만 법을 어겨도 사형을 당한다면, 죽기까지 싸우지 않을 이유가 없잖습니까?"

눈시울이 뜨거워졌다. 방송을 보는 시야가 흐려지자, 나는 눈살을 찌푸리고 심호흡하고서 고개를 뒤로 젖혀 눈물을 참았다.

반란군 조종사들에게는 안타깝게도, 진정이 소녀들을 징집했기 때문에 대체 조종사를 찾기는 예전보다 쉬워졌다. 그래서 황제파 조종사들을 지휘하는 사마의는 주저 없이 반란군 조종사 살상 명령을 내렸다. 방송 화면으로 매화록이 나타나 쌍뿔 단검을 휘둘러 상대편 크리살리스의 머리를 꿰뚫었다. 이 장면을 보고 있는 사람들 중, 공격 직전 매화록의 팔이 떨리는 모습을 알아챈 이는 얼마나 될까.

이과아의 진묘수(鎮墓獸)가 발사한 기공포를 맞고 마지막 반란군 크리살리스가 쓰러지자, 우리 측 병사들은 제갈량의 지휘실로 돌격했다. 제갈량은 청산가리 알약을 먹고 죽은 채로 발견되었다. 벽면에는 피로 '독재자'라는 글자가 적혀 있었다.

이 부분 역시 방송에는 나오지 않았다. 반란군이 원하는 것은 '부패한 구체제의 수복'이라는 모호한 목표였다는 것만 나왔다.

위자부나 적인걸을 위한 추모비 같은 것도 없을 것이다. 위자부는 배신자였고, 적인걸이 나와 함께 황룡을 탔다는 사실은 사람들이 알면 안 되니까. 유체는 알아차렸을 수도 있겠지만, 아무도 그의 말을 믿어주지 않을 것이다. 지금 그는 천뢰 교도소에 수감되어 반역죄로 재판을 받을 예정이었다. 다만 나이가 어리다는 게 문제인데, 어쩌면 유체는 처음으로 미성년자를 사형에 처한 사례가 될 수도 있다.

완아도 여전히 천뢰 교도소에 갇혀 있었다. 진정은 반란을 진압한 후 다시 이야기하자고 했지만, 지금은 전투를 지휘하느라 너무 바빴다. 혁명 내부에서 나오는 선의의 불만은 일단 내전이 멈춘 다음에야 처리될 것이었다.

"독재를 끝내십시오, 마마."

지금 내 머릿속에는 적인걸의 마지막 말이 온통 자리 잡았다. 그는 내가 연결을 끊는 순간 죽었다. 음의 조종석에 앉은 채, 그는 다시는 일어서지 못하고 시체로 발견되었다.

적인걸과 같은 운명이 될 조종사는 앞으로 얼마나 더 많이 나올까?

얼마나 많은 조종사들이 짝의 죽음을 느끼게 될까?

적인걸은 우리의 정신 연결을 통해 깨달았을까? 이 전쟁 자체가 거짓이라는 걸? 진실은 정말로 나와 함께 사장되는 걸까?

산에서 목이 터지도록 울부짖던 유체가 떠올랐다. 첫 전투에서 같이 탄 조종사를 죽인 후 멍하니 벽을 바라보던 양옥환이 떠올랐다. 한때 내 주변에서 바다를 떠돌며 평화를 누렸던 혼돈들이 떠올랐다.

우리 앞에 놓인 나지막한 유리 탁자 위로 태평의 태블릿이 눈에 커다랗게 들어왔다. 그걸 들어다가…….

아니. 태평을 연루시킬 수는 없다.

하지만 이 궁궐에서 내가 마음껏 연루시킬 수 있는 사람이 딱 하나 있었다.

나는 낫을 쥐고 태평의 소파에서 일어났다. 그리고 적인걸을 두고 비명을 질러 쉬어버린 목소리로 말했다.

"나 뭔가 해야겠어. 혼자서."

나는 알현실 아래층에 있는 사마의의 사무실로 향했다. 아무도 내

앞을 가로막지 않았다. 왜 막겠는가? 나는 화하 제국의 황후이며, 원하는 건 뭐든 할 자유가 있는 몸인데.

사마의의 사무실 문을 확 열고 들어가자 그는 화들짝 놀랐다.

"마마!"

그는 나를 나무라는 목소리로 소리쳤다가 이내 눈에 띄게 긴장을 풀었다. 대체 언제부터 날 보고도 긴장을 풀게 되었지? 있을 수 없는 일이다.

나는 그의 책상으로 다가가며 낫을 휘둘렀다. 곡선형 날이 사마의의 목 뒤편에 걸리자 그는 놀라서 눈을 휘둥그레 뜨고 입을 벌렸다. 나는 다른 손으로 천 조각을 그의 입에 욱여넣었다.

"으으읍!"

사마의는 나의 칼날에서 벗어나려고 발버둥 쳤다.

나는 그의 책상을 뛰어넘었다. 위에 널려 있는 문서와 필기도구가 휙 날아가는 가운데, 나는 주방에서 가져온 밧줄로 그를 꽁꽁 묶었다. 기력이 고갈된 상태로 이토록 다급하게 움직이려니 숨이 가빴지만, 사마의는 운동 따위 거의 하지 않는지라 기 아머를 입은 나는 그를 쉽게 제압할 수 있었다.

밧줄에 묶인 사마의가 꿈틀대도록 내버려두고, 나는 책상에 있는 금속 스탠드에서 그의 태블릿을 휙 집어들었다. 심장이 어찌나 빠르게 뛰던지 밭은 숨이 났다. 지문으로 잠금 해제를 해 놓은 태블릿이 필요했기에, 우아하거나 조심스럽게 행동할 겨를이 없었다.

그러다 화면에 떠 있는 걸 본 나는 멈칫했다. 제갈량과 사마의가 어느 연회에서 손에 든 청종 잔으로 건배하는 사진이었다. 나는 화면을 계속 넘겼다. 다양한 국가 행사에서 둘이 함께 찍은 사진들이 보였다. 함께 전쟁 상황실에서 논의하는 모습, 같이 바둑을 두며 생각에 잠긴 모습도 있었다.

나는 사마의를 바라보았다. 그는 눈길을 돌린 채 얼굴을 붉혔다. 다른 때 같았다면 이게 뭔지 좀 더 추궁했겠지만, 지금은 그럴 때가 아니었다. 나는 그의 태블릿 화면을 계속 넘겨서 화하 시민들이 모두 사용하는 통신 앱인 '시민 중앙'의 용 머리 모양 아이콘을 찾아냈다. 환아와 태평이 시민 광장 게시판에 글을 올렸던 방법을 떠올리면서, 나는 사마의의 이름으로 공지문을 작성했다. 떨리는 손으로 그의 펜을 잡고, 내 속에서 너무나 오랫동안 묵혀왔던 말을 쓰기 시작했다.

혼돈이야말로 이 행성의 진짜 원주민이다. 우리 조상들은 죄수의 몸으로 이 행성에 버려졌다.

진정은 이걸 해커의 거짓말이라고 덮어씌우려 하겠지만, 우리가 죽은 후에도 의심의 씨앗은 오랫동안 남아 있을 것이다. 일단 진실을 깨닫자마자 이 세상의 많은 것들이 내겐 더욱 명확하게 다가왔다. 이 진실은 절대로 나와 같이 죽어서는 안 된다. 그럴 수는 없다.

나는 게시물 올리기 버튼을 눌렀다.

로딩 화면이 돌아갔다.

하지만 게시가 완료되기 전에 태블릿 화면이 검게 변했다. 이어서 화면에 거슬리는 하얀 글자들이 한 줄씩 뜨기 시작했다.

무측천. 이것은 우리가 맺은 합의를 넘어선 행동이다.

공개되면 안 되는 비밀을 공개한다면 그 결과를 책임져야 한다.

그 점을 반드시 잘 깨닫기를 바란다.

나의 손은 태블릿을 쥔 채로 굳어버렸다. 스피커에서 불분명한 목소리가 들려왔다. 아스라이 희미한 목소리의 주인공은 이치였다.

"데이터를 조작하라는 겁니다. 실험실에서 가져온 박테리아 균주로 황제를 감염시켜서 조금 건강을 해치는 거죠. 그러면 당신은 그 증상을 현대 병원균에 적응하지 못한 면역 체계 탓으로 둘러댈 수 있을 겁니다. 과학적으로 충분히 그럴듯한 일이니, 황제는 믿을 겁니다."

"제가 대체 왜 그래야 합니까?"

훨씬 더 나이 든 목소리가 물었다.

"왜냐하면 신들께서 그러기를 바라시니까요. 그리고 화 선생님, 당신 가족에게 끔찍한 일이 일어나길 바라는 건 아니시겠죠."

나의 세상이 바닥부터 무너져갔다.

"안 돼……!"

나는 이 대화를 뇌에서 뜯어내고 싶다는 것처럼 한 손으로 머리를 쥐어뜯었다. 이건 기억에 두어서는 안 돼. 다음에 진정과 연결될 때…….

아니야, 그 임무가 끝날 때까지 절대로 연결하지 않는다면…….

"그래요! 알았어요! 그러니 제발 이걸 황제에게 보내지 마세요!"

이것은 그저 위협이 아니다, 무측천.

위층에서 유리 깨지는 소리가 마구 들렸다. 이어서 이치의 이름을 포효하듯 외치는 진정의 목소리가 이어졌다.

제 3 부

HEAVENLY KHAN
천가한(天可汗)

𐰚𐰼𐱅𐰭𐰼𐰴 텡그리 카간

('하늘에서 내려온 카간'이라는 뜻으로, 당나라 태종 이세민이 유목민족에게서 받은 호칭.)

태양을 향해 날개를 펼친 장대한 봉황이 있네

새벽녘엔 보랏빛 안개를 가로지르고, 황혼에는 어두운 이슬을 마신다네

혹독한 바람을 타고 오르며 저 하늘로 높이 솟는 봉황이여

서쪽을 향해 날아가면 산과 강은 광채를 잃고

동쪽을 향해 날아가면 해와 달이 밝아지네

북쪽에서는 장대한 붕(鵬)으로 현현하며

남쪽에서는 새들을 평정하네.

혼란의 시대를 물리치러 내려와

재능을 펼쳐 번영을 가져오네.

— 당 태종 저, 〈위대한 봉황의 노래〉

제43장

하늘을 속이다

사마의의 사무실에서 뛰어나오자, 발코니 계단을 내려가는 진정의 발소리가 들렸다. 분노에 찬 걸음마다 나무 판이 삐걱댔다.

나는 사마의의 사무실 바로 옆에 있는 이치의 사무실을 확인했다. 안에는 아무도 없었다.

손에 낫을 든 채, 건물 반대편 계단으로 달려가면서 이치의 기척을 감시해 보았다. 궁궐에서 가장 익숙하게 느껴지는 게 바로 이치의 기였으니까. 이 건물 어딘가에 있을 텐데. 1층으로 내려가는 계단에서는 하마터면 발을 헛디딜 뻔했다. 현관을 지키던 경비병들이 깜짝 놀라는 가운데, 나는 땅거미 지는 바깥으로 쏜살같이 달려 나가 이치가 있는 방향으로 휙 돌아섰다.

어떻게 이럴 수가 있어?

대관식 이후로 근 여섯 달이 지났다. 반년이나 진정을 거짓말로 감금해 두다니.

진정이 이치를 잡는다면, 쉽게 죽이지 않을 것이다.

타오르는 듯 저무는 해 아래 주홍빛으로 물든 연못 옆으로 이어진 지붕 달린 산책로로 급히 들어갔다. 진정의 압도적인 기척이 내 뒤에서 쿵쿵 뛰고 있었다. 그의 발걸음은 나보다 더 빨랐다. 아머가 부딪치는 소리에 귀가 따가웠다.

"비켜라!"

그가 고함을 질렀다.

나는 휙 돌아서서 그에게 낫을 겨누었다.

진정은 급히 멈춰 섰다. 들썩이는 가슴에서 나오는 가쁜 숨이 잇새로 헐떡였다. 그는 검을 휘두를 수 있도록 잡고 서면서, 면류관을 뿔 달린 헬멧으로 변형시켰다. 그의 야수 같은 눈빛이 나의 낫 날에서부터 얼굴로 이글거리며 이어졌다. 그가 갇혀 있던 곳에서 벗어나 자유로운 모습을 보자 모골이 송연해졌다. 진정에게 돌려주려고 적인걸의 시체에서 그의 아머를 벗겼던 기억이 떠오르자 속이 뒤틀렸다.

"나와 싸울 건가?"

그는 날카롭게 웃었다. 웃음에 서린 냉기에 주변 온도가 확 떨어지는 느낌이었다. 수기로 검게 물든 눈동자에서는 200년 전 여섯 나라를 멸망시키고 세상을 한 번도 아니고 두 번이나 불태워버린 분노가 이글거렸다.

나는 아무 말도 하지 않았다. 그와 맞선다 해도 가망이 없었다. 기가 고갈된 데다 진정만큼 기 금속을 다루지도 못하니까. 꿈의 영역 속 훈련에서도 그를 이긴 적이 단 한 번도 없었다.

하지만 그에게 이치를 내줄 수는 없다.

진정은 나무 기둥 그림자가 어지러이 비치는 통로를 밟고서 이쪽으로 다가왔다. 지붕 달린 산책로의 돌바닥 위로 끌리는 검에서 거슬리는 소리가 울려 내 잇새에 아른거렸다. 나는 있는 대로 의지력을 끌어모아 물러서지 않았다.

"비켜라. 너를 해치고 싶은 마음은 정말로 없다."

진정의 목소리는 부글부글 끓는 역청 같았다.

그는 검을 나에게 던졌다. 검날의 기 금속은 기다란 채찍으로 변해서 나의 낫 날을 휘감았다. 나는 다가오는 채찍을 보고서 나의 토기를 모아 아머와 무기의 형태를 흐트러지지 않게 다잡았다.

내가 조금도 비켜서지 않자, 진정은 놀라는 기색으로 얼굴을 꿈틀거렸지만, 어쨌든 채찍으로 휘감은 낫을 잡아채서 나까지 끌어당겼다. 그의 경혈을 통해 화기가 확 치솟았다. 난 손을 빨리 놓지 못하고서 그만 진정의 공격 범위 안으로 휘청이며 들어가고 말았다. 그가 쏜살같이 손을 뻗어 나의 목덜미를 잡자, 나의 낫이 바닥에 떨어졌다. 진정이 해준 전투 훈련과 독고가라와 함께 연습한 동작들이 머릿속을 스쳤다. 그가 나를 기둥에 확 밀치기 전, 나는 몸을 비틀어 팔뚝을 그의 팔꿈치에 내리쳤다. 그리고 자유롭게 회전하는 순간, 허리에 찬 검을 뽑아 흉터 때문에 진정의 시야가 제한되는 얼굴 쪽 머리를 휙 베려 했다. 그는 뒤로 몸을 굽혀 피했다. 두 눈에는 분노가 치솟았다.

이치의 기척이 가까이 다가왔다.

"이치! 다 알려졌어!"

나는 뒤돌아서 그에게 거친 목소리로 외쳤다.

이치는 저 멀리 통로에서 멈춰 섰다. 곧바로 그는 들고 있던 서류 뭉치를 떨어뜨리고 반대편으로 쏜살같이 달려가 연못을 따라 모퉁이를 돌았다. 진정은 나를 밀치고 그를 뒤쫓았다.

"안 돼!"

나는 진정을 잡으려 했지만, 그는 이미 산책로의 난간을 뛰어넘었다. 아머의 부츠가 연못에 닿자마자 쩍 소리와 함께 얼음이 확 퍼지면서 수면이 얼어붙었다. 진정의 걸음마다 물이 얼어붙어 얼음판이 퍼져갔고, 그렇게 그는 수면을 가로질러 달렸다.

나는 너무 큰 충격으로 잠시 멈칫했다가 그냥 긴 산책로로 가기로 마음먹었다. 자칫 진정을 따라 연못을 걸었다가 미끄러져 익사할 위험을 무릅쓸 때가 아니었다.

진정은 이치가 황급히 달려가고 있는 산책로 안으로 달려들었다. 그러자 이치는 입고 있던 옷에서 동그란 구체 두 개를 꺼내어 던졌다. 바닥에 떨어진 구체는 폭발하며 흰 연기를 뭉게뭉게 풍겼다. 진정은 그 속으로 돌진했지만, 이내 팔에 경련을 일으켰다.

"이게 대체-!"

그는 미처 손을 살펴보기도 전에 온몸에 경련을 일으켰다. 다리에 힘이 풀려 쓰러지면서 돌바닥 위로 금속이 쿵 부딪치는 소리가 퍼졌다.

이치가 던진 구에서 피어오른 하얀 연기는 쉭쉭 소리를 내면서 모퉁이를 넘어 나에게까지 미쳤다. 내가 물러서는 것보다 더욱 빠른 속도로 화학물질의 강력한 냄새가 내 콧속을 찔렀다. 근육이 경직되면서 경련이 일어났다. 나 역시 어쩔 수 없이 진정처럼 몸을 부들부들 떨면서 쓰러지고 말았다.

연기 속에서 방독면을 쓴 이치가 나타났다. 눈 부분에 검은 렌즈가 달리고 입가에 온갖 부품이 달린 방독면이 마치 괴물 같았다. 단검으로 연기를 헤치며 나온 이치는 진정의 앞에 앉았다. 그리고 진정의 턱을 홱 당겨 머리를 들어올리고는 칼날을 그의 목에 대었다.

안 돼! 나는 고함을 지르고 싶었지만 나오는 것이라고는 가냘프게 헐떡이는 숨소리뿐이었다. 눈조차 뜨기가 힘들었고, 기를 통제할 능력도 싹 사라졌다. 진정의 얼굴이 이치의 방독면 렌즈에 비쳤다. 분노로 일그러진 표정이었지만 눈을 휘둥그레 뜬 모습이었다. 진정이 이토록 두려워하는 얼굴은 처음이었다.

이치는 단검을 진정의 목에 눌러 피부를 갈랐다. 창백한 목덜미를 따라 핏줄기가 흘러내렸다.

나의 숨이 탁 멎었다.

이치가 이러면 안 돼. 신들을 물리치기 위해서 지금은 진정이 필요하단 말이야.

하지만 내가 진정에게서 벗어날 수 있다면…….

이치의 팔이 파르르 떨렸다. 저 검은 방독면 렌즈 너머로 진정은 이치의 눈망울을 볼 수 있을까. 이치의 머릿속에서 나오는 진실을 마침내 응시하게 되었을까. 나는 이치의 머릿속을 전혀 알 수가 없었다. 이제껏 알았던 적도 전혀 없었을 테지.

저 뒤로 누군가 소리치며 달려오는 소리가 들렸다. 이치는 위를 슬쩍 올려다보다가 진정을 향해 방독면이 닿을 듯이 고개를 푹 숙였다.

"내가 널 살려주는 이유를 반드시 명심해."

이치의 나직한 목소리는 뒤틀려 있었다.

"반드시."

그는 진정의 턱을 휙 밀치고는 벌떡 일어섰다. 그리고 단검을 겨누며 말했다.

"테러를 끝내. 그리고 모든 걸 내 탓으로 돌려."

그렇게 이치는 연기 속으로 자취를 감췄다. 그러면서 분명히 나를 본 것도 같았다. 하지만 연기의 독소에 나는 정신이 아득해지고 있었기에, 아무것도 확실하지 않았다.

제44장

밀당

어둠 속에서 의식이 서서히 돌아오자, 머리가 욱신욱신 쿵쿵 울렸다. 공중에서 황룡과 연결이 끊어졌을 때처럼 고통스러웠다. 눈앞으로 온통 투명한 붉은 비단이 드리워졌다. 천장의 원형 청동 틀에 매달린 커튼이었다. 몇 초 동안 흐릿한 정신을 다잡아보니, 난 지금 아머를 완전히 갖춰 입은 차림으로 커다란 침대에 누워 있었다. 내가 거의 사용하지 않는 숙소의 침대였다.

진정 역시 내 옆에 누워 있었다. 거대하고 둥근 매트리스에 누운 그의 가슴이 묵직하게 오르내리기를 반복했다. 목에는 붕대를 감은 채였다.

침대 옆 책상에 앉았던 나의 비서 영월이 벌떡 일어나서 주먹을 들어 경례하고 이 거대한 방의 문을 서둘러 나서는 걸 어렴풋이 인식했다. 그녀는 완아가 잡혀간 후 내 비서로 임명된 사람이었다. 하지만 난 진정에게서 시선을 떼지 않았다. 살아 있는 폭탄 옆에 누운 것처럼, 온몸의 근육이 끊어질 것처럼 팽팽하게 긴장했다. 그가 정신을 차리고 내게 쏟아낼 분노를 생각하면, 정말로 폭탄이나 다름없었다.

이치가 저지른 짓이 얼마나 어마어마한지 생각하자 식은땀이 흘렀다. 이치는 궁궐에서 탈출했을까? 만약 탈출에 실패했다면, 진정은 분명히 그에게 망치형을 내릴 것이다.

이치가 그런 속임수를 꾸민 건…… 날 보호하려던 것이었을까?

임신한 척 꾸민 배를 쓸어보았다. 진정은 이치가 나보다 권력을 더 사랑했기에 나 모르게 속임수를 쓴 것이라 확신했지만, 이치는 나를 속이기 훨씬 전부터 진정을 속여왔다. 그는 우리를 서로 대립하도록 꾸몄다. 황제와 황후는 그의 손에 놀아나는 목각 인형이던 것이다.

이치를 용서할 수는 없었다. 내 의지를 전혀 고려하지 않고 날 어머니로 만들어버렸으니까. 하지만 진정이 지금껏 내내 자유롭게 풀려나 있었다면…… 내 인생이 어떻게 달라졌을지는 생각하고 싶지 않았다.

아니, 그렇지만 생각해 봐야 할지도. 나와 진정 사이의 장벽은 이제 사라졌다. 그는 날 맘대로 할 수 있게 되었고, 난 그를 어떻게 막아야 할지 모른다. 특히 우리 세계의 진실에 대한 나의 메시지가 신들에게 잡히기 전에 온라인에 퍼졌다면 어떻게 되었을까.

내 옆에 의식을 잃은 사람을 두고 두려워한다니, 어이없는 일이긴 하다. 목에 붕대를 감고 있는 진정은 무척 연약해 보였다. 근 반년이나 햇빛을 받지 못한 그의 피부는 투명하리만큼 창백했다. 눈꺼풀 아래로 떨리는 눈동자와 무슨 꿈을 꾸는지 찌푸린 눈썹이 보였다. 이렇게 가만히 누워 있을 때는 참 달라 보이는데. 자만심에 찬 말이나 죽여버리겠다는 위협을 내뱉지 않을 때의 진정은 서늘한 병약미가 있었다. 그는 살아 있는 역설이었다. 누구도 당해낼 수 없는 무적이지만 사실은 아닌 그런 존재 말이다.

만약 이치가 단검을 좀 더 깊이 찔렀더라면, 그랬다면 우리가 신을 무너뜨릴 수 있다는 마지막 희망이 사라졌을 테지만…….

나의 팔이 매끄러운 붉은 시트 위를 스르르 움직였다. 목이 탁 막혀왔다. 나는 진정의 목덜미에 손을 뻗었다.

그의 손이 내 손목을 덥석 쥐었다.

내가 그 자리에서 앉은 채로 굳은 동안, 진정은 고통스러우리만큼 느릿한 움직임으로 눈을 뜨더니 주위를 둘러보다 나를 지그시 바라보았다. 그는 힘겹게 몸을 일으키면서도 내 팔을 놓지는 않았다. 그의 시선에 움츠러들려는 충동을 난 애써 눌렀다. 이치 때문에 그를 가로막고 싸운 나에게 이제 벌을 내리겠지. 무슨 벌일지는 아직 모르겠지만.

"폐하!"

그 순간, 사마의가 문을 벌컥 열고 들어와 침대를 얹은 단상 앞 기다란 양탄자에 무릎을 꿇었다.

"천만다행히도 깨어나셨군요!"

"그놈은 어디 있지?"

진정의 첫마디가 이것이었다. 목소리에 서린 냉기에 등골이 오싹해졌다.

사마의는 긴장한 듯 목울대를 움직였다.

"터널로 도망쳤습니다. 화타 의사와 그 가족들도 같이 잠적했습니다. 하지만 걱정하지 마십시오. 이미 그들을 잡기 위해 특수부대를 꾸렸습니다!"

진정은 손가락으로 이마를 누르며 물었다.

"그 새끼가 나에게 던진 게 무엇이지?"

"신경가스입니다, 폐하. 과학자들이 잔류물 분석을 하였는데, 내일이면 체내에서 다 배출될 것이라고 합니다. 영구적인 손상도 없다 합니다."

"신경가스라."

진정이 중얼거렸다.

"그것은 신경에 작용하는 독소로……."

"그래, 알겠소."

사마의는 양탄자에 이마가 닿도록 고개를 숙였다.

"장이치의 본성을 알아채지 못한 저를 용서하십시오, 폐하! 그자는 몇 달 동안 탈출을 계획하고 있었을 겁니다. 그리고 신들께서는…… 저에게 경고하지 않으셨습니다."

그는 실망한 목소리였다. 아마도 더는 잘난 척을 하지 못하겠지. 그토록 사랑하는 신들과 본인만 소통하는 게 아님을 알았으니까. 이치의 속임수가 그토록 오랫동안 먹혔으니, 이게 신들의 뜻이었다고 주장했던 이치의 말은 허풍이 아니었을 것이다. 그렇다면 이치는 이것뿐만이 아니라, 정말로 사마의에 이어 신들의 두 번째 첩자로 활동했던 걸까? 그러면 세민의 이야기를 더 들었으려나?

그 답을 난 영영 모를지도.

진정은 사마의에게 그간 우리가 듣지 못했던 상황을 보고하라 명했다. 우리는 약 하루 동안 정신을 잃었고, 그동안 군대는 퇴각하는 반란군을 뒤쫓아가 공주희를 체포했다. 제갈량이 죽고 이제는 이렇다 할 지도자가 될 성현이 없기에, 흩어진 반란군을 고립시켜 무찌르는 건 어렵지 않을 것이다.

사마의는 진정의 새로운 명령을 조정에 전달하러 나가며, 나를 잠시 분노 어린 눈빛으로 바라보았다. 나는 마음이 착 가라앉고 말았다. 하지만 그 눈빛은 내가 그의 태블릿을 뺏어다 신들에게 반역을 저지른 것에 대한 분노라고 보기에는 살기가 약했다. 그렇다면 내가 쓴 글을 발견하지는 못했다는 뜻이다. 그가 진정에게 다 일러바치지 않았다 하더라도, 어쨌든 나의 메시지는 대중에게 공개될 수가 없었던 것이다.

오랜 침묵이 흐른 끝에, 진정이 입을 열었다.

"믿을 수가 없군. 그 박쥐 같은 새끼가 과학을 써서 우리 둘을 모두 엿먹이다니."

이건 사실 말이 안 되는 소리였지만, 나는 그만 소리 내어 웃고 말았다. 사실 웃음이라기보다는 목멘 흐느낌에 가까웠다.

진정은 고개를 홱 돌려 나를 보았다.

"넌 이게 우스운가?"

나는 손바닥으로 따가운 눈을 누르며 말했다.

"폐하께서 말한 방식이 웃겨서요."

그는 내 얼굴을 잡고 본인 쪽으로 홱 돌렸다.

"그놈을 잡으면 등에서 거죽을 벗겨내어 산 채로 삶을 것이다. 그때도 네가 날 방해한다면 절대로 용서하지 않겠어."

그의 건틀릿이 잡은 내 턱으로 냉기가 뼛속까지 스며들었다.

이건 현실일 리 없어. 내 마음 한 구석에서 고집스러운 목소리가 들려왔다. 진정이 나를 만질 수 있다면 그건 현실이 아니다. 이 상황은 현실과 꿈을 구분하는 몇 안 되는 차이점에 어긋났다.

하지만 이것은 현실이었다. 나는 숨을 쉬어야 했으니까. 우리 사이로 애써 공기를 들이마시려 하자 눈앞에서 별이 번쩍번쩍 빛나는 것만 같았다. 그는 나를 절벽 끝에 매달아 놓고서, 앞으로 내가 무슨 말을 하느냐에 따라 날 떨어뜨릴지 끌어올릴지 정하려는 듯했다.

"알아요. 내가 폐하였대도 똑같이 할 테니까."

나는 치아를 살짝 떨어가면서도 최대한 차분하게 말했다.

진정의 얼굴에 놀라는 기색이 스쳤지만, 그는 내 얼굴을 놓아주지 않았다. 이런 수준으로 분노하는데 이치를 구할 수는 없었다. 다만, 진정과 내가 신들에 대항하기까지 다섯 달도 남지 않았으니, 이치가 부디 그 안에 잡히지 않기만을 바랄 뿐이다.

아니, 이제 진정은 면역 체계에 문제가 있는 건 아니다. 그렇다면 신들에게 맞서자는 우리의 계획은 여전히 유효한가?

나는 차마 그 질문을 입 밖에 낼 수가 없었다. 신들이 얼마나 가까이에서 우리를 지켜보고 있는지 실감하지 않았던가.

"여섯 달이라. 그동안 내가 얼마나 많은 걸 놓치고 살았나……."

진정이 중얼거렸다. 문득 그의 눈길이 내 얼굴을 스치면서 강렬한 빛이 그 눈에 새로이 번뜩이더니 그는 입술을 깨물었다. 이 순간, 그는 나를 죽이려는 것일까. 아니면 맛보려는 것일까. 어느 쪽이 더 강한 욕망인지 나는 알 수가 없었다. 그의 건틀릿 끝이 마치 해빙하는 얼음처럼 내 피부 위에서 스르르 녹아내렸다. 그는 맨손 끝으로 내 뺨을 멀거니 쓰다듬었다. 진정이 근 반년간 다른 사람을 만진 적이 없다는 사실을 난 퍼뜩 깨달았다.

내가 살아있을 수 있는 유일한 지점이 그것일지도 몰라.

이성은 가닥가닥 팽팽하게 저항했지만, 나는 그걸 억누르고 몸을 앞으로 숙였다. 진정은 나와 함께 움직이면서 머리를 기울여 입술을 내 입술에 가까이 대려 했다.

우리 사이의 거리가 없어지기 직전, 나는 손으로 그의 가슴을 턱 막았다.

"긴급 조정 회의를 소집하셔야 합니다. 지금 당장요."

내 입술이 그의 입술에 닿을 것만 같은 위치에서 나는 부드럽게 말했다.

그는 마치 무아지경에서 갑자기 깨어난 듯, 움찔 몸을 물리더니 눈을 깜빡였다. 나는 서둘러 말했다.

"조정에 가서 말하세요. 이치와 화타 의사가 반란에 가담했으며, 폐하를 암살하려 했다고요. 알현실 유리 벽이 왜 부서졌는지 설명할 수 있겠죠. 카메라 앞에서 돌아다니면, 역시 폐하께서 무력해졌다는 소문도 막을 수 있을 거고요. 이보다 더 반란군의 사기를 효과적으로 꺾을 방법은 없어요."

진정은 몇 번 더 눈을 깜빡이고 나서 나를 놓아주었다. 그는 얼굴을 찌푸렸지만 나와 눈을 마주치지는 않았다. 방금 날 만지면서 나온 반응에 마음이 불편해진 걸까?

이윽고 그는 침대에서 일어나려는 듯 몸을 돌렸지만, 다시 돌아서서 내 팔을 잡았다.

"너도 같이 가야겠어."

조정 회의가 열리기를 기다리는 동안, 진정은 이치를 반란군으로 지목하고서는 전국적인 수색을 명령하는 방송을 찍었다. 그는 연설 중에 알현실 방의 발코니 난간을 계속 손으로 쳐 댔는데, 그렇게 해서 이 영상이 조작되었을지도 모른다는 의심을 완전히 없애려는 것이었다. 목에 감긴 붕대 역시 조작된 영상이라고 보기에는 너무 무작위하게 세세한 점이라서 현실감이 더해졌다.

관료들이 도착하자, 진정은 다시금 자유롭게 된 상태로 그들을 철저하게 위협해서 꼼짝 못 하게 만들었다. 그는 심지어 단상에서 내려와 그들 사이를 돌아다니기도 했다. 진정이 이제껏 '방탄유리 벽' 안을 떠나지 않는 이유가 뭔지 관료들이 얼마나 의심했는지는 모르겠으나, 지금 이 장면 이후로는 그런 음모론도 사라지겠지. 만약 이들 중 이중 첩자가 있다면, 반란군의 마지막 희망도 싹 사라질 거란 생각이 들었다.

산산이 부서져 바닥에 흩어진 유리 조각들이 진정의 아머 부츠 아래로 바스락대었다. 그는 궁궐 직원들에게 청소를 명하지 않았다. 아마도 이런 파괴의 이미지를 좋아하는 것 같았다. 다행히 내가 쓰는 곁방은 무사했다. 나는 바깥에서 안을 들여볼 수 없도록 유리 벽을 설정해 놓고서, 진정이 조정 관료들을 공포에 떨게 몰아가는 소리를 밤늦도록 들었다. 이제까지 느껴본 적 없을 정도로 궁지에 몰려 숨은 듯한 기분이었다.

하지만 관료들이 낙엽처럼 떨면서 우수수 물러났을 때는 유리 벽의 불투명 장치가 있어 고맙기만 했다. 그 덕분에 진정은 의자에 얼어붙은 채로 꼼짝 못 하고 앉은 내 모습을 보지 못했을 테니까.

이젠 어쩌지?

우리를 갈라놓은 유리 벽이 없는 상황에서, 나는 어떻게 밤을 보내지?

고개를 저었다. 그건 내가 생각해야 할 일이 아니니까. 지금 나는 반란에 대해 나름대로 무슨 말을 해야 할지 알아내야 했다. 진정이 이제 유리 벽에서 나와 자유롭게 되었다 해서, 내가 지도자의 역할을 포기해야 한다는 건 아니다. 상황이 안전해지는 대로, 나는 곧바로 성도에 가서 전투 중 부상을 당해 입원한 봉황 여성단원들을 만나 메달을 수여하고 보상을 내려야 했다. 목숨을 잃은 이들을 위해서 추모비를 세우고 가족들을 제막식에 초대할 수도 있을 것이다. 그들의 집을 방문하는 것보다는 그편이 감정적으로 견딜 만할 테니.

금속이 저벅저벅 내는 발소리가 내가 있는 쪽으로 다가왔다. 나는 급히 고개를 홱 들어 소리 나는 쪽을 보았다. 진정은 내 방문 앞에 서서 팔짱을 낀 채 서 있었다. 그는 바깥에서 내가 보이지 않을 텐데도, 시선은 나의 눈을 정확히 바라보고 있었다. 혹시 내가 모르게 가림막 효과를 끈 건가? 편집증이라 할 만한 망상마저 들었다. 나는 알현실이 이제는 텅 비었다는 것조차 알아차리지 못했다. 이제는 우리 둘뿐이었다. 어떻게 이토록 빠르게 다들 사라진 거지? 아니면 내가 정신을 못 차리고 멍하니 앉아 있던 시간이 생각보다 길었나?

"나랑 술 한잔하지, 황후."

그는 유리 벽을 두드렸다.

그 모습을 보자 예전에 지금 그가 서 있는 바깥쪽에 서서 그를 조롱했던 기억이 났다. 우리가 신들에게 쳐들어간다는 임무를 시작할 때까지는 안전할 거라고 믿었던 나는 얼마나 순진했던가.

의자에 웅크리고 숨어 있는 건 이제 소용없었다. 나는 낫을 짚고 일어서서 문을 열었다.

마치 다른 세계로 선을 넘어 들어간 것처럼, 공기 중에 무언가가 움직였다. 나는 아무런 방해물이 없는 공간에서 그를 올려다보았다. 그는 속내를 알 수 없는 시선으로 나를 마주 보았다.

알현실 저 너머 발코니에는 내가 멍하니 있는 동안 준비한 것인지 자그마한 탁자와 의자 두 개가 놓여 있었다. 그 위에는 청동 술병과 잔도 갖추어 놓았다.

나는 최선을 다해 흥미 없다는 목소리를 냈다.

"고맙지만 술은 사양하겠어요. 신경가스 때문에 머리가 아직도 아파요."

"좋아. 그러면 이제 우리의 처소로 돌아가야겠군."

나는 그만 발끈했다.

그래. 나의 숙소는 사실 이제 '우리의' 숙소가 되었다. 원래 우리의 숙소였고. 그럴 수밖에 없지. 신들을 공격하는 계획을 논의하려면 결국 서로의 옆에서 잠들어야 하니까. 이건 불가피한 일이었다. 영월의 소파에 누워 기 금속을 방 안에 길게 늘어뜨리고 자지 않는 한…….

아니. 그건 일만 너무 복잡하게 만들 뿐이다. 나는 남자와 같은 침대 쓰는 일도 감당 못 하는 소녀 따위가 아니라고.

사실, 이 곁방에는 여전히 침대가 있지 않은가. 진정을 보면 볼수록, 그의 존재가 더욱 인식되었다. 멀지 않잖아. 뒤로 몇 걸음만 가면 되잖아. 우리가 꿈의 영역에서 한 번 했었던 그 장면의 배경과 기본적으로 같았다. 그의 손이 내 손목을 매트리스에 눌러댄 기억이, 그의 입술이 내 가슴에 닿던 기억이 속에서 마구 퍼덕여대면서…….

"아뇨, 그냥 저 술을 마시죠."

나는 곁방에서 곧바로 나왔다. 그리고 억지로 다른 생각을 하기 시작했다. 성도에 설치할 추모비로는 뭐가 좋으려나. 비석은 너무 단순

한가? 동상을 세우려면 너무 오래 걸리나?

발코니 너머로 보이는 밤하늘을 보니, 진정과 단둘이 있는 상황이라도 약간 위안이 되었다. 발코니에서는 끔찍한 짓을 하려 들지는 않겠지. 내가 소리라도 지른다면 궁궐 사람의 절반은 다 듣게 될 테니.

하지만 그 소리를 듣는다 해서 누가 날 구하러 오려나. 그건 또 다른 문제다. 나는 발코니에 낫을 세워두었다. 여차하면 언제라도 잡고서 진정에게 휘둘러 단칼에 머리를 벨 수 있는 위치였다. 진정은 이런 내 모습을 재밌다는 듯 쳐다보면서, 검을 망치로 바꾸더니 나의 낫과 평행하게 놓았다. 우리가 선전 포스터에서 휘두르던 모습과 똑같이 말이다.

"황후여, 리치주를 마셔본 적 있나?"

작은 탁자에 앉자마자 진정이 말했다.

"아뇨."

나는 단 한 번, 고구와 함께 있을 때 술을 마셨을 뿐이었다. 완아와 태평, 독고가라는 내가 임신했다고 알고 있기에, 〈백합〉이나 〈반도〉 같은 클럽에 가서 몇 번 술 마실 기회가 있을 때마다 날 막았다. 그들은 적당히 마시며 즐기는 것 같았지만.

진정은 술병에서 반짝이는 액체를 잔에 부었다.

"원한다면 나와 같이 잔을 써도 좋다. 직원들이 술잔 두 개를 쓴 걸 보고 네가 임신했는데도 술을 마신 무책임한 어머니라고 생각하면 안 되니까."

나는 배에 손바닥을 대고 짐짓 임신한 티를 냈다.

"하지만 이토록 따스한 모성애가 넘치고 있는데요?"

그는 웃더니, 미소를 지으며 내 앞에 잔을 내려놓았다. 이런 되먹지 못한 농담 따위 하지 말 걸 그랬지. 무슨 일이 있어도 진정 따위를 웃게 하고 싶지 않다고.

잔 속의 술은 밤하늘 아래 바닥을 보이지 않고 흔들렸다. 나는 잔을 탁자 너머로 밀었다.

"먼저 드시죠."

진정은 나를 꾸짖었다.

"황후. 내가 널 죽일 마음이 있었다고 해도 독을 타지는 않았을 거다. 독 같은 건 겁쟁이나 쓰는 무기다. 진정한 남자답게 네 목을 꺾었겠지."

나는 멀거니 저 바깥의 산을 바라보며, 내가 이제껏 살면서 내렸던 주요한 결정들을 후회했다.

"그것참 멋지군요."

"건배."

진정은 잔을 들어 올렸다. 저 하늘의 별빛이 청동 잔에, 또 그의 눈동자에 반짝였다. 그는 빠른 목넘김 몇 번으로 술잔을 반쯤 비우고는 잔을 내게 주었다.

"그 자유주의자가 세상을 떠나 애석하다. 그자가 자유주의자였지만, 죽음은 안타까운 일이야."

그는 한층 부드러운 목소리로 말했다.

내 몸에서 긴장감이 사라져갔다. 적인걸 이야기로구나. 구역질이 약하게 뺨을 스치면서 속을 좀먹어 들어갔다. 적인걸을 위한 동상은 없을 것이다. 이제껏 내가 아는 그 누구보다도 화하를 아끼던 사람이었건만.

"난……."

입을 열었지만, 나의 말은 겨울의 입김처럼 사라져갔다.

나는 잔을 잡고서 입술에 살짝 술잔을 기울였다. 지독하게 단 술은 아주 약한 향이 나는 것이 고구가 나에게 건넨 술보다 강하지 않았다. 차라리 이 술이 내 목을 태울 정도로 독했다면 좋았을 텐데. 고통을 고통으로 이겨내려는 게 아니라면 비참해진 사람들이 술을 마시는 이유가 뭐란 말인가?

발코니를 스치는 바람에서 산자락의 습한 흙 내음이 풍겼다. 진정은 고개를 뒤로 젖히고서 눈을 감았다.

"변할 수 없는 과거에 집착하지 마라, 황후여. 그러면 현재가 주는 축복을 놓치게 된다. 태양의 따스함과 나무의 향기 같은 것 말이다. 사라지고 난 후에야 소중함을 알게 되는 것들이지."

파르르 떨리는 그의 속눈썹이 보였다. 몇 달 동안이나 감금되어 있다가 얼굴에 바람을 맞는다면 어떤 느낌이 들까?

순간, 그는 눈을 뜨고서 나에게 단호함이 서린 시선을 던졌다.

"이 세상엔 영원한 게 없다. 이 계절에 있던 것은 다음 계절에 사라지곤 하지. 기회가 있을 때 주저하지 말고 마음 가는 대로 하도록 해."

그의 말끝마다 난 긴장하고 말았다. 우리 임무를 두고 하는 말일까? 미루면 안 된다는 거지?

진정이 면역력이 없다는 게 알고 보니 거짓이었다 해도, 이제부터 원하는 대로 행동해도 안전하다고 볼 수는 없었다. 이치가 그런 속임수를 꾸미도록 신들이 놔둔 데는 다 이유가 있으니까. 그들은 균형잡기 게임을 하고 있었다. 우리에게 최대한 얻을 걸 얻어내면서도 동시에 우리가 무기를 혼돈이 아닌 신들에게 돌리려는 충동을 죄다 억누르려는 것이다. 그들은 세민을 인질로 잡아서 나를 통제했다. 진정을 감금하는 것으로 그를 통제했다. 나의 반란 시도를 처벌하기 위해 진정을 풀어주었지만, 결국에는 또 다른 방식으로 진정의 권력을 제한할 것이다. 신들은 진정에게 거칠 것 없는 힘을 줄 리 없다.

아이러니하게도, 진정과의 관계는 정해진 시간 안에 끝날 거라고 생각하니 마음이 편해졌다. 우리는 말없이 잔을 주고받으면서 몇 번이고 술잔을 채웠다.

진정은 탁자에 팔꿈치를 대고서 턱을 손에 괸 채 말했다.

"너도 알겠지만, 최근에 나는 네가 나와 참 많이 닮았다는 생각을 했다. 우리 둘 다 우리에게 주어진 운명을 받아들여서 여기까지 온 게 아니지. 우리는 씹히고 버림받는 존재로 태어났지만, 오히려 우리를 씹고 버리려는 존재의 이빨을 부러뜨렸지."

나는 굳이 말 같은 것 없이 맞장구치는 소리를 나직하게 내었다.

"하지만 우리는 완전히 같지는 않다."

진정의 목소리가 뭔가 의도적으로 느려졌다.

"비록 우리가 똑같은 영혼을 가졌을지라도, 다른 사고방식 가운데서 자랐기에, 그 방식이 우리의 생각을 다르게 만들어냈지. 넌 여자고 난 남자니 말이다. 참 흥미롭지 않나?"

"흥미롭다고요?"

나는 그를 곁눈질했다.

"너를 얽매는 사고방식이 더 많고 더 부수기 어려운 것 같아서. 네가 참 격하게 저항하긴 하지만, 아직 전부 벗어나지는 못했지."

입안이 씁쓸해졌다.

"내가 부조종사를 죽인 게 너무 끔찍하다고 생각하지 말라는 건가요? 그걸 돌려서 말하는 거예요?"

"그것도 있지. 하지만 그것만 말하는 게 아니다."

"그럼 또 무슨 의미인데요?"

그는 내 건틀릿에 손가락을 하나 얹었다. 그 자그마한 접촉 면적에서부터 전율이 일어 몸에 퍼졌다. 그의 아머가 곡선과 온갖 각도로 그의 몸을 감싸고 있다는 게 인식되었다. 나는 급히 손을 빼냈지만, 내 손을 다시 잡은 그는 가만히 고정시켰다.

"이러는 걸 왜 무서워하지?"

그의 물음에 나는 지나치게 새된 소리로 대답하고 말았다.

"누가, 뭘 무서워한다는- 아니, 나는 누가 무턱대고 만지는 게 싫다고요! 당연하잖아요."

"무턱대고라니? 그간 수많은 밤을 같이 보내놓고서 내 손길이 여전히 무턱대고 다가온 것 같나?"

그는 조롱 어린 어조로 말했다. 나는 단단히 잡힌 손을 홱 잡아당겼다.

"놔요! 지금 뭐 하자는 거죠?"

진정의 얼굴에서 웃음기가 사라졌다.

"뭐 하려는 지는 너도 잘 알 텐데."

전투 중에 하늘에서 추락한 것처럼 속이 덜컥 내려앉았다. 하지만 지금 왜 이리 당황스러운지 나도 알 수가 없었다. 이게 무슨 상황으로 흘러갈지는 너무 분명하지 않은가. 그런데 진정은 나를 강제로 밀어붙이기보다는 차분하게 날 그런 분위기로 이끌어가려는 게 눈에 드러났다. 내가 완아를 풀어달라며 같이 자 주겠다고 대놓고 제안했을 때는 오히려 정말 화를 냈었지. 나에게 그가 너무 혐오스러운 존재라서 침대에 같이 눕는 게 고통스러운 희생으로 여겨진다는 게 싫은 모양이네. 정말로 내가 자신을 원한다는 느낌을 받고 싶은가 본데? 그렇다면 난 이 게임을 좀 더 전략적으로 임해서 내가 원하는 걸 받아낼 수 있을지도.

"또 보이는군. 그 두려움."

그는 나를 마치 과학 표본처럼 관찰했다.

"그 두려움이 어디서 비롯되었는지 자세히 생각해 본 적 있나?"

가슴 속 심장이 너무 세차게 뛰었다. 미친 듯이 두근대는 그 박동을 나의 아머 바깥으로 진정 역시 느꼈을 것이다. 무슨 말이 듣고 싶은 거지? 이제껏 지켜온 나의 태도를 버리고서 그에게 날 범해 달라고 애원할 수는 없다. 그건 진심처럼 느껴질 리 없으니까.

"사람들이 왜 폐하를 두려워하는지 모르시나요? 장난하시는 거죠? 나를 거의 죽일 뻔한 게 하루도 지나지 않았으면서!"

진정은 천천히 고개를 저었다.

"너는 폭력에도, 죽음에도 굴복하는 사람이 아니다. 그렇지 않았다면 나에게 무기를 들지도 못했겠지. 그러니 묻겠다. 넌 어째서 내가 칼을 들고 널 마주할 때보다 부드럽게 만질 때 더 두려워하는 거지?"

"이야, 매일 날 죽이겠다고 위협하는 남자가 날 만지겠다는데 싫어할 이유가 뭔지 정말 모르겠네요?"

그러자 진정은 언짢은 표정을 지었다.

"내가 언제 매일 널 죽이겠다고 위협했나. 기껏해야 한 달에 한 번 정도였는데. 그것도 네가 화하의 기반을 흔드는 정보를 누설할 생각을 하거나, 나를 죽이려고 할 때뿐이었다. 네가 살아 있다는 것 자체가 내가 인내심이 있다는 증거다."

"아하, 성은이 망극합니다, 폐하. 그것참 영광이네요."

"그건 사실이다. 너는 싫다고 하겠지만……."

그는 내 손을 들어 올렸다.

어느새 그가 잡은 손아귀가 느슨해진 지 한참이었다. 얼마든지 손을 뺄 수 있었는데, 난 왜 빼지 않았을까.

곧바로 나는 손을 빼고 손목을 문질렀다.

"윽. 폐하는 역겨워요."

진정은 손가락으로 내 쪽 탁자를 두드렸다.

"내가? 너는 나만 육욕을 품고 있다는 식으로 행동하지만, 그게 아니라는 걸 난 알아. 너는 동시에 남자 두 명이 있어야 할 정도로 욕망이 끝없지 않나."

나의 눈앞이 시뻘게졌다. 나는 주먹을 그에게 날렸다.

그는 내 팔을 잡고서 손목을 단단히 쥐었다.

"부끄러운가?"

진정의 눈동자에는 야생의 광기가 서려 있었다. 마치 도박사가 짜릿함만을 위해 가진 걸 모두 건 눈빛이었다.

"난 여러 명의 파트너와 함께 잔 적이 수도 없이 많다. 하지만 난 전혀 부끄럽지 않았어."

온몸을 휩싸는 압박이 뜨겁게 느껴졌다. 나 이러다 확 터져서 불꽃이 되는 건 아닐까.

"난 당신이 아니야!"

"넌 남자가 아니라는 의미겠지. 그건 네 마음에 사슬처럼 얽힌 사고방식에서 벗어나지 못했기 때문이지."

그는 내 두 손목을 떨리는 힘으로 겹쳐 잡았다.

"넌 자유로워질 수 없을 거다, 황후여. 다른 사람들이 널 통제하기 위해 강요한 수치심으로 네 욕망을 부정하는 한, 자유로워질 수 없단 말이다."

나는 팔꿈치를 탁자에 박다시피 힘을 주었지만, 그의 손아귀에서 벗어날 수가 없었다.

"폐하와 자지 않으면 자유로워질 수 없다는 소리인가요? 진심으로 하는 말이에요?”

“네가 남자였다면, 이토록 강력하게 서로에게 이끌리는 매력을 행동으로 옮기지 않았을까?”

“만약 내가 남자였다면, 그래도 폐하가 나에게 끌렸을까요?”

그의 눈가에 주름이 졌다.

“넌 내 기억을 아주 깊게 뒤져보지는 못한 모양이군?”

나는 입을 멍하니 벌렸다. 그는 내 팔을 놓고서는 의자에 기대앉아 술잔을 또 들어 마셨다. 다른 손으로는 내 손 안쪽을 슬그머니 어루만졌다. 내가 무어라 말을 하기도 전에, 마지막으로 진정이 건드린 손가락 사이로 그의 기가 차가운 파도로 흘러들어오더니 팔을 타고 목덜미로 파고들었다. 목깃의 윗부분 금속이 액체처럼 녹아내리면서 내가 입은 조종사복 사이로 마치 꿀처럼 느릿하게 흘러들었다.

열기 오른 피부 위로 차가운 감각이 방울방울 가지를 뻗듯 갈라져 나른하게 퍼졌다. 그 감각에 나는 숨을 몰아쉬었다. 위험한 쾌감이 척추를 따라 파도처럼 굽이쳤다. 그는 술을 마시면서 정신으로 태연하게 나를 애무하고 있었다. 잔 너머로 보이는 그의 시선은 말 그대로 녹아내릴 듯했다.

기 금속을 이렇게도 사용할 수 있다니, 어찌나 충격적이더니 나는 그만 얼어버리고 말았다. 정도를 넘어서리만큼 아무런 반응을 할 수가 없었다.

난 그의 손을 밀어내었다. 접촉이 끊어지자마자 나의 아머가 다시금 단단해졌다. 그의 기력이 사라지자 온몸이 텅 비어버린 기분이었다. 통제력을 다 잡아야 해. 전략적으로 생각해야 해. 술을 마셔서 그렇겠지. 그래서 이토록 이상한 기분이 드는 거겠지.

"당신은 믿을 수 없어."

난 의자를 밀치며 일어섰지만, 너무 빨리 일어나서였을까. 발코니가 휘청였다.

진정은 잔을 턱 내려놓고는 탁자 위로 몸을 던져 나를 잡았다. 한 손은 내 어깨를, 다른 손은 허리를 감았다. 반쯤 가려진 그의 얼굴이 내 눈앞으로 훅 다가오더니 이내 또렷하게 보였다. 거리가 너무나 가까웠다.

"말해봐라, 황후여."

그가 낮게 속삭였다. 그의 말이 내 뺨을 따스하게 스쳤다.

"나를 욕망하지 않는다면, 왜 내가 가까이 다가갈 때마다 숨이 가빠지지? 얼굴이 왜 빨개지지?"

진정의 손가락이 나의 턱을 쓸었다. 그 팔을 잡고 밀쳤지만, 난 지금 걷잡을 수 없이 떨고 있었다. 분노해서만은 아니었다. 그는 탁자를 돌아 우리 둘 사이의 간격을 더욱 좁히고 섰다.

"너는 강한 힘에 매력을 느끼고 있지. 그보다 더 자연스러울 게 뭐겠어?"

그는 두 손으로 나의 얼굴을 감싸 들었다. 그의 의지대로 나의 왕관이 벗겨지더니 아머로 녹아내렸다. 나의 마스크가 갈라져서 양쪽으로 말려 들어갔다.

"내 눈을 보면서 말해 봐라. 날 원하는 게 아니라고."

그의 거친 어조에는 경고가 서려 있었다.

쏘아붙이려는 말이 혀끝까지 치고 올라왔지만, 마지막 순간에 망설이고 말았다. 혹여 진심처럼 들리지 않을까 봐 두려웠다.

하지만 망설인다는 것 자체가 내 속마음을 드러내고 말았다. 진정의 입술이 비웃음을 짓듯 휘어지는 순간, 나는 깨달았다. 그래. 지금이야. 그럴듯하게 항복할 수 있는 절호의 기회구나.

"씨발."

나는 숨 가쁘게 쏘아붙였다. 그리고 그를 나에게 끌어당겼다.

"좋아."

그가 속삭이는 동시에 우리의 입술이 현실에서 처음으로 맞닿았다.

그는 나의 입맞춤을 공격적인 입맞춤으로 맞받아쳤다. 내가 이치를 보호하려고 그와 맞서 싸웠다는 점에 아직도 화가 난 게 여실히 드러나는 키스였다. 나는 본능적으로 그의 격함에 맞서 힘을 주었다. 분노와 쾌락이 섞이고, 폭력과 만족이 뒤섞이는 이 모든 상황이 다 그릇되었지만, 그래도 내가 할 수 있는 것 중에서는 그의 뺨을 때리거나 가슴을 찌르는 행위에 그나마 가장 가까운 것이기도 했다. 지금, 진정만큼 증오스러운 사람은 내겐 없었다. 이처럼 뜨겁게 타오르는 증오는 풀어주어야 했다. 우리의 행위는 키스라기보단 입술과 혀와 치아로 서로를 공격하는 것이라 봐야 했다. 잔인한 태풍에 맞서서 버티는 것처럼, 부드러운 걸 품는 게 아니라 살아남기 위해 싸우는 것처럼. 그에게 매달리지 않으면 휩쓸려가기라도 한다는 듯 난 그의 어깨를 꽉 잡았다.

어쨌든 그는 나를 번쩍 들고서 뒤편으로 몰아붙였고, 나는 결국 발코니 벽에 부딪혔다. 온몸으로 나를 밀어 벽에 꼼짝 못 하게 만든 채, 그는 내 다리 사이로 허벅지를 끼웠다. 그의 손길 아래로 나의 아머는 마치 살처럼 흐물흐물해져서, 마치 발가벗은 피부를 따라 손길이 흘러내리는 것만 같았다. 몇 달간 아무것도 만지지 못한 걸 만회하려는 듯 움직임이 급했다. 짜릿해진 온몸과 술로 어지러워진 마음이 서로 다투어댔다. 술을 너무 많이 마시지 말아야 했는데. 주도권을 놓지 마, 나는 스스로에게 말했다. 하지만 타인의 손길에 몸을 맡긴 지가 너무 오랜만이라 생각을 제대로 할 수가 없었다. 이 감각이 그리웠어. 열정과 욕망이 차곡차곡 쌓였다가 눈부시고도 뜨겁게 풀어지길 원해. 꿈의 영역에서 진정과 했던 것은 지금의 살과 피로 느껴지는 강렬함과는 비할 것이 아니었다. 진정의 목에 감긴 붕대에서 풍기는 약초의 향기와 우리의 입술을 미끄럽게 적힌 달콤한 술 내음은 그가 정신 연결로 나에게 쏟아붓는 그 어떤 감각보다도 아찔한 취기를 불렀다. 내가 정말로 사랑하는 이들을 떠나보냈다는 이 고통에, 이 슬픔에 잠기기보다는 그저 지금의 감각에 빠져드는 편이 좋았다.

"너에게 아주 잘해 줄게."

그는 입맞춤 중간중간 나에게 속삭였다. 뜨거운 숨결이 나의 숨결과 섞여 들었다.

"넌 내 거라고 말만 해."

나는 그의 어깨에 발톱을 박듯 손가락에 힘을 주었다. 맙소사, 누가 그런 말을 해?

이 분위기를 계속 느끼고 싶다면 이 인간의 입을 막아야 하려나.

"네가 내 거겠지."

나는 최대한 담담하게 말했다.

그러자 진정은 눈살을 찌푸리며 몸을 물리더니, 낮은 소리로 웃음을 터뜨렸다.

"정말 웃기는군."

녹아내린 나의 아머는 묵직한 금빛 비단처럼 바닥으로 흘러내렸다. 이제는 살갗에 달라붙은 조종사복만이 남았다.

몽롱한 머릿속에서도 차갑게 다가오는 분명한 생각이 있었다.

"잠깐, 여기서는 안 돼-."

"우릴 막을 사람이 누가 있다고?"

그는 내 귓가에 속삭이면서 손바닥을 내 가슴에 대었다. 나는 몸속에 짜릿하게 번지는 쾌감을 애써 눌렀다.

"그게, 그런 게 아니라-."

곁방에 있는 침대가 불쑥 떠올랐다. 입을 더 크게 벌려 거기로 가자고 말하려 했다. 하지만 그런 말을 한다는 것 자체가 지금 벌어질 일을 내가 원한다는 걸 소리 내어 인정하는 꼴이 되겠지.

내가 용기를 그러모아 말을 하기도 전에, 진정은 손가락으로 내 머리카락을 파고들며 내 고개를 젖히고 목덜미를 드러내었다. 불규칙하게 뛰는 맥박을 따라 혀를 미끄러뜨리고, 피를 빨려는 듯 살갗을 빨았다. 내가 그를 깜짝 놀라게 했을 때 칼을 들이대었던 바로 그곳이었다. 나는 바로 그때처럼, 몸의 모든 감각이 생사를 넘나드는 것처럼 긴장하게 되었다. 진정은 등 뒤로 손을 미끄러뜨려 척추 보호대 양편으로 숨은 지퍼를 더듬었다. 내가 경계심 어린 소리를 내자, 그는 더욱 심한 욕정으로 내 목덜미를 물어뜯었다. 이 남자는 수치심도 모르는구나. 어쩌면 그의 말대로, 이게 우리의 결정적인 차이점일지도 모르지. 나는 그래서 자꾸만 망설이는지도 모르지.

하지만 무슨 일이 있더라도 나는 이 상황을 그냥 두고 볼 수는 없었다. 먼저 진정은 나의 의지에 굽혀야 했다.

"그만해. 아니, 잠깐만 멈추라니까!"

나는 그에게서 몸을 비틀어 뺐다.

진정은 내 목덜미에서 입을 떼고는 지퍼에서 손을 내렸다. 그의 입술에 축축하게 젖은 피부에 서늘한 밤공기가 차갑게 다가왔다. 그는 못마땅한 표정으로 내가 선 양쪽 벽에 손을 얹었다. 우리 둘 다 막 전투를 마치고 나온 것처럼 숨을 헐떡였다.

나는 가쁜 숨을 몰아쉬며 말했다.

"완아 말인데요."

그는 곧바로 돌아서고서 허리에 손을 얹고 짜증스레 한숨을 몰아쉬었다.

나는 힘겹게 숨을 쉬며 벽에서 몸을 일으켰다.

"폐하가 내 친구를 감옥에 가둔 상황에서, 아무렇지 않게 같이 잘 수 있다고 생각했어요?"

그는 다시금 홱 돌아서서 나를 마주 보았다.

"그 사람을 감옥에 가둔 건 내가 아니야! 혁명법을 어겼으니 그런 거지! 네 비서만 예외로 두면 시스템 자체가 무너진다고!"

"그럼 예외를 만들지 말아요. 범죄에 직접 연루되지 않은 사람들을 장기 구금하는 법을 폐지하고 다 풀어주라고요."

"그건 다 필요해서……."

그는 나의 가슴을 쳐다보다가 말꼬리를 흐렸다. 솔직히 내가 봐도 난 가슴이 아주 풍만했고, 지금은 딱 달라붙는 조종사복을 입어서 더욱 두드러져 보였다.

"아니, 그건 필요하지 않아요."

내가 가슴 앞으로 팔짱을 끼자, 그는 대놓고 실망하는 기색이었다. 그러거나 말거나, 나는 말을 이어갔다.

"너무 처벌이 엄격하면 오히려 사람들은 두려움이 없어지죠. 가족과 이웃 때문에 함께 죽을 운명이라면, 가만히 있다가 망치에 맞아 죽느니 당연히 반란에 가담하는 게 낫잖아요?"

진정은 숨을 몰아쉬며 눈을 감았다.

"나중에 이야기하자."

"안 돼요!"

나는 이렇게 소리쳤지만, 그의 손을 부드럽게 잡았다. 이렇게 부드럽게 나오는 척하면 진정은 날 믿고 받아들여 주겠지. 내가 정말로 그에게 끌린다고, 그래서 함께 있고 싶어 한다고, 다만 외부적 요인 때문에 자꾸만 망설이는 거라고 말이다.

“이 반란은 거의 진압되었어요. 하지만 그들이 투쟁하는 이유를 받아들이고 어느 정도 양보를 하지 않는다면, 더 많은 반란이 계속 일어날 거라고요. 모두가 다 부당한 이유 때문에 싸우는 건 아니라는 거, 폐하도 아시잖아요. 폐하의 정책 때문에 가장 충성을 다한 지지자조차도 해를 입고 있어요. 그게 바로 완아라고요.”

그는 손을 비틀어 내 손을 쥐었다.

“넌 반동 세력이 되려는 건가?”

나는 팔을 뒤로 휙 잡아뺐다.

“세상에, 폐하랑 의견이 다르다고 전부 반동 세력이라고 도는 건가요?! 내가 수정주의자 같아요?! 노동주의자들이 서로에게 이런저런 딱지를 붙여대는 거 아는데, 난 그런 게 아니라고요! 난 지금 이윤 추구자들이 다시 인간을 사고팔게 두라고 요구하는 게 아니잖아요. 추가로 생길 반란의 열기를 식히자는 거라고요.”

나는 그의 가슴 위에 살며시 손을 얹었다.

“이제 유리 감옥에 갇혀 있지 않으시잖아요. 그러니 폐하가 죽을 방법은 천 가지도 넘겠죠. 만약 이 연좌제를 완화하지 않고 있다가 암살이든 뭐든 당한다면, 민중에게 무슨 일이 일어날 것 같나요?”

진정의 몸에서 힘이 빠졌다. 그는 입술을 깨물었다. 내 말의 요지를 그는 알고 있다. 우리는 혁명을 더 급진적으로 밀어붙일 시간도 여력도 없었다. 그랬다간 우리가 천궁으로 임무를 떠나고서 이 새로운 체제가 통째로 붕괴할 위험을 감수해야 했다. 그게 아니라도 진정이 정도를 넘어섰다고 생각한 신들이 경각심을 갖는다면, 그전에 그를 죽일 수도 있었다.

"알았다. 네 의견을 고려해 보겠다."

그는 다시 나에게 입 맞추려 들었다.

나는 그를 두 손으로 막아섰다.

"실제로 연좌제를 폐지하기 전에는 안 돼요. 완아를 새 황제 비서관으로 임명하세요. 완아는 평생 노동주의자로 살았어요. 과거 시험에서 3위를 했고, 폐하의 악필도 읽을 수 있죠. 그리고 태평은 재무부 대신 후보로 손색이 없어요. 화하에서 가장 큰 기업의 물류 관리도 맡았었죠. 과거시험 성적도 좋았고요."

그는 내 머리카락 위에 입술을 두고서 어깨를 둥글게 쓰다듬었다. 그리고 나른한 소리로 투덜대었다.

"지금은 밤이 늦었잖아. 정책 변경을 하려면 내일까지 기다려야 해."

나는 마른침을 삼켰다. 그의 손놀림에 뱃속이 죄어들었다. 여기 말고 다른 데 손을 대면 어떤 느낌일지 내가 궁금해하도록 일부러 이러는 거겠지.

"그래서요?"

진정은 이제 뒤로 물러서서 나를 지그시 노려보았다. 마치 시선만으로 나의 마음을 바꾸려 하는 듯했다.

"내 인내심을 시험하고 있군."

"내가 그러면 좋아하시면서?"

그가 계속 날 일부러 자극하는 데는 분명히 이유가 있다. 그는 정말이지 병적이고 꼬여 있는 남자라서, 내가 반항할 때 더 좋아한다. 내가 자신에게 도전하는 걸 즐기는 거다.

진정의 뺨에 혈색이 돌았다. 키스로 멍든 입가에 살짝 미소가 걸렸다.

"넌 이제껏 내가 본 매춘부 중에서도 정말 터무니없는 가격을 부르고 있다. 내가 어디서 자랐는지 너도 알 테니, 내 말은 일리가 있어."

"사람들이 날 매춘부라고 부를 때는 싫어하지 않았던가요?"

"다른 사람들이 부르는 건 싫다. 넌 내 매춘부니까."

그는 내 허리를 잡아끌었다. 임신 4개월짜리 패드가 나의 조종사 복 아래로 그의 골반에 맞닿았다.

나는 잇새로 숨을 훅 들이쉬었다.

"폐하께서는 노동주의자이시면서 왜 이리 소유욕이 강하죠? 적인 걸 말이 맞았네요. 폐하는 이데올로기적으로 말이 안 돼요. 그러니 재교육을 좀 받으셔야겠어요."

"미안한데, 내가 너보다 노동을 해도 훨씬 많이 한단 말이다!"

"내 조건을 들어주지 않는 이상 안 돼요! 나를 매춘부라고 부르고 싶으면 마음대로 해요. 하지만 매춘부와 자려면 화대를 내야죠. 난 폐하 같이 헤픈 놈이 아니라고요."

나는 헤프다는 말이 모욕이라고 생각하진 않지만, 진정의 표정을 보는 것만으로도 내가 그를 헤프다고 부르길 잘했다는 생각이 들었다.

"나는-!"

그는 표정을 확 굳혔다가 이내 풀었다.

"좋아. 내가 일곱 나라를 넘나들면서 자긴 했다. 그 과정에서 좋은 정보를 많이 얻어서 전쟁의 흐름도 바꾸기도 했지. 내 능력이 그만큼 좋다는 증거로 받아들여도 좋아."

그는 손가락 사이로 기 금속을 액체처럼 휘감아 돌렸다.

나의 전신에 따스한 열기가 퍼졌다. 나는 이를 악물었다. 그 술에 대체 뭐가 들었던 거지?

그는 미소를 지으며 내 허리를 놓아주었다. 발밑으로 접혀 있던 기 금속이 내 몸을 휘감아 오르면서 다시 아머가 되었다.

"이걸 보고 부디 내가 널 아낀다는 걸 알아주기 바란다. 네 생각보다 더 말이다."

그는 나에게서 물러나 탁자로 돌아가더니 두 손가락으로 술병을 들어 올리며 덧붙였다.

"그리고 참고로 말해두자면…… 이건 무알콜이었다. 리치 주스에 생강을 탄 거지."

제45장

돌이킬 수 없는
지점

나는 낫을 짚고 휘청이며 궁궐 안을 걸었다. 진정이 주던 순수한 아드레날린에서 벗어난 후, 침착했던 표정이 전부 무너지고 말았다. 달콤한 리치 주스의 맛이 아직도 입안을 맴돌았다. 그는 왜 날 이토록 의미 없는 방식으로 속였지?

하지 말아야 했건만, 난 그만 뒤를 돌아보고 말았다. 진정은 발코니 그림자에 반쯤 가려진 채로 한 손으로 난간을 잡고 날 바라보고 있었다.

그의 말 중에는 맞는 게 하나 있었다. 그가 날 죽이는 건 두렵지 않았다. 그건 합리적인 행동일 테니.

하지만 이런 건 아니잖아.

어쨌든 나는 그 후로 곧장 태평의 숙소로 가서 완아가 풀려날 희망이 있다고 말해주었다. 그녀는 기뻐서 소리를 질렀다. 완아가 너무 걱정된 나머지 이제껏 제대로 자지도 못했으니까. 하지만 그녀는 내 머리가 헝클어진 걸 보고 미심쩍은 눈짓을 했다. 아마 내 목에도 멍이 들었을 것이다. 나는 걱정할 필요 없다고 말한 다음 화제를 이치 이야기로 돌렸다. 진정이 공식적으로 태평의 동생을 반역죄로 지명 수배하기 전날, 태평이 무슨 이야기를 들었는지 알고 싶었기 때문이었다. 분명히 궁궐에서 우리가 쓰러졌다는 소문이 돌았을 테니까.

태평의 눈빛이 흐려졌다.

"다들 이야기했어요. 걔가 마마랑 폐하를 암살하려 했다고요……. 하지만 정말 그럴 리 없잖아요?"

"내가 구체적인 내용을 말하면 안 좋을 것 같아."

나는 태평과 이제껏 터널에서 수없이 나누었던 눈빛으로 그녀를 바라보았다. 더 깊이 알려 들면 위험하다고, 그게 설령 그녀의 가족 이야기라 할지라도 안 된다고 경고하는 눈빛이었다.

태평은 입을 꾹 다물었다. 우리는 비밀이 참 많은 삶을 살고 있구나.

다음 날 아침, 조정 회의에서 진정은 연좌제 폐지를 선포하고 대사면 발표를 했다. 그리고 태평을 불러 새로운 재무 대신으로 임명했다. 나는 불투명 유리를 친 곁방에서 태평이 휘둥그레 뜬 눈을 깜빡이지도 못한 채로 자주색 관복을 하사받는 모습을 지켜보았다. 그녀는 마치 귀한 유물을 품에 안은 기색이었다.

말하자면 태평은 200년 만에 조정에 오른 첫 여성이었다. 수많은 관료가, 심지어 열렬한 노동주의자라도 해도 공개적으로 진정에게 반대하면 위험해진다는 걸 알기에, 거부 의사를 내지 못하고 있었다. 하지만 저자들은 곧바로 상소문을 올릴 것이다. 태평은 경제에 대해 아무것도 모를 거라고, 기껏해야 여자란 가족의 저녁밥을 차릴 장보기 정도만 알 것이라고 주장하겠지. 그래서 온갖 수단을 동원하여 태평이 제 발로 사임하게 만들려 하겠지. 마치 학교 남자애들이 같은 반 여학생을 괴롭혀서 학교 다니기를 포기하게 몰아가듯 말이다. 하지만 나의 봉황 여성단원들은 그런 남자애들의 집으로 위협 방문을 하고 여학생들의 등하교 길을 지켜주어 괴롭힘을 멈추었듯이, 나 역시 누구라도 태평을 방해하는 관료가 있다면 기꺼이 그자들의 악몽이 되어줄 마음이었다. 사회는 이런 남자들이 현실을 받아들이든 말든 계속 진보할 테니.

진정이 조정 회의를 마치자 나는 완아와 그 어머니를 데려오기 위해 태평과 독고가라를 데리고 천뢰 교도소에 갔다. 대사면은 연좌제로 연루된 자들에게만 내려졌으나, 진정은 고적 아주머니의 단편소설을 밤새도록 읽고서 그녀에게 직접 무죄를 선언했다.

"이야기에서 독재자가 나왔다는 점만으로 그게 날 가리켰다는 의미는 아니다."

그는 회의 전에 나에게 코웃음을 치며 말했다.

내부 정보 덕분에 나는 사면을 받아 풀려난 이들을 맞이하러 울며 찾아오는 가족들이 몰려들기 전에 천뢰 교도소에 도착했다.

내 교도소장은 미소를 지으며 완아와 그 어머니를 출소자 대기실로 데려왔다. 두 사람은 미심쩍을 만큼 깨끗한 주황색 수의 차림이었다. 옷에 접힌 주름이 아직도 선명하게 남을 걸 보니 아마도 우리가 도착하기 10분 전에 창고에서 새것을 꺼내 준 모양이었다. 하지만 그들의 얼굴에 서린 피로감은 감출 수가 없었다. 피부는 누렇게 변했고, 눈 아래 다크서클은 진정만큼이나 짙었다. 태평은 흐느끼며 완아에게 달려들어 그녀를 품에 안았다.

내 교도소장은 자신의 목덜미를 감싸며 말했다.

"마마. 천뢰에 근무하는 우리는 그저 의무를 다했을 뿐임을 알아주시기 바랍니다."

완아는 태평의 어깨 너머로 그저 무표정하게 말했다.

"마마, 그냥 가시지요."

우리는 모두를 태울 만큼의 대형 차를 가져왔다. 전부 차에 오르자, 완아는 그제야 이제껏 겪은 일을 이야기했다. 그녀는 어머니를 꼭 껴안으며 입을 열었다.

"우리는 모두 다른 방에 갇혔어요. 코에 식초를 붓고, 불빛을 환하게 켜고 커다란 음악을 틀어서 잠을 재우지 않았죠. 반혁명 세력과 접촉했다고 자백하라며 강요했어요."

"나도 그랬어."

고적 아주머니는 쉰 목소리로 말했다. 완아는 차창 밖으로 천뢰 교도소에 서둘러 들어가려는 사람들의 움직임을 바라보았다.

"교도소에서 일하는 사람들은 다 조사를 받아야 해요. 저는 그래도 비교적 편하게 지낸 편이었어요. 복도 이 끝에서 저 끝까지 비명이 들렸어요. 제가 수감되었을 땐 손톱이 뽑힌 사람도 봤어요."

"내가 다 대가를 치르게 해줄게."

나는 나직하게 말했다. 태평은 목덜미 쪽으로 느슨히 묶은 완아의 기름진 머리에 입을 맞추고는 말했다.

"이제 좀 자. 반란 이후로 상황이 변했어. 난 재무대신이 됐어."

"반란이 있었어?"

완아는 깜짝 놀라 소리치며 자리에서 일어날 뻔했다. 우리를 둘러보는 눈빛에는 공포가 번지기 시작했다.

"마마께서 설마 폐하를 전복시키셨나요?"

"아니."

나는 잠시 후 덧붙여 말했다.

"내가 한 건 아니야."

완아는 안도감을 느끼며 몸에 힘을 뺐다. 그러다가 다시 퍼뜩 놀라 입을 열었다.

"마마께서 좋은 통치자가 되지 못하신다는 뜻은 아니었습니다! 하지만……."

나는 완아 대신 가만히 말했다.

"하지만 나는 혁명을 결국 망하게 했겠지. 내가 권력을 잡았더라면 반동 세력이 주장하는 게 모두 진실로 여겨졌을 거야. 그래서 수많은 사람들이 그들 편에서 들고 일어났겠지. 내가 목숨을 구하려면 그들의 이익대로 행동하고, 몰수했던 재산을 돌려주고, 억압받던 이들이 도로 억압받도록 두어야 했겠지.”

완아는 깊이 숨을 들이쉬었다가 내쉬었다.

“그런 일이 벌어지지 않아서 다행입니다.”

“넌 아직도……?”

태평은 하고 싶은 말이 많아 보였지만 삼켰다. 완아는 약하게 미소를 지었다.

“어떤 체제에서든 잔인한 사람들은 항상 있기 마련이야. 난 우리 나머지 사람들을 위해 더 나은 세상을 만들도록 노력할 거고, 그런 사람들이 날 막도록 내버려두지 않을 거야.”

태평은 나를 봉황 동맹의 북문 사무소로 데려다주었다. 나는 그곳에서 반란에 대한 논평을 촬영했다. 일을 마치고 다시 궁궐로 돌아왔을 때 진정은 여전히 관료들과 회의 중이었다.

하지만 내가 내 숙소, 아니 이제는 우리의 숙소에 들어온 순간, 변화한 공간의 분위기가 불편한 파도처럼 다가왔다. 물건들의 배치가 달라져 있었다. 내 책들은 다르게 쌓여 있고, 방 안에는 대체 왜 있는지 모를 압력솥이 놓였다. 화장실에 가 보니 화장품이 잔뜩 쌓여 있었다. 저건 혹시 이치의 피부관리 제품을 몽땅 압수해 가져다 놓은 건 아닐까. 하지만 세면대에 걸렸던 거울은 사라졌다. 거울이 걸렸던 자리 아래에는 작은 손거울만이 있었다.

책상 앞에 앉아 책을 넘기면 어느새 적인걸의 기억이 몰려들었다. 이 책들은 대부분 적인걸의 소장본으로, 그가 자주 읽으며 메모하고 줄 친 흔적이 가득했다. 이 문장에 밑줄을 왜 그었는지 이제는 설명할 수 없으리라. 무슨 말인지 모르게 휘갈겨 쓴 메모를 볼 때마다 가슴에 날카로운 통증이 느껴졌다. 이내 글자가 흐릿하도록 눈물이 차올랐다.

난 할 수 있는 건 다 했어. 그에게 말해주고 싶었다.

진실을 알리려고 제아무리 시도한들, 모두 신들이 막을 것이다. 내가 진실을 알려주는 사람마다 진정이 죽여버릴 것이다. 진정과 작디작은 게임을 할 수야 있겠지만, 나는 그가 참고 봐주는 게 어디까지인지 정확히 알고 있다. 이제는 그가 자유로워졌으니, 나에 대한 통제력도 훨씬 세졌다.

어쨌든 그러는 건 어리석었다. 진실을 알려줬다면 화하는 더 불안정해지기만 했겠지. 우리가 신들과 맞서기 전까지는 최대한 화하를 안정적으로 만들어두어야 한다. 신들이 사라질 때까지는 그 누구도 진실을 두고 할 수 있는 일이 없으니까.

부디 진정이 내가 반역을 저지르려 했다는 그 몇 초간의 기억을 보지 않기를 바랄 뿐이다. 하지만 나는 내 나름 방어할 준비도 되어 있다. 난 실제로 혁명을 지켜냈단 말이다.

머리를 비우려고 목욕을 하느라 진정이 들어오는 소리를 듣지 못했다. 하지만 욕실에서 나오자마자 침실 불이 다 꺼지고 침대 근처에 연꽃 모양 램프만 켜져 있었다. 진정은 평소처럼 검은 가운에 머리를 대충 묶은 채로, 둥근 매트리스 끝에 앉아 있었다. 침대 양편으로 드리워진 투명한 붉은 커튼 아래, 은은히 퍼지는 램프 불빛에 의지하여 그는 서류를 읽고 있었다. 내가 다가가자 그는 종이에서 눈을 들지도 않고 말했다.

"글씨체가 많이 좋아졌군. 이제야 겨우 어린아이의 글씨체 정도로 봐줄 만하네."

뺨이 화끈거렸다. 하지만 내가 왜 부끄러워하는 건지 알 수는 없었다. 배울 기회가 없어서 못 배운 건 내 잘못이 아니다.

"어릴 때부터 글씨 연습을 했더라면 그보다야 좋았겠지요. 산촌에 사는 소녀들의 교육에 더 많이 지원을 해주시겠어요?"

"오늘 밤에는 정치 이야기는 그만하자. 지긋지긋하니까."

진정은 못마땅한 소리를 내더니 침대가 놓인 높다란 단상 위 서류 더미에 종이를 놓았다. 그리고 마침내 나를 제대로 바라보는 그의 눈빛은, 등불 빛을 받아 마치 호랑이의 눈처럼 주홍색으로 타올랐다. 그는 팽팽히 당겨진 활시위처럼 깊게 숨을 들이쉬었다. 내가 지금 걸친 금빛 가운과 압박 스타킹을 보고 더없이 괴로운 모양이었다. 사실 압박 스타킹은 수술 후 혈액 순환에 참 좋은 의료용 도구였는데 말이다. 뭐, 진정이 머리가 잘 돌아가지 않을수록 내가 상대하기도 더 쉬울 테니까.

"이리 와."

그의 목소리는 그을린 듯 날이 서 있었다.

"그래요. 지금 가잖아요."

나는 손에 낫을 든 채로 침대까지 깔린 기다란 양탄자 위를 마치 불빛으로 뛰어드는 나방처럼 사뿐사뿐 걸었다.

"오늘 천뢰 교도소에 갔었어요. 거기서 벌어지는 일들을 좀 더 제대로 알고 계셔야겠어요."

"정치 이야기는 그만하라고 하지 않았나?"

내가 다가가자 그는 단상 위에서 일어나 나를 내려다보며 말했다.

"난 지금 진지하게 말하고 있어요. 잠자리에 신경 쓰는 것보다 좋은 통치자가 되는 데 더 신경을 쓰도록 하시죠."

마스크로 반을 가린 진정의 얼굴이 잠시 혼란스러워지다가, 이내 작은 미소를 떠올렸다.

"잠자리라. 요즘 세상에서는 그런 말을 쓰는군? 그렇다면야, 황제인 내 기분이 좋아야 백성들도 훨씬 행복해지는 법이라고 해 두지."

나는 이제 침대에 올라가려고 낫의 끝부분을 단상에 턱 세우며 말했다.

"황룡으로 당신을 칭칭 감아 죽였어야 했는데."

진정은 내가 단상 위로 올라오게 도와주었다. 날 잡은 그의 손에 너무 힘이 들어갔다. 내가 단상에 올라갔는데도 그는 내 허리를 놓을 생각을 하지 않았다.

이런 말, 너무 솔직하게 내뱉은 걸까.

그의 손이 내 팔을 어루만지자 살갗에 소름이 돋았다.

"끌렸어?"

그의 목소리는 부드러웠지만, 눈빛은 반대로 더없이 강렬했다.

그의 가슴이 내 가슴과 맞닿아 오르내리는 걸 느끼자 내가 숨을 가쁘게 쉬고 있다는 걸 깨달았다.

"어떤 것 같아요?"

그는 내 손에서 낫을 빼내어 떨구었다. 바닥에 낫이 쾅 떨어지는 소리가 커다랗게 울리면서 나는 그의 존재에 몸을 움츠렸다. 그의 가운이 너무 도발적으로 깊이 패어 눈길이 계속 가는 가운데 본능적인 두려움이 소용돌이쳤다. 내 머리도 제대로 돌아가지 않는 게 정말 성가셨다. 언제부터 내가 사람 몸의 어깨와 허리선 비율에 감탄했다고? 누가 그런 걸 신경이나 쓴대?

그는 다시 침대에 앉았지만 나의 부드럽고 펑퍼짐한 배에 시선을 두자 비난하는 눈초리가 서서히 사라졌다. 그는 손가락으로 배를 쿡 찌르며 말했다.

"가끔 나는 네가 정말로 내 아이를 가졌다고 생각해."

나는 그의 어깨에 슬며시 팔을 올렸다.

"그럴 바에야 정말로 죽어버리겠어요."

그리고 그의 입술 위에서 중얼거렸다.

진정이 무어라 대답할 겨를을 주지 않고, 나는 그의 입술에 세차게 입술을 맞대면서 이제껏 간신히 참아온 잔인함을 발휘하며 그에게 키스했다. 바람이 휘몰아치는 화산처럼 증오가 내 안에서 용솟음쳤다. 그렇게 진정의 무릎에 앉아서, 난 이 남자를 죽여버릴 방법을 수십 가지도 넘게 상상했다. 그중에는 이치가 못한 한 대로, 그의 목에 감긴 붕대를 찢어버리고 칼을 마저 꽂아 넣는 상상도 있었다. 그는 나를 꼭 끌어안고서 허벅지를 앞뒤로 어루만지며 나의 허리를 자신의 허리에 거칠게 끌어당겼다. 얇은 옷자락 속으로 느껴지는 감각에 숨을 헉 내쉬면서 우리의 입맞춤이 끊어졌다.

그는 내 목덜미에 얼굴을 묻고서 거친 목소리로 말했다.

"왜 내가 리치 주스로 널 속였는지 알고 싶나? 네가 모든 속박을 벗어버리고 싶은 구실을 찾는 게 느껴졌지. 하지만 네가 술 때문에 머릿속이 흐려진다면 참 안타까운 일이었으니까."

그는 손가락으로 나의 척추 보호대를 쓸어내렸다. 그가 기 금속을 녹이는 힘에 뼛속까지 녹아내릴 것만 같은 느낌으로 난 파르르 떨었다. 그는 내 귓가에 속삭였다.

"이 순간을 빠짐없이 기억하길 바란다."

악랄한 열기가 내 혈관을 타고 솟구쳤다. 분노인지 욕망인지 더는 알 수 없었다.

"당신이 너무 미워."

나는 그를 더욱 세차게 끌어안았다. 잔인한 폭력이 주는 안도감을 너무나 간절히 느끼고 싶었다. 그래서 차선책으로 그의 몸에 내 몸을 맞대고 문질렀다. 다시, 또 다시 맞닿아 움직이는 몸을 느끼며 그의 어깨를 움켜쥐고 몸을 가누었다. 이 남자를 엉망으로 흐트러뜨리고 싶어. 내가 평화를 누릴 수 없다면, 이 남자도 마찬가지로 만들어주겠어.

진정은 그의 몸에서도 당연히 흐를 감각에 나지막하게 놀랍다는 소리를 내더니, 이내 웃었다.

“그런데도 여기 있잖아.”

슬며시 나온 그의 목소리가 울렸다. 그는 내 가운 사이로 손을 넣어 가슴을 한껏 잡고는 민감한 끝을 엄지로 쓸었다.

“나랑 이러는 게 끔찍하다고 생각하면서도 네가 날 거부할 수 없다는 게 정말 좋군.”

“픽이나. 나를 역겹다고 말해 놓고서도 몇 달이나 이러는 걸 상상해 온 게 누군데.”

진정의 손길마다 피어나는 충격적인 쾌감에 무너질 것만 같았지만 나는 애써 정신을 다잡았다.

그는 내 턱을 살짝 꼬집었다.

“허세 하고는……. 얼마나 이럴 수 있나 궁금하군. 욕망에 정신을 잃고서 더 해 달라고 애원할 때는 또 어떤 목소리를 내려나.”

우리 사이에 감도는 참을 수 없는 열기를 견디며 호흡했다.

“맞아. 당신에게 싫다고 말할 수 없는 여자들의 평가를 나더러 어떻게 믿으라는 건지.”

진정은 인상을 찌푸렸다. 그의 눈동자가 뭔가 맑아지더니, 잡았던 내 턱을 놓았다. 그리고 나온 말은 도발적인 저음도 아니었고 훨씬 더 평범한 말투였다.

“넌 내 어머니가 겪은 일을 알면서도 내가 여자에게 그런 짓을 할 거라 생각하나? 나는 옆방에서 어머니의 비명을 들으면서 자랐단 말이다.”

나는 마른침을 삼켰다.

“확실히 당신은 내 경계를 참 집요하게도 밀어붙이긴 했지.”

“넌 그렇게 느꼈나?”

그는 몸을 뒤로 물렸다. 팔이 떨어지면서 내게 닿았던 따스한 온기가 떠나갔다.

“그건 네가 스스로에게 물어보도록 내가 부추겼기 때문이겠지. 너의 자기부정이 타고난 감정인지, 아니면 사회적 강요에서 비롯된 것인지 자신에게 물어보도록 말이다. 자, 선택은 여전히 너에게 달렸다.”

고개를 낮게 숙인 채, 문득 느껴지는 냉기에 내 손에 잡힌 진정의 느슨한 가운 깃을 확 움켜쥐었다.

“당신이 화하에서 가장 강한 남자인 상황에서, 나에게 진짜 선택지란 없겠지.”

“그러는 너는 화하에서 가장 강한 여자 아닌가? 그 논리라면, 나랑 있는 상황에서 너보다 더 선택지가 있는 여자가 누구겠나?”

“만약 내가 싫다 한다면, 당신은 내 인생을 비참하게 만들 거잖아.”

그는 내 손목을 잡았다.

“그런 짓 안 해. 어젯밤에 네가 멈추라고 했을 때, 내가 멈췄잖아?”

“그거야 우리는 거래를 했으니까. 그런데 지금 내가 당장 나가라고 한다면, 정말 군말 없이 나가겠단 소리야?”

"그건 거래가 아니었다. 난 여자랑 자겠다는 이유로 정치적인 결정을 하지 않았어. 앞으로도 그럴 일은 없을 거다. 난 너의 제안을 논리적으로 따져본 후에 동의한 거다. 그건 우리 사이의 일과는 별개의 일이다. 내가 너한테 강요하고 있다고 믿는 이유가 뭔지 생각해봐라. 네 감정을 인정하고 싶지 않기 때문에 내 핑계를 대면서 스스로를 합리화한다면, 이 관계는 진전이 없을 것이다. 네가 나가고 싶다면 마음대로 해."

그는 나에게서 손을 멀찍이 떼고서는 매트리스 위에 얹었다.

갑자기 내가 무척 바보 같은 기분이 들었다. 그에게 올라탄 채로 내가 얼마나 증오하고 있는지 계속 말하다니, 뭐 하는 짓이지.

진정은 열기가 사라진 눈으로 얼마간 나를 바라보다가 이내 고개를 저었다.

"그럼 내가 나가지."

그는 내 아래에 깔린 몸을 일으켰다. 이건 분명히 날 밀어내려는 의도였겠지만, 결국 그의 골반에 내 하반신이 단단히 붙는 느낌밖에 나지 않았다. 짜릿한 감각이 불꽃처럼 온몸을 휘감았다. 수치스러운 신음이 입에서 가냘프게 흘렀다.

"잠깐만……."

나는 그의 어깨를 잡았다.

그는 눈살을 찌푸렸지만, 평소에 짓던 오만한 표정이 살짝 돌아왔다. 그의 시선은 내 입술에 머물다가 나의 눈으로 올라왔다.

"계속하길 바라나?"

진정이 다시 그렇게 움직이는 모습을 그려보았다. 다시, 또 다시 밀려오는 상상에 그와 맞닿은 몸에서 내 마음과는 달리 아프도록 욕구가 피어올랐다. 이 생각을 또 하루 동안 해야 한다면 아마 미쳐버리지 않을까.

"그런 것 같아."

"그렇다는 거냐? 같다는 건 뭐지? 네가 원하는 걸 똑바로 말해라, 아가씨. 솔직해지라고."

"알았어. 좋아."

"뭐가 좋다는 거지? 정확하게 말해 볼까?"

그는 자세를 바꾸려는 듯 내 밑에서 움직였지만, 그의 눈빛을 보자 내 몸의 움직임을 속속들이 읽고 있다는 게 보였다. 덫에 빠졌다는 기분이 가시지 않았다.

"이러는 게 좋다고."

나는 얼굴을 붉히며 대답했다.

"이러는 게 정확히 무슨 뜻이지? 미안하지만 내가 뭘 해주었으면 좋겠는지 똑바로 말해주어야겠는데. 그것도 아주 자세하게."

이제는 온몸이 화끈거렸다.

"됐어. 내가 나갈 거야!"

그는 웃으면서 드라이어로 말린 나의 머리카락에 손가락을 넣었다. 그리고 내 코를 톡 건드리며 말했다.

"넌 고양이 같아. 반항하고 싶어서 반항하는 고양이."

"지금 뭐라고-!"

"하지만 난 언제나 개보다는 고양이가 좋았어. 너무 쉽게 복종하면 무슨 가치가 있겠어."

그는 손으로 내 머리카락을 휘감고 날 가볍게 당겼다.

"알겠지만, 내가 너무 생각이 많다면 당신이 이런 말을 하기 때문이 아닐까."

"넌 말이나 행동이나 나를 참 많이 화나게 하지. 하지만 그렇다고 널 원하는 마음이 사라지진 않더군."

나는 입을 멍하니 벌렸다. 하지만 아무런 말이 나오지 않았다.

그는 두 팔로 내 허리를 감싸안았다.

"이렇게 하는 게 어때. 만약 내가 중간에 그만두기를 원한다면, 정말로 진심으로 그만두어 주기를 바란다면, '사유재산'이라고 말해. 그러면 행위를 중단하겠다. 무슨 일이 있더라도."

"'사유재산'?"

나는 더듬더듬 말했다. 그러자 진정은 나를 곧바로 놓아주었다.

"이런 식으로다. 아주 깔끔하게. 너도 솔직히, 본인이 아주 모호하게 신호를 보내고 있다는 걸 인정하도록 해. 그리고 나도 인정하지. 난 좀 공격적으로 행동할 수 있다. 그러니 더 이상 오해하지 말도록 하자고."

"내가 거절했다가, 나중에 보복을 당하지 않을 거란 보장이 있어?"

"안 해. 그 점만큼은 약속하겠다."

나는 이를 갈았다.

"그래, 말이야 좋네. 하지만 내가 그 말을 왜 믿어야 하지?"

그러자 진정의 눈동자가 마치 상처를 입은 것처럼 불안하게 번뜩였다. 그는 눈을 질끈 감았다. 그 가슴이 호흡으로 들썩이면서 내 가슴에 닿을 것만 같았다. 그는 이내 입을 열었다.

"네가 없을 때는 보고 싶으니까. 악몽이 다시 나를 찾아오거든. 그게…… 별로 즐겁지 않아. 너 없이 사는 날이 즐겁지 않단 말이다. 네가 나랑 함께 있을 때만 무섭지 않게 잠들 수 있다."

아.

이야. 그렇구나.

나도 진정 없이 꿈을 꾸면 똑같았다. 다만, 나는 고문을 당한다 해도 그 사실을 절대로 말하지 않을 것이다.

내가 너무 오랫동안 대답이 없자, 그는 전에 본 적 없는 불안한 표정으로 눈을 떴다. 마치 머릿속으로 탈출 경로를 짜는 듯한 얼굴이었다.

나는 그의 반쪽 가면을 잡았다.

"이거 벗어."

그는 깜짝 놀랐다.

"뭐? 왜?"

"내가 다 벗은 모습을 보고 싶다면, 당신도 똑같은 규칙을 적용받아야지. 벗어."

그는 몇 번 눈을 깜빡이며 정처 없이 눈을 굴리다가, 결국 가면을 스르르 치웠다. 기 금속이 그의 귓가로 물러나면서 그의 척추 보호대로 들어갔다.

나는 엄지로 그의 삐죽빼죽한 흉터를 쓸었다. 그러자 그는 손을 휙 올려 내 손목에 대었다.

부드럽게, 나는 그의 흉터에 입술을 대었다.

그는 나와 닿은 채로 굳었다.

그도 잠시, 이내 온통 녹아내리듯 진정은 긴장을 풀었다. 나는 그의 목을 감은 붕대 위에도 입을 맞추고는 그의 입술에 키스했다. 이번에는 이전의 충돌 같은 접촉과는 달랐다. 우리의 입술은 폭력적인 욕설 대신 가벼운 속삭임으로 뒤섞였다.

넌 내 거야. 내 속의 차디찬 핵심에서부터 올라오는 생각이 있었다. 넌 내 거라고.

그는 내 턱부터 입 맞추기 시작하여 가운의 앞섶까지 열렬한 키스를 이어갔다. 그의 입술이 비단 자락을 슬쩍 밀면서 속살거렸다.

“우리 사이에는 증오 이상의 것이 존재한다. 우리는 그 누구보다도 서로를 이해하고 있다. 네가 다른 시대로 날 깨워냈을 때부터 우리는 하나로 묶여 있었다. 널 만난 건 이유가 있는 거다.”

그는 몸을 물리고서 내 눈을 빤히 바라보았다.

“나와 함께 세상을 지배하자, 황후여.”

귓가에서 맥박이 두근두근 고동쳤다. 눈앞이 아찔했다.

“그래.”

그의 미소가 자연스레 바뀌었다.

“착하군.”

그는 단번에 나를 뒤로 쓰러뜨렸다. 놀라서 소리를 지르던 입술도 이내 그에게 막혔다. 그는 내 팔을 매트리스에 찍어 눌렀다. 꿈의 영역에서 그랬던 것처럼.

반사적으로 저항하고픈 마음이 불쑥 일다가도, 이내 난 그의 움직임에 맞추어 녹아내리기 시작했다. 그의 안에서 날뛰는 이 괴물 같은 힘에 저항하지 않기로 했다. 그 힘은 내 안에도 있었다. 저항할 이유가 뭔가. 난 정절 따위 믿지도 않는데.

"임신만 피해줘."

나는 내 목덜미로 입술을 옮기는 진정에게 중얼거렸다.

"진심인가?"

그는 두근두근 뛰는 맥에 대고 속삭였다. 흐릿해지는 생각 속에서도 정신이 번쩍 들었다. 나는 그의 손에서 팔을 빼내어 붕대 감은 목을 움켜잡았다. 그는 눈을 휘둥그레 뜨고 쉿소리를 냈다.

"그래, 더럽게 진심이야. 벌써 임신한 행세를 하고 다니는데 여기서 또 임신을 한다니, 우리 계획을 망치고 싶어? 가서 피임 도구 차고 와."

그는 목덜미에서 내 손을 떼어냈다.

"너희 조직은 그……. 약을 쌓아놓고 있지 않나?"

"그것과는 상관없이 당신이 할 건 해."

나는 봉황 동맹 사무실에 걸린 깜찍한 포스터의 문구를 떠올리며 말했다. 내가 그토록 피임의 필요성을 강조하고 다니면서 정작 나는 실천하지 않는다니 안 될 말이다.

그는 내 손가락을 어루만지더니 입술로 가져가며 말했다.

"난 너를 오롯하게 느끼고 싶은데."

나는 손을 확 잡아뺐다.

"세상에, 그게 대체 무슨 소리지? 제대로 끼워. 안 끼웠다간 '사유재산'밖에 느끼지 못하게 될 거야!"

내가 몸을 일으키려 하자, 진정은 거칠게 한숨을 후 쉬었다.

"기다려. 그건…… 저기 멀리 있잖아."

그는 내 가슴에 손가락을 대어 막았다. 그리고 침대에서 내려와 주위를 빙 둘러 협탁으로 다가갔다.

이럴 줄 알았어! 게으른 새끼. 준비 없이 있다가 걸릴 수준의 인간은 아니면서. 그냥 얼마나 맘대로 할 수 있는지 보고 싶었을 뿐이겠지. 정말 옆에 있으면 한순간도 경계를 늦출 수가 없네.

그런데 예상하지 못했던 장면이 보였다. 진정이 서랍에서 알루미늄 포일에 든 것을 한 봉지 통째로 꺼낸 것이다. 그는 피임 도구를 침대 옆 탁자에 탁 던져놓고는 다시 나를 바라보았다. 그리고 이글거리는 숯 같은 눈빛을 보이며, 봉지를 잇새에 물고 찢었다. 그 행동에 서린 단호함에 내 머리가 핑 돌면서 입이 촉촉해졌다.

그는 손가락 사이로 봉지 속 포장 하나를 집어 내게 내밀었다.

나더러 뭘 하라는 건지 깨닫자마자, 난 너무 기가 막혀서 눈을 흘기다가 안구가 돌아갈 뻔했다.

"정말 게으르네. 손이 없나."

"여기는 노동주의자의 국가다. 너의 노동에 대한 보상은 아주 공정하게 하겠다. 일단 '사유재산'에 동의하는 한 말이지."

그는 미소를 지었다.

"그게 무슨 소리야?"

"네가 '안전어'를 사용하지 않는 한, 나는 너에게 뭐든 하겠다는 소리다."

"아하."

나는 침대 위를 기어가 그에게서 피임 도구를 뺏어 들었다. 솔직히 말하자면 같이 이런 이야기를 나누고 나기 기분이 훨씬 좋아지긴 했다. 하지만 그렇다고 진정을 완전히 믿을 수는 없겠지만.

"자, 그럼 내 앞에 무릎을 꿇어 봐. 해줄게."

"뭐라고?"

"피임을 놓고 투덜거렸으니 이 정도는 감수해야지. 당신에겐 그저 즐겁냐 아니냐의 문제겠지만, 나한테는 안전이 달린 문제야. 그 점을 알아둬."

그는 허리에 손을 얹고 말했다.

"좋아. 사과하지."

나는 다리를 꼬고서 포장된 도구를 손가락으로 빙글빙글 돌렸다.

"그 정도로는 부족하지. 얼마나 간절하게 원하는지 볼까?"

진정은 눈살을 찌푸리고서 날 바라보았지만, 굳었던 표정은 이내 빈정거리는 기색을 띠었다. 그는 단번에 무릎을 꿇더니, 연단 가장자리에 매달린 듯한 자세를 취했다.

"만족해?"

그는 두 손을 허벅지에 대고서 목을 울렸다.

"그래, 착하네."

그가 억지 미소를 짓자 나는 그만 등골이 오싹해지고 말았다. 내가 너무 심했나? 어떻게 이 남자는 무릎을 꿇었는데도 이렇게 위협적으로 보이지?

"그럼…… 사유재산 말고 공유재산."

나는 온통 후회가 들기 전에 얼른 말했다.

그 순간, 진정은 나에게 와락 달려들어 내 다리를 잡아끌었다. 등이 매트리스에 닿아 주르르 미끄러지는 바람에 비명이 나왔다. 그는 나의 가운을 확 젖히고는 다리를 벌렸다. 이어서 그의 입술이 사이를 탐색하기 시작했다.

날 감싸는 감각에 수치심도 잊고서 신음이 흘러나왔다. 두 손으로 입을 막아보았지만, 그는 내 팔꿈치를 확 쳐서 결국 입도 막지 못하고 신음을 거침없이 흘리고야 말았다.

그래, 적어도 진정은 이런 짓을 하는 동안에는 말을 할 수 없으니까.

절벽 가장자리에서 굴러떨어지는 기분이 이럴까. 내가 진정을 억지로 되살려서 그가 증오하는 미래로 던져버린 이후로, 그와 나는 절벽에서 엎치락뒤치락 싸워 왔다. 이번에는 내 마음을 어지럽히는 혼돈의 경보음도, 자꾸만 불쑥 앞을 가로막는 추악한 진실도 없었다. 그저 이 절벽에서 추락해서, 아래로, 아래로, 더 아래로 내려갔다. 들여다보지 말아야 할 저 심연 속으로.

제46장

어떤 식으로든

나 정말 커다란 실수를 저질러 버렸네.

나는 혼자서 서서히 잠에서 깨었다. 종이를 바른 창문 너머로 아침 햇살이 비쳐드는 가운데, 몸 여기저기 욱신거려서 밤새 10년이나 나이든 것 같았다.

화장실로 가서 세면대 위에 놓인 손거울을 들고 내 모습을 본 순간, 나는 흉한 비명을 지르고 말았다. 특히 목덜미를 빼곡하게 둘러싼 울혈 때문이었다. 내 목덜미에 닿던 진정의 입술이, 나에게 계속 흔적을 남기던 그 행동이 눈앞을 스쳐 갔다.

손거울을 탁 내려쳤지만, 동시에 뱃속에서 말도 안 되는 욕망이 날 잡아끌었다. 이어서 어디 높은 건물에 올라 확 뛰어내리고 싶은 충동이 일었다.

세수하고 난 다음 침대에 털썩 누워 두 팔로 얼굴을 가렸다. 원하는 사람과 자는 걸 부끄러워하지 말자고 다짐했건만, 이건 아무리 봐도 자랑스러울 일이 아니었으니.

진정은 평소 만사를 다루는 것처럼 이런 내밀한 행위에서도 역시 강렬하고 무자비했다. 이런 잠자리조차도 살아남기 위한 전투처럼 느껴질 줄은 몰랐다. 감각을 공격하는 폭격을 견디며 이번에는 그가 뭘 할까 경계 태세를 갖추려고 이불 속에서 손을 비틀어대었으니까. 나와 함께 벌거벗은 채, 말 그대로 뒤엉켜 있는 사람을 믿을 수가 없게 되면 머릿속이 이상해지더라. 이치나 세민과 함께 있을 때 내 속 한가득 느껴지던 따스한 파장과는 전혀 달랐다. 진정과 나는 친밀함을 키워나간다기보다는 서로에게 좌절감을 쏟아내는 관계였다.

허리를 보자 어지러운 형태로 손자국이 더 심하게 나 있었다. 지난 밤, 내가 이치를 구하려고 그에게 무기를 들고 맞섰다는 걸 떠올리나보다 싶던 때가 있었다. 그의 눈빛에 분노가 번뜩이면서 자신의 몸을 내 몸에 격하게 부딪치며 내가 말을 듣지 않은 걸 처벌하는 순간이었다.

그럴 때 멈추라고 안전어를 말할 수도 있었을 거다.

하지만 난 그걸 사용하려고 했던 적이 없었다.

베개에 얼굴을 파묻었다. 그가 어젯밤 내내 그런 식으로만 굴었다면 혼란스럽지는 않았을 텐데. 그러다 속도를 늦추고는 미안하다는 듯 입을 맞추질 않나. 그래서 내가 깨달은 게 무엇이었나. 가장 끔찍한 처벌은 내 몸이 마음을 배신하고 오히려 그를 더 원하게 되어버렸다는 것이었지.

언제부터 내가 이토록 뒤틀려버렸지? 대체 왜 이런 걸 더 바라게 된 거지? 이러지 말았어야…….

아니. 이런 식으로 생각하지 말자. 진정은 분명히 이런 갈등 따위 하지 않을 테니. 일어난 일에 대해서는 한 점의 갈등도 없이, 전혀 아랑곳하지 않고 잘만 돌아다니고 있을 텐데.

개새끼. 어쩌면 그의 말이 맞을지도 모른다. 나는 죄책감과 수치심의 족쇄를 벗어버리려고 해도, 아직까지 억눌려 있다는 말이 옳을지도. 이번 일을 내가 생각하는 것만 봐도 그렇다. 그가 나에게서 무언가를 빼앗아 갔다는 기분을, 내가 그에게 무언가를 잃어버렸다는 기분을 떨쳐낼 수가 없었다. 하지만 그게 아니잖은가. 이건 상호 간의 쾌락을 추구한 행위였는데. 조금의 고통이 있는 그런 행위였을 뿐.

그래, 정확히 말하자면 고통은 조금이 아니긴 했다. 내가 그에게 남긴 멍 자국이 내가 받은 멍 자국만큼이나 많기를 바란다. 내 손톱이 그의 몸에 남긴 자국 때문에 아마 등은 끔찍하게 보이겠지.

그때, 문이 휙 열리더니 금속이 덜그럭대는 소리가 들렸다. 나는 얼른 일어나 이불을 홱 당겨 몸을 가렸다.

진정은 아머와 망토를 걸친 채로 침실 한가운데 깔린 양탄자 위를 성큼성큼 걸어왔다. 나는 침대 연단에 발을 디딘 그를 노려보았다. 하지만 그가 나를 바라보며 빙긋 웃자, 내 몸속이 또 화르르 불타고 말았다.

"벌써 오후가 되었다, 우리 고양이."

나는 어쩔 수 없이 그에게 베개를 던지고 말았다. 그는 옆으로 슬쩍 피하면서 휘둥그레 뜬 눈동자에 초록빛 목기를 번뜩이더니 검을 뽑았다. 베개는 빠른 일격에 두 동강이 나서 바닥에 떨어졌고, 진정의 주위로 거위 깃털이 마구 피어올랐다. 그 움직임이 어찌나 유려하던지 뱃속이 또 울렁여대는 게 마음에 들지 않았다. 그래, 진정은 검을 잘 써. 그게 뭐 어떻다고?

그는 웃으면서 휘날리는 깃털을 손으로 저어대고는 내 옆에 앉았다.

"일어났는데 기분이 안 좋았나? 기분 좋게 해줄까?"

그는 이불 위로 내 허벅지를 토닥였다. 나는 그 손을 찰싹 쳐냈다.

"만지지 마시죠."

하지만 그는 은근히 몸을 붙여오며 말했다.

"수줍어하기는. 어젯밤엔 좋았잖아. 내가 다 보고 들었는데. 느끼기도 했지."

진정이 나를 끝까지 밀어붙였을 때 내가 했던 말과 행동이 떠오르자 얼굴이 고통스러우리만큼 새빨개졌다.

"빨리 끝내려고 그런 척했던 거예요."

"이야. 네가 이제껏 했던 거짓말 중에서도 최악이로군. 날 칭찬해주느니 차라리 죽어버리겠다는 건가."

나는 입을 꾹 다물었다. 정곡을 찔렸으니까.

진정은 한층 편안한 기색으로 말했다.

"아침 회의를 빼먹었으니 말해주겠다. 너의 전 비서를 데려다 황제 비서관으로 임명했어. 나에게 새로운 비서가 급하게 필요하다는 네 말이 맞으니."

완아 이야기가 나오자 몸에서 긴장이 좀 풀렸다.

"그리고 수학하는 네 친구가 흥미로운 경제 계획을 가져왔더군. 고 기업 같은 초거대기업의 물류 알고리즘을 가져다가 국가 관리 시스템을 개발하자는 제안이었다. 그러면 공급망에 있는 모든 업체와 공장, 유통 창고와 각 교점마다 공개적으로 서로 소통하고 실시간 수요 변화에 대비할 수 있는 거지. 네 친구 말로는 그게 '사이버네틱 협력 네트워크'라고 하던데."

"맞아요. 사이버네틱 협력. 우리 봉황 동맹에서는 지점 재고 관리용으로 이미 쓰고 있어요. 나도 몇 달 전부터 그걸 말해주려고 했죠."

"그러면 진작에 옷을 벗고 말했어야지."

이야.

나 이 남자랑 정말 잤구나.

하지만 진정이 태평을 긍정적으로 평가하자 안도감이 드는 것도 사실이었다.

"수학하는 친구라고 하지 말고 고 대신이라고 부르시죠. 다른 관료들처럼 직위로 부르라고요."

"알겠다. 고 대신과 상관 비서관이라고 하지. 나의 사랑스러운 황후를 위해서라면야."

그는 가까이 다가와 내 머리에 입을 맞추며 덧붙였다.

"이러면 네가 웃는 건가? 그렇다면 진작에 조정에 여성을 영입할

걸 그랬군."

"그래요, 그랬어야죠."

나는 엉금엉금 이불에서 기어나와 그의 옆에 무릎을 꿇고서 어깨에 팔을 올려놓았다. 조정에 여성을 더 등용하기 위해서라면야 뭐든 하겠어.

그는 한 손으로 내 얼굴을 감싸고서 뺨을 쓰다듬었다.

"조정의 나머지 관료들이 고 대신의 정책을 두고 세부 사항을 폭넓게 질문했었다. 그런데 고 대신은 아주 설득력 있는 대답을 했지. 어쩌면 대신의 아이디어로 망가진 경제를 안정시킬 수도 있겠어."

나는 그의 손길에 몸을 맡기며 물었다.

"상관 비서관은 어때요? 잘하고 있나요?"

"습득이 빠르더군. 어떤 임무든 한 번만 알려주면 완수해 냈어. 내……."

그는 험악하게 으르렁대며 말을 이었다.

"비서관을 바꾼 후에는 교신 업무에 아주 큰 혼란이 있을 거라 생각했지만, 보아하니 상관 비서관은 그 독사 같은 배신자 놈이 맡은 업무를 무리 없이 인수할 수 있을 것 같다. 물론, 상관 비서관도 나를 배신한다면, 그땐 네가 또 구해줄 수는 없을 거다."

내 뺨에 닿은 그의 손길에 힘이 들어가며 눈빛이 차가워졌다. 혹시 내가 온라인에 이 세상의 진실을 퍼트리려 했다는 걸 알아챈 걸까. 우리는 어젯밤에도 꿈의 영역에 들어가서 신들을 공격할 계획을 논의했으니까.

하지만 그가 내 얼굴에서 손을 거두면서 활짝 웃자, 두려움이 사라졌다.

"너에게 줄 게 있어."

그는 아머에서 옥으로 만든 펜던트를 꺼냈다. 둥근 표면에 서로 얽혀 있는 용과 봉황이 새겨져 있었다. 그가 손가락으로 펜던트를 살짝 밀자, 마치 음양의 상징처럼 반으로 갈라졌다. 그는 내 머리카락을 쓸어올리고는 목덜미에 가느다란 금 사슬로 봉황 부분 펜던트 반쪽을 걸어주었다.

"이건 우리가 압수한 보석 중에서 가장 고급품 목록에 있던 거다. 딱 맞는 선물이라고 생각했지."

펜던트 반쪽이 내 가슴골에 드리워지며 그의 체온으로 따스해진 투명한 옥의 감촉이 느껴졌다. 난 펜던트 가장자리를 두른 금빛 선을 손끝으로 쓸며 보석을 살펴보았다.

"그래서 이걸 훔쳤다는 거군요."

진정은 활짝 웃었다.

"부자들에게서 훔치는 건 언제나 윤리적으로 옳은 일이지."

나는 피식 웃었다. 완아와 태평이 조정 관료가 된 첫날을 아주 훌륭하게 보냈기 때문일까. 아침에 일어났을 때만큼 진정이 증오스럽지는 않았다. 그에게 장단을 맞춰 줘도 나쁠 게 뭐겠어? 내가 반역을 시도했다는 걸 깨닫지 못하게 될지도 모르잖아. 나는 그의 손에서 용 모양 펜던트 반쪽을 빼내 그의 목에 걸어주었다. 나의 손가락이 그의 목덜미에 펜던트를 걸고 걸쇠를 푸는 동안, 우리의 시선은 서로를 향했다. 목걸이를 다 건 후에도 나는 움직이지 않은 채로, 그와 같은 숨결을 공유했다. 하고많은 사람 중에서 이토록 가까이 있는 게 익숙해진 상대가 진정이라니, 참 놀랍구나.

그는 엄지로 내 아랫입술을 잡아당겼다.

"무슨 생각을 하나, 황후여?"

"어렸을 때 폐하의 초상화가 우리 집 식탁 위에 걸려 있는 걸 봤는데, 참 이상하다는 생각이요."

그러자 진정은 창백한 낯으로 나에게서 손을 거두었다.

"그렇다고 해서 네가 아기였을 적부터 나를 알고 지냈다고는 볼 수 없다."

"괜찮아요. 그 초상화는 무척 때가 껴 있었거든요. 폐하 얼굴이 제대로 보이지도 않았어요. 그걸 제대로 보면서 자랐다면 폐하랑 엮이는 건 절대로 원치 않았을지도 모르죠."

그는 코웃음을 쳤다.

"흠, 네 얼굴을 보면 난 정말로 고통을 느끼곤 했었다."

"심한 말 하지 말아요. 난 못생기지 않았다고요."

그러자 진정은 숨을 후 내쉬더니 눈을 내리깔았다.

"그게 아니야. 너는 내 사부인 미 장군과 똑같이 생겼기 때문이었다. 내가 사라진 후 사부님이 겪은 운명을 알게 되니까……."

"아."

그의 기억을 봤었다. 미 장군은 우리 어머니와 닮았다는 걸 말이다.

"그래서 나에게 가면을 씌운 건가요?"

“그런 이유도 있다.”

“하지만 이젠 날 봐도 고통스럽지 않나 보죠?”

나는 그의 얼굴에 손을 대었다. 그러자 진정의 눈 아래가 움찔거렸다.

“그래. 아프지 않아. 너 때문에 너무 화가 많이 나는 바람에 이제는 사부님이 떠오르지도 않는다. 넌 사부님 같은 매력이나 차분함이 전혀 없어.”

“그렇군요, 다행이군요. 만약 폐하가 나를 온몸으로 몰아붙이면서 사부님을 생각하는 거였다면 정말 소름 끼치는 일 아니겠어요.”

그는 얼굴을 찌푸리더니 고개를 저었다.

“정말 예시 한번 적절하군.”

“그래서, 이제는 가면을 벗어도 되나요?”

그러자 진정은 곤란한 표정을 지었다.

“음……. 갑자기 변화가 생기면 불필요한 문제를 야기하는 법이다.”

나는 한숨을 쉬었다.

“폐하는 항상 내 문제를 본인 문제로 만들곤 했죠.”

그는 내 뺨을 손으로 감싸며 속삭였다.

“네 얼굴은 내게 너무 소중하다. 그러니 나만 볼 수 있게 두도록 해.”

“내가 말했죠! 소유욕 좀 그만 부리라고!”

나는 베개를 다시 집어 무기처럼 휘둘렀다.

그는 웃으면서 내 팔을 잡더니 입술에 키스했다. 나는 베개를 내려 놓았다. 키스가 진해지면서 지난 밤 느꼈던 욕망이 다시금 일자, 어 젯밤으로 끝이라는 생각을 그만 포기하고 말았다. 나는 침대 뒤로 물러나 앉았다. 그는 아머를 액체처럼 녹여 바닥에 흘려보냈다.

"지금은 대낮인데 말이지. 이 짐승."

나는 농담 반 진담 반으로 속삭였다.

"이미 말했잖나. 백성의 고통을 걱정할 땐 딴 데 한눈팔 일이 없어 야 하는 법이지. 그래야 백성들에게 유익하지 않겠어? 지금은 집중 할 수가 없다고."

그는 내 가운을 풀어 벗겨내었다. 이제는 내 몸에 걸친 것은 펜던 트뿐이었다.

"이미 천뢰 교도소에 조사 인력을 보내놓았다. 됐지?"

"좋아요. 국민을 위해서라면야."

나는 그의 어깨 뒤로 조종사복 지퍼를 잡으며 빈정거렸다. 나는 진 정의 조종사복 차림을 처음 보았다. 그는 흰색이 전혀 어울리지 않 았다.

진정은 직접 옷을 벗기 시작했다. 나는 그가 방심한 틈을 타서 몸 을 확 밀치고 그의 다리 사이를 파고들었다.

"아-."

그는 당황한 목소리를 내었다.

"나 아직도 아프거든?"

나는 그의 무릎을 잡고서 날카로운 눈초리로 그를 내려다보았다.

우리 사이로 펜던트 반쪽이 허공에서 달랑거렸다.

“그러니 이젠 당신 차례야.”

우리는 기 금속으로 무엇이든지 만들어낼 수 있었다. 심지어 그걸로 감각을 느낄 수도 있었다. 그러니 우리는 반대로도 할 수 있다. 그러자 진정은 동공이 완전히 드러나도록 눈을 휘둥그레 떴다가, 이내 태연하게 표정을 풀더니 어깨를 으쓱였다.

“싸구려 창부.”

내가 비웃자, 그는 씩 웃으면서 받아쳤다.

“욕심 많은 매춘부.”

이렇게 참 건전한 대화를 나눈 끝에, 우리는 서로를 잡고서 다시금 입을 부딪쳐댔다.

이와 이토록 내밀한 관계가 되는 게 걱정스럽기도 했었다. 이러다 그의 존재가 내게 필요 이상으로 중요해지는 게 아닌가 싶었으니까. 하지만 그런 일은 일어나지 않았다. 진정에 대한 나의 감정은 예정과 달라진 게 없었다. 오히려 지금은 궁지에 몰렸다는 느낌도 덜했다. 이 선을 넘어서면 어떻게 될지 더는 알 수 없는 상황이 아니었으니.

나는 인생에서 가장 소중한 사람과만 이런 행위를 해야 한다고 배우며 자랐다. 선택을 잘못했다가는 영영히 인생을 망치게 된다고. 하지만…… 정작 알고 보니 별것 아니라는 걸 알게 되었을 뿐이다. 우리는 피임을 했다. 그리고 내가 원한다면 언제든지 행위를 중단한다는 보장을 그에게서 받아냈다. 그가 이 관계를 계속 원한다면, 그 약속을 지킬 거라고 난 굳게 믿는다. 이건 마치 스파링과도 같아서, 진짜 위험은 없으면서 전투의 짜릿함만을 얻을 수 있었다.

어찌 보면 이것은 해방이지 구속이 아니라는 걸 알게 되어 자유로워졌다. 진정은 나에게 그저 따뜻한 몸뚱어리일 뿐이다. 우리가 기정사실로 다가온 죽음을 향하여 점점 나아가는 동안 긴장을 풀어주는 존재라고나 할까. 어젯밤 꿈의 영역에서 우리가 다시 만났을 때, 그는 신을 제거하는 임무를 미뤄서는 안 된다고 생각한다며 다시금 확언했다. 우리가 지체하면 할수록, 오히려 공격 전에 우리가 제거될 가능성이 커지니까. 게다가 다시 계산에 들어가는 것 역시, 신들이 우리의 의도를 알아차릴 위험을 또 제기할 뿐이다. 그러니 계획대로 진행하는 것이 최선이었다.

진정과 어쩔 수 없이 묶여 있게 된 이상, 그와 함께 즐기는 게 무엇이 부끄럽단 말인가? 어쨌든 나는 다섯 달도 되지 않아 자유로워질 테니까.

제47장

곧 모든 것이
끝날 것이다

"테러를 끝내. 그리고 모든 걸 내 탓으로 돌려."

이치가 우리에게 마지막으로 남긴 말을 생각하면 할수록, 그 의미는 더욱 확실해졌다. 그는 우리에게 정치적 난제에서 벗어날 방법을 제시해준 것이었다. 우리는 이치를 혁명의 추한 면을 모두 책임져줄 악당으로 몰아갈 수 있었다. 그가 권력을 잡으려 진정을 속였다고, 그리고 그 권력에 취해서 정부를 독재자의 손으로 몰아넣었다고 말이다. 대규모 처형도 장이치 때문이었다. 민심을 얻지 못한 새로운 정책도, 인플레이션과 물자 부족도 모두 장이치의 탓이었다. 무언가 의심스러운 일이 생기면, 모두 장이치와 다른 혁명방어부 요원들 탓을 하면 되었다.

비밀 감청과 고문으로 얻어낸 자백을 통해 많은 이들을 죽음으로 몰아간 요원들은 결국 봉황소 경기장에서 처형되어 인생을 마감하는 모습이 생중계되었다. 천뢰 교도소를 18층 지옥처럼 운영해 온 내준신 교도소장과 형제회의 수하들은 교도소 정문에서 망치형 처형장까지 이어지는 익숙한 길을 저들이 끌려가게 되었다. 진정은 반역과 '인류에 반하는 범죄'라는 혐의를 마치 자신과는 상관없는 일이라는 듯 직접 낭독한 후, 이들을 처형하였다. 몇 달 동안 계속해서 관중이 줄어가던 경기장도 이번만큼은 가득 차서, 망치가 떨어질 때마다 커다란 환호성을 질렀다.

이런 처형은 우리가 실제로 권력을 내어주는 일 없이 혼란의 카타르시스를 느끼게 해주었다. 부디 이 정도로 반동 세력이 다른 반란을 일으키지 못할 만큼의 조처가 되어주길 바랄 뿐이다.

그런데 이치의 존재는 세상에서 흔적이 싹 사라졌다. 화하의 모든 국민은 이치의 얼굴을 알고 있었고, 생포하면 보상금을 받으리란 것도 알았으나 몇 주가 지나도록 제대로 된 목격담이 단 한 건도 나오지 않았다. 진정은 심지어 사신을 말에 태워 만리장성 너머에 사는 오랑캐 부족에게 보내기도 했다. 혼돈이 경계하지 않는 유일한 이동수단이 말이었기 때문이었다. 하지만 연락이 닿은 오랑캐들도 이치를 보지 못했다 했다. 나의 가장 음울한 희망이 있다면, 부디 이치가 어딘지 모를 숲속에서 죽어서 평화롭게 흙으로 돌아갔으면 하는 것이었다. 만약 진정에게 산 채로 잡힌다면 훨씬 더 심하고 끔찍한 운명을 맞이하게 될 것이다.

수색에 진전이 없어 진정이 유독 좌절감을 느낄 때마다, 그는 이치의 형제자매를 처형하겠다고 으름장을 놓았다. 그러면 난 그게 논리에 맞지 않는다고 그를 설득해야 했다. 만약 이치가 형제들의 목숨을 걱정하여 나타날 사람 같았다면, 절대로 그들을 장안에 남겨두지 않았을 테니까. 게다가 남은 형제자매들은 대개 어린이들이었다. 우리는 더없이 엄혹했던 시기에도 아이들을 처형하지 않았는데, 지금은 자비로운 시대이니 어떻게 그런 짓을 하겠는가. 심지어 유체조차도 자아비판문을 읽은 모습을 촬영한 후 목숨을 부지했다. 진정은 유체를 최북단의 추운 청 지방의 청소년 교정 시설에 넣었다. 그는 다른 비행 청소년들과 함께 노동주의적 글을 읽고 토론하는 모임에 참석하고, 반성문을 쓰며, 농장에 들어가 일하며 농민들로부터 '노동의 가치'를 배우고 있다.

망치형을 당하느니 그편이 나으니까.

진정이 자유로워지면서 커다란 변화 역시 많이 일어났다. 대중은 이러한 변화가 반란에 대한 대응책이라고 생각했고, 우리는 그렇게 생각하도록 두었다. 진정은 점점 궁궐을 벗어나 외부 방문을 시작했다. 처음엔 성도에서 벌어진 전투로 입원한 환자들을 방문한 후, 공장과 농장, 대규모 토목 공사 현장과 재난 지역 등을 찾아가 현지의 선봉대 지도자들과 만나고 연설을 했다. 대중들에게 긍정적인 이미지로 다니는 편이 더 좋은 법이다. 그가 황룡을 다시 조종할 수 있어서 안심이었다. 나는 현재 상태로 그걸 재형성할 수 있을지 확신할 수가 없기 때문이다. 하지만 우리는 비상사태를 대비해 황룡을 보관해 두었다. 예를 들면, 집중 호우로 장강이 범람한 것 같은 때 말이다. 우리가 황룡을 써서 제방을 강화하고 물에 잠긴 집의 지붕에 대피했던 가족을 구조했던 순간, 나는 이 세계의 진실을 알게 된 후 처음으로 크리살리스에 탄 게 부담스럽지 않았다.

나는 징집된 철의 미망인들 모두와 계속 연락하고 지냈다. 하지만 '임신으로 몸이 무거워' 전투에 나갈 수 없다고 선언한 후에는 전쟁 관련 일은 하지 않았다. 다만 진정과 꿈의 영역에서 했던 훈련 내용을 전달하기 위해 가끔 독고가라와 밤을 보냈을 뿐이다. 여성 조종사들이 계속 입대함에 따라 전선의 압박이 많이 줄었는데다, 진정은 나와 떨어져 있는 걸 좋아하지 않아서였다. 그는 모든 출장에 나를 데려가고, 촬영할 때는 언제나 나를 옆에 세워 두었다. 그러나 어딜 가든, 나는 시간을 내어 현지에 있는 봉황 동맹의 지부를 반드시 혼자 방문했다. 그렇게 나만이 돋보일 수 있도록 항상 노력을 기울였다. 내가 죽은 후에도 사람들이 나를 기억한다면, 그저 누군가의 이름 없는 부속품으로 남지는 않을 작정이었다.

진정은 내가 녹화한 모든 연설을 방송 전 자신이 반드시 검토하겠다고 우겼다. 그래서 난 그에게 유급 육아 휴직 확대와 정부가 지원하는 유아 보육 시설의 필요성 같은 문제를 둘러싼 논쟁을 그에게 억지로 들려주었다. 나 개인적으로는 가족을 꾸리는 데 전혀 관심이 없다시피 하지만, 수많은 여성에게 가족이란 삶의 중요한 부분이며,

여성의 교육 상황과 고용률을 개선하는 데 가족이 주요 장애물이라는 점을 간과할 수가 없었기 때문이다. 한 주제를 두고 몇 시간이고 이야기할 능력이 진정에게만 있는 건 아니니까. 적어도 나의 주장 중에서 일부는 그도 납득하고서 실제 정책에 반영되었다. 그러면서 나는 요령을 깨달았다. 진정을 설득하려면 도덕적 의무가 아니라 사회 전반적인 생산성 향상이란 용어를 들어가며 말해야 먹히더라.

태평을 비롯하여 여러 신진관료들의 노력 덕분에 경제는 더욱 안정적으로 발전했다. 태평은 새로운 통화인 '공로(功勞)'를 도입했다. 이것은 노동을 통해서만 얻을 수 있고, 타인에게 양도할 수 없는 통화로, 힘든 일을 할수록 더 많은 공로를 얻을 수 있었다. 이 공로로 정부가 운영하는 쇼핑몰에서만 구매가능한 사치품과 교환이 가능했다. 이렇게 함으로 힘든 노동을 장려함과 동시에 구체제의 엘리트에게서 몰수한 자원을 공정하게 분배할 수 있었다. 또한 부자들이 부유한 외양으로 꾸미는 걸 꺼리게 되면서 침체된 사치품 산업을 구제했다. 머지않아 옥 팔찌와 비단옷, 고급 음식과 펜트하우스 콘도 등을 구매할 수 있는 사람은 광부와 환경미화원, 과학자뿐이리란 농담은 현실이 될 것이었다. 이러한 재화들은 앞으로 부의 상징이 아니라 사회 공로의 상징이 되는 것이다.

물론 이게 완벽하게 진행되지는 않을 거다. 어딜 봐도 문제가 수없이 존재하겠지. 하지만 살림살이가 나아지면서, 게릴라성 전투는 몇 달에 걸쳐 그 정도가 잦아들었다. 평화 비슷한 것이라도 유지하며 살 수 있다면 싸우고 싶어 하는 이는 없었다. 안타깝게도 우리는 노란 허리띠 시위 역시 금지해야 했다. 일터에는 여전히 평등이 정착하지 못했지만, 민중의 의지가 자유롭게 타오르도록 손 놓고 볼 시간이 없었다. 그들이 꿈꾸는 세상은 우리가 신들을 무찌르고 나서야 가능했으니.

서리가 층층이 쌓이고 눈보라가 휘날리는 가운데 새해가 다가왔다. 사마의는 우리가 매년 공물을 보내라는 신들의 요구를 전달했다. 화하에서 가장 신성한 산인 태산에 소녀 아홉 명을 바치라는 내용이었다.

나와 진정은 꿈의 영역에 들어가 공물에 첩자를 보내면 어떨까 잠깐 고민해 보았지만, 그건 너무 명백한 반란의 움직임이었다. 그래서 위험을 무릅쓰지는 않기로 했다. 우리는 지방에서 진행하는 공물 선발에도 관여하지 않았다. 솔직히 말해서, 나는 거기에 엮이고 싶지 않았다. 어쩌면 나 역시 그들 중에 한 명이 될 수도 있었으니까. 또 다른 삶이 펼쳐지는 평행 우주에서는, 또 다른 내가 칼이 든 머리핀을 차고서 태산에 바쳐질 수도 있을지 모른다.

신들은 카메라 드론이 촬영 범위 내에 있을 때는 우리가 바친 공물을 가져가지 않는다. 그리고 우리가 보지 않을 때, 신들은 마법을 부려 공물을 싹 사라지게 만드는 것 같았다. 하지만 올해, 나는 독고가라의 이야기를 떠올렸다. 공중에서 갑자기 나타난 비행체가 부서진 주작의 머리를 낚아채 갔다고 했었지. 공물로 바쳐진 소녀들 역시 같은 경험을 했다고 상상하다 나는 문득 불안한 생각이 들었다. 혹시 이치도 그렇게 해서 사라진 건 아닐까? 세민처럼 문자 그대로, 이 세상의 지면에서 사라졌다면?

이치와 세민은 혹시 어떻게든 만났을까?

새해 축제 밤이 되었다. 집집마다 1년 중 가장 성대하게 차려놓은 식사 자리에 둘러앉고, 화하 전역에서 아이들이 폭죽을 터뜨리는 동안, 나는 알현실 발코니에서 하늘의 별을 노려보며 저 하늘이 결코 주지 않을 답을 달라 요구했다. 천궁으로 끌려간 소녀들은 소식을 전한 이들이 단 하나도 없었다. 그래서 천궁이 어떤 곳인지에 대한 단서도 없었다. 그들이 좋은 이유로 올라갔다고 생각할 수만 있다면 속이 좀 풀렸으련만. 오히려 안전하게 지낼 수도 있었을 소녀들이 한 달 차이로 천궁에 끌려갔다는 끔찍한 사실만이 있을 뿐이었다. 바로 한 달 후에 우리의 공격이 예정되어 있으니까. 이제 올라간 소녀들은 나와 진정, 세민과 어쩌면 그곳에 있을 이치와 더불어 죽게 될 것이다. 부디 신들도 우리와 함께 모두 죽기를.

"황후여, 무슨 생각을 하나?"

진정은 내 뒤로 다가와 두 팔로 내 배를 감쌌다. 바로 임신 일곱 달째라고 위장해 놓은 패드 위로 말이다.

"오늘 밤은 온 가족이 다 같이 모이는 시간이죠. 그런데 화하의 아홉 가정은 딸을 잃었군요. 옆집에서 새해를 기리는 소리를 들으며 그들은 슬퍼하고 있을까요?"

나의 입김이 구름처럼 퍼져갔다. 진정은 말없이 밤공기 사이로 손바닥을 내밀었다. 그의 건틀릿 위로 눈송이가 내려앉았다. 아름다운 눈의 결정은 이 궁궐의 그 어느 부분보다도 밝게 빛났다. 오늘 궁궐의 모든 직원과 호위병들은 가족과 보내려고 집으로 돌아갔다. 유일하게 불빛이 보이는 건물은 태평이 고 가문의 나머지 일원과 클럽의 친구들을 불러 모임을 열고 있어서였다. 이따금 차가운 공기 사이로 왁자지껄 웃는 소리가 들려왔다.

"딸이 태어난 집은 언젠가 딸을 출가시킬 날을 염두에 두고 있는 법이다. 그들은 별 신경 쓰지 않을 거라 생각한다."

진정이 마침내 한 말이 이거라, 나는 그 품에서 벗어나 그를 노려보았다.

진정은 언짢은 표정을 지었다.

"위로해 주려고 한 말이었어!"

"정말 위로를 못 하네요!"

그러자 진정의 뺨에 살짝 홍조가 번졌다.

"그야 당연한 거 아니냐! 나를 한두 번 본 것도 아니면서 새삼스레 왜 그러지?"

나는 손으로 이마를 짚었다.

"완아랑 같이 태평의 저녁 파티에 갈 걸 그랬네."

진정은 더운 숨을 마구 내뿜었다.

"그래, 그쪽은 네가 가족 모임에 끼어들어서 참 좋아했을 거다."

"그쪽에서 날 먼저 초대했거든요?! 그러다 내가 폐하를 새해에 혼자 둘 수 없다는 걸 깨닫고는 단박에 취소했던 것뿐이라고요!”

순간, 진정의 표정이 풀렸다. 그러더니 묘하게 조용한 목소리로 물었다.

“그래서 넌 알겠다고 했나?”

나는 아무런 말을 하지 못하고 그저 입김을 내뿜었다. 내가 뭐라고 한 거지. 이제야 머리가 돌아가기 시작했다. 결국 마른침을 삼키고서 주먹을 꽉 쥐고 대답했다.

“그런 데 너무 의미 부여를 하지 말고-.”

순간, 그의 입술이 나의 말을 삼키고 말았다.

정신을 차려 보니, 진정의 어깨 너머로 알현실의 높다랗고 어두운 천장이 어렴풋이 보였다. 내가 쓰던 곁방에서 그대로 남아 있던 침대 위로 그의 몸이 나의 몸을 밀었다. 무슨 소리인지 본인도 모를 말을 나의 살갗에 대고 진정이 중얼거리는 동안 내 몸에는 감각이 파도처럼 밀려들었다.

저 멀리 불꽃이 터지는 소리가 들렸다. 싸늘한 알현실보다 훨씬 더 따스하고 환한 곳에서 가족들이 하늘에 퍼지는 오색 불꽃을 함께 감상하는 모습을 상상하자 눈시울이 붉어졌다. 나의 입술은 숨 가쁘게 그의 입술을 찾아, 여타의 감정을 지워줄 약처럼 그를 삼켰다.

지금처럼 세민의 마음을 이해한 적이 또 있을까. 모든 걸 뚜렷하게 인식하는 게 고통스럽다면, 자멸을 택하는 편이 오히려 낫지 않은가.

나는 진정에게 험한 말을 퍼부으며 짐승처럼 그의 등을 할퀴었다.

지금만큼은 그에게 온통 분노를 쏟아내어도 그는 그저 웃으면서 더 깊이 입 맞춰 주는 걸로 넘어가니까. 나의 좌절감이 극도로 치달을 때는, 논쟁과 훈련의 마지막은 결국 우리의 아머와 옷이 바닥에 흘러내리는 걸로 끝나곤 했다.

그렇게 일을 마친 우리는 그냥 곁방의 침대에 누워버렸다. 눈 속을 헤치며 침실이 있는 건물로 돌아가는 게 귀찮았다. 이 침대는 우리 둘이 눕기에 딱 알맞았다.

그는 나를 꼭 껴안고 머리에 입을 맞추며 속삭였다.

"네가 옆에 있어 줘서 다행이야."

"알았어요."

나는 퉁명스럽게 대답하고서 등 돌려 누웠다. 그는 나를 계속 안고 있으려 하지 않았다. 그는 우리가 잠자리를 보내고 내서 내가 좀 짜증을 내는 걸 익숙하게 받아들였다.

잠은 쉽사리 찾아오지 않았다. 저 바깥에서는 밤새 불꽃놀이가 벌어졌다. 문득 고향의 새해 아침은 어땠을지 머릿속에 그려졌다. 어머니와 할머니가 일가친척들과 함께 명절 음식을 준비했겠지. 뒷마당에서 우리 집 돼지를 잡아 굽고, 아버지가 산속 계곡에서 잡아온 것 중 가장 큰 물고기를 얼음 창고에서 꺼내 찌겠지. 명절 분위기에 한껏 젖은 아버지는 술을 몇 잔 마신 다음 어머니의 요리 솜씨를 치하하며 크게 웃었을 것이다. 그때가 1년 중 어머니가 가장 행복한 순간이었을 텐데.

어머니가 나에게 참 장하다고, 드디어 생각을 굽히는 법을 배우고 남편도 맞이했다고 흐뭇하게 말하는 모습을 떠올렸다.

눈물이 핑 돌았다. 어쩔 수 없이 어깨가 떨려왔다.

어둠 속 내 옆에 누운 진정이 몸을 뒤척이더니, 내 팔을 잡았다.

"황후여. 아직도 그 소녀들을 생각하나?"

"엄마 생각을 하고 있었어요. 우리 가족 생각이요."

나는 솔직하게 말했다. 진정은 잠시 말이 없다가 이내 나를 향해 몸을 돌리며 애원하는 듯한 목소리로 속삭였다.

"황후. 이리 와라. 너는 해야 할 일을 했을 뿐이다."

나는 그의 맨가슴에 몸을 묻었다. 지금만큼은 진정이 과연 내가 가족을 짓밟을지 아닐지 두고 보기로 했다는 생각은 저 멀리 치웠다. 권력을 원했던 사람은 나다. 그러니 진정이 크리살리스 통제권을 잡지 않은 걸 어떻게 원망하겠는가. 가족을 죽이기로 한 건 나다. 그러니 그 결과도 감당하며 살아가야 한다.

이번에는 그를 밀어내지 않았다. 내가 증오하는 대상의 결정체다시피 한 사람의 품에 안겨 잠든다니, 있어서는 안 될 일이겠으나, 알 현실은 무척 추웠고 진정은 무척 따스했다.

제48장

오르고, 오르고, 그렇게 계속 오르다

몇 달 동안 꿈의 영역에서 시뮬레이션을 했지만, 드디어 신들을 공격할 밤이 왔을 때도 난 아직 준비가 되어 있지 않았다.

이런 일에 준비를 마친다는 게 과연 가능하기는 할까.

태평은 마지막으로 계산 결과를 확인한 후, 온몸을 덜덜 떨면서 우리에게 건네주었다. 그중 많은 부분이 그저 추정치에 불과했다. 신들은 우리가 하늘을 너무 자세히 들여다보는 걸 허락하지 않았으니까. 한 가지 확실한 점은 하늘까지의 거리가 너무 멀어져, 천궁이 지구 반대편에 있을 때 우리가 올라가야 그 궤도를 가로막을 희망이 얼마간이나마 생긴다는 것이었다. 타이밍을 정확히 맞추지 못한다면 우리는 모든 걸 수포로 돌리고 죽을 것이다. 솔직히 그럴 가능성이 높았다. 너무나 많은 게 잘못될 수 있었고, 그 가능성을 생각하면 무릎이 후들거렸다. 우리가 온다는 걸 신들이 알아차린다면 무엇으로 막아설지 알 수가 없었다. 천궁의 속도를 늦추거나, 궤도를 이탈하거나, 심지어 하늘에서 우리에게 무기를 쏘아 날려 버릴 수도 있었다. 하지만 좀 더 용기를 내 보았다면 어땠을까 평생 후회하면서 사느니, 싸우다 죽는 편이 나았다.

태평은 나와 진정이 탄 차를 황룡이 있는 곳으로 몰았다. 황룡은 평소대로 자미산 둘레로 똬리를 튼 채였다. 황룡의 머리에 도착하자마자, 우리는 차 안에서 말없이 작별 인사를 했다. 나는 태평의 손을 꼭 잡고서, 말로 하지 않아도 속내를 모두 전해주려 애를 썼다.

이 미친 짓을 우리와 함께 해주어 고마워.

언제나처럼 용감하게 살아주어 고마워.

우리 언니처럼 내 옆에 있어 주어 고마워.

내 생명을 포기하는 결정을 내린 적은 이번이 처음이 아니었다. 하지만 이번에는 처음으로 한 자락 후회가 들었다. 태평과 완아, 독고가라와 봉황 여성단의 사람들과 여러 철의 미망인들을 비롯하여 무장하고 함께 싸운 자매들까지, 그들과 좀 더 함께 시간을 보냈더라면 얼마나 좋았을까.

태평의 눈망울에 눈물이 어른거렸다. 그녀는 입술을 깨물고는 일그러진 입으로 숨죽여 흐느꼈다.

이렇게 태평을 영원히 안고 싶었지만, 진정이 내 팔을 두드리고는 태평에게 봉투를 건넸다. 그의 유언장이었다. 우리가 떠난 후 해야 할 일들이 그 안에 자세히 적혀 있었다. 오늘부터 닷새 동안, 태평은 모든 사람에게 우리가 병에 걸렸다고 알려두기로 했다. 그리고 우리 다음으로 높은 서열의 조종사인 독고가라와 양견에게 지도자 승계 준비를 시키기로 했다. 만약 닷새 후에도 우리가 돌아오지 않으면, 그들은 우리가 죽었다고 발표한 후 권력을 이양하는 것이다.

사방에 해결해야 할 문제가 너무 많아서 안심하고 떠날 수는 없었다. 하지만 우리는 할 수 있는 걸 최대한 해놓았다. 어떤 의미로든 혁명이 안정될 때까지 기다리기란 불가능했다. 신들은 그때까지 진정을 살려두지 않을 테니까. 진정이 혁명을 완수한 다음에는 신들에게 도전할 것임을 알고 있다. 그러니 모든 것을 갑자기 버리고 떠난다는 무리수야말로 우리의 가장 큰 비밀 무기였다.

우리는 구체제를 해체하고 부패한 권력 기반을 뿌리 뽑았다. 정부의 층위마다 혁명 덕분에 기회를 얻은 하층 계급 문관들이 가득했다. 동료들이 선출하고 혁명 이론을 학습한 선봉대원들이 각 지역 사회를 조직하고 연결하는 중이다. 우리는 그들이 혁명 동력을 유지할 수 있다고 믿어야 했다. 혁명은 결코 나나 진정의 것이 아니었다. 혁명은 언제나 더 나은 삶을 꿈꿔왔던 수백만 명의 평범한 사람들 것이었다.

완아와 적인걸이 내게 읽으라 주었던 글들을 떠올렸다. 많은 부분 현실로 옮기려면 불가능해 보이거나 비현실적이거나 그저 꿈만 같은 내용이었다. 인간의 탐욕 때문에 깨질 수밖에 없는 그런 이야기들이었지만, 글쓴이들은 절망하지 않고 더 큰 꿈을 꾸었다. 그들은 직접 보지 못할지도 모르는 미래를 위해 환하게 불타올라 싸우고 죽고 때로는 극복할 수 없을 것만 같은 상황에서 승리하기도 했다.

그런 이들은 우리 앞선 시대에도 있었고 앞으로 올 시대에도 있겠지. 이제 난 내가 소멸될 수 없는 오랜 전통의 일부가 되었음을 깨달았다. 하늘을 향한 이 저항은 나의 궁극적인 혁명 행동이 되리라.

진정이 차 문을 열었다. 밖으로 나가서 서자 온몸을 스치는 바람에 몸이 파르르 떨렸다. 태평과 나는 마지막까지 서로를 오랫동안 바라보았지만, 결국 태평은 문을 닫았다. 또 다시 망설이기도 잠시, 그녀는 차를 몰고 떠났다. 우리가 황룡을 타고 하늘로 오르는 방식은 그녀가 옆에 있기에 너무 위험했다.

나는 억눌렀던 숨을 내쉬며 눈을 깜빡여 눈물을 털었다. 산길로 사라지는 차를 지켜보자 눈물이 뺨 위로 주르르 흘렀다. 은은하게 바스락거리는 이파리 사이로 차 엔진 소리가 희미하게 멀어졌다.

진정은 황룡의 머리 쪽으로 가다가 두 번이나 산 아래 펼쳐진 광대한 불빛을 바라보았다.

“도시를 제대로 볼 기회가 이제껏 없었군.”

그의 눈빛에 짙게 서린 건 그리움이라기보단 혼란스러움이었다. 그는 자신이 살던 시간대에서 풀려나 낯선 세상에 떨어져 버린 기분을 결국 극복하지 못한 듯했다. 항상 여기를 ‘미래’라고 부르기만 했으니.

나는 낫을 들고 그의 옆을 지나며 말했다.

“저건 별것 아니에요. 가죠.”

조종석에 오르자마자 나는 아머 앞부분을 열고서 임신 8개월에 해당하는 패딩을 꺼내 뒤편으로 던졌다.

"오, 이런. 우리 아들 어쩌나."

진정은 더없이 평이한 어조로 말했다.

"우리 아들이라뇨. 당신과 이치의 아들이겠죠."

"나는 위 아주머니에게 아이 이름을 부소(영부소贏扶蘇, 진시황제의 장남으로, 총명하여 아버지나 많은 중신들로부터 촉망받는 후계자로 알려짐.)라고 지으라 전했다. 그런 민요 있잖느냐. 산에는 부소나무가 자라네, 연못에는 연꽃이 피었네."

그는 노래를 한 소절 흥얼거리다 물었다.

"너희 시대에도 이 노래를 부르나?"

"아뇨. 들어본 적 없어요."

진정은 한숨을 쉬었다.

그렇게 조종석에서 반걸음 떨어진 곳에 섰던 순간, 갑자기 우리가 하려는 일이 말도 안 된다는 생각이 격하게 나를 덮쳤다. 둘이서 저 하늘에 사는 신들과 맞서겠다는 거잖아. 어떻게 이걸 좋은 생각이랍시고 했던 거야?

"측천……."

나는 고개를 홱 들었다. 진정이 내 이름을 불렀던 적이 언제였는지 기억도 나지 않는데.

그는 내 손을 들더니 엄지로 손마디를 쓰다듬었다. 그의 목울대가 울렸다.

"미안하다."

“뭐가요?”

나는 황룡의 열린 주둥이 사이로 비쳐 드는 으스스한 달빛에 감싸인 진정의 얼굴을 바라보았다.

“내가 이런 식이라서. 이 세상을 살다 보니 친절한 사람이 되지 못했다.”

내 안에 잡혀 있던 균형이 기울어졌다. 어쩌면 불가능한 확률에 온통 압도당해서 그런 걸까. 갑자기 또 왈칵 눈물이 솟았다. 나는 아무 생각 없이 그를 두 팔로 안았다.

아주 잠깐 망설였지만, 진정도 나를 꽉 안았다.

“나도 마찬가지예요.”

나는 그의 어머 너머로 빠르게 울리는 심장 소리에 대고 속삭였다.

우리 같은 사람은 친절한 인간으로 타고나지 못했다. 우리는 분노하고 타오르고 파괴해야 마땅한 것을 파괴할 운명을 타고났다. 그리하여 언젠가 우리보다 훨씬 좋은 사람들이 배배 꼬여 굳어버리는 일 없이 친절한 마음씨를 보답받는 세상에서 살 수 있게 해주도록 말이다.

우리는 서로의 눈빛 위로 굳은 결심을 내비치며 몸을 물렸다. 이제껏 우리는 참 많이도 부딪쳤지만, 우리 삶에 남은 마지막 몇 시간 동안은 연대하여 서게 되었다. 이제 우리는 황제도 황후도 아니다. 다만 이 행성이라는 감옥에서 탈출하려는 미친 바보 둘일 뿐이다.

신들에게 도전한 인간 둘이 있었단 사실을 이 땅에 알리도록 하자.

진정의 기가 차갑게 몰아치면서 우리의 왕관은 전투용 헬멧으로 변형되었다. 뿔이 돋아나면서 어깨 주위로 유연한 판들이 겹겹이 늘어났다.

"기회는 한 번뿐이다. 그걸 놓치면 없다."

진정은 마치 우리 본인들을 비웃는 듯 말했다.

"해보자고요."

우리는 손을 맞잡은 채 조종석으로 향했다. 나는 낫을 바닥에 붙였다. 일단 조종석에 앉고 나서 황룡의 입을 닫자, 우리의 몸은 어둠 속으로, 정신은 전투 연결로 빠져들었다.

황룡을 통해 세상을 인식하는 단계에 적응하자, 내 정신 속에서 음양의 영역이 안정화되었다. 진정의 영혼 형태가 내 옆에 명상하듯 가부좌를 틀고 앉았다. 태평이 그린 설계도가 우리 앞에 나타나면서 시간과 속도와 고도 등을 계속 추적하는 계기판도 같이 보였다. 나는 내 정신이 그것들을 방해하지 않도록 애써 영향을 줄였다. 황룡의 속도가 얼마나 빠른지 언제든 정확히 산출할 수 있는 쪽은 진정이니까.

적어도, 그럴 수 있기를 바라니까.

이윽고 타이머가 0에 가까워졌다. 황룡의 발톱으로 몸체를 밀어올리면서 우리는 거대한 머리를 들고 똬리를 틀었던 몸을 산꼭대기로 스프링처럼 올렸다. 거대한 몸체가 움직일 때마다 성현궁의 잔해와 흙과 초목이 우수수 떨어졌다.

이윽고 타이머가 0에 다다르자, 더는 아무것도 없었다. 기를 폭발시키며 우리는 날아올랐다.

처음에는 황룡을 공중에서 파도처럼 움직이며 그저 일반적인 비행을 하는 듯했다. 우리는 직선이 아니라 대각선을 그리며 날면서 태평이 강조한 '수평 속도'를 무시하지 않도록 계속 조심했다. 천궁은 이 행성 주위를 어마어마한 속도로 돌고 있다. 그러니 그 방향과 속도를 맞추지 않으면, 우리는 트럭 창문에 부딪힌 벌레처럼 으스러져 버릴 것이었다.

속도를 높이자 황룡의 얼굴에 바람이 마구 부딪쳤다. 장안의 불빛은 저 아래로 멀어져가고, 고층 빌딩들은 반짝이는 모래알처럼 줄어들었다. 산들은 아주 작아졌다. 황룡의 몸을 채찍질하듯 움직여대며 속력을 높이는 동안 구름이 우리 옆으로 휙휙 스쳐 갔다. 높이, 더 높이, 행성의 중력과 오르는 물체는 모두 내려와야 한다는 자연법칙에 맞서 싸우며 우리는 상승했다.

이 법칙을 깨어야 우리는 자유로워질 수 있으니까.

꿈의 영역에서 계속 반복하여 연습했건만, 일정 높이에 다다르자 이제껏 했던 시뮬레이션도 진짜 중력의 무게와는 비교할 수가 없었다. 중력은 우리를 무자비하게 짓누르면서 무모한 시도를 처벌하려 들었다.

이건 너무 심해.

이건 불가능하다고.

대체 우리는 무슨 생각이었지?

이건 안 될 거야.

포기 직전까지 내몰렸지만, 의식 속에서 적인걸과 위자부처럼 죽어서 추락하는 우리의 이미지가 떠올랐다. 우리는 국민을 위해 이 임무를 해내야 해. 너무나 많은 피를 흘렸단 말이야. 나는 정신 속에서 세계를 재구성하여, 우리가 지구에서 벗어나 저 별들로 튕겨 나가는 상상을 했다.

이제 더는 버틸 수 없을 것만 같았던 순간, 진정이 황룡의 꼬리를 불태우기 시작했다. 그는 자신의 기 금속을 소모시켜 우리 몸을 높이 밀어 올렸다. 그가 어떻게 하고 있는지 감을 잡은 후에는 나도 그를 도왔다. 황룡은 역방향으로 날아가는 유성처럼 타오르면서 형태를 매끈하게 다듬어나갔다. 그래서 결국에는 용의 형상이 아닌 칼날 모양이 되어 현실 조직을 찢어내기 시작했다.

펄럭이며 회오리치는 공기 속에서 순수하게 불태우는 열기와 순수하게 눈부신 빛으로 온몸이 변하는 느낌이 이럴까. 나를 구성하는 모든 섬유질과 연결고리가 금방이라도 끊어지기 직전까지 늘어났다.

이제 음양의 영역은 존재하지 않았다. 우리 둘의 기억이 야생의 폭풍처럼 쏟아져나올 뿐이었다. 그의 어린 시절 모습이 실험실 칸막이에서 날 향해 소리쳤다. 내 어린 시절 모습이 마을 집에서 진정을 향해 손을 뻗어 잡으려 들었다. 절대로 만날 리가 없었던 두 사람이, 운명에 극도로 저항하여, 단 하나의 목표를 갖고 서로 만나게 되었다. 산 채로 불타는 고통이 어찌나 끔찍하던지 나는 성현궁을 부수고 진정을 부활시키고 양광의 첩으로 입대했던 그 모든 선택을 후회하고 말았다. 마을에 남아서 농부의 아내로 살았더라면 훨씬 더 인생이

쉬웠으련만. 집안일을 하고 임신하고 아이를 키우며 사는 게 그토록 못 견딜 일이었던가? 그렇게 살았다면 적어도 저 하늘의 별을 향해 날아가 신들을 죽이려 들지는 않았을 텐데.

집중해. 진정의 절박한 감정이 소리가 아닌 느낌으로 전달되었다.

맞다. 천궁까지 궤도를 맞춰 따라가는 건 나에게 달린 일이다.

세민의 기척을 찾아 감각을 뻗어 더듬어 보지만, 세상에 느껴지는 건 바람과 열기와 고통뿐이었다. 진정의 기억 한 자락이 떠올랐다. 다섯 마리의 말이 어떤 남자의 사지에 연결되어 각기 다른 방향으로 달려가는 사람의 모습이었다. 이런 고통에 이토록 공감될 수 있다는 건 처음 알았다.

하지만 포기할 수는 없었다. 포기할 수 없다고. 포기할 수가 없단 말이야. 그러기엔 너무 멀리 왔어. 지금 포기한다면 내가 느끼는 모든 고통이, 지금껏 살아남으려고 야기한 그 모든 고통이 다 헛된 게 될 거야.

나는 땅에 속박된 필멸자가 아니다. 나는 순수한 인간 의지를 한 가지 목표의 집중시켜 이루어진 전기 신호의 집합체…….

"일어나."

언니가 말했다. 언니는 내가 이치와 함께 유골을 뿌려주었던 시냇물 안에 서 있었다.

"일어나."

마수영이 현무 속에서 으스러진 모습으로 새된 목소리를 내었다.

"일어나."

적인결과 위자부가 인간의 살과 금속의 잔해로 가득한 전장에서 나에게 요구했다.

"일어나!"

세민이 태양처럼 밝은 빛이 수없이 내리쬐는 가운데에서 나를 불렀다.

저기다!

마치 깊디깊은 해저에서 위험천만한 잠수를 마치고 숨을 쉬러 올라오는 것처럼 확 솟구쳐올랐다. 세민의 기척이 어렴풋이 느껴졌다. 그래, 할 수 있어.

나는 황룡을 옆으로 돌리며 그쪽으로 방향을 틀었다.

우린 기 금속이 떨어져 간다! 진정의 걱정이 들려왔다. 황룡의 몸체는 이제 머리 부분 정도의 덩어리만 남기고 다 타버렸다는 걸 알게 되자 몸이 움찔거렸다.

조금만 더! 할 수 있어. 해내야 한다고! 나는 간절히 빌었다.

세민의 기척이 점점 가까워졌다. 황룡의 일그러진 시야의 가장자리로 무엇인가 보였다. 솔직히 이 시점에서는 우리가 무엇을 보고 있는 것인지도 확신할 수가 없었어도, 무한한 어둠 속에서 은빛 점 하나가 도드라지게 튀어나왔다. 나는 경이로움과 공포가 깃든 원시적 비명을 지르면서 그 궤적에 맞추어 들어갔다. 그 은빛 점은 빠른 속도로 커져서 결국은 두 개의 고리가 달린 기다란 축의 구조물이 되었다. 우리가 정확히 예상한 모습 그대로였다.

하지만 머릿속으로 상상하는 것과 실제 현실에서 보는 것은 차원이 완전히 다르다. 실제 천궁의 진짜 크기에 또렷하게 공포가 밀려들었다. 마치 도시가 통째로 우리를 쫓아오는 것만 같았다. 그 거대한 구조물의 옆쪽 고리조차 우리의 인식을 넘어서리만큼 압도적이었다. 저 크기에 비하면 우리는 한낱 벌레에 불과했다. 나의 모든 본능이 제발 도망치라고 아우성을 쳐댔지만, 이미 때는 늦었다.

우리가 미처 준비할 새도 없이, 천궁이 우리에게 달려들었다.

제49장

천상의 혼란

다시 의식을 되찾자마자 처음으로 느껴지는 것은 불쾌함이었다. 사후 세계에 고통이 있다니, 이건 뭐지?

오랜 시간이 걸려서야 나는 사실은 죽지 않았을지도 모른다는 생각이 들기 시작했다. 눈을 떠보려고 했지만 곧바로 머리를 쪼개버릴 것 같은 두통이 밀려와 얼른 눈을 감았다. 눈앞은 그저 어두웠지만, 소리는 들렸다. 나의 가쁜 숨소리와 막힌 콧속으로 공기가 힘겹게 들어왔다. 윗입술 위로 끈적한 피 맛이 났다.

뒤쪽에서 낮은 신음이 들렸다. 눈꺼풀 사이로 희미한 빛이 스몄다. 다시금 눈을 뜨려고 애를 쓰자, 갑자기 눈앞이 확 환해지면서 나는 정신이 번쩍 들었다.

조종실의 기 금속 벽이 이전보다 훨씬 더 가까이에서 보였다. 진정의 기로 어렴풋이 빛나는 벽은 처참하게 변형되어서, 마치 움직이다가 그대로 얼어붙은 황금 파도 같았다.

"맙소사……."

진정이 중얼거렸다.

우리는 이상한 각도로 기울어진 채였다. 그래서 진정을 보려고 고개를 돌릴 때도 아래로 떨어지지 않으려고 기 아머를 조종석에 딱 붙여야 했다. 진정은 코피를 닦아내고 있었다.

"우리 살았어요."

나는 새된 소리로 말하며 얼굴 아랫부분을 닦았다.

"하지만 더는 인간계에 있지도 않지……."

곧바로 황룡의 주둥이였던 앞쪽을 바라보았다. 이제 저 바깥에 보이는 것은 우리 둘의 상상을 초월한 존재겠지.

나는 기감을 펼쳤다. 그러자 어질어질할 정도로 많은 기척이 느껴졌다. 마치 장안처럼 빽빽하게 모인 기척들은 사방으로 급히 움직여 댔다.

팔에 소름이 쫙 끼쳤다. 나는 사냥꾼에게 쫓기는 사냥감처럼 미동도 하지 않았다.

"느껴져요?"

내가 속삭이자, 진정은 욕을 하듯 내뱉었다.

"그래."

신들의 정체가 뭔지는 몰라도, 천궁은 생명체가 가득하구나.

세민의 흔적 역시 그중 하나였다. 이곳 어딘가에, 아무리 멀다 해도 하늘과 땅 사이보다는 가까운 곳에 있었다. 수없이 자그마한 기척이 근처에서 방해를 하는지라, 오히려 멀리 있을 때보다 그의 기척을 정확하게 파악하기가 힘들었다. 그런데 놀랍게도 세민이 동시에 두 방향에서 느껴졌다. 이건 말이 안 되는데.

진정은 조심스럽게 조종석에서 일어나 나의 조종석 등받이를 잡아 몸을 가누었다. 그는 쪼그라든 조종석을 바라보며 얼굴을 찌푸렸다.

"작동 가능할 정도의 크리살리스를 이룰 기 금속이 더는 없어."

나는 헬멧 쓴 머리를 잡았다.

"그러면…… 아머 차림으로 나가야겠군요."

"그래야겠지. 하지만 전쟁의 제1 수칙은 주변을 조사하는 것이다."

우리의 얼굴 위로 보호막이 생성되어 쿵 맞물려 들어갔다. 이제는 눈 부분만 가느다랗게 드러났다.

진정은 조종석에서 뛰어내렸다. 딱히 힘을 주지도 않았는데 그는 부자연스러우리만큼 저 멀리 날아가더니 일그러진 조종실 벽에 부딪혔다. 그는 미끄러지며 바닥으로 떨어졌다. 우리는 당황한 채로 눈을 마주쳤다. 그는 시험 삼아 걸어 보더니, 어떻게 이럴 수 있을까 싶을 만큼 쉽게 점프하고 뛰어대었다.

"중력이 낮군."

그는 바닥을 바라보며 멍하니 경악했다. 얼굴을 가린 헬멧 사이로 먹먹하게 목소리가 들렸다.

나는 좌석 근처에 붙여두었던 낫을 바닥에서 분리하고 기를 모아서 일그러진 조종석을 고친 후 아래로 내려갔다. 모든 게 가벼워진 느낌이었다. 고체 금속이 아닌 증기 금속 위를 걷는 기분이 이럴까. 발도 덜 아팠다. 진정에게 다가가자, 그는 발 구르기를 그만두고는 마치 첩자처럼 일그러진 벽에 가만히 등을 대었다. 나도 그를 따라 했다.

우리는 서로를 바라보며, 마음 편할 수 있는 마지막 순간을 만끽했다. 이어서 그는 우리 사이의 벽을 칼로 갈라 열었다.

혼돈 경보음 같은 소리가 울려 퍼지더니, 저 멀리서 비명이 같이 들려왔다. 인간의 것과 아주 비슷한 비명이었다. 우리는 갈라낸 틈 사이로 밖을 내다보았다.

뭘 보게 될지는 나도 몰랐지만, 어쨌든 빛나는 식물로 뒤덮인 고층 건물 따위는 아니었다.

어둑한 영역 속 잔해가 깔린 지점을 지나고 파헤쳐진 땅에서 벗어 나자, 앞에 보이는 건물들은 묘하지만 우아한 형태의 곡선과 기하학 적 형태를 갖추며 서 있었다. 건물 일부는 배배 꼬이고 넓게 펼쳐진 수십 개의 식물 층이 있었고, 다양한 높이에서 뻗어 나온 둥근 플랫 폼 위로 식물이 뒤덮인 부분도 있었다. 주황색, 녹색, 파란색, 보라색 으로 빛나는 식물은 마치 우리 마을 근처 산에서 발견했던 희귀 식 물과 비슷해 보였다. 건물 사이 공간은 풀로 덮여 있었다. 그 구조에 서 느껴지는 기척의 일부는 그곳에서 나온 것이었다. 기척들은 왜 그런지 아래로 급히 움직여댔다.

그건 괜찮았다. 몇 초만 보면 뭔지 다 알아볼 수 있었으니까.

하지만 고개를 들어 저 높은 곳을 바라보았을 땐 현실감이 깨지고 말았다.

우리가 선 곳은 거대한 고리 구조물이었다. 그러니까 이곳은 우리가 황룡을 타고 부딪혀 들어온 고리의 안쪽 표면이었다. 건물들은 이 고리 안쪽의 곡선을 따라 쭉 뻗어나갔고, 우리 머리 위에서 거꾸로 매달린 건물도 있었다. 이 문명 세계가 들어찬 고리는 투명한 육각형 구조물로 감싸여 있었는데, 그 너비가 장안 시내만큼 컸다. 우리의 행성, 그러니까 우리가 방금 벗어난 필멸자의 세계는 저 우주 위로 보이는 어두운 밤에 휩싸여 으스스하게 뜬 채로, 군데군데 핏줄처럼 인공적인 불빛을 가느다랗게 빛내었다. 이건 장안으로 헬리콥터를 타고 갈 때 봤던 모습과 비슷했지만, 그와는 비교할 수 없으리만큼 상상을 뛰어넘는 압도적인 규모라서 건틀릿 속 손바닥에 땀이 찼다. 저 행성이 마치 내 머리 위로 추락할 것만 같은 기분이랄까. 이것은 생물학적으로 내가 목격할 수가 없는 광경이기도 했다. 화하의 해안선 모양과 나라의 주요 강 두 군데를 따라 집중된 빛들, 그리고 곤륜 산맥 너머 서황 사막으로 추정되는 공백이 보였다. 축을 중심으로 천천히 회전하는 행성의 모습이라니. 아니, 정확히 말하자면 우리가 그 주위를 공전하고 있는 것이겠지만. 사막 너머로 빛 무늬가 다시 나타나자 온몸에 소름이 돋았다. 저곳은 화하 바깥에 존재하는 인간의 요새일 테지. 혼돈 야생 구역 때문에 전언을 전달하기 어려워서 우리와 접촉이 거의 없었던 곳이었다. 우리는 몇 차례 탐험으로 구한 사진과 영상만 갖고 있다. 그곳의 사람들은 피부색도,

얼굴 생김새도, 건축물과 기술도 모두 화하와는 달랐다. 혹시 저들 중에서도 천궁에 올라오려 했던 이들이 있을까?

이런 질문을 던질 겨를조차 없었다. 경보음을 넘어서 이젠 말벌 떼가 윙윙대는 듯한 소리가 들려왔다.

드론들이 건물 사이로 우리를 향해 날아왔다. 그 아래로는 마디마디 연결된 다리를 지닌 커다란 기계들이 짐승처럼 달려왔다. 그들의 널따란 몸체에서 반짝이는 부품들이 튀어나왔다.

그 부품들은 우리를 향해 사격을 시작했다.

우리는 갈라놓은 틈에서 몸을 뺐다. 진정은 틈을 닫았다. 총알로 추정되는 것이 사방에서 맑은 소리를 내며 조종실에 부딪쳤다.

"저건 신들의 군대겠죠?"

"겁쟁이들."

진정은 눈을 감고 손에 벽을 얹은 채로 집중했다. 바깥의 총알 소리는 처음에 가랑비처럼 들리다 지금은 폭풍처럼 사나워졌지만, 벽을 뚫지 못했다.

진정은 눈을 번쩍 떴다.

"벽은 뚫지 못해. 그렇다면 우리의 아머도 뚫지 못한다."

그는 건틀릿 바닥으로 곡선형 칼날을 만들어낸 다음 벽에 다시 구멍을 내고서 그 사이로 칼날을 던졌다. 그 칼날은 얇게 풀리는 기 금속 실로 그의 손목과 연결되어 있었다. 구멍 사이로 총알이 날아들었다. 하지만 총알은 조종석 뒤편에 맞지 않고 오히려 우리 쪽으로 방향을 틀어왔다. 총알이 내 아머 가슴에 부딪히자 몸이 부르르 떨렸다. 다행히도 아머에 부딪친 총알은 별 충격을 주지 못하고 튕겨 나갔다.

진정은 날카로운 챙 소리와 함께 칼날을 거둔 다음 뚫은 구멍을 좁히고는 그 틈으로 바깥을 엿보았다.

"저것들은 망가뜨릴 수 있다. 방금 확인했어."

그의 눈에 거친 에너지가 치솟았다.

나는 총알 하나를 집어 들었다. 기 금속은 아니지만 금속으로 만든 총알은 정교한 디자인이 되어 있었다.

"이건 일반 탄환보다 더 기능이 많아요."

"하지만 우리에게는 안 통하지. 그럼 신들을 사냥하러 가 볼까?"

진정은 허리에서 검을 뽑았다. 나는 총알을 손으로 눌러 터뜨리고 대꾸했다.

"그래요. 달리 할 일이 뭐가 있죠?"

"음, 하나 있긴 하지. 공중 무기를 상대할 때는 비행 능력이 있으면 좋으니까."

그는 벽에 등을 기댔다. 이윽고 커다란 박쥐 같은 날개가 그의 양 옆에서 형성되더니, 잠시 후 그는 자유롭게 날개를 쳤다.

나도 날개를 한 쌍 만들어내자 진정은 웃으며 말했다.

"기계들이라! 아주 좋아. 인간을 상대로 전력을 다해 싸울 때 나오는 불만 따위 듣지 않게 되겠군."

진정은 벽에 손가락을 꽂더니 그 자리에서 두 번째 검을 만들어 뽑아내고는 모양을 다듬었다. 이윽고 그의 동공이 은빛으로 빛나며 칼날을 갈더니 검 두 자루를 보란 듯이 휘둘러댔다.

"내 뒤를 맡아라, 황후여."

그의 옆 벽에 틈이 생겼다. 그는 틈을 비틀며 밖으로 빠져나가 신들의 영역으로 돌진했다.

나는 마지막 남은 두려움을 떨쳐내고서 그의 뒤를 따라 흙과 잔해가 널린 바깥으로 나갔다. 중력이 너무 약해서 나는 그 잔해 위를 지나가는 데 전혀 문제가 없었다. 앞 건물로 접근하자 지능탄 공격이 시작되었다. 그 건물에는 기척이 더는 없었다. 기척들은 모두 지하 깊숙이 숨어 도망치는 중이었다.

기계들이 모여서 우리 앞을 막았다. 동기화된 기계들은 날카로운 소리로 공기를 울려댔다. 그 소리 때문에 우리는 몇 발짝 뒤로 물러났지만, 귀가 아플 만큼 헬멧을 달라붙힌 후 조종하자 견딜 만해졌다.

이어서 기계들은 백색 가스를 분출했다. 가스 때문에 식물의 색이 흐릿하게 보였다.

"아, 또 이거군!"

진정은 공중으로 날아올라 날개를 빠르게 펴서 바람을 일으켜 가스를 흩어냈다.

우리는 훈련 중 수상한 기체를 뚫고 나가는 법도 익혔다. 기계들이 뿜어대는 가스의 속도보다 날개로 기체를 더 빠르게 흩어버리고 나서야 앞으로 갈 수 있었다.

먼저 기계에 다다른 쪽은 진정이었다. 기계에서 팔들이 여럿 튀어나와 집게로 그를 잡더니 회전 톱날로 그를 위협했다. 그는 기계 팔

하나를 깨끗하게 베어냈고, 팔이 아래로 떨어지자 옆면을 찔렀다. 그런 다음 검을 돌리면서 뽑아내자 기계는 갈기갈기 찢어지면서 안에 든 전선에서 불꽃이 일었다.

전투는 진정에게 자연스러운 영역이었다. 그는 자신의 영역 안에서 누가 봐도 대단히 뛰어나고 숨 막힐 듯 압도적인 존재였다. 그를 바라보면 경외감만 들 뿐이다. 허공에 뜬 드론들이 그의 날갯짓을 훼방하려고 떼를 지어 몰려들었지만, 그는 드론 위로 뛰어올라 회전하면서 검을 휘둘러 몰려드는 드론들을 베었다. 그러다 하강할 때면 체중을 이용해 더 많은 드론을 검에 꿰어댔다.

지금껏 나는 진정의 전투 능력이 얼마나 되는지 다 알지 못하고 있었던 거다. 훈련 때 그가 나를 전력으로 대하지 않았다는 걸 깨닫자 좀 화가 치밀었다. 우리가 하늘로 올라오는 동안 그의 정신에서 내 정신으로 흘러들어온 기억들이 떠올랐다. 어린 시절부터 살상 기술을 익혔던 모습, 실험실을 비롯하여 비와 눈, 덥고 건조한 열기를 견디고 전기 충격과 굶주림의 위협을 받으며 훈련을 받았던 어린애. 그는 저항하지 않고 사는 법을 모르는 것 같았다. 그저 끊임없이 저항하고 사는 것뿐. 지금도 진정은 파괴적인 위력의 태풍처럼 기계 군단을 마구 난도질했고, 내리쳐야 할 일이 생기면 두 검을 융합하여 망치로 만들어 휘둘렀다. 그러다 나의 눈길을 느끼자, 정말 뻔뻔하게도 내게 윙크했다.

나는 눈을 흘기면서 뒤편에 있는 기계에 낫을 휘둘렀다. 민첩하게 원형을 그리면서 수없이 기계를 베어내었다. 아니, 정확히 말하자면 발을 디딜 수 있는 한도가 이것밖에 되지 않아서라고 해야겠지. 어쨌든 그렇게 기계와 싸우다가 나는 문득 이곳을 둘러싼 육각형 결정체의 구멍을 발견했다. 우리가 뚫고 들어온 데가 저기겠구나. 날카로운 구멍 가장자리가 빛나면서…… 줄어드네? 저건 자가 수리가 가능하다는 건가?

이곳의 빛이라고는 발광 식물의 빛밖에 없어서 우리가 착륙하며 생긴 파괴의 흔적을 구분하기까지는 상당히 힘이 들었다. 지붕이 없어진 건물들의 윤곽이나, 고가 차도 레일이 아닐까 싶은 부서진 구조물, 그리고 우리가 미끄러지다 멈춘 바닥이 끔찍하게 갈라진 틈 등이 보였다. 황룡의 잔해는 밖에서 보니 더욱 끔찍했다. 이제는 용이 아니라 그저 녹아버린 덩어리일 뿐이었다.

가스에 뒤덮이지 않도록 날개로 조심스레 기체를 흩으면서, 나는 진정과 함께 앞으로 나아갔다. 그리고 계속 뒤를 돌아보며 그가 뒤에 남긴 부서진 기계를 뛰어넘었다. 아드레날린 덕분에 계속 움직일 수는 있었지만, 여기까지 비행하면서 하도 긴장했는지라 두통이 욱신욱신 일었다. 몸을 크게 움직일 때마다 눈앞에 밝은 점이 번뜩여댔다. 과도하게 사용한 팔은 불타는 듯 아팠다. 낫으로 베어내기에 너무 빠른 기계들이 다가오자, 나는 낫을 등 뒤에 붙이고는 곡선형 날을 날개에 닿지 않도록 높이 둔 다음 옆에 찼던 검을 분리해서 더 빠르게 공격했다.

토기 금속이 기공포를 견딜 수 있었으면 참 좋았을 거란 생각이 계속 들었다. 하지만 다른 기 금속 아머를 입었다면 총알을 견뎌내지 못했을지도 모른다. 마치 염산을 부은 것처럼 근육이 아파서 이를 악물고 검으로 기계들을 막아내었다. 이곳의 온도는 따스한 밤 정도였지만, 아머 아래 입은 조종사복은 땀으로 흠뻑 젖었다.

"저기다!"

진정이 앞쪽 건물로 검을 겨누었다. 나선형 모양의 건물은 10층이 넘었다. 그 안으로 기척이 가득한 걸 느끼자 심장이 뛰었다. 우리는 등을 댄 채로 기계와 싸우며 건물 쪽으로 전진했다.

"준비해!"

진정이 소리쳤다.

"무슨 준비를-"

내가 말을 잇기도 전에, 그는 검을 허리에 차고는 내 허리를 잡아 공중으로 내던졌다. 나는 발코니에 착지해 발광 식물 사이를 데굴데굴 굴렀다. 다행히도 낫 날에 찔리는 상황을 간신히 면했다. 이어서 진정은 쓸데없이 공중회전을 하며 나를 따라 발코니로 뛰어올랐다. 다음번에는 좀 제대로 경고해 달라고 험한 소리를 퍼부었지만, 아직도 속도가 줄지 않아 발코니 뒤편에 유리창을 부수고 안으로 들어가고 말았다.

들어온 곳은…… 누군가의 집 같은데?

가구들은 바깥 건물과 마찬가지로 이상한 곡선 디자인이었다. 하지만 용도가 뭔지는 금방 알 수 있었다. 소파와 의자, 탁자와 주방이 보였다. 거의 모든 표면은 금빛 문양을 새긴 반질반질한 하얀 재료였다. 집안 곳곳에서 디지털 기호가 선명한 네온 빛으로 빛났다. 세련된 벽의 폰에서는 부드러운 불빛이 흘러나왔다. 대체 어떻게 한 것인지 몰라도 소파와 의자는 바닥에서 떠 있었다.

자그마한 원형 드론이 빨간 불빛을 빛내면서 우리 쪽으로 날아왔다가 무슨 소리인지 모를 비명을 질렀다. 나는 검을 휘둘러 드론을 천장에 박았다. 그러자 불빛이 꺼졌다.

그동안 진정은 소파를 발코니 입구 앞으로 던져 드론을 막았다. 아래쪽 소파가 발코니 앞에서 부드럽게 멈추었는데도 여전히 바닥에 떠 있었다. 그 위로 계속 가구를 쌓았어도 소파는 아래쪽으로 살짝 내려갔을 뿐이었다.

헬멧의 눈 틈 사이로 숨을 고르면서 나는 진정과 다시 등을 붙였다. 그리고 이번에는 기척이 느껴지는 방으로 슬그머니 다가갔다. 기척은 희미했지만, 천궁 안의 대부분 기척이 다 이랬다. 나는 건물 구조에 익숙하지 않기 때문에 기척이 희미한 이유가 정말 기가 약해서인지, 아니면 멀리 떨어져 있어서인지 구분이 되지 않았다.

유리와 크리스털이 가득한 화장실 같은 공간을 지나, 침대가 둥둥 뜬 방으로 휙 들어갔다. 그러자 기척은 더 깊은 곳으로, 다른 방문 아래쪽으로 들어갔다.

그곳에 가 보자, 신은 없고 대신 작은 동물이 묘하게 생긴 옷걸이에 걸린 옷 아래로 숨어 들어갔다. 고양이같이 생겼지만 귀가 접혀 있고 다리가 불쌍하리만큼 짧은 짐승이었다. 하얀 털 위로 녹색과 빨간색 반점이 점점이 박혀 있었다.

진정은 검을 들고서 짐승에게 돌진했다.

"잠깐만!"

나는 진정에게 손을 뻗었다. 짐승은 내리치는 검을 피하고 자그마한 다리로 우리 사이를 획 지나갔다.

진정은 그 뒤를 쫓았다.

작은 동물을 죽이려는 그를 막아서려는 본능이 일었지만, 나는 주춤하고 말았다. 그게 정말 짐승일지 아닐지 어떻게 알지? 외양은 얼마든지 속일 수 있다. 독이 있을 수도 있고, 인간보다 똑똑할 수도 있다.

"저게 신일 리는 없잖아요?"

나는 그를 따라가며 말했다.

진정은 집 안을 마구 뛰어다니며 목기를 모아 속력을 높였지만 짐승을 잡지는 못했다. 그동안 나는 주변을 자세히 살펴보았다. 가구는 분명히 인간이 사용할 만한 크기였다. 둥둥 뜬 의자를 눌러보니 보이지 않는 힘이 바닥에서 의자를 밀어내는 게 느껴졌다. 식탁 위로 매끈한 하얀 그릇 속에 먹다 만 음식이 들어 있었다. 그릇을 만지자 네온 기호가 빛나며 떠올랐다. 음식은 아직 따뜻했다.

그러다 진정이 현관에서 목 졸린 듯한 소리를 냈다.

"왜 그래요?"

나는 급히 그의 옆으로 다가갔다가, 역시 숨이 턱 막히고 말았다.

벽에는 디지털 화면에 뜬 사진이 있었다. 사진은 사람들을 보여주었다. 부자연스러우리만큼 깡마르고 뼈만 남은 얼굴은 화하 주민들과는 너무 달라서 성별을 알 수가 없었다. 그들은 부모와 두 자녀로 이루어진 가족 같았다. 어른 하나는 중력을 거스르듯 위로 솟은 금발이었고, 다른 어른은 턱선을 따라 각을 맞춰 자른 짧은 보랏빛 머리를 하고 있었다. 그들 앞에 선 두 아이는 둘 다 파란 머리였지만, 색의 진하기가 달랐다. 그리고 다들 눈 색깔이 밝았다. 우리가 사원에서 모시는 신상과는 전혀 다른 모습이었다.

이들이 인간이 아니라면 또 뭐라고 불러야 할까.

진정은 증오 어린 눈빛으로 사진을 훑어보며 소리쳤다.

"다 알고 있었어! 이것들은 신이 아니야. 우리처럼 평범한 인간일 뿐이야."

"아직……. 확실히는 모르잖아요. 어쩌면 특별한 능력이 있을지도요."

"이들이 우리에게서 도망치는 기적을 느껴봐라, 황후여. 우리의 능력을 그들은 두려워하는 거다."

사진은 몇 초마다 바뀌었다. 이상한 색을 지니고 이상한 옷차림을 한 가족이 호수 앞에서 서로 안고 웃는 모습, 네온 불빛이 빛나는 방에서 춤추는 모습, 빛나는 줄기를 가진 나무를 안고서 찍은 모습 등등. 화하에 사는 평범한 가족이 할 법한 모습이었다. 호수 뒤 위쪽으로 구부러지게 솟은 건물이나 춤추는 방에 중력이 없다거나 나무 위로 둥실 떠 있는 행성 같은 걸 무시한다면 화하와 다를 게 없었다. 어떤 사진에서는 구름으로 둘러싸인 대륙과 바다가 있는 우리 행성이 아름다운 배경이 되어주었다. 또 다른 사진에서는 이 링 모양 세계가 자체적으로 지닌 파란 하늘이 보였다.

묻고픈 것이 너무 많았다. 이 가짜 신들 중 하나는 나에게 답을 해 주어야 할 것이다.

"계속 가죠."

나는 현관을 노려보며 말했다. 아마도 여기가 현관이 아닐 수도 있었다. 문을 열 만한 손잡이도 버튼도 아무것도 없었다. 하지만 저 뒤에는 기척이 잔뜩 있었다.

진정과 나는 서로 고개를 끄덕였다. 그리고 동시에 몇 걸음 뒤로 물러선 다음 문 쪽으로 어깨를 향했다. 화기를 흘려 모은 우리는 앞으로 확 달려가 문을 부쉈다.

일그러진 문이 난간 너머 아래로 떨어져 커다랗게 쾅 소리를 내었다. 우리가 선 곳은 발코니였고, 앞으로는 지붕 덮인 거대한 안뜰이 보였다. 한가운데에는 건물 꼭대기까지 솟은 거대한 원통형 수족관이 있었다. 그 안은 화려한 빛을 내는 물고기들이 가득했다. 은은한 파란 물빛이 우리 주변을 일렁이며 얼굴에 무늬를 드리웠다.

"물고기였다고?"

진정은 어이없다는 듯 손을 들어 올렸다.

아. 저기서 기척이 나온 것이로구나.

진정은 못마땅한 목울음을 내면서 난간 너머 어둡게 보이는 바닥층을 내려다본 다음, 안뜰을 두른 각 층에 쭉 서 있는 특징 없는 문을 바라보았다.

"더는 찾지 마. 그들이 우리에게 올 거다."

그는 몸을 낮추더니 날개를 퍼덕이며 발코니 위로 획 날아올랐다.

나도 그를 따라 날아가면서도 경계심을 늦추지 않고 수족관을 슬쩍슬쩍 바라보았다. 우리 바다에는 혼돈이 끊임없이 위협하기 때문에, 화하에서는 다양한 종류의 물고기를 보기가 어려웠다. 이것들은 어디서 왔을까? 어떤 물고기들은 꽤 커서, 인간 크기의 기척이 느껴지기도 했다.

건물 꼭대기에 다다른 진정은 천장의 유리를 부수고 올라가 밖으로 빠져나갔다. 떨어지는 유리 조각을 피하면서 그의 뒤를 따라 나가자 밝은 풍경이 보였다. 저 위로 우리 행성의 가장자리 곡선을 따라 눈부신 광선이 흐르듯 맺혀 있었다. 지금 우리는 태양의 옆면을 돌고 있었다.

진정은 전투 자세를 취하고서 주변을 살펴보았다. 약 1분 후, 드론 한 대가 우리 쪽으로 날아왔다. 드론에서는 한어, 그러니까 우리말이 흘러나왔다.

"진 선생님, 무 선생님. 우리는 협상하고 싶습니다. 무기를 내려놓으신다면 여러분에게 멜리안 공화국의 난민 지위를 부여하겠습니다. 여러분은 우리의 경이로운 기술을 이미 보셨을 겁니다. 은하계 어딜 가도 이만한 생활 조건은 없을 겁니다."

'멜리안 공화국'이라니. 그게 무슨 소리인지 머릿속으로 애써 이해해 보려는데, 드론의 덮개가 열리더니 스크린이 나왔다.

스크린 안에서 수조에 든 세민이 보였다.

"또 우리는-."

나는 검을 휘둘러 드론을 확 쳐서 천장에 던져 부쉈다. 헬멧 속으로 맥박이 두근두근 뛰었다. 세민의 기척이 저 위 어딘가에서 느껴졌지만, 난 이미 오래 전에 결심했다.

"너희는 나를 휘두를 수 없어!"

나는 검 끝을 하늘로 향하며 소리쳤다. 만약 '하늘'이 우리 행성의 하늘을 의미한다면 말이다. 지금 그 하늘은 한눈에 밤과 낮을 모두 아우르며 보여주고 있긴 하다. 태양 빛이 지구 표면에 널찍한 초승달 모양으로 퍼져나가고 있었다. 어딘지 모를 바다 위를 하얀 구름이 회오리 모양으로 떠다니고, 그 바다는 파란색에서 피를 흘리듯 붉은색으로 변해갔다. 다시금 보이는 경이로운 모습에 뱃속이 확 요동쳤다. 눈 뒤로 부드러운 압력이 느껴지며 눈물이 핑 돌았다.

진정은 헬멧 앞판을 열고 나에게 미소를 지었다. 그 표정에는 자부심 같은 것이 서려 있었다. 그는 부서진 드론을 밟고서 자신의 검 하나를 들어 올리고는 소리쳤다.

"나는 화하의 황제 진정이다! 너희는 내 백성을 너무나 오랫동안 지배해 왔다! 이 기계들을 더는 보내지 마라. 그렇지 않으면 나는 이 건물은 물론이고 주변의 모든 것을 파괴할 것이다! 나와서 너희가 전쟁에 가둬둔 우리 영혼들을 마주하러 나오라! 너희가 그 전쟁에서 절대로 우리를 승리할 수 없게 만들어 두지 않았나! 천상의 폭군들아!"

시시각각 천궁에 더 많은 빛이 퍼져가며 매끄러운 하얀 건물과 생생한 녹빛에 온갖 색깔이 폭발하듯 아름답게 어우러진 초목이 드러났다. 하지만 이들의 이파리와 꽃잎을 흔드는 바람은 한 점도 없었다. 다른 곳 같았더라면 난 참 평화로운 광경이라 여겼을 것이다. 하지만 지금 지하에서는 미친 듯이 움직이는 기척이 느껴졌다. 그들은 신들일까. 인간들일까. 동물들일까…… 누가 알 수 있을까?

저 멀리서 무언가가 날아오고 있었다. 우리는 검을 들었다.

우리 앞의 건물에 빛나는 글자가 나타났다. 〈공격하지 마시오〉

우리는 긴장을 늦추지 않았다. 매끄러운 비행 물체 안에는 기척이 둘 있었다. 수족관 안 커다랗고 납작한 물고기 같은 기척이었다.

마침내 가짜 신들이 우리 앞에 모습을 드러내는군.

진정은 검을 합쳐 유성추로 만들었다. 이것은 원거리 공격에 가장 알맞은 무기였다. 나는 등 뒤의 낫을 떼어 똑같은 유성추를 만들었다. 손잡이는 유연하게 사슬 고리로 만들고 다른 쪽 끝은 가시 달린 철퇴 모양으로 빚었다.

비행 물체가 우리 앞에 속삭이듯 조용히 착륙하는 동안 우리는 그 자리에 가만히 서 있었다. 바람이 호를 그리며 우리 곁을 스쳤다.

비행 물체의 옆면에서 문이 떨어지더니 계단을 이루며 출구가 되었다.

우리는 신들과의 첫 만남을 준비하며 마음을 단단히 먹었다. 그런데 계단을 내려오는 존재는 신이 아니었다. 터무니없이 굽이 높은 신발로 쳇소리를 내며 다리와 쇄골이 드러나는 옷을 입은 사람이었다.

“다시 뵙는군요, 폐하 여러분.”

이치는 우리 앞에 꼿꼿이 섰다.

제50장

내 적의 적

진정은 앞으로 성큼성큼 걸어가 이치의 목을 잡고서 건물 옆으로 끌고 갔다. 나는 유성추의 공을 철퍼덕 바닥에 내던지고 진정에게 달려들며 외쳤다.

"이치는 우리가 모르는 걸 알고 있을 거예요!"

"비행선에 폭탄이 있다."

이치는 주먹에 쥔 무언가를 들어 올리며 숨 막힌 목소리로 말했다. 그가 입은 가운의 느슨한 소매는 신기하게도 팔꿈치로 흘러내리지 않고 마치 붉은 안개처럼 둥실둥실 떴다. 그의 옷이 전체적으로 물 속에서 나부끼는 듯 움직이고 있었다.

"내 엄지가 이 버튼에서 떨어지는 순간 이 블록 전체가 폭발할 거 야. 너희도 다 같이 죽을 거고."

"내가 살아남는 능력이 얼마나 대단한지 너는 모를 것이다."

진정은 그를 노려보았다. 그의 유성추는 다시 기다란 검 한 자루로 변했다.

"멜리아인들이 어떤 폭탄을 만드는지 알지도 못하면서!"

이치는 진정을 노려보았다. 그의 눈매는 관자놀이까지 붉은 색조 그라데이션으로 화장이 되어 있었다.

"멜리아인이라는 게 뭐지? 소위 신들이라는 것이 그런 이름인가?"

"알겠지? 너희는……. 아무것도…… 몰라!"

이치의 얼굴이 더욱 붉어지면서 말소리가 점점 가늘어졌다.

나는 마구 비명을 지르는 듯한 본능을 참고서 진정을 놓아주고 뒤로 물러났다. 내가 이치를 절박하게 구하려 들수록, 진정의 분노는 더 심해질 수도 있다. 지금 그가 이치를 10층 높이에서 대롱대롱 잡기만 하고 죽이지는 않은 채 서 있는 것만으로도 이성이 분노를 이기고 있다는 게 보였다.

나는 유성추를 끌어당겨 검 반대편에 고정해 두면서 최대한 차분하게 말했다.

"저 말이 옳아요. 죽여봤자 아무런 답도 얻지 못하게 될걸요. 그리고 명심해요. 이치는 혼자 오지 않았다는 걸."

나는 비행 물체를 슬쩍 돌아보았다. 이치가 저걸…… 비행선이라고 했었지? 하지만 계단은 이미 접혀 들어가 버려서 안에 들어갈 방법이 없어 보였다.

"저 안에 누가 있지?"

진정이 대뜸 물었다.

"이러고……어떻게…… 말을……."

이치는 숨을 헐떡이면서 더 크게 소리를 쥐어 짜냈다. 맨다리가 공중에서 달랑거렸다.

진정은 이치를 홱 돌려세워 천장의 구멍으로 끌고 들어갔다. 나는 비행선을 다시금 경계 어린 눈초리로 바라본 다음 그들을 따라갔다. 날개를 조심스럽게 펄럭이며 건물 중간 지점까지 내려갔다. 진정이 이치를 발코니에 던져둔 지점이었다.

"넌 여기 어떻게 왔지? 신들이란 대체 뭐고?"

그는 이치를 향해 검을 겨눴다. 수족관의 푸른 빛을 받은 칼날이 반짝였다.

이치는 기침을 하며 허겁지겁 숨을 쉬었다. 그가 걸친 옷부터 화장과 머리카락에 꽂힌 네온 막대기에 이르기까지 어둑한 공간 안에서 빛나고 있었다. 그는 높은 굽 신발 차림으로 휘청이며 일어서려 했다. 신발의 가파른 아치와 뾰족한 끝부분을 보자 전족했던 내 발이 떠올랐지만, 저 신발은 뼈를 부러뜨리지 않아도 신을 수 있을 만큼 컸다. 그래도 편해 보이지는 않았지만. 이치가 왜 이런 옷차림인 것인지, 천궁에서 무슨 일을 하고 살았는지 예감이 좋지 않았다.

이치는 진정을 향해 거친 목소리로 말했다.

"나는 사마의의 대체 요원으로 연락을 받았어. 네가 '공격'할 징후가 보이면 보고하라는 명령이 있었지. 신들은 너를 반란국의 위험한 독재자라고 여기고 있거든. 널 감금해 두었다는 계획이 탄로나자, 나는 신들에게 날 이곳으로 데려와 달라고 설득했어. 내 목숨을 위험하게 만든 것도 그들이었으니까.”

“그래서 그것들은 인간인가? 아니면 다른 존재인가?”

“인간이야. 그들은 전혀 초자연적인 존재가 아니야. 그저 아주 발전된 기술이 있을 뿐이지. 우주는 생각보다 아주아주 넓어. 거주 가능한 행성도 수백 개나 되지. 여기는 그중에서도 가장 강력한 행성인 멜리아 공화국이 설립한 무역 정거장이야. 이곳에 사는 사람은 대부분 멜리아 군인이나 비바시 미네랄이라는 회사의 직원들이야.”

가슴이 죄어들었다. 이치가 알려주는 정보를 들을 때마다 머리가 어지러웠다. 우리 행성 말고도 수백 개나 되는 행성이 있다고? 난 우리 행성에 다른 인간 거점이 있다는 것도 상상하기가 힘든데 이게 무슨 말인가.

진정은 작게 원을 그리면서 걸어 다녔다. 그는 터지기 일보 직전의 기색으로 검을 휘두르며 말했다.

“이 사기꾼들! 어떻게 감히 우리더러 자기네를 신으로 숭배하게 한단 말이지?!”

이치는 흐릿한 시선으로 말했다.

“엄밀히 말하자면, 그들은 우리더러 숭배하라고 하진 않았어. 그저 우리의 추측이나 그들을 두고 만든 신화를 바로잡지 않았을 뿐이지. 멜리아 정부의 공식 정책은 ‘원시 문명에 최대한 간섭하지 않기’거든.”

“원시 문명이라고?”

"그럼 우리가 원시 문명이지 뭐야?"

이치는 부유하며 빛나는 소매를 들어 보였다. 그 옷차림은 아까 있던 집에서 본 사진보다는 익숙해 보였지만, 어떻게 소매가 그렇게 움직이는지는 이해할 수가 없었다. 반짝이는 금가루로 그려놓은 용들이 옷자락 위로 살아 움직이는 것 같았다. 그러자 '천의무봉'이라는 말이 떠올랐다. 그래, 신에 대한 것 중 하나는 맞는 게 있네.

"최대한 간섭하지 않겠다는 정책이라면, 왜 세민이를 인질로 잡아서 날 협박했대?"

나의 목소리가 불안하게 떨려 나왔다. 그러자 이치는 나와 시선을 마주했다. 우리 주변을 감싸며 일렁이는 푸른 빛 아래 그의 눈동자가 반짝였다. 이 모든 일이 일어난 후에 그 눈을 바라보니 낯선 이인 것만 같았다. 마치 황후도, 황제도, 심지어 신들까지도 속일 수 있는 소년의 저 눈망울. 난 이치를 이해한 적이 있었던가? 이제는 이해하고 싶은 마음이 있는지도 잘 모르겠다.

그럼에도 난 동시에 이치가 너무나도 걱정되어 두려웠다.

그들이 너에게 무슨 짓을 했어? 그동안 어떻게 지냈던 거야? 여기서 세민이를 찾았어?

이윽고 이치가 말했다.

"멜리아인들은 말은 참 많지만 실제로 실천하며 살지는 않아. 곧 알게 될 거야. 날 비행선으로 데려다줘. 더 많은 걸 알고 싶다면 나랑 같이 가. 장갑 수송선이 어디 있는지 알거든. 그 수송선은 기 금속으로 무장하고 그걸로 움직여. 그러니 너희가 그걸 하나 손에 넣는다면 조종할 수 있다는 소리야.”

진정은 숨을 헉 들이쉬었다.

“잠깐, 지금 그자들도 우리 말을 듣고 있는 것 아닌가?”

나는 목소리를 낮춰 물으며 주변을 살폈다. 그러자 이치가 대답했다.

“그렇겠지. 하지만 상관없어. 그들은 너희가 이 거주지를 떠나기만을 바라거든. 너희가 여기 있으면 결국은 최고의 무기를 꺼내 들 수밖에 없는데, 그걸 쓰면 민간인이 사망하는 건 물론이고 어마어마한 피해를 추가해서 입게 될 테니까.”

진정은 역겨운 맛이 나는 음식을 뱉듯 말을 뱉었다.

“민간인이라. 하. 나를 유인한 대가로 그자들은 너에게 뭘 주기로 했지? 저들만의 작디작은 낙원에서 한자리 준다고 했나?”

“만약 내가 나만 잘살자는 마음이었다면, 기회가 있었을 때 네 목을 베었을 거야!”

이치는 진정에게 날것의 경멸을 숨기지 않고 쏘아보았다. 그들이 처음 만난 순간부터 계속 경멸해 왔던 게 틀림없었다.

“내가 널 살려준 건 화하가 무너지는 걸 막기 위해서만은 아니었어. 멜리아인들과 협력한 것과는 상관없이, 난 언젠가 네가 여기에 와서 이들을 내쫓아주기를 바랐어. 다만 그게 몇 년은 걸릴 줄 알았지. 이토록 빨리 이뤄질 줄이야. 어쨌든 넌 지금 여기 왔고, 난 너한테 필요한 정보를 갖고 있어. 알량한 복수심 때문에 그 정보를 거절할 셈이야?”

"우리더러 널 믿으란 거냐?"

"그럼 다른 방법이 있어? 아무나 죽이고 돌아다니다가 결국, 앗! 뒤에!"

이치는 심한 충격을 받은 얼굴로 뒤를 가리켰다.

진정은 휙 돌아서면서 자신의 뒤로 나를 숨겼다. 우리는 안뜰을 살펴보았다.

하지만 너울대는 수족관 빛 말고는 별다를 게 없었다. 그러자 이치가 천연덕스럽게 말했다.

"봤지? 넌 여기를 모르잖아. 뭘 무서워해야 하는지도 모르지. 안내 없이 여기를 어떻게 파괴할 생각인데?"

진정은 큰 소리로 욕하면서 돌아섰다. 검을 쥔 손이 부들부들 떨렸다.

"여기서 당장 널 죽일 수도 있다."

"그러든가."

이치는 폭탄 발파 장치를 들어 보였다.

"내 생명을 위협하면서 자신을 믿어달라니, 무리한 부탁이 아닌가."

나는 진정을 흘겨보며 대꾸했다.

"당신은 말 그대로 매주 나한테 그러는데요."

"지금 그런 말을 할 때가 아니야!"

진정은 내게 삿대질했다.

"그래요, 그런 말 할 때가 아니죠. 우리는 시간이 없다고요. 꾸물거릴 거면 마음대로 해요. 난 갈 테니까.”

나는 이렇게 대꾸하고는 이치 쪽으로 향했다.

“알았어! 네가 그렇다면야, 내 사랑.”

진정은 팔을 들어 내 앞을 가로막았다.

그리고 날 끌어안고 키스했다.

나는 처음에 그의 가슴을 손으로 밀었다가, 이내 그냥 몸을 맡겼다. 이치를 지키려면, 과거 나와 이치와의 관계가 나에게 여전히 중요하다는 생각을 진정이 해서는 절대로 안 되니까.

키스가 끝났다. 이치의 얼굴은 전혀 움직임이 없었다. 그저 살짝 크게 뜬 눈으로 깜빡임 없이 바닥을 쳐다보았을 뿐이다. 얼굴이 신랄한 열기로 달아올랐지만, 나 역시 수동적인 태도를 보였다.

네가 날 이 남자와 남겨두고 갔으면서, 나에게 뭘 기대했던 거야? 이렇게 소리칠 수 있었다면 얼마나 좋았을까.

물론 이치를 탓하는 건 아니었다. 진정의 품으로 걸어 들어간 건 나였으니까. 그게 실수인 줄 알면서도 말이다. 내가 수도 없이, 끝도 없이 저지른 실수 중 하나였다.

“나에게 네 기를 줘.”

순간, 진정은 이치를 확 잡아당겼다. 마치 춤을 추듯 그의 허리를 잡고 손을 쥔 모습은 낭만적으로 보일 지경이었다. 다만, 이치가 고통스레 비명을 지르더니 둘이 맞잡은 손에서 피가 흐르기 시작하면서 낭만 따윈 없다는 게 분명해졌다. 이치의 경혈이 일렁일렁 빛나면서 진정에게 흘러 들어가는 기가 선명하게 보였다. 진정은 이제 커다란 소리로 날개를 치며 이치와 자신의 몸을 공중으로 들어올렸다.

나는 발코니 너머로 뛰어올라 그들을 따라갔다. 이치는 이를 악문 채 폭파 장치를 든 팔로 진정을 잡고 매달렸다. 그는 진정의 목덜미에 얼굴을 묻을 뻔했다가, 직전에 고개를 홱 젖혔다. 기로 빛나는 두 남자의 눈은 서로를 향한 더없는 증오가 이글거렸다. 다시 지붕으로 올라왔을 때까지도 진정은 계속 이치의 기를 빨아들였다. 그를 잡은 모습이 마치 전장에서 서로 뒤엉킨 것 같았다.

"그만!"

나는 그들에게 다가갔다.

진정은 빛나는 눈으로 나를 노려보았다.

"나에게도 좀 남겨줘야죠."

나는 믿을 수 없다는 듯 손짓했다.

그는 숨을 픽 내쉬었지만, 건틀릿을 떼고서 이치의 피투성이 손을 내게 건넸다. 부들부들 떠는 그의 손에 빼곡히 박힌 자그마한 구멍들을 보자 소름이 돋았다. 나 역시 진정을 부활시키려고 내 기를 전달할 때 이런 방식으로 손바닥을 찌르긴 했지만, 그때는 이토록 지저분한 피투성이가 되지는 않았다. 진정은 일부러 이렇게 마구 구멍을 낸 거다.

나는 무감한 얼굴로 이치의 손을 잡았다. 예전 같았으면, 다른 때였다면 이 순간이 따스하고 안전하게 느껴졌으련만. 진정에게서 반 년간 벗어나게 해준 이치에게 고맙다 해야 할 테지만, 이치가 그에게 거짓을 말했다 해서 나에게 한 거짓말이 상쇄되지는 않았다. 난 이치를 더는 미워하지 않지만, 그를 용서하지도 않았다.

"기절할 것 같으면 말해."

나는 몇 달간 훈련 끝에 쉽게 만들어내게 된 얇은 침으로 구조물을 만들어 그의 손을 찔렀다. 이치는 움찔하며 대답했다.

"그럴게."

이치의 기가 마구 흘러들어오자 나의 경혈이 따끔거렸다. 혈관이 터질 것처럼 부풀어 오르는 느낌이었다. 이치가 그 옛날 주작에게 힘을 주던 때와는 달리 매끄럽거나 편안하지 않았다. 뭔가 부자연스럽고 균형이 맞지 않았다.

"여기서 세민이를 찾았어?"

진정이 우리의 주변을 경계하느라 잠시 이쪽을 보지 않는 틈을 타서 나는 속삭였다. 이 질문을 계속 참고 있기만 하다간 미쳐버릴 것 같았다.

이치는 화장한 눈꺼풀을 가만히 감아 빛나는 눈을 숨겼다.

"한 번 보게 해줬어. 딱 몇 초만. 그 이상은 내가 견딜 수가 없더라고."

"세민이를 되돌릴 방법은 없어?"

"이 전체 기지를 파괴할 기회를 포기하지 않는 한, 없어."

새벽녘 햇살이 비치며 이치가 더 또렷하게 보였다. 그의 눈빛에는 망설임이 전혀 없었다. 피부는 더 하얘지고 모공 하나 보이지 않았지만, 더 말라서 얼굴 뼈가 도드라져 보였다. 지난 몇 달 동안 어떻게 살았는지는 몰라도, 그 시간 동안 이치는 속이 말이 아니었던 거다.

"공물로 바쳐진 소녀들은 어떻게 됐어? 여기 올라온 애들에게 무슨 일이 벌어지는 거야?"

이치는 잠시 말이 없다가 이내 폭파 장치를 든 손으로 자신을 가리키며 말했다.

"우리는 성적으로 억압된 문화에서 해방되었어. 그리고 유흥 센터에서 일할 수 있는 권리가 생겼지."

그는 마치 다른 사람이 해준 말을 따라 하듯 일부러 큰 소리로 말했다. 그의 뒤에 선 진정은 몸을 바짝 굳혔다. 이 말을 듣고 분명히 자신의 어머니를 떠올렸겠지.

"우리만이 아니라. 다른 오리카에아 지역 출신 소녀들도 다 마찬가지로 일해. 그게 우리 행성 이름이야."

이치는 하늘을 올려다보며 덧붙였다.

"오리카에아. 이들은 기 금속을 오리칼라이트라고 부르거든. 거기서 따온 이름이지."

오리카에아.

우리 세계의 이름이 있는 줄도 모르는데. 나는 그 이름을 머릿속으로 굴려보았다. 같은 하늘 아래서 태어난 우리를 모두 연결해 주는 이름이 있구나. 비록 서로 연결되지 못한 채라도.

나는 이치의 손을 더욱 꽉 잡았다.

"그 애들을 안전하게 돌려보낼 방법이 있을까?"

"화물선을 확보하면 가능할지도……. 하지만 소녀들을 태우면서 또 동시에 멜리아인들을 막아내는 건 너무 벅찬 일이야.”

나는 길게 한숨을 내쉬고서 우리의 행성을 올려다보았다.

그리운 고향이 눈앞에 있는데, 닿을 수 없으리만큼 멀리 떨어져 있다니. 그 소녀들도 이런 생각을 참 많이 하면서 슬퍼했겠지? 이제 태양은 우리 행성에서 완전히 나와서 새카만 우주 공간에 뜬 다이아몬드처럼 반짝였다.

“자, 이젠 더는 기를 줄 수 없을 것 같아.”

이치는 숨을 짜내면서 내 손과 얽힌 손을 움직였다.

나는 곧바로 이치에게서 손을 뗐다. 지금 기분은 상쾌하기보다는 신경이 곤두섰다. 잠을 깨려고 차를 너무 많이 마신 것 같은 기분이랄까. 이치는 비행선 쪽으로 손을 내저었다. 그러자 바람이 쉭 빠지는 소리와 함께 계단이 다시 내려왔다.

이치는 나와 진정에게 말했다.

“경솔한 짓은 하지 마. 그 비행선을 작동하는 법을 너희는 모른다는 점을 명심해.”

진정은 반박하지 않았다. 그리고 더는 주저하지 않고서 우리와 함께 비행선 계단을 올랐다. 예전에는 멜리아인에 대해 이치가 무슨 꿍꿍이인지 의심했다 해도, 지금은 의심을 거둔 것 같았다.

비행선의 내부에서는 어둑한 자줏빛 불빛이 흘러나와 의자 두 개를 비추었다. 그 의자들이 바닥에 단단히 고정된 걸 보고 나는 놀랄 뻔했다.

그리고 그 의자 하나에는 뼈처럼 창백한 피부를 지닌 사람이 앉아 있었다. 짧고 복슬복슬한 머리카락은 분홍빛과 파란빛으로 두 색이었다.

진정과 내가 검을 뽑으려 하자 이치가 소리쳤다.

"경솔한 짓은 하지 말라고 했잖아! 이 사람은 하란이야. 하란의 어머니는 화하의 공물 출신 여자였어. 이 사람은 도와주러 온 거야."

내 가슴이 불규칙하게 뛰기 시작했다. 귓가가 마구 울렸다. 가짜 신이 육체를 입고 나타났구나. 저 별 위에서 우리 모든 인생을 내려다보던 존재가, 닿을 수 없었던 존재가 여기 드러났다. 그런데 이 사람은 너무나도 가녀리고 앙증맞아 보였다. 심지어 내 손으로도 이 사람을 잡아다가 반토막 낼 수 있을 것 같았다. 이 사람이 입은 이상한 재킷은 갈비뼈 부분에서 끝나버려서 가느다란 허리를 드러내었다. 목과 소매 끝에서는 빛나는 색이 계속 다르게 변했다.

"아, 아녕."

하란은 덜덜 떠는 손을 저었다.

잠시 후에야 그게 우리말로 인사하는 것임을 깨달았다.

"저건 우리와 전혀 닮지 않았잖아!"

진정이 소리치자, 이치가 자신의 눈을 가리켰다.

"눈을 봐. 우리처럼 까맣잖아."

"저게 무슨 까만색이라는 거야. 이게 까만색이지."

진정이 흘리는 수기에 공기가 차가워졌다. 그의 동공이 새카맣게 변했고, 얼굴에도 경혈을 따라 까만 선들이 스멀스멀 피어올랐다.

하란은 새된 소리를 질렀다.

“그만해요! 기를 낭비하지 말라고!”

나는 진정의 옆구리를 때렸지만, 내 아머 아래 살갗도 끈적하고 차가워졌다. 이 가짜 신이 당황하는 모습을 보니 차라리 조각상처럼 엄숙한 모습보다 더 기분이 나빴다. 저들도 우리와 같은 인간이라는 증거였으니까.

진정은 기를 거두면서 으르렁대었다.

“저건 남자인가, 여자인가?”

“둘 다 아니야.”

이치가 대답했다.

“뭐라고?”

“여기는 많은 게 달라.”

“느난 으리…….”

하란은 입을 열었다가 얼굴을 찌푸리고는 귀에 걸친 매끄럽고 얇은 기기를 툭 쳤다. 그러자 그 목에 빛나는 점이 나타났다. 하란이 다시 입을 열자, 목소리와 비슷하게 설정한 인공적인 목소리가 훨씬 매끄러운 우리말로 통역을 해주었다.

“나는 우리 민족이 여러분 민족을 대한 방식을 유감스럽게 생각합니다. 나는 여러분의 아름다운 문화를 아주 사랑합니다. 깊은 영적 지혜가 가득하지요.”

진정과 나는 하란을 가만히 바라보았다. 그러다 진정이 불쑥 내뱉었다.

“나가서 죽어라.”

하란이 움찔하자, 나는 다시 진정을 때렸다.

"나, 나는 당신 민족이 내 민족과 더 나은 조건으로 협상하도록 기꺼이 돕겠습니다!"

하란이 더듬더듬 말했다. 이치도 거들었다.

"하란은 '원시인의 친구 협회'라는 조직의 회원이야. 그 협회는 멜리아의 주요 정치 세력 두 곳 중 하나인 통합당의 후원을 받고 있지. 멜리아인들은 내가 하란을 납치했다고 생각하지만, 사실 하란은 다음 선거에서 통합당이 승리하도록 하려고 여기 온 거야."

나는 눈을 깜빡였다. 지금 들은 말이 이해가 가지 않았다.

"미안한데, 그게 무슨 소리야? 선거라니? 우리를 돕는 게 멜리아인들에게 무슨 도움이 된다는 거야?"

"왜냐하면 지금은 통합당의 경쟁 상대인 번영당이 정권을 잡고 있거든. 멜리아인들은 5년마다 새로 지도자를 뽑아. 선거 체계는 노동자 위원회에서 하는 것과 비슷한데, 다만 그쪽 선거는 전 국민이 참여하지. 다음 선거는 무척 치열할 예정인데, 번영당이 집권하는 동안 이 무역 기지가 공격을 받으면 통합당 쪽으로 유권자들이 많이 옮겨 갈 수 있어."

"번영당은 우리 민주주의에 위험한 존재입니다. 그들이 또 승리하게 둘 수 없어요."

하란이 간절한 눈빛으로 덧붙이자 진정이 소리쳤다.

"그럼 당신네 지도자들은 5년마다 어쩔 수 없이 권력 투쟁을 벌여야 한다는 소리인가? 대체 뭐 그런 비효율적인 정치 체제가 다 있지?”

이치는 어깨를 으쓱였다.

“세상에서 가장 큰 크리살리스를 소유한 사람이 모든 걸 다 결정하는 것보다 5년마다 정권을 바꾸는 게 더 나쁜 거라고? 크리살리스 소유주가 전투 중에 갑자기 죽어버릴 위험이 항상 있는데도?”

“그게 나라면 문제가 없다!”

“진정, 우리는 말 그대로 자살 임무를 띠고 여기 왔잖아요.”

나는 머리를 짚었다. 이치는 더욱 진지한 어조로 말했다.

“하란의 도움을 받는다면 자살하지 않아도 돼.”

하란은 이치에게 말을 걸려다가 피투성이가 된 손을 알아보고는 숨을 헉 들이쉬었다. 그러더니 손가락을 비행선 계기판에 얼른 대었다. 디지털 인터페이스가 켜지면서 네온 빛깔이 되더니, 버튼을 누르자 한쪽 부분이 열렸다. 하란은 빨간 십자가 표시가 있는 자그마한 흰색 깡통을 꺼내고는 이치의 손을 잡았다.

그 모습이 어찌나 자연스러워 보이던지 나는 멈칫했다. 이 가짜 신이 우리를 진심으로 도울 마음은 없다고 난 생각한다. 하지만 하란이 어떤 사람이든, 또 화하를 이들이 지배하는 데 어떤 역할을 했든, 이치는 이 사람을 믿는다. 둘은 어떻게 만나게 됐을까? 지난 몇 달 동안 둘 사이에는 무슨 일이 있었을까?

하란은 이치의 구멍 난 손바닥에 거품 이는 물질을 뿌렸다. 그러자 구멍들이 부글대면서 막을 이루었고, 거품이 부글대는 위로 투명한 층이 굳어졌다.

정말 놀라웠다.

바닥에서 붕 뜬 소파는 별로 신경 쓰이지 않았지만, 저 기술을 화하에 가져간다면 정말 많은 이들을 구할 수 있을 텐데.

"그건 누구든 사용할 수 있는 건가요? 그냥 겨누고 분사하면 돼요?"

홍수와 태풍이 지난 후 사람들의 곪은 상처를 떠올리자 입이 쓰라리지 않을 수가 없었다. 하란은 고개를 끄덕였다.

"그래요. 줄기세포 기술이죠."

그게 무슨 뜻인지는 모르겠지만, 나는 손을 내밀었다.

"그거 나한테 주세요."

하란은 서둘러 캔을 건네주다가 그만 떨어뜨릴 뻔했다. 나는 아머에 주머니를 만들어 허벅지에 캔을 끼웠다. 전투하다가 유용하게 쓸 수 있을 테니.

"폭탄은 어디에 있지? 나를 경계하든 말든 전투 상황에서 비행 중에 폭탄을 싣고 다니는 건 현명하지 못한 처사라고 본다."

진정은 비행선의 매끈한 내부를 살펴보며 말했다.

그러자 이치는 진정의 눈을 똑바로 바라보더니, 폭파 장치에서 엄지를 떼었다. 나는 가슴이 덜컥 내려앉았지만, 아무런 일도 일어나지 않았다. 이치는 장치라고 생각했던 튜브의 무늬를 누르더니 안에서 회전하며 올라온 부분으로 입술을 발랐다. 그건 립글로스였다.

나는 다시금 진정을 말려야 했다. 그가 어릴 적 거리에서 익힌 아주 다채로운 욕을 마구 쏟아내었으니까.

이치는 립글로스를 가운에 넣고 하란 옆에 앉았다. 그는 멜리아의 언어인 듯한 말로 무어라 말했다. 그러자 계기판에서 목소리가 흘러나왔다. 너무 자연스러운 소리라 실제 사람이 하는 말인지 이 비행선의 시스템이 하는 말인지 구분할 수 없었지만, 인터페이스가 천궁의 도면을 띄워주자 시스템에서 나오는 말 같았다. 아니, 이제는 천궁이 아니라 '무역 정거장'이라는 말이 맞겠지.

이치는 두 개의 거대한 거주공간 고리를 연결하는 기다란 축을 가리켰다. 그것은 반대편 끝에 있는 한 다발의 모듈과 패널을 고리와 이어주고 있었다.

"우리는 중앙 통로로 올라가야 해. 항구 시설은 화물 창고 너머에 있는 정거장에 있어. 문제는 이 교차로를 어떻게 통과하느냐야."

그는 3차원 도면을 회전시켜서 중앙 축에 연결된 고리의 특정한 살을 하나 가리켰다.

"정부는 이미 항구로 통하는 문을 전부 폐쇄했을 거야. 이 비행선에는 무기가 없어. 그러니 너희는 밖으로 나가서 어떻게든 그 문들을 부수고 들어가야 해."

이 임무를 수행하기 위해 이치가 브리핑을 하는 동안 진정의 태도가 변했다. 마치 전쟁 모드로 전환된 것처럼 감정이 싹 사라졌다.

"나에게 맡겨라."

그의 말에 이치는 하란에게 고개를 끄덕였다. 하란은 인터페이스에서 새로운 버튼을 눌렀다. 그러자 바닥에서 추가로 두 개의 좌석이 생겨났다. 진정과 내가 앉자마자 안전띠가 몸을 감아 중간에서 알아서 고정되었다.

이어서 부드러운 소리와 함께 비행선이 떠올랐다.

벽이 투명해지면서 바깥 풍경이 그대로 보이자 나는 깜짝 놀랐다. 하지만 비행선의 윤곽이 네온빛 선으로 잡혀 있는 걸 보면, 이것은 디지털 화면으로 생성한 환상일 게 분명했다.

"이 비행선을 제어할 수 있는 사람이 또 있어?"

나는 화하에 있을 때 멜리아인들이 우리의 장치를 쉽게 해킹했던 기억을 떠올리며 물었다.

"있긴 했지만, 하란은 그러지 못하도록 그 부분을 무력화시켰어. 그래서 하란이 속한 편과 통신하지도 못하고, 몇 가지 기능을 쓸 수 없게 되었지. 그래도 잘 작동해 주기를 바랄 수밖에."

"황룡으로 가라! 이 비행선에 추가로 보호 기능을 넣어야 한다."

진정은 저 멀리 녹아버린 덩어리를 가리키며 말했다. 사실, 그건 이제 용이라고 부를 수도 없을 정도로 변해버렸다.

하란은 계기판에서 뱀 머리처럼 튀어나온 방향타를 돌렸다. 네온으로 표시되는 자들이 3차원으로 떠올랐다. 하란의 손 움직임에 따라 숫자 위를 움직이는 자그마한 선들이 보였다. 이윽고 비행선은 지붕에서 나와 이제는 덩어리가 된 황룡 쪽으로 다가갔다.

"진 황제여, 나는 화하에서 방영된 당신의 드라마 시리즈를 봤습니다. 당신이 다시 살아났다는 게 아직도 믿을 수가 없군요."

하란은 창백한 뺨에 홍조를 띠며 말했다.

"우리의 드라마 말인가요?"

내가 묻는 동안, 진정은 어리둥절한 표정을 지었다. 그는 현대 미디어 매체를 전혀 보지 않았으니까. 그건 나 역시 마찬가지긴 했다. 하지만 그 드라마들이 역사를 정확하게 반영했을 리는 없었다.

하란은 고개를 끄덕이며 말했다.

"원시적인 기술밖에 못 가진 화하가 그렇게 멋진 이야기를 만들 수 있다니 참 놀랍습니다. 진 황제여, 당신은 묘하게 영감을 주는 사람입니다. 당신을 독재자라고 부르는 이들이 많지만, 내가 보기에는 그건 오해입니다. 다만 당신은 미래의 후손이 당신이 겪은 일을 똑같이 겪지 않게 해주려고 악역을 자처한 것입니다."

아, 어떡해. 대체 그 드라마 대본이 무슨 내용이기에?

"그래서 너희들은 내 일거수일투족을 감시했나?"

진정은 몸을 앞으로 휙 숙여서 안전띠가 팽팽하게 당겨졌다. 하란은 고개를 저었다.

"아닙니다! 그런 데이터에 접근 가능한 건 정부밖에 없어요. 화하의 이야기를 알게 된 건 어머니를 통해서였지요. 나는 당신 민족을 위해 능력껏 뭐든 했다는 걸 알아주기 바랍니다."

"그래? 참으로 너그럽군."

진정은 차가운 웃음을 흘렸다. 이어서 내가 물었다.

"당신 어머니가 정말 화하 출신인가요? 그럼 그분은 어디 계시죠?"

"몇 년 전에 돌아가셨습니다. 오리카에아 인들이 모두 이 정거장에서 제대로 적응하는 건 아니라서요."

귀에 찬 통역기에서 나오는 목소리는 매끄러웠지만, 하란의 진짜 목소리는 갈라져 나왔다.

나는 가슴이 덜컥 내려앉았다. 묻고 싶은 게 참 많았다. 하지만 이내 비행선이 착륙했고, 전투 기계들은 여전히 저 바닥에서 우리를 향해 몰려들었다.

진정과 나는 그들에게서 비행선을 방어하기 위해 뛰어나갔다. 내가 검으로 기계들을 베며 전투하는 동안, 진정은 황룡 덩어리에 기 금속을 선형으로 뽑아 휘둘렀다. 이윽고 전체 덩어리가 액체로 변하자, 그는 용암 덩어리가 파도치듯이 그것을 끌어와 비행선 위로 끌어올려 표면을 덮었다. 계기판에 속해 있던 기 금속 아닌 기계 부품들이 바닥으로 미끄러져 떨어졌다. 하란은 비행선의 스피커를 켜고서 기 금속으로 덮지 말아야 할 부분이 어딘지 알려주었다.

일단 다시 비행 가능하다는 걸 확인하자, 진정은 비행선 안으로 들어가지 않겠다고 말한 후 비행선 위로 훌쩍 올라갔다. 아마도 그러는 게 가장 좋겠지. 하란이 진짜 진 황제와 계속 이야기를 했다가는 우리를 도와주지 않을 수도 있으니까.

그는 검을 뽑아들고 몸을 웅크렸다. 나는 비행선 안으로 들어가야 할까? 아니면 진정의 미친 짓에 동참해야 할까? 망설이던 순간, 나의 기감에 무언가가 걸렸다. 난 그쪽으로 홱 돌아섰다.

"뭘 기다리는 거야?"

진정이 고함을 질렀다.

"우, 움직여요! 세민의 기척이 움직이고 있어요!"

나는 숨을 헐떡였다.

제51장

복수심 가득한
유령

이게 뭔지 알아볼 시간 따위는 없었다. 나에게 다가오는 전투 기계를 옆으로 쳐버리고서, 나는 날개를 퍼덕여 비행선 위로 어찌어찌 올라갔다. 그리고 진정과 날개가 닿을 정도로 가까이 다가가 무릎을 꿇은 다음, 비행선 위로 새로이 씌워진 기 금속에 정강이와 손바닥을 붙였다.

"그놈들은 그를 인질로 삼아서 네 앞에 들이밀려 할 것이다. 그래서 더는 외면하지 못하도록 말이지."

진정이 곰곰이 생각에 잠겨 말했다.

"나도 알아요! 그놈들이 날 이래라저래라 할 수 없다는 걸 대체 몇 번이나 보여줘야 하는 거죠?"

"너는 한 번만 무너지면 되니까 계속 그렇게 나오겠지."

"안 무너진다니까."

"그래. 좋다."

이윽고 비행선이 떠오르며 앞으로 나아갔다. 이륙하는 힘으로 지상에 있던 기계들이 밀려났다.

"떨어지지 마라! 널 잡아주지 않을 거다!"

진정은 얼굴을 스치는 바람에 맞서 소리쳤다.

"잡아줄 필요 없어요!"

나는 어떻게든 바람을 막아보려고 헬멧 가장자리를 눈 위까지 넓혔다.

틈으로 이루어진 가느다란 시야에 녹지로 둘러싸인 흰색 건물들이 반짝이며 스쳐 지나갔다. 비행선이 건물 사이를 이리저리 돌며 몸체를 비틀자 나는 진정과 함께 심하게 기울어진 채로 비행했다. 뱃속이 마구 흔들리는 와중에도 나는 온몸에 힘을 주고 중심을 잡았다. 긴장감에 관절이 아팠지만, 하란은 드론의 공격 범위에 우리가 들어가지 않도록 애쓰고 있다는 게 느껴졌다. 하지만 복부에 총알을 몇 발 맞았고, 아머로 보호하지 않은 부분 근처까지 위협적으로 공격받기도 했다. 나는 유성추를 휘둘렀지만, 바람이 워낙 세찬지라 움직임이 굼떠졌다. 하지만 정신으로 사슬을 움직여 드론을 몇 대 맞추었고, 그것들은 반짝이는 벽과 창문에 부딪혀 부서졌다.

저 멀리 거대한 금속 기둥이 나타났다. 그 압도적인 크기에 고리 안의 모든 사물은 상대적으로 너무나 작아 보였다. 비스듬히 위로 솟은 기둥은 저 위로 보이는 결정체 천장을 뚫고 저 멀리 중앙 통로까지 가파르게 이어졌다. 그걸 보자 하늘을 지탱하는 네 개의 기둥이 있다는 전설이 떠올랐다. 그런데 정말로 여기에는 하늘의 기둥이 있네. 가까이 가서 마주 보니 그건 마치 단단하고 하얀 산 같았다.

하란은 비행선 스피커로 말했다.

"예상대로 문이 폐쇄되어 있어요! 하지만 문을 하나 부술 수 있겠죠!"

"저게 그 나선형 구조물이야!"

이치가 덧붙였다. 그게 무슨 뜻인지는 분명하게 보였다. 기둥에 나선형으로 문들이 새겨져 있었다. 수직으로 올라가며 떨어져 있는 문의 크기는 이 비행선보다 다섯 배는 족히 컸다.

"조준을 높이 해! 셋에 공격한다!"

비행선이 어떤 문 근처에서 속도를 줄이자, 진정은 유성추를 점점 더 크게 휘두르며 말했다. 나도 그를 따라 유성추를 휘둘렀다.

"하나, 둘, 셋! 지금이야!"

우리는 유성추를 문에 던졌다. 추들이 나선형 조각 사이를 부스며 그 안으로 박혀 들어갔다.

"가짜 신아! 비행선을 추락시켜라!"

진정이 명령했다.

비행선의 엔진이 꺼졌다.

무중력 상태가 잠시 지속되었다가 이내 우리는 추락을 시작했다. 우리의 유성추는 문을 뚫고 들어가 금속을 일그러뜨리고 전선을 끊었다. 이윽고 비행선이 다시 시동을 켜고 역방향으로 움직이면서 우리를 더욱 강한 힘으로 아래로 끌고 갔다. 나는 이를 악물고 나의 유성추를 최대한 문에 깊이 밀어넣었다. 갑자기 저항이 느껴졌다. 두꺼운 표면이 뚫렸다는 신호였다. 진정은 아머의 날개를 내 날개에 대었다. 우리 몸을 감싼 모든 기 금속이 공유된 의식으로 변했다. 우리는 유성추를 서로를 향해 밀어붙이며 더욱 문을 파고들었고, 진정은 유성추들을 대들보에 붙였다.

"당겨라, 가짜 신아!"

진정이 우렁차게 고함을 질렀다. 하란은 그 말을 따랐다. 천둥처럼 삐걱대는 소리가 들리면서 우리가 협력하여 이루어낸 공격이 마치 캔을 따듯 구멍을 뚫었다. 공간이 충분히 벌어지자 진정과 나는 유성추를 거두어 비행선에 낮게 붙였다. 하란이 비어 있는 기둥 안으로 진입하는 동안 뜯겨나간 금속과 끊어진 전선에 머리가 아슬아슬하게 닿을 뻔했다.

비행선 앞쪽에서 헤드라이트가 켜졌다. 그러자 건물 몇 개를 합친 크기만 한 엘리베이터 통로 같은 공간이 보였다. 나는 급경사를 오르는 동안 떨어지지 않도록 비행선을 감싼 기 금속에 건틀릿을 붙였다.

"조심해요. 중앙 통로에 가까이 갈수록 중력이 약해집니다!"

하란이 말했다. 그게 무슨 말인지 제대로 이해하지 못했다가 이내 오르면 오를수록 내 몸이 가벼워지는 느낌이 들었다. 피가 다리에서 위로 역류했다. 비행선이 기둥의 꼭대기에 다다랐을 때는, 나와 진정의 유성추가 사슬에 매달린 풍선처럼 둥둥 떴다.

새로운 경험에서 오는 경이로움도 잠시, 우리를 어설프게 만드는 현실에 맞부닥쳤다.

중앙 통로로 들어가는 일은 기둥을 부수고 들어가는 것보다 훨씬 더 복잡했다. 회전하는 부분에서 정지한 부분으로 이동해야 하는 매커니즘 때문이었다. 우리는 하란의 지시에 따라 부수라는 것을 부수고 뚫으라고 하는 곳을 뚫었다. 추락할 위험이 없어졌기 때문에, 우리는 작업해야 할 곳으로 쉽게 떠서 이동했다. 하지만 한 번만 어딘가를 잘못 뚫는다면 질식사할 위험이 있었다. 바깥 우주 공간에는 공기가 없으니까.

우리가 이해할 수 없는 새로운 물리학과 기술을 한가득 받아 씨름하는 동안, 세민의 기척은 기둥 축을 따라 점점 다가오고 있었다. 하지만 그 기척은 저 앞쪽 어딘가에서도 느껴졌다. 이게 대체 무슨 일이지? 신들이 세민의 몸을 일부 떼어 또 다른 장소에 살아있게 만든 것일까?

아니, 생각하지 말자. 나는 마음을 다잡았다.

계속 움직여야 해. 내가 할 수 있는 건 그게 전부야.

모듈 사이를 이동하면서, 나는 진정과 함께 하란과 이치에게 우리 세계 너머에 있는 다른 세계들에 대해 많은 것을 물어보았다. 하란의 말에 따르면 우주에 존재하는 거주 가능한 행성들은 서로 너무 멀리 떨어져 있어서 '점프게이트'라는 기술로만 서로 연락을 주고받을 수 있다고 했다. 점프게이트가 발명되기 전에는 행성 사이를 이동하려면 수백 년 동안 느린 우주선을 타고 가야 했다. 그렇게 여행하던 도중에는 종종 사고도 발생해서 개척자들이 지식과 기술을 보존할 수단도 없이 고립되었다. 그러면 그들의 후손들은 처음부터 다시 문명을 시작해야 하는 처지가 되어버리는 것이다. 그래서 우주여행자들은 원시적인 수렵 채집자가 되고, 정보는 이야기가 되었으며 역사는 전설이 되었다.

"그게 아마도 우리 조상들 1세대가 겪었던 일이었겠지."

이치는 비행선 스피커를 통해 말했다.

"2천 년 전에 말이지?"

나는 하란이 비활성화하라고 말한 제어 패널에 검을 꽂아 넣으면서 물었다. 그 시기는 바로 혼돈이 우리를 침략했다던 때일 것이다. 그 날짜가 전해져 내려온 이유가 있겠지. 아니나 다를까, 이치가 대답했다.

"그때쯤이 맞아. 하지만 새로운 우주여행자들이 유입된 적도 많았어. 장비를 잘 갖추고 온 이들은 기 금속이 물건을 제작하기에 얼마나 귀중한 자원인지 알아냈지. 단순히 크리살리스만이 아니라 우주선과 점프게이트를 만드는 데도 쓰이니까."

"하지만 혼돈에게서 얻은 기 금속만 효과적이어서, 멜리아인들은 우리 행성에 죄수를 이주시켜 사냥하게 한 거야?"

나는 이제껏 들었던 민담을 조각조각 끼워 맞추며 생각에 잠겼다. 오랑캐의 이야기에는 '천벌을 받았다'는 내용이 있었지. 그리고 황제가 '신들의 도움을 받아' 첫 번째 크리살리스를 만들었다는 것도.

"그때 당시 멜리아는 국가가 아니었어. 다른 은하계 세력들이 대류마다 자기네 나라 죄수를 떨어뜨려서 특정 지역의 기 금속을 차지하려고 싸웠지. 하지만 우리 행성에 대한 접근권을 둘러싸고 벌어졌던 최후의 대전에서 멜리아가 승리하고 다른 세력을 모두 차단했어."

수없는 실수를 저지른 끝에, 우리는 결국 중앙 통로로 가는 길을 얻었다. 어찌나 어마어마한 규모인지 현기증이 날 정도였다. 투명 육각형들이 수없이 서로 맞물려 형성된 원기둥은 초고층 빌딩보다 더 높아서 시야를 넘어섰다. 각 육각형 뒤로는 하란의 비행선보다 커다란 물체가 둥둥 떠 있었다.

바로 혼돈의 껍데기였다.

비행선이 그 껍데기 옆을 하나씩 지나가는 동안 이치는 설명을 이어갔다.

"멜리아인들은 기 금속 무역을 독점하고 있어. 우리 행성은 4세기 전 멜리아의 기업인 비바시 미네랄 사와 계약을 했다고 해."

"그렇다면……."

그답지 않게 말없이 있던 진정이 드디어 입을 열었다. 가슴이 불규칙하게 들썩이는 모습이 금방이라도 질식할 것 같았다.

"이제껏…… 우리의 존재가…… 끝없이 벌였던 전쟁이…… 모두 다 이 외국인들의 돈벌이를 위해서였단 말인가?"

"근본적으로, 그렇지."

이치가 대답했다. 공허한 그 목소리에는 지난 몇 달 동안 분노로 지친 기색이 드러났다.

내 눈앞이 순간적으로 까맣게 변했다. 혼돈의 껍데기들이 죄다 판매용으로 늘어선 모습을 보니 이보다 더 충격적인 진실이 없었다. 우리가 본 사진 속의 알록달록한 가족이 떠올랐다. 우리가 공포에 휩싸인 채로 태어나야 하는 행성을 배경으로 포즈를 취하며 얼굴 가득 기쁜 내색을 담은 사진이었다. 그들의 배경이 되는 행성에서, 20대 초반의 조종사들은 파도처럼 밀려드는 적들과 싸우면서 천상의 침략자들로부터 우리 인간을 영웅적으로 지키고 있다고 믿으며 죽어갔다. 여기 있는 껍데기들은 모두 우리가 전장에서 흘린 피와 고통의 대가였다.

지금 하란에게 곧바로 말을 걸 수가 없어서 다행이었다. 난 지금 그 가짜 신이 고통스럽게 비명을 지르는 소리를 너무나 듣고 싶었으니까.

"어디……. 어디에 토형 혼돈이 있어?"

내가 낸 목소리인데도, 마치 내 안의 폭풍과는 동떨어진 듯한 소리로 들렸다. 나는 분노의 안개를 밀어내고 껍데기의 세포를 살펴보았다. 토형 혼돈을 찾으면 황룡을 다시 만들어낼 수 있다. 우리의 아머는 다른 껍데기를 동화시켜 흡수할 수 있는 특수 성질을 지녔다.

"아..... 이미 토형 금속 재고를 모두 방출해 버린 것 같군요. 여러분이 사용할 수 없게 말이죠."

하란은 실망한 소리를 내었다. 나는 욕설을 뱉다가 빈 육각형을 발견했다. 그 안에는 아무것도 없어서 바깥으로 우리의 행성이나 그 너머의 우주가 비쳐 보였다.

멜리아인들이 혹시 놓친 토형 혼돈이 있나 마지막으로 살펴보다가 다른 걸 발견했다. 아주 선명한 파란색의 껍데기였다. 목기 금속은 청룡처럼 파란색이기도 하지만, 지금처럼 진한 사파이어 색은 처음 보았다.

"왜 이토록 파란 색인 것도 있지?"

나는 껍데기 하나를 바라보며 그게 저 뒤로 사라질 때까지 시선을 떼지 않았다.

"그건 서역 지방에 있는 혼돈의 종류야. 그쪽 거점지에서는 저걸 수형 혼돈이라고 부르는데, 우리 것과 살짝 달라. 서역에는 목형이나 금형 혼돈이 없는 대신 기(氣)형 혼돈이 있어. 아주 연한 초록색 혼돈이지!"

내가 좀더 설명해 달라고 말하려던 순간, 뒤편 저 멀리 소리가 들려왔다. 넓디넓은 통로에 메아리치는 소리는 우리 비행선이 뚫고 들어왔을 때의 소리와 같았다.

내 기감 안으로 세민의 기척이 번쩍이며 곧바로 다가왔다.

나는 몸을 굽혔다. 가슴이 죄어들었다. 두 손으로 비행선을 덮은 기 금속을 파고들었다.

돌아볼 수가 없었다.

돌아보아야 하는데도.

저게 무엇일지 보고 싶지 않았다.

하지만 마주해야 했다.

"비행선이 온다!"

진정이 검을 뽑아 들었다.

나는 돌렸다. 우리 비행선과 크게 다르지 않은 비행 물체가 저 멀리서 나타났다. 그것은 앞 창문을 휙 열더니 붉은 광선을 빠르게 쏘았다.

진정과 나는 광선을 옆으로 피했다. 토기 금속을 이렇게 파괴할 수 있는 건 오로지…….

다시금 화기 광선이 우리 쪽으로 날아왔다. 이번에 광선을 피하면서, 나는 어디서 광선이 나오는 건지 보았다. 번뜩이는 진회색 팔에 달린 빨간 손바닥이 보였다.

이어서 눈앞에 보이는 광경을 난 이해할 수 없었다. 몇 초간 멍하니 앞을 바라보는 동안, 반질반질한 기계 부품과 기 금속으로 이루어진 몸이 비행선에서 반쯤 올라왔다. 바로 세민이었다. 인간 모습인 건 머리뿐이었지만, 사실 그 머리도 완전히 인간 같지는 않았다. 얼굴 아래쪽은 마치 총구처럼 생긴 마스크를 씌워놓았고, 눈 말고는 나머지 부분을 죄다 가렸다. 그의 동공에서 붉은빛이 타오르며 점점 밝아졌다.

진정은 세민이 기 금속 건틀릿으로 쏜 기공포를 피하려고 내 위로 몸을 날렸다. 순간 비행선이 휙 흔들렸다. 앞에서 유리창이 부서지는 소리가 들리면서 우리는 녹아버린 구멍이 난 육각형 구조물 옆을 쏜살같이 지나갔다.

"비행선이 맞게 해서는 안 된다!"

진정은 내 귓가에 소리쳤다. 그러더니 날개를 고치고는 파닥여 이

류할 준비를 했다.

그는 지체 없이 세민을 죽일 테지.

나는 그를 뒤로 확 밀고는 먼저 비행선에서 뛰어내렸다. 이곳은 무중력 상태라서 몸이 빙그르르 돌며 데굴데굴 굴렀다.

"황후!"

진정이 내 뒤로 소리쳤다.

"내가 맡을게요! 따라오지 마!"

나는 날개를 들어 올리며 몸을 가누었다.

"따라갈 마음 없었어!"

진정의 목소리가 마디마디 멀어져갔다.

나는 뒤집힌 비행선에 붙은 그가 멀어져가는 모습을 지켜보았다. 아니, 정확히 말하자면 뒤집힌 건 나였다. 하지만 그런 느낌은 전혀 없었다. 머리에 피가 쏠리지도 않고, 팔다리를 잡아당기는 힘도 없었다.

기공파가 목 보호대를 스치면서 그 아래 피부를 그을렸다. 나는 새된 소리를 질렀다. 좀 더 깊게 맞았더라면 난 죽었을 거다.

"세민아, 나야! 측천이야!"

나는 공중에서 애써 몸을 세우며 얼굴 보호구를 내렸다. 멜리아인들이 세민에게 무슨 짓을 한 거지?

세민은 건틀릿으로 다시금 기공파를 쏠 준비를 했다.

나는 허리에 찼던 유성추를 떼어 그에게 던졌다. 나의 의지를 담은 사슬이 앞으로 쭉 뻗어나가며 그의 금속 몸체를 둘둘 감아 팔과 몸통을 묶었다.

"세민아, 난 너의 짝이잖아! 우리는 같이 주작을 조종했잖아!"

나는 날개를 뒤편으로 치면서 팔에 건 사슬이 느슨해지지 않도록 돌돌 감았다. 그의 비행선이 가까워지자 눈물이 차올라 세민의 모습이 흐려졌다.

"나 기억 나? 이치는 기억나고?"

목이 울컥 메었다.

"그래, 기억나."

그는 사슬에 맞서며 냉정하게 대답했다.

나는 순간 흔들렸다. 세민의 목소리를 실제로 듣게 될 줄은 몰랐다.

그 잠깐의 틈을 타서 세민은 한쪽 팔꿈치를 풀더니 사슬을 아래로 홱 잡아당겼다. 그의 주먹에 화기가 뜨겁게 올랐다. 사슬로 타는 듯한 감각이 전해지면서 뜨거운 금속이 살에 닿는 강렬한 느낌이 나자 나는 비명을 질렀다.

"넌 나를 죽게 내버려뒀잖아."

세민이 말했다. 나의 악몽 속 만신창이가 된 모습으로 한 말이었다. 그의 말은 마스크를 통해 기계음으로 갈라져 나왔다. 멜리아인들은 그 안에 스피커를 설치해서 내가 한 마디도 놓치지 않고 그의 말을 다 듣게 해놓았다.

"너는 이기적이고 쩨쩨한 복수심과 소유욕이 있었지. 넌 네가 상처 준 사람 따위, 네 앞길을 방해하는 사람 따위 생각하지 않는 애야."

타는 듯한 통증을 견뎌내며 나는 토기를 흘려 사슬을 강화했다. 하지만 더는 버틸 수가 없었다. 세민이 탄 비행선이 너무 빨리 날아왔다. 그를 앞지를 만큼 빠르게 날갯짓할 수가 없었다. 난 못 해. 세민이와 싸울 수가 없어. 난 못 해, 못 해, 못 한다고…….

세민은 사슬을 끊고서 나의 유성추를 잘랐다. 그리고 손바닥을 나에게 겨누었다.

나는 날개를 뒤로 확 접어서 관성을 이용하여 그에게 몸을 충돌시켰다. 세민이 몸을 뻗으려고 들어 올린 앞 창문 위로 넘어졌다가, 이내 비행선에서 완전히 벗어나고 말았다. 나의 어깨는 그의 몸통을 스치다가 이내 중앙 통로로 둥둥 떴다. 나는 그의 팔을 허리에 꽉 붙였다. 세민의 기계 몸통 너머로 느리고 무거운 심장 박동이 들려오자 난 깜짝 놀랐다.

세민은 한 손을 내 갈비뼈에 대더니 직접 열기를 쏘아댔다. 내 가슴에서 비명이 터져 나왔다. 나는 세민을 휙 돌려서 최대한 멀리 던졌다.

그는 커다랗게 원을 그리며 복도를 쭉 나아갔다. 순간, 그의 기계 몸통 뒷부분에 빨간 척추 지지대가 보였다. 나는 검을 뽑았다. 세민의 인공 신체 작동법을 추측해 보자면, 분명히 척추에서 손바닥으로 이어지는 기 금속 경로가 숨겨져 있을 것이다. 그걸 끊으면 기공파를 쏘는 걸 막을 수 있겠지.

세민은 육각형 구조에 부딪쳐서 이리저리 튀어오르고 미끄러졌지만 이내 손바닥에서 기를 뿜어대며 방향을 잡았다. 그는 두 손으로 좀 더 작고 짧은 기공파를 내게 쏘아댔다. 마치 불꽃을 던지는 듯했다. 나는 거칠게 몸을 숙이고 돌려가며 그의 공격을 피했다. 쏘아대는 기공파마다 내 옆쪽 육각형 구조물에 구멍을 내며 터졌다. 그러다 허벅지에 한 방을 맞았다. 옆구리에서 계속 이어지는 통증과 합쳐져 다시금 고통이 심해졌다. 상처가 얼마나 심한지 차마 볼 용기가 나지 않았다.

세민의 목소리가 통로에 울려 퍼졌다.

"난 널 위해 목숨을 버렸어. 그런데 넌 어땠지? 죄 없는 사람들을 학살했잖아. 사회를 망가뜨렸잖아. 내가 여기 갇혀서 제대로 된 몸도 없이 살아있는 걸 알면서도, 독재자에게 몸을 팔아 노예가 되었잖아!"

통증으로 뿌옇게 흐려진 정신 가운데 또렷한 말들이 날카롭게 들려왔다.

세민이 나에게 언제 이런 말을 한 적이 있던가?

나는 세민을 기억하고 있다. 본인은 좁은 찬 바닥에 몸을 구겨 누워서 내가 생전 처음 진짜 침대에서 자게 해주었던 소년을. 독서를 너무 좋아해 나빠진 시력으로 누굴 만날 때마다 잘 보이지 않아 눈을 찌푸렸던 소년을. 자신에게 욕하는 건 다 참아도, 나를 위해서 사람을 때리고 모진 처벌을 감수했던 소년을. 내가 어딜 가든 날 업어주었던 소년을, 붉은빛이 비쳐드는 방에서 한쪽 무릎을 꿇고 내 손마디에 입을 맞추던 소년을.

내 앞에 있는 건 세민이 아니었다. 우리 둘레에 있는 혼돈의 껍데기처럼, 세민의 죽은 껍데기에 불과했다.

나는 날개로 몸을 감싸고는 앞으로 돌진하여 그의 손목을 잡았다. 그리고 다른 손으로 그의 팔 아래에 검을 밀어 넣었다. 다리로 그의 다리를 감아 지렛대 효과를 내고, 검을 찔러넣어 팔 반대편까지 관통시켰다. 화기 금속으로 이루어진 핵심의 절단면 전선에서 불꽃이 튀었다.

그는 비명을 지르지 않았다. 내가 다음 동작으로 넘어가기 전에, 그는 남은 손으로 내가 검을 든 팔을 쥐더니 화기로 태우기 시작했다.

나의 비명이 허공을 마구 찢으며 울렸다. 온몸의 근육으로 쏘아대는 고통이 비명에 서렸다. 그의 타는 듯한 손길에 나는 마구 몸부림쳤다. 팔을 떼어내어 검을 써야 하는데 그럴 수가 없었다. 하지만 여기서는 뭐든 공중에 뜨니까…….

검을 놓자, 세민의 잘린 팔과 같이 뜬 검이 우리 위에서 빙그르르 돌았다. 나는 반대편 손으로 검 손잡이를 잡으려 했다. 그는 내가 방금 한 기술을 모방하여 자신의 다리를 내 다리에 감고서 내가 검을 쥐지 못하게 몸싸움을 했다. 이글거리는 그의 손가락이 손아귀에 잡은 내 건틀릿을 녹여댔다. 내 살이 타는 냄새에 위액이 역류했다. 눈앞이 가장자리부터 까맣게 변해갔다.

하지만 그 손이 흔들리는 광경을 보자, 나머지 부분과 너무나 뚜렷하게 구분되는 아랫부분 기 금속을 보자 불쑥 좋은 생각이 났다. 나는 아무것도 잡지 않은 손의 건틀릿 손바닥 부분을 잘라낸 다음 그걸 쭉 늘려서 내 검 쪽으로 뻗었다. 그러자 늘어난 기 금속이 검 손잡이를 감싸 내 쪽으로 당겼다. 나는 손가락으로 그걸 꽉 잡았다.

그리고 검을 세민의 등으로, 그의 심장이 뛰는 곳으로 푹 찔렀다.

금속을 꿰뚫은 검이 두터운 살집을 뚫고 지나가는 감각은 역겨웠다. 결국 내 가슴까지 닿은 검의 끝이 툭 소리를 내며 멈췄다. 세민의 몸통은 경련이 일면서 동공에서 빛이 마구 뿜어나왔다.

안 돼. 소리치고 싶었다. 내가 무기를 들고 있는 쪽이지만 부정하고 싶었다. 하지만 검을 통해 뜨겁게 흘러나오는 세민의 피와 느려지는 심장 박동이 느껴졌다.

"너……."

그는 욕설을 내뱉듯 날 불렀다. 붉은빛이 사라진 그의 눈은 흐릿하니 초점이 없었다.

"어떻게 이래? 난 널 위해 뭐든 다 했는데, 어떻게, 측……천……."

그가 내 이름을 말하는 순간, 목소리가 갑자기 뭉개지며 먹먹해졌다. 마치 다른 마음으로 변해 말하는 것 같았다. 아주 잠깐, 그가 발음한 내 이름이 그 전 말과 겹치는 소리를 분명히 들었다. 마치 하란이 통역기로 말했을 때와 똑같이 말이다.

차가운 깨달음이 나를 얼음물처럼 확 덮쳤다.

"세민아."

마치 저 통로 끝에서 속삭이는 것처럼, 나의 목소리는 작고도 아스라하게 나왔다.

세민의 눈꺼풀이 축 처졌다.

"날…… 온전하게 해줘……."

그는 내 품에 털썩 쓰러지지 않았다. 그러기에는 중력이 없었으니까. 존재하는 것은 오로지 고요함뿐이었다. 차분하다시피 한 고요함이 너무나 오랫동안 지속되었다.

나는 그를 흔들었다.

"안 돼, 아니야, 안 돼, 세민아! 나랑 있어야지!"

세민의 기척을 여전히 느낄 수 있었다. 희미하지만, 그의 심장은 이제 뛰지 않지만 분명히 기척이 존재했다. 그의 정신이 사라지지 않았을 가능성이 있는데 그를 죽였을 리가 없잖아. 내가 그럴 리가 없잖아.

"세민아! 일어나! 일어나라고!"

나는 그의 뺨을, 반쯤 감긴 눈을, 이마를 만져보았다. 싸늘했다.

그래, 심장을 다시 뛰게 할 수 있어! 가슴에 손을 대고서 마사지하면 돼…….

나는 그의 등에서 검을 뽑은 다음 날개를 퍼덕여 육각형 쪽으로 다가갔다. 그리고 육각형에 그를 기대 놓고 두 손으로 가슴을 압박했다.

제길! 내가 왜 이렇게 깊이 찔렀지?

순간, 치유 스프레이 캔이 있다는 사실이 떠올랐다. 아머에서 캔을 꺼내는 손가락에 감각이 없고 덜덜 떨려서 제대로 손이 움직이지 않았다. 나는 가까스로 세민의 상처 끝에 두텁게 거품을 뿌렸다.

하지만 아무런 일도 일어나지 않았다. 거품은 부글부글 끓지 않았다. 그의 가슴에 다시금 스프레이를 뿌렸지만, 거품 사이로 피가 스며 나올 뿐이었다.

나는 헬멧을 쥐고서 비명을 질렀다.

그러다 다시금 세민의 기척이 약하게 느껴졌다. 그 순간, 나는 진정의 거대한 기척이 지나간 곳 어딘가 저 앞으로 복제체가 있다는 게 떠올랐다.

"날…… 온전하게 해줘……."

세민은 왜 그렇게 말했을까?

통로에 수도 없이 존재하는 육각형 셀이 저 먼 곳에 두근두근 뛰는 허공을 향해 수렴하는 것만 같았다. 혹시 지금 느껴지는 세민의 기척은 그저 나의 상상일 뿐일까. 대체 이게 말이 되는 현상일까.

하지만 여기 머물 수는 없었다.

나는 세민의 차가운 금속 몸체를 팔로 감은 채, 알 수 없는 곳을 향해 날아가기 시작했다.

제52장

꺼질 수 없는
불꽃

나는 끔찍한 공허함에 휩싸인 채로 통로를 따라 이동했다. 혼돈과의 전투를 마치고 만리장성으로 돌아갈 때마다 느꼈던 공허함과 같은 결이었다. 고요한 황폐함과 너무나 강렬한 폭력을 경험한 후 찾아오는 불편함도 마찬가지로 찾아왔다. 사방에 죽음과 파괴의 기운이 어른거렸다.

세민의 허리를 팔로 감은 채, 나는 여기저기 화상을 입은 몸을 덮은 기 금속을 정신력으로 벗겨냈다. 벗겨지고 물집이 잡힌 살은 빨갛게 익었고, 구역질이 날 만큼 누렇고 검게 변하기도 했다. 나는 남은 손으로 하란이 준 치유 물질을 그 위에 뿌렸다. 거품이 지글지글 일면서 통증이 줄어들더니 상처마다 반짝이는 새 층이 나타나 주었다. 미리 캔을 챙겨올 수 있어서 하늘에 감사할 지경이었다.

아니, 하늘에 감사 따윈 이제 하지 말아야겠지. 난 지금 하늘을 넘어서 있으니까.

골치가 지끈거릴 정도로 수없이 보이는 육각형 셀들 사이를 날아다닌 끝에, 세민의 복제된 기척이 느껴지는 셀 하나를 찾았다. 그곳에는 다른 셀 안에 든 것보다 더 잘게 부서진 내용물이 있었다.

붉은 조각들이었다.

순간, 현무가 주작의 머리를 밟아 누르는 장면이 떠올랐다. 아드레날린이 확 치솟으며, 나는 검을 들어 유리 같지만 분명히 최첨단 기술로 만든 물질로 이루어지는 셀의 벽을 두 층 부수었다. 그러자 부서진 가장자리가 빛나면서 저절로 복구되기 시작했다. 나는 줄어드는 셀의 구멍 안으로 세민을 넣어 붉은 덩어리로 이루어진 부유물 속으로 담갔다. 그 안의 조각은 대부분 우리보다 컸다. 복제된 기척이 그 조각들 사이 어디에선가 떠돌았다. 우리의 행성은 수많은 육각형 구조물 너머 햇살에 완전히 잠긴 채, 파랗게 빛나는 윤곽을 이루었다. 화하는 전혀 보이지 않고, 지금은 파란색에서 붉은색으로 흐르는 바다와 낯선 대륙만이 보였다.

나는 주작의 덩어리들을 발로 차서 두 손으로 잡은 다음 세민의 척추 보호대에 맞추었다. 무슨 마음으로 이러는지는 나도 몰랐다. 세민이 기적적으로 다시 살아나는 상상을 했다.

하지만 아무런 일도 일어나지 않았다. 그의 기척은 연기처럼 흩어진 채였다.

조각을 모아봐야 할까? 몇 개의 조각이 있는 곳으로 천천히 움직이며 어디가 들어맞는지 알아내 보려고 했다. 머리를 재조립할 수만 있다면, 어쩌면…….

조각들의 날카로운 절단면을 서로 맞대 보았다. 하지만 조각이 정말 많았다. 많아도 너무 많았다. 그래서 부리처럼 보이는 부분을 찾아 거기서부터 맞춰 보았다.

내가 움직일 때마다 조각들은 더 멀리 흩어져갔다. 나는 그것들을 서로 끌어당겨 맞추었다. 노력이 허사로 돌아갈수록 내 심장이 점점 더 빠르게 뛰기만 했다. 피부 아래로 계속 압박이 느껴지기만 하자, 결국 나는 쉰 목소리로 비명을 지르며 조각을 다른 조각에 세차게 집어던졌다.

두 조각은 내 손에서 계속 벗어나 날아가기만 했다.

맞출 수 없는 이 잔해들 가운데서, 내가 풀 수 없는 퍼즐 가운데서 나는 둥둥 뜬 채로 무너져내렸다. 내가 떠나온 세상은 저 멀리서 부드럽게 빛났다. 눈물은 볼을 타고 흘러내리는 대신 내 눈 주위에서 둥글게 구슬을 이루었다.

"이게 대체 뭐야?"

그 누구도 아닌, 오직 나만 듣도록 목멘 소리를 내며 나는 눈물을 닦았다. 자그마한 물방울들이 유리 구슬처럼 둥둥 떠다녔다. 나는 눈앞이 맑아질 때까지 계속 눈물을 던졌다.

이윽고 우리의 행성을 바라보았다. 오리카에아. 이 이름은 아직도 낯설었다. 너무나도 평화로워 보이는 행성은 딱히 자세히 보지 않는다면 움직임이 보이지 않을 정도로 천천히 돌고 있었다. 만약 나의 세계가 저렇게 보이기만 한다면, 그 아래에서 생명이 태어났다가 사라지고 있다는 걸 전혀 짐작할 수 없었겠지. 이 거대한 땅덩어리 안에서, 구분되지 않은 수많은 점 같은 곳에서 친구들은 서로를 보며 웃고, 연인들은 서로를 안고 있겠지. 적어도 한 사람쯤은 내가 있는 방향을 바라보고 있겠지만, 지금 여기서 무슨 일이 일어나는지는 전혀 짐작도 못 하고 있겠지.

그래서 멜리아인들은 저 아래에서 우리가 고통받든 말든 상관없이 살 수 있는 걸까? 이들은 너무 높디높은 곳에 살아서 우리가 저들과 같은 인간이라는 게 안 보이니까?

속에서 분노가 일어나 부글부글 격하게 끓어올랐다. 머리핀을 날카롭게 갈아놓으며 양광의 첩으로 들어가게 날 이끌었던 분노였다. 안록산이 본인 피에 잠겨 죽게 만들었던 바로 그 분노였다. 성현궁에 있던 모든 이들을 짓밟아 죽이고 부순 그 분노였다.

분노가 끓어오르자 나는 다시금 생기가 돌았다. 그렇게 계속 위로, 위로, 또 위로 날아올랐다. 인간의 마음에는 꺼지지 않는 불꽃이 있다. 자유를 갈망하는 불꽃이, 그 어떤 대가를 치르더라도, 제아무리 확률이 낮을지라도, 짓누르려는 압박이 심할지라도 꺼지지 않는 불꽃이.

나는 우리의 세계를 등지고 다시 세민을 바라보았다. 어째서 그의 기척이 느껴지는지는 알 수 없었다. 어쩌면 내가 스스로를 속이고 있는지도 모른다. 실은 멜리아인의 속임수에 속아서, 내 손으로 세민을 죽였다는 진실을 직면하고 싶지 않은 나의 상상일지도 모른다.

나는 하마터면 또 부서질 뻔했다. 하지만 분노가 나를 다잡아주었다. 멜리아인들이 이런 짓을 벌이고도 모른 척 빠져나가게 둘 수 없다는 순수하고 정제된 욕망이었다. 나는 세민의 눈을 살그머니 감기고 그 이마에 입을 맞추며 싸늘한 피부에 잠시 덧없는 온기를 남기며 속삭였다.

"미안해, 세민아. 정말 미안해. 나에게 살아갈 기회를 주어서 고마워. 너한테도 살 기회를 주지 못해서 미안해. 그래도 이제는 편히 쉬길 바라. 부디 평화로이 지내 줘. 사랑해. 언제까지나 사랑할게."

나는 세민을 놓아주었다. 그는 크리살리스의 조각들 사이에 마치 잠든 듯 둥둥 떠다녔다.

기감의 범위를 확 넓히자 익숙하게 느껴지는 신호 두 개가 나왔다. 진정과 이치는 이제 비행선처럼 빠르게 움직이고 있지 않았다. 그들은 다른 기척으로 가득한 목적지에 도달했다.

나는 셸을 부수고 빠져나와 그들에게로 향했다.

제53장

싹트는 씨앗

마침내 통로의 끝이 나왔다. 세민의 비행선은 가운데가 박살난 거대 나선형 입구 앞에 멈춰 서 있었다. 뒤틀려 뚫린 구멍은 하란의 비행선이 통과할 수 있을 만큼 컸다. 나는 그 안으로 날아갔다.

그러다 둥둥 뜬 시체와 부딪히고 말았다.

머릿속이 하얘져 버렸다. 시체 주변에 둥둥 뜬 유리 조각 사이로 붉은색과 녹색이 번뜩였다.

조금씩 저 앞에서 깜빡거리는 아수라장이 뭔지 알게 되었다. 너무나 광활한 공간 안에서, 거대하고 둥근 비행선들이 폭풍처럼 이동하면서 빛을 내뿜고 있었다. 거대한 공간은 언뜻 봤을 때 혹시 우주로 나간 건가 싶은 생각이 들 정도였지만, 파동이 가끔 저 먼 쪽의 벽에 부딪히는 걸 보니 이곳은 실내였다.

하란의 비행선은 문이 열린 채로 근처에 떠 있었다. 진정과 이치의 기척은 저 앞에서 움직이는 비행선 사이를 날아다녔다.

그렇다면 저것들은 이치가 설명해 준 기 금속으로 제작된 무장 수송선이겠구나. 그쪽을 오래 바라볼수록 바다에서 혼돈에게 둘러싸여 있던 기억이 떠올랐다. 그들은 말 그대로 토형 혼돈의 껍데기에 복잡하게 부품을 잔뜩 달아놓은 모습이었다. 뒤편에는 넓적한 반동 추진 엔진을 붙여놓았고, 앞쪽에는 화기와 목기를 발사하는 기다란 회전 총구가 있었다. 다들 귀족급 혼돈으로 못 해도 건물 3층 높이씩 되었다. 진정과 이치가 탄 배가 무엇인지는 너무나 금방 알아볼 수 있었다. 여타의 비행선들이 모두 공격하는 비행선이었으니까. 하지만 그것들이 발사하는 기는 너무 약하고 희미해서 제대로 맞더라도 별 영향을 주지 않았다. 반대로 이치와 진정이 탄 비행선은 더욱 굵고 밝은 기공포를 쏘았고, 그걸 맞는 비행선마다 조각조각 흩어지고 말았다. 부서진 선체 잔해는 나머지 비행선들이 이쪽을 추격하는 힘에 밀려 공중에 둥둥 떠다녔다.

신들이 내게 세민을 보낸 이유를 알 것 같았다. 이들이 지닌 조종사들은 기력이 너무 약했다.

나는 앞에 떠 있는 시체를 돌아보았다. 부서진 헬멧 속으로 보이는 파란 입술은 마지막으로 본 광경에 영원히 놀랄 것처럼 벌어져 있었다. 연한 주황색 속눈썹 뒤로 멍한 녹색 눈동자가 보였다. 사람이 이토록 알록달록하면서도 동시에 색이 싹 사라진 모습일 수 있다는 걸 처음 알았네. 짙은색 핏방울이 장갑 낀 손 근처에 둥둥 떠 있었다. 그 손에 난 작은 구멍들을 본 순간 나는 소름이 쫙 끼쳤다.

이 조종사가 마지막으로 본 모습은 기를 빨아들이려고 돌진한 진정의 쏘아보는 듯한 검고 날카로운 눈동자였겠지.

나는 얼굴을 찌푸리며 시체를 돌렸다. 그럼 이것을 진정의 비행선까지 가는 길의 방패로 써야겠군.

그러다 조종사의 척추 보호대가 헬멧과 연결된 패딩 점프슈트 위를 보면서 난 멈칫했다. 그 보호대는 단일한 색상도 아니었고 단일한 기 금속도 아니었다. 여러 가지가 섞여 있었다. 노란 토기 금속이 길게 뻗은 가운데, 화기 금속이 짧게 이어져 있고, 검은 수기 금속이 그 옆으로 작게 구간을 이루었다.

흠. 그렇군.

언젠가 나는 진정에게 우리 아머에 화기 금속을 결합해서 토기 금속을 보호하면서도 기공을 발사할 수 있지 않을까 물은 적이 있었다. 그러자 진정은 서로 다른 유형의 기 금속으로 기를 동시에 전달하면 척추가 터진다고 했다. 압력 차이 때문이라고.

혹시 그것도 세대를 전해 이어진 거짓말은 아니었을까? 우리의 능력을 억압하기 위한 거짓말은 아닐까?

하지만 난 주저하지 않고 시체를 앞에 든 채로 날개를 퍼덕여 쏜살같이 이동하는 비행선 쪽으로 날아갔다.

내가 번뜩이는 광란의 전장으로 들어가자 스피커를 통해 이치의 목소리가 들렸다.

"측천? 측천, 여기로-."

순간, 진정이 말을 끊고 들어왔다.

"여기다, 황후! 이 배의 아랫부분을 만져라!"

나는 시체를 방패처럼 휘둘러 기공파를 피하며 비행선에 가까이 다가갔다. 비행선은 내 쪽으로 방향을 틀었다. 나는 시체 너머로 손을 뻗었다.

손끝이 기 금속 선체에 닿는 순간, 그 전체 윤곽과 복잡한 내부 구조가 느껴졌다. 파동처럼 움직이는 힘이 나를 선체 바닥을 따라 홱 당기더니 나선형 해치가 쉭 소리를 내며 열렸다. 나는 시체를 던져버리고 안으로 몸을 끌어올렸다.

내 아래로 해치가 닫히자, 다음으로 위에서 두 번째 해치가 한숨 같은 소리를 내며 빙글 열렸다. 무중력 상태라 무게가 느껴지지 않아서 나는 가뿐하게 구멍 안으로 들어갔다.

방 안은 어두웠다. 헬멧에 달린 뿔이 천장에 부딪혔다. 부드럽게 빛나는 선들을 따라 파이프 다발과 온갖 크기로 모여 있는 탱크들과 둥둥 뜬 물건을 담은 투명 칸막이 선반이 보였다. 배 내부는 기 금속이 아니라 일반 금속이었다. 모두 패널과 깜빡거리는 불빛을 빼곡히 달고 있었다. 날개를 펼칠 만한 공간이 없었기에, 나는 단단히 고정된 온갖 물건을 잡고서 앞으로 나아갔다. 비행선이 움직이면서 물건들이 죄다 기울어지고 부딪쳐대는 가운데, 나는 진정과 이치의 기적을 따라 벽 부분 해치로 향했다. 이윽고 해치가 회전하며 열리자, 어둑한 복도가 나타났다. 그곳에는 환한 빛으로 둘러싸인 해치들이 점점이 나 있었다. 어떤 부분은 투명해서 선실 안 침대와 인큐베이터에서 자라는 식물과 이름 모를 장비들의 어슴푸레한 윤곽이 보였다. 복도를 따라 네온 불빛이 켜진 손잡이가 쭉 있어서 나는 그걸 잡고 앞으로 나아갔다. 손잡이 불빛은 다양한 색상이라서 위아래를 구분할 수 있었다. 그러다 저 앞에 있는 해치 하나가 스르르 열렸다. 그 안으로 들어가자, 비행선 조종실 바닥이 나왔다.

이치와 진정, 하란은 널찍한 곡선 계기판 앞에 간격을 두고 설치된 좌석에 몸을 고정하고 있었다. 계기판 위로는 생동감 있는 위젯들이 가득했는데, 바깥에서 쏜살같이 움직이는 비행선 위로 떠 있는 것 같았다. 아까 하란이 처음 타고 왔던 비행선처럼, 환상으로 투명한 벽 효과를 내고 있는 것이다. 네온 빛깔 윤곽선이 비행선의 나머지 구조를 표시해 주었다. 조종실은 비행선의 안전한 부분 깊숙이 자리 잡고 있어서, 외부 상황을 확인하려면 디지털 화면에 의존해야 했다.

진정은 고갯짓으로 자신과 이치 사이에 있는 빈 좌석을 가리켰다.

"이리 와! 이 비행선은 우리가 가장 먼저 본 것이라 탔을 뿐이다. 우리가 진짜 노려야 할 비행선은 하이브 퀸이다."

"하이 뭐라고요?"

나는 날갯짓으로 휙 소리를 내며 앞으로 나아갔다.

"이 함대에서 가장 큰 비행선이야."

이치는 이렇게 설명하며 멜리아어로 계기판에 무어라 말했다. 이어서 기계 음성이 대답을 하더니, 앞편 디스플레이가 떴다. 전함들이 쭉 가로막은 가운데 그 너머에 있는 함선이 보였다. 비행선이 어찌나 크던지 따로 표시해 둔 게 없었다면 그저 벽이라고 착각했을 정도였다. 왜 저 비행선을 '퀸'이라고 부르는지 알 것 같았다. 저건 왕급 혼돈 껍데기로 만든 것이었으니까.

이치는 뒤돌아서 나를 바라보며 무어라 말하려다 멈추었다. 아무 말도 없었지만, 물으려던 게 뭔지는 알고 있었다. 이치의 시선 아래 내가 내놓아야 하는 대답의 무게가 점점 커져만 갔다.

"죽었어."

나는 억지로 말을 내었다.

이치는 눈을 꾹 감았다. 그러다 잠시 후 다시 떴을 때, 그 눈빛에는 새로운 결심이 서려 있었다. 우리는 둘 다 이 순간을 참 오랫동안 준비해 왔으니.

나는 좌석을 향해 손을 뻗었다.

순간, 진정이 조종간을 홱 당겼다. 비행선은 유독 밝은 기공포에서 벗어나며 휘청였다. 나는 손으로 좌석 위 손잡이를 간신히 잡았지만, 다리는 진정의 등에 부딪쳤다.

"앉으라니까!"

그가 화를 내었다.

"앉고 있잖아요!"

나의 건틀릿이 좌석에 닿자, 곧바로 이 비행선의 토형 부분과 연결되는 느낌이 들었다. 좌석은 대부분 토기 금속으로 만들어져서 이 비행선의 선체까지 길게 이어져 있었다. 하지만 크리살리스 조종석은 훨씬 더 많은 공학 장치로 이루어져 있었고, 그 장치들은 다른 기 금속들이 있는 기둥과 연결되어 작동했다.

혹시 잘못해서 척추가 두 동강 나는 건 아닐까. 공포가 머릿속을 스쳤지만, 또 다른 기공포가 날아오자 나는 곧바로 좌석에 몸을 던졌다. 자동 안전띠가 허리와 다리를 단단히 고정해 주었다. 하란이 멜리아어로 무어라 명령했다. 그러자 비행선 시스템이 밝은 목소리로 대답했다. 계기판에서 나온 가느다란 빛의 선이 나를 스치자 난 움찔했다. 이어서 그 목소리가 무어라 공지하더니, 내 앞에 조종 패널이 빛나기 시작하며 밝은 목소리가 한어로 흘러나왔다.

"스팅어 데임의 승무원이 되신 것을 환영합니다. 저는 이 비행선의 인공지능 시스템입니다. 여러분의 여정을 도와드리겠습니다. 저를 호출하고 싶으시다면 제 이름을 부르시고 명령을 내려주세요."

조종간이 계기판에서 튀어나왔다. 우리 주변의 함선들이 움직이는 모습이 작은 모델로 표시되면서 전투 상황이 도식화되었다.

"척추 보호대를 떼어서 다른 데 꽂아!"

진정은 소리치며 급히 회전했다. 그래서 우리는 잠시 거꾸로 뒤집어졌다.

나는 안전띠를 잡고서 연결된 기둥의 쭉 뻗은 토기 금속에 정신을 집중했다. 그 지점 아래로 척추 보호대를 정신력으로 떼어내어서 내 척추 하단 부분에 틈을 남겨두었다. 척추와의 접촉이 줄어들자 아머가 곧바로 나의 정신을 압박하면서 묵직하게 다가왔다. 만약 지금 중력이 있었더라면 제대로 서 있을 수도 없었을 것이다.

연결 기둥의 나머지 부분이 틈을 따라 찔러왔다. 그러자 비행선의 다른 부분들이 느껴지면서 서로 다른 유형의 기 금속이 구분되게 느껴지자 몸이 파르르 떨렸다. 우리는 이 비행선을 크리살리스처럼 만들어낼 수는 없지만, 진정의 기가 비행선의 구성 요소들 사이로 통하는 게 느껴졌다. 하란의 좌석에서도 약한 기력이 느껴졌다. 여기서 비행선과 연결되지 않은 건 이치밖에 없었다. 그는 나와 진정에게 기를 대부분 넘겼기 때문에 어찌 보면 당연했다.

비행선의 기다란 화기 통로에 열기가 쌓였다. 나는 내 기를 주입해 기공포를 강하게 했다.

우리는 뜨겁고 붉은 기운에 초록색 번개 같은 목기를 섞어서 쏟아내었다. 적의 함대들은 그 파동에 휩쓸려 폭발했다. 폭발력이 어마어마한 나머지 비행선이 뒤로 밀렸다. 진정은 조종간을 앞으로 쭉 밀었다. 조종석에 연결된 연결 기둥은 움직일 수 있게 되어서, 진정은 유연성 있게 앞으로 몸을 기울일 수 있었다. 비행선의 엔진이 큰 소리를 내며 작동하는 바람에, 반동에 맞서 우리의 몸이 앞으로 쭉 밀렸다.

나의 조종간은 진정의 것처럼 독립적으로 회전하지는 못했지만, 스팅어 데임을 정신적으로 통제하는 데는 그런 제한이 없었다. 나는 비행선의 모든 움직임과 방향을 인지하고 영향을 행사할 수 있었다. 진정이나 하란의 의지와 충돌할 때는 물론 어색하게 지연이 일어났지만, 곧 그들의 의지와 나의 의지는 섞여 들었다. 우리 세 사람의 의식은 하이브 퀸 쪽으로 대열을 뚫고 들어간다는 목표에 집중했다.

기감을 확 펼치자, 저 안쪽에는 적어도 열두 개는 되는 기척이 감지되었다. 강렬한 기들이 합쳐지더니 총구에서 우리 쪽으로 기공포를 쏘았다. 하지만 이쪽의 속도가 한 수 위였다. 그래서 우리는 기공포를 피하며 그중 작은 함선을 뚫고 지나갔다. 이어서 하이브 퀸 함선에 자석에 끌리듯 탕 부딪쳤다.

그 순간, 휘몰아치는 파도처럼, 하이브 퀸 껍데기에 있던 원시 입자들이 황룡의 독특한 구조와 동화되더니, 우주 규모로 그린 스케치처럼 나의 의식 속에 새겨졌다. 정신이 힘겨워지면서 눈앞에 불꽃이 튀었다. 코가 계속 아픈 걸 보니 또 코피가 날 것 같았다. 하지만 우리가 이기기 위해서는 전체를 다 움직일 필요도 없었다. 동화 과정이 계속되어 조종석까지 닿는 순간, 우리가 뭘 할 수 있을지 깨달았으니까.

연결 기둥과 닿은 우리는 조종사들의 척추에 커다란 못을 콱 밀어넣어서 순식간에 목숨을 끊었다.

이제 하이브 퀸은 천천히 관성만을 동력으로 앞으로 나아가게 되었다.

한 번에 열두 명을 죽이기가 이토록 쉽다니, 생각만 해도 구역질이 일었다. 하지만 이런 적이 처음도 아니었지. 진정이 했던 말이 문득 떠올랐다. '모든 압제자는 인간성을 부정하는 것으로 본인이 멸망할 씨앗을 뿌리는 법이다.'

그래서 우리가 여기 온 것이다. 그 씨앗이 피어나 여기까지 자란 것이다.

"하이브 퀸의 바닥으로 이동해요! 화물 해치로 이동하는 편이 쉬울 겁니다!"

하란은 그곳을 가리치며 소리쳤다.

우리의 의지를 모아, 스팅어 데임은 하이브 퀸의 선체를 따라 쭉 이동하며 나머지 함선의 집중 포화를 간신히 피했다. 하란이 말한 해치에 다다르자, 우리는 그 문을 폭파하고 안으로 비행선을 조종해 들어갔다. 들어와 보니 거기는 작은 비행선 여섯 대는 들어갈 만한 거대한 화물창이었다. 이어지는 하란의 지시에 따라 우리는 함선에 연결된 기 금속 부두에 내려앉았다. 그것을 통해 우리는 정신력으로 아까 뚫고 들어온 구멍을 막았다.

이제 스팅어 데임에서 안전하게 내려도 되자, 우리는 좌석의 안전띠를 풀고 비행선의 좁은 복도를 이리저리 이동해 위쪽으로 빠져나왔다. 하란의 신발 밑창에서 빛이 퍼져 나오더니 거대한 화물칸을 쭉 날아갈 수 있는 추진력이 생겼다. 하란은 이치와 팔짱을 끼고서 빠르게 이동했다. 진정과 나는 날개를 펼치고 그들을 따라갔지만, 나는 곧바로 뒤처지고 말았다. 진정은 이제껏 만나는 사람을 잡아다가 기를 보충했지만, 나는 그렇지 못했기 때문이었다.

진정은 내게 팔을 내밀었다. 나는 그를 째려보았다. 그러자 진정은 믿을 수 없다는 표정을 지으며 어깨를 으쓱이는 것 아닌가. 그 순간, 계속 공격을 받은 하이브 퀸이 진동하기 시작하자, 난 못마땅한 소리를 내며 그와 팔짱을 꼈다. 만약 바깥 함선들이 한 곳만 집중해서 공격한다면, 두꺼운 선체가 수리가 불가능해질 정도로 녹을 수도 있었다. 우리는 저편 벽의 해치로 서둘러 이동했다. 그리고 진정과 나는 검으로 해치를 강제 개방했다. 하이브 퀸의 복도는 스팅어 데임보다 넓었지만, 그만큼 이어진 곳도 훨씬 많아서 말 그대로 미로 같았다.

드디어 조종실에 진입하자, 반원형으로 배치된 조종석에 엎드려 죽은 시체 열두 구가 보였다. 그 앞 계기판은 꺼진 채였다. 하란은 얼굴을 찌푸리더니, 입술에 손가락을 대고 무어라 속삭이고는 주먹을 가슴에 대었다. 나는 마음에서 피어오르려는 죄책감과 동정심을 애써 누르며, 진정과 함께 시체 네 구를 끌어내고 그 자리에 앉았다. 만약 이 조종사들이 우리를 짓밟은 다음 내려다보았다면, 얼마나 큰 죄책감과 동정심을 느꼈으려나?

진정은 연결 기둥을 재구성해서 우리가 안전하게 연결될 수 있도록 만들었다. 하란의 손가락이 닿자 계기판이 다시 작동했다. 하란은 빛나는 패널과 여러 선택지를 넘기면서 시스템에 명령을 내렸다. 빛이 나와 우리를 각각 스캔한 다음, 엔진이 재가동되었다.

하이브 퀸은 스르르 앞으로 나아갔다. 선체가 워낙 커서 움직인다는 느낌도 나지 않았다. 조종석 주변으로 펼쳐진 회전하는 화면으로만 움직임을 알 수 있을 뿐이다. 우리는 격납고 벽을 향해 속도를 높였다. 기공포를 폭발하듯 쏘아대자 벽에 커다란 출구가 만들어졌다. 엔진은 굉음을 내며 우리를 우주로 데려갔다.

우리 앞으로 우주가 펼쳐졌다. 평생 본 적 없는 별들이 무수했다. 빠르게 회전하던 온갖 머릿속 생각이 일순간 멈췄다. 이런 광경이라면 백 년이라도 그저 쳐다만 볼 수 있을 것만 같았다. 하이브 퀸은 계속 앞으로 나아갔다. 만약 이렇게 영원히 항해한다면, 우리는 어디에 다다르게 될까? 그저 모든 걸 뒤로 하고…… . 떠날 수는 없을까?

그러다 길게 숨을 내쉬는 소리에 나의 어이없는 환상이 깨졌다. 하란은 얼굴을 두 손에 묻은 채로 떨고 있었다. 나는 앞의 전투 투영 화면을 바라보았다. 나머지 함선들은 우리에게 발포하기를 중단하고서 오히려 양편으로 도망치고 있었다.

이치는 하란에게 멜리아어로 무어라 나직하게 말했다. 하란은 이마를 문질렀고, 귀에 꽂은 통역기가 대신 대답을 통역해 주었다.

"아니, 난 괜찮아. 내가 원했던 게 이거였으니까. 너희 민족이 우위에서 협상할 수 있게 해 주는 거였어."

"네가 말하는 '협상'이라는 게 정확히 무슨 뜻이지?"

진정은 말끝마다 느릿하게 발음하며 물었다. 그러자 하란은 눈살을 찌푸렸다.

"그야 당연히 비바시 미네랄과의 새로운 계약 협상이죠. 이 함선을 소유했다면, 당신들은 이제 오리칼라이트를 추가로 생산한다는 조건 하에서 멜리아의 데이터베이스로부터 더 많은 지식 정보를 요구할 수 있습니다. 최첨단 기술에 필요한 재료 중에는 여러분 행성에서 얻을 수 없는 것도 있지만, 어쨌든 정보를 풍족하게 얻는다면 여러분의 문명은 크게 발전할 겁니다."

"왜 또 다른 계약을 맺어야 하지?"

그러자 하란은 더욱 눈살을 찌푸리면서 고개를 저었다.

"오리칼라이트를 은하계 시장에 내놓지 않을 수는 없어요. 너무

귀한 자원이니까요. 만약 그랬다가는 다른 행상들은 억지로라도 무역할 권리를 얻기 위해 군함을 파견할 겁니다. 특히 멜리아가 그렇겠죠. 정말이에요. 지금 이 함선들이 가장 강한 전투함인 것도 아닙니다. 그리고 여러분은 기술적 지원을 더는 받을 수 없을 겁니다. 여러분 백성의 삶을 개선하기 위해서 온 게 아니라면, 왜 온 겁니까?”

조종실에는 침묵이 흘렀다. 그래, 이건 함정이었구나. 하란은 순수한 이타심으로 우리를 돕는 게 아니라는 건 알고 있었다. 일단은 우리에게 납치당한 걸로 한 다음, 우리더러 다시 내려가서 혼돈과 싸워 기 금속을 생산하라고 설득한 존재가 되고 싶었던 것이다. 자기네 고향에서 벌어지는 복잡한 정치적 알력 관계가 뭔지 모르겠지만, 우리의 공격을 논쟁점으로 삼아서 자국 정치계에서 이익을 보면서도 동시에 우리의 감사를 받아낼 수 있다고 생각한 거다. 이 새로운 계약이란 건 그들에게도 이익의 일부를 나누어주어야 한다는 조건이 들어 있겠지. 이것이야말로 진짜 협상이었다.

그렇다면 우리는…… 수락해야 하나?

진정은 무심한 손길인 듯 조종간을 돌렸다. 하이브 퀸은 느릿하게 움직이다가 점차 엔진 소리가 꺼져갔다. 우리는 그간 참 많이도 날아와서, 이제는 무역 정거장이 한눈에 들어올 만큼 행성에 가까이 다가가 있었다. 사람들이 사는 한 쌍의 거주 지역 고리는 저 반대 방향에서 느릿느릿 회전했다. 거기서부터 자그마한 점으로 이루어진 후광 같은 게 퍼져나갔다.

나는 눈을 가늘게 뜨고 물었다.

"저게 뭐죠?"

하란은 계기판에 한가득 글자를 잔뜩 띄운 빨간 패널을 가리키며 말했다.

"탈출선입니다. 30분 전에 모든 거주민에게 대피 명령이 내려졌거든요."

나는 자세를 바로 했다. 진정은 조종간을 꽉 쥐었다. 그러자 하란의 손이 앞으로 쏜살같이 나갔다.

"조심해요! 여기서 기지에 충돌하면 기지를 부술 수도 있습니다."

진정의 얼굴은 더없이 무표정했다. 그러자 하란의 눈이 휘둥그레졌다.

"무모한 결정을 내리지 말아 주십시오. 여러분은 지금 어떤 상황에 직면해 있는지 모르고 있습니다. 번영당은 당신 민족을 끔찍하게 대우했지만, 통합당이 다음 선거에서 승리한다면 여러분을 훨씬 나은 조건으로 대할 겁니다. 그들은 모든 인류에게 평등과 정의를 주어야 한다고 생각하니까요."

"그런가?"

진정이 물었다.

"네, 그건 확실합니다. 그렇지 않다면야 왜 내가 여러분을 애초에 도왔겠습니까? 통합당은 비바시 미네랄이 착취를 훨씬 줄이는 조건을 지키도록 보장할 수 있습니다. 여러분은 하이브 퀸을 아예 화하의 것으로 삼아서 갖고 갈 수 있습니다. 여러분이 준비되는 대로 내가 통신 채널을 열고 협상을 시작하겠습니다. 그러면 당신은 백성들에게 예전보다 훨씬 더 나은 삶을 줄 수 있지요."

진정과 나는 서로를 바라보았다. 혹시 진정도 지금 나처럼 〈노동주의〉에 나온 구절을 떠올린 걸까? "권력의 고삐가 이윤 추구자들의 손에 주어져 있는 한, 노동 계급이 얻어낸 양보란 언제든 빼앗길 수 있다."

통합당이니 번영당이니 하는 헛소리가 뭔지는 모르겠으나, 하나는 확실했다. 두 당 모두 우리와 혼돈이 계속 전쟁하기를 바라고 있다. 그래야 그들이 우리가 있는 줄도 몰랐던 수백 개의 다른 세계에 혼돈 껍데기를 팔 수 있으니까. 그 중 하나가 더 '친절'하더라도, 진정한 자유를 우리에게 줄 의도는 전혀 없어 보였다.

우리에겐 아무런 대가 없이 원래의 삶으로 돌아갈 수 있는 선택지가 없다. 이런 시스템은 반란을 용납하면 유지할 수 없기 때문이다. 지금이야 우리가 공격해서 충격을 받았어도, 멜리아인들은 회복하는 대로 어떻게든 우리에게 보복을 가해 본보기로 삼을 것이다. 다만 그들이 우리를 죄다 죽일 능력이 있는가, 아니면 없는가의 문제일 뿐. 우리가 통제할 수 있는 유일한 부분은 우리가 쉽사리 죽어주지만은 않겠다는 것이겠지.

진정과 나는 팔을 뻗어 서로의 손을 잡았다.

그걸 본 하란은 어쩐 일인지 경계를 했다. 그래서 우리가 연결 기둥으로 본인을 죽이기 전에 안전띠를 풀고는 기둥에서 몸을 일으켰다.

"하이브 퀸, 생체 신호 접근 권한을 취소할 대상은-."

순간, 하란의 좌석에서 기 금속이 채찍처럼 확 튀어나와 입을 틀어막았다. 하란은 뒤로 넘어지면서 다리를 공중에 띄운 채 손으로 얼굴을 움켜잡았다.

이치는 좌석에서 벌떡 일어나 하란의 팔을 뒤로 꺾으며 소리쳤다.

"접합부를 노려!"

하란의 눈빛이 배신을 당했다는 공포로 획 돌았다. 나도 모르지 않는 감정이었다. 하마터면 하란에게 안타까운 마음이 들 정도로 말이다.

하지만 난 이치에게 타협할 의도가 전혀 없었다는 걸 처음부터 알고 있었다.

진정은 내 손을 더욱 세차게 잡았다.

"나는 두려움의 지배를 받은 적이 없다."

마치 주문처럼 읊조리는 그의 동공에 이글거리는 붉은 기운이 확 치밀었다.

같은 열기가 나의 경혈에 퍼졌다.

"앞으로 신들의 지배를 받을 일도 없어."

우리는 함께 가장 강력한 기공포를 무역 정거장에 쏘았다.

제54장

가없은 바보

천상의 죽음은 고요했다.

정거장의 쌍둥이 고리는 불꽃과 잔해를 화려하게 내뿜는 폭발로 부서져갔다. 유리와 흙과 금속을 비롯한 온갖 것들이 사방으로 흩어졌는데도 소리 한 자락 없었다.

이치의 손에 잡힌 하란의 팔이 느슨해졌다. 그저 파괴의 현장을 넋 놓고 지켜보는 얼굴 위로 조종석 디스플레이에서 나오는 흔들리는 빛이 하얗게 비쳤을 뿐이었다.

진정과 이치는 서로 오랫동안 시선을 마주했다. 둘 사이에서는 참 많은 일이 있었지만, 그들은 속임수만큼은 매우 뛰어난 파트너였다. 이치는 하란을 어떻게 설득했기에, 우리가 협상에 응할 거라고 생각하게 만들었을까? 우리는 사실 기회만 잡는다면 곧바로 모든 걸 폭파할 것 같은 사람인데?

가엾고 멍청한 가짜 신 같으니.

나는 하이브 퀸의 포신 하나를 탈출선 쪽으로 겨누었다. 하지만 그들은 파편에 가려져 있지 않으면 우리 행성 바로 앞에 있었다. 내 기공포가 빗나간다면 어떻게 될까. 저 배들에 탄 우리 행성의 공물 소녀들이 부디 무사히 탈출했기를.

"멜리아에서 더 강한 배들이 오려면 시간이 얼마나 걸리지?"

나는 하란에게 물었다. 하란의 입은 여전히 기 금속 띠로 가로막혀 있었지만, 그걸 떼어내려는 기색이 전혀 없었다. 마치 뇌가 제대로 작동하지 않는 것처럼, 시선을 나와 이치, 진정에게 번갈아 던질 뿐이었다. 대답은 이치가 대신 했다.

"여섯 달. 새로운 함선이 여기까지 오려면 최소한 여섯 달은 걸릴 거야."

"여섯 달?"

"너도 아는 전설에 따르면, 하늘에서의 하루는 인간 세상의 한 해라고 하잖아? 그건 어느 정도 사실이긴 하지만, 정확하지는 않아. 우주 여기저기서 시간은 다르게 흐르거든. 멜리아의 본 행성을 기준으로 하면, 우리의 시간이 더 빠르게 흘러. 그쪽에서 지금의 소실을 듣고 곧바로 함대를 출동시킨다고 해도, 여기 도착할 때까지는 우리 행성은 최소한 여섯 달이 지나 있는 거지."

이치의 말을 완전히 이해할 수는 없었지만, 어쨌든 예상보다 훨씬 더 긴 시간이었다. 여섯 달 동안 우리에겐 아무도 오지 않을 거다. 이 전투는 끝났다. 그리고 우리는 살았다.

원래는 살아남을 운명이 아니었는데도.

애써 생각하지 않으려 했던 미래가 머릿속에서 오색 찬란하게 폭발하며 어마어마한 가능성으로 계속 뻗어갔다. 적어도 앞으로 여섯 달 동안 진정은 화하에 무제한의 권력을 행사하겠지. 이전까지는 억제했던 모든 걸 실행할 수 있을 것이다. 그는 모든 걸 소모하는 전쟁으로 우리를 몰아넣고, 최대한 많은 혼돈을 살해하는 기계가 되도록 국가 전체를 바꿔버릴 수 있다. 전투가 벌어질수록 더 많은 혼돈의 껍데기가 나올 것이고, 그건 모두 크리살리스로 변형될 수 있겠지. 크리살리스가 많아진다면 군대에 더 많은 징집병이 들어올 것이다. 그러면 전에는 없던 파괴가 벌어질 것이고, 진정은 혼돈이 멸종할 때까지 절대로 멈추지 않을 터였다. 비록 그게 여섯 달 안에는 불가능할 것이고, 그걸 추진해 봤자 멜리아인들이 왔을 때는 우리는 아주 재앙같이 불리한 상황이 되겠지.

하지만 난 이제 진정을 막을 힘이 없었다. 그의 마음을 바꿀 만한 영향력이 전혀 없었다. 예전에는 그가 날 죽이거나 심하게 학대할 수가 없었다. 내가 없으면 천궁으로 안내할 사람이 없었으니까. 하지만 이제는 아니다. 그는 나 대신 얼마든지 다른 여자를 둘 수 있으니, 나를 조종사로 남겨둘 필요가 없다. 우리가 화하로 돌아가자마자 그는 내 아머를 벗기고 원하는 대로 날 처분할 수 있다. 그래야 내가 그의 계획에 방해가 되지 않을 테니까.

그 순간, 놀라운 감각이 느껴졌다. 진정이 엄지로 내 손등 관절을 쓸어내리고 있었던 것이다. 나는 여전히 그의 손을 잡고 있어서였다. 그는 지친 눈으로 나를 바라보았지만 입술로는 미소를 지으며 말했다.

"우리는 살아갈 것이다, 황후여."

눈시울이 확 붉어지고 말았다.

내가 너무 생각이 많은 건가? 진정은 날 사랑하고 있잖아? 그가 이제껏 한 수많은 것들이 내게 사랑을 보여주려던 거였잖아. 지금도 나를 보는 저 눈빛은 타인을 보는 눈빛과 완전히 다르잖아. 나에게 한 끔찍한 일들을 사과하지 않았어? 진정이 살아온 가닥이 있어서 부드러운 태도 같은 건 그에게 자연스럽지 않아. 처음에는 나를 막 대했다는 걸 지금은 진정도 알고 있잖아. 그래서 후회하잖아. 다시는 안 그런다잖아. 우리 사이가 변했으니까.

난 괜찮을 거야. 난 그의 황후가 될 수 있어. 함께 멜리아인들에게 복수할 준비를 할 수 있어. 어쩌면 진정은 내 말을 듣고 혼돈과 소통하려고 시도할지도 몰라. 그러면 싸워야 할 대상이 둘에서 하나로 줄어들 수 있어. 지금 난 그저 진정을 믿기만 하면 돼.

머리가 어지러웠다. 화상의 상처 위로 따끔따끔 통증이 다시 느껴졌다. 시간이 흘러 치유 스프레이의 마취 효과가 사라진 것 같았다. 나는 허벅지 위를 움켜쥐고 의자 위로 몸을 구부렸다. 눈이 질끈 감겼다.

"황후? 왜 그러지?"

진정의 목소리가 가까워졌다. 그의 손끝이 나의 어깨에 닿았다.

나는 눈을 번쩍 떴다. 그리고 허리에서 검을 뽑아 그의 심장에 꽂았다.

제55장

용과 봉황

진정은 참 뻔뻔하게도 놀란 표정이었다. 심지어 혼란스러워 보이기까지 했다. 내가 그를 좋아하니까 나와 같이 있으면 안전하다고 진심으로 믿고 있었다는 듯한 저 표정이라니.

하지만 곧바로 그의 전투 본능이 깨어났다. 변형적인 분노가 그를 확 뒤덮었다. 그는 순식간에 우리를 연결한 기 금속의 통제권을 잡고서 내 검이 더 깊이 찌르지 못하도록 막았다.

"왜지?"

그는 목멘 소리를 뱉었다.

"왜인지는 네가 잘 알겠지!"

나는 검을 잡아당겼지만, 그의 정신 지배를 끊어낼 수는 없었다. 난 내 아머에 고정되어 그대로 갇혀버렸다.

진정은 나의 어깨 보호개를 꽉 잡고서 집중하느라 얼굴을 찌푸렸다. 나의 검을 이룬 기 금속이 그의 가슴팍에서 녹아내리면서 약해진 심장 주변을 감쌌다. 기 금속을 의식적으로 박동시킴으로써 그는 심장을 계속 뛰게 했다.

나는 온몸이 싸늘해졌다.

이럴 리가 없는데.

이 상태로는 살아남을 리가 없는데.

"그자를…… 위해서였나?"

진정은 눈을 떴다가 다시금 파르르 떨며 감았다. 창백해지는 피부 위로 땀이 송골송골 솟았다. 그 뒤로 이치는 하란을 조종석에서 둥둥 잡고 뜬 채로 멍하니 입을 벌리고 있었다.

"날 위해서야! 아직도 모르겠어? 너는 나한테 이 신들 같은 존재라고. 네가 살아있는 한 난 자유롭게 숨을 쉴 수가 없어!"

진정의 집중력이 흐트러졌다. 그는 심장을 잠시 뛰게 해야 한다는 걸 잠시 잊고 말았다.

선체에 의식을 연결한 상태로, 나는 스팅어 테임을 찾아내 부두에 연결된 기 금속 소리를 끊었다. 그리고 아머를 갈라 껍질을 벗듯 벗어 발로 차버렸다. 내가 도망치려면 더는 이걸 입어서는 안 된다. 내 몸에 진정의 갑옷이 단 한 조각이라도 남아 있는 한, 그는 실 한 가닥의 접촉만으로도 나를 통제할 수 있으니까.

나는 조종사복만 입은 채로 진정을 밀어내고 하란을 붙잡았다.

"저자가 우리를 모두 죽이기 전에 여기서 나가야 해요!"

하란은 계속해서 벌어지는 사건에 어안이 벙벙해진 듯했지만, 이내 신발 밑창으로 추진력을 활성화시켰다. 나와 이치를 양팔로 하나씩 잡은 채, 하란은 조종실에서 가장 가까운 나선형 해치로 이동했다. 진정은 굵고 불분명한 목소리로 무어라 외쳤다. 뒤를 슬쩍 돌아보니 진정이 공중에서 몸을 숙이며 아머의 날개가 흔들리는 게 보였다. 우리가 복도로 나오자 해치가 도로 닫히며 그 모습도 사라졌다.

진정은 의지력만으로 계속해서 심장을 박동시킬 수는 없을 것이다. 언젠가는 멈출 날이 올 것이다.

하란은 이치를 놓고서 측면 패널의 빨간 버튼을 눌렀다. 해치에서 쉭 소리가 났다. 아마도 진정을 가두는 기능이었을 것이다.

하란의 신발이 다시금 복도에 붕 떠오르자, 나는 이치가 뒤에 남겨지지 않도록 팔꿈치를 잡고서 그에게 고함을 질렀다.

"이걸로 내가 용서했다고 생각하지는 마!"

"그 애는 네 아들이 아니야!"

이치는 허둥지둥 말했다. 나는 하마터면 잡은 손을 놓을 뻔했다.

"뭐라고?"

"확실하지는 않지만, 아닐 게 분명해! 난 최선을 다해 그 절차를 방해했다고. 만약 내 노력이 성공했다면, 아기의 생물학적 어머니는 네가 아니라 위 아주머니야."

그는 잇새로 숨을 들이쉬더니, 어마어마한 안도의 한숨을 내쉬며 덧붙였다.

"제길, 정말 말하고 싶어서 얼마나 힘들었는지!"

우리 옆을 지나가는 수없이 많은 해치의 소용돌이 가운데 나의 머리도 빙글빙글 돌았다.

"하지만 너…… 확실하지는 않다고 했잖아?"

"내가 바꿔치기를 성공했는지는 장담할 수가 없어. 나는 그쪽 전문 지식이 없으니까."

이치는 나머지 손으로 얼굴을 문질렀다. 그의 목소리가 떨려나왔다.

"미안해. 진정이 믿게 만들려면 널 어느 정도는 속여야 했어."

이 말에 난 어떻게 반응해야 할까. 내 동의 없이 의사들이 내게 시술을 하도록 내버려두었다는 걸 이걸로 괜찮다고 생각해 줘야 하는 걸까. 모르겠다.

"또 날 속여먹으려는 건 아니고?"

내 목소리가 생각보다 냉정하게 나왔다.

"아니야."

이치는 그렁그렁한 눈망울로 대답했다.

그 표정이 어찌나 진심이던지 난 가슴이 찢어지는 것만 같았다. 하지만 이치는 거짓말을 할 때도

"난……. 널 믿을 수 있을지 모르겠어."

그의 목울대가 움직였다.

"괜찮아. 이해해."

나는 억지로 이치에게서 시선을 돌렸다. 지금은 이런 말을 하고 있을 때가 아니다. 앞으로 10분을 또 버티고 살아남을 수 있을지도 모

르는데.

우리는 아까 찢고 부수며 들어왔던 복도 대신 다른 길을 택했다. 그러면서 뒤쪽 해치를 모두 잠갔다. 진정이 검으로 해치를 베는 둔탁한 소리가 벽 사이로 희미하게 들려왔다. 기능이 멈춰버린 심장 때문에 빠르게 뒤쫓아오지 못하기만을 바랄 뿐이다.

화물창에 다다르자 둥둥 떠다니는 스팅어 데임이 보였다. 기회가 있었을 때 분리해 두었던 나의 통찰력에 속으로 고마워했다. 조종실로 들어가 조종석에 앉은 다음, 나는 기 금속 연결을 이용해서 하란의 입에 붙은 족쇄를 떼어주었다. 하란은 기침하며 창백한 살갗 위로 진물이 흐르는 붉은 자국을 문질렀다. 그리고 고통스러운 표정으로 이치를 바라보았어도 지체 없이 비행선을 활성화시켰다.

우리는 하이브 퀸에 들어올 때 폭파했던 구멍을 찾았다. 그리고 얇게 수선이 된 그곳을 들이받아 밖으로 나갔다.

조종석을 통해 기감을 다시 활성화시키자, 진정의 위치가 느껴졌다. 그는 지금 방향을 바꾸어 도로 하이브 퀸의 조종실로 가고 있었다. 일단 조종실에 도착하기만 하면, 우리와 아주 약간의 접촉만 하더라도 스팅어 데임을 통제할 수 있을 터였다.

"출발해! 어서! 가!"

나는 조종간으로 몸을 기울이며 가능한 진정에게서 멀리 떨어지고 싶은 마음으로 당겼다.

이윽고 별이 가득한 우주 공간을 훑어보며 다음엔 어디로 갈까 고심하던 중이었다. 무역 정거장의 흩어지는 잔해 가운데 세민의 기척이 다시금 희미하게 느껴졌다.

수많은 생각에 한꺼번에 머릿속을 스쳤다.

나는 조종간을 치며 외쳤다.

"나에게 조종권을 전부 넘겨줘! 주작의 파편으로 가야 해! 세민의 척추 보호대를 착용하면 그 파편을 다시 모을 수 있을지도 몰라!"

이치는 목멘 소리를 냈다. 내 생각에 겁을 먹은 건지 경외감을 느꼈는지 알 수 없었지만, 이치도 하란도 반대하지 않았다. 나는 스팅어 데임의 조종 시스템과 정신력을 모두 동원하여 비행선 방향을 설정했다. 어찌나 힘이 드는지 눈 밑 근육이 파르르 떨렸다. 인간의 신체는 하루에 이만큼의 일을 해내도록 만들어지지 않았으니까.

파괴의 잔해가 뭉게뭉게 퍼져가는 방향으로 쏜살같이 이동하는 동안, 나는 필요 이상으로 눈을 뜨지 않았다. 물질의 폭발 가운데 혼돈 껍데기를 감싼 투명한 세포들은 주사위처럼 데굴데굴 굴렀다. 파편 조각들이 시야에서 커지면서 처음에는 장난감 크기 같던 것들이 건물보다 커다랗게 다가왔다. 거주 지역 고리는 금속과 유리로 이루어진 폐허가 되어 통째로 회전하면서 흙과 식물, 물방울을 이리저리 뿌려대었다. 조각들이 충돌해 잘게 부서졌다. 수많은 조각은 불타는 궤적을 그리면서 마치 유성처럼 우리의 행성으로 추락했고, 이어서 바다와 대륙 위를 지나며 연기를 남기고 분해되었다.

일부 대피선들은 우리를 빙 돌아 피해갔다. 그들의 은빛 광채를 보니 비행선 몸체는 일반 금속으로 이루어져 있어서, 하란의 일반용 비행선과 유사해 그다지 위험해 보이지 않았다. 나는 그들을 향해 기공포를 발사하지 않았다. 파편 지대를 나아가는 데 집중력을 온통 모아야 했으니까. 무작위 물체들이 예상하지 못한 힘으로 우리를 맞춰서 이리저리 흔들어댔다. 그 와중에도 나는 오로지 세민의 기척에 닿는 것만을 생각했다. 아주 가까이 있는데…….

순간, 나는 한 지점을 가리켰다.

"저기야! 저기에 다른 곳보다 파편이 많아!"

하란은 계기판에 대고 명령어를 외쳤다. 스팅어 데임의 앞쪽에서 밧줄이 확 튀어나와 셸에 부착되었다. 이윽고 밧줄이 줄어들면서 셸이 우리 쪽으로 끌려왔다. 세민의 몸뚱이 윤곽선이 주작의 조각과 비교해서 너무나도 작아보이자 나는 얼굴을 찌푸렸다. 그리고 무의식적으로 그 방향에 손을 뻗었다.

순간, 어디선가 기공포가 날아와 우리 비행선 옆을 맞혔다. 나는 정신적으로 화상을 입은 것만 같았다. 비행선이 나선형으로 회전하면서 우리의 비명도 이지러졌다. 경고음이 선체 시스템에서 울려 퍼졌다.

우리는 통제력을 잃고서 계속 회전했다. 조종실 디스플레이에 떴던 행성과 우주의 이미지가 흐릿해졌다. 우리 비행선과 주작이 든 셸은 반작용으로 서로를 당기면서 계속 아래쪽으로 끌어내렸다. 그렇게 구름을 뚫고서, 점점 더 빛나는 곳으로 추락해갔다. 하란은 필사적으로 명령어를 외쳐댔지만, 계기판에는 붉은 섬광만이 번뜩일 뿐이었다. 비행선이 너무나 뜨거워지는 감각에 나는 불타는 것처럼 몸부림치며 비명을 질렀다. 이어서 내 척추에서 연결 침이 스르르 빠져나갔다. 선체와의 연결이 끊어지면서 의식이 흐려졌다. 그러자 아주 조금 나아졌지만, 그 역시 근본적인 해결은 되지 않았다. 조종석까지도 열기가 차올랐다. 앞을 보여주던 디스플레이가 사방에서 깜빡거렸다. 연기가 매캐하게 코를 찔러댔다. 우리와 주작을 연결하던 밧줄도 뚝 끊어졌다.

"세민아!"

나는 비명을 질렀다. 순식간에 줄이 풀리며 셀은 저 멀리 날아가고 말았다. 녹아내린 빨간색과 주황색이 저 파란 하늘에 선명하게 드러났다. 유리 벽이 타오르면서 바람에 날리는 모래처럼 찬란하게 사라져갔다. 마지막으로 눈에 들어온 모습은 날개처럼 번뜩이는 불꽃이었다. 이어서 디스플레이가 완전히 꺼졌다.

"선체가 심하게 손상됐어요!"

하란은 후덥지근하고 어두운 선체 안에서 소리쳤다. 통역기의 말이 한 박자 늦게 흘러나왔다.

"추락에 대비해요! 스팅어 데임, 대기권 비상 재진입 사출하라! 사출하라! 사출하라!"

"알겠습니다."

시스템이 한어로 명랑하게 말했다.

우리의 좌석이 서로 밀착되었다. 조종실 벽이 안쪽으로 줄어들었다. 넓적한 띠가 우리의 팔뚝을 죄었다.

"예상 충돌 지점은 바다입니다. 대기권은 필터 없이 호흡 가능하며, 온도는 인간이 견딜 수 있는 범위 내입니다. 중력은 은하 표준의

1.1배입니다. 수중 탈출 기본 절차를 따르십시오. 행운을 빕니다. 안녕히 가십시오.”

커다랗게 휙 소리가 나더니, 조종실이 선체에서 분리되어 튀어나갔다.

이 감각을 설명할 길이 대체 뭐가 있을까. 우리는 순식간에 빠르게 데굴데굴 회전했고, 조종석 바깥으로 굉음이 들렸다. 위액이 역류했지만 몸에 가해지는 압력 때문에 손으로 입을 막을 수가 없었다. 숨을 쉴 때마다 벽 사이에 꽉 긴 것처럼 힘겨웠다.

난 결국 의식을 잃고 말았다. 시간이 얼마나 흘렀을까.

그러다 갑자기 또 강한 힘이 조종실을 위로 끌어올리면서 다시금 충격을 받고 깨어났다. 낙하산이 펼쳐졌나? 이제는 미친 듯이 회전하는 게 아니라 좌우로 심하게 흔들리면서 떨어졌다. 조종석이 몇 번 강하게 휘청이며 패널이 덜컹덜컹 흔들렸다. 그러다 속도가 느려지면서 안정적으로 떨어지기 시작했다. 이번에는 정말로 살아남을 수도 있을 것 같구나.

하지만 안도감은 몇 초 만에 끝나고 말았다. 난 진정을 죽이지 못했다. 주작도 잃어버렸다. 살아남기는 했지만, 이제는 어쩌지?

답을 찾기도 전에 우리는 바다와 충돌했다. 바다는 우리를 밀어내면서 조종실을 위아래로 둥실둥실 흔들었다. 하란은 신음을 흘리면서 좌석에서 안전띠를 풀고 수동으로 해치를 열었다. 짠 내음이 훅 끼쳐오면서 바닷물이 콸콸 쏟아져 들어왔다.

우리는 서로를 도와가며 조종실에서 빠져나왔다. 바다에 들어가는 순간 팔에 감아둔 밴드가 부풀면서 우리 몸이 물에 뜰 수 있었다. 자연의 공기를 허겁지겁 마시면서 주변을 둘러보았다. 탁 트인 세상에서 온갖 색상이 무한히 펼쳐지는 광경이란 참 초현실적이었다.

너무 넓었다.

우리 주위로는 끝없는 파도만이 보였다. 지면은 없었다. 흔들리는 조종실 옆으로 커다란 낙하산이 떠 있었다. 수평선 너머로 태양이 지기 시작했다.

"여기가 어디지?"

나는 쉰 목소리로 물었다. 우리가 떨어진 바다는 화하 근처일까. 모르겠다. 어쩌면 이 행성 반대편일 수도 있었다.

이치와 하란과 나는 서로를 멍하니 바라보았다. 누구도 뭐라 할 말이 없었다. 하란의 시선은 우리 주변을 휙휙 둘러보면서 빠르게 숨을 내쉬었다. 이치는 하란에게 손을 뻗었지만, 하란은 움찔 놀라더니 물결 속으로 발길질을 하면서 멀찍이 떨어졌다. 몇 분 사이에 얼마나 많은 배신이 집중적으로 이루어졌는지 생각해 보면 하란에게 뭐라 할 수는 없었다.

분홍색과 파란색 머리카락이 서로 어우러진 하란의 모습을 보자 새로운 현실이 찌르듯 다가왔다. 정말로 저 하늘에 올라갔다 왔구나. 타오르는 잔해가 하늘을 계속 수놓고 있었다. 그건 유성우였다. 마을에서 언니랑 같이 별똥별을 몇 개 본 적은 있지만, 이토록 장대한 광경은 처음이었다. 게다가 이건 무려 내가 일으킨 유성우였다.

멍하니 하늘을 바라보고 있노라니, 갑자기 유성 하나가 궤도를 꺾더니 우리 쪽으로 곧장 다가오기 시작했다.

나는 얼굴 근육이 죄다 경직되고 말았다.

"도망쳐!"

나는 이치와 하란을 밀면서 마구 팔을 첨벙대었다.

"도망쳐! 도망치라고! 어서!"

우리는 최대한 빨리 헤엄쳤지만, 너무나 애처롭게도 아무런 소용이 없었다. 우리에게 다가오는 물체가 점점 커지면서 저무는 태양 아래 황금빛으로 빛났다.

하이브 퀸이었다.

함선보다 먼저 다가온 건 공기를 울려대는 우레 같은 소리였다. 맥동하는 바람이 파도를 더 높이 휘저으면서 우리를 사정없이 밀어대었다. 몇 번이고 물이 내 머리를 덮었다. 팔에 달린 부력 장치 때문에 더 깊이 가라앉지는 않았지만, 이쯤 되자 차라리 익사하는 게 나을 지경이었다. 코가 따끔거리는 가운데 나는 입에 가득한 바닷물을 연신 뱉어내었다.

하이브 퀸이 가까이 다가오자, 태양을 가릴 만큼 거대한 선체 때문에 파도가 더욱 세차게 쳤다. 함선 앞으로 압력 때문에 바닷물 위에 움푹 넓게 자국이 남았다. 균형을 잡은 하이브 퀸은 우리 앞으로 요동치는 파도 위에 부드럽게 내려앉았다. 수면 위로 얼음 결정이 생기면서 파도가 멈추었고, 우리의 머리와 팔이 얼음에 갇히고 말았다.

뼛속까지 찌르는 듯한 추위에 내가 비명을 지르는 동안, 함선의 핑

음은 차츰 줄어들어 이제는 윙윙대는 소리만이 지속되었다. 이치인지 하란인지 모를 울음소리가 들리지만, 그들이 보이지는 않았다. 나는 경사를 이룬 파도의 한가운데 얼어붙었다.

겉으로는 그저 평온한 상황에서 얼음판이 둥실둥실 흔들렸다. 이가 딱딱 부딪히면서 정신이 자꾸만 아득해졌다. 차라리 어둠 속에 잠겨 이 고통에서 벗어나고 싶었지만, 내 몸이 굴복하지 않았다.

하이브 퀸 저 높이, 최소한 12층은 되는 지점에서 금속성 소리가 들려왔다. 마지막 희망이 꺼져갈 즈음, 완전무장한 아머를 입은 형상이 함선의 유체 같은 표면 위로 스르르 미끄러져 내려왔다.

그래도 우아하게 착지까지는 못하더라. 진정은 얼음판에 닿자마자 넘어지면서 가슴을 움켜쥐었다. 게다가 아주 힘들여 일어났다. 그는 기 금속 선으로 함선과 연결되어 있었다. 어떻게 이토록 정확하게 함선을 여기 놓을 수 있었는지는 모르겠지만, 이 정도까지 해낸 걸 보자 그를 죽이지 못했다는 게 덜 원통해졌다. 진정을 이길 수는 없구나. 그의 존재는 자연의 힘 같구나. 만약 전쟁의 신이라는 게 정말 있다면, 진정은 그의 축복을 받았구나. 난 최선을 다했어.

그는 힘겹게 발걸음을 떼어 나에게 한 걸음씩 다가왔다. 추위에 두려움마저 별로 느껴지지 않았다. 내 앞에 진정이 멈춰 서자, 얼어붙은 파도가 일렁여 나를 그의 가슴께까지 들어올렸다.

그는 어렵사리 숨을 쉬면서 나를 쏘아보았다. 생물학적으로 보자면 반죽음 상태나 다름없었다. 얼굴에서 핏기가 싹 사라진 게 보였다. 저 상태로 얼마나 갈까?

"이치와 하란은 보내줘요. 우리가 모두 죽으면 화하가 보복당할 거라고 경고할 사람이 없어질 거잖아요."

나는 덜덜 떨리는 잇새로 말했다.

"그건 네가 걱정할 부분이 아니야. 우리의 공물을 실은 비행선이 나에게 항복했어."

그는 고통스러워하며 말했다. 말하는 것 자체가 힘든 모양이었다.

"아."

그래서 여기까지 내려올 수 있었구나. 도와줄 사람이 있었어.

우리 소녀들이 탈출했다니, 저승에 가더라도 이젠 안심하고 갈 수 있겠구나.

"그럼 나를 죽여. 어차피 화하로 돌아가면 날 죽일 거였으면서."

내가 두려워하는 모습을 진정에게 보여줄 수는 없어서, 나는 의연하게 말했다.

"아니야."

진정은 천천히 고개를 젓더니, 육체의 고통을 넘어선 피로감을 드러내며 날 바라보았다. 그는 가슴을 더욱 세게 움켜쥐고 말했다.

"아니다, 황후여. 난 너를 사랑했었다."

난 평화롭게 죽으려 했건만, 바란 적 없던 감정이 확 밀려들어 그 평화를 깨버리고 말았다.

나는 비명을 질렀다.

"아니야! 넌 날 사랑하지 않았어! 날 사랑하지 않았다고! 넌 네 머릿속에 만들어둔 환상 속의 나를 사랑한 거야. 처음에는 너한테 저항했지만 결국은 네 의지에 굴복하는 날 사랑한 거야! 네가 상처 주고 통제해도 결국 용서해 주는 네 환상 속의 나를 사랑한 거라고!"

뜨거운 눈물이 내 눈에서 흘러내리다가 뺨 위로 얼어붙었다. 정말 끝내주네. 내 마지막 순간까지도 진정이 망치게 두다니.

나는 숨을 꾹꾹 삼키며 호흡을 골랐다.

"이제 네 환상은 끝났어."

처음부터 예상했던 진정의 분노가 드디어 그의 몸을 덮쳤다. 얼음은 더 커다랗게 흔들리며 출렁였다. 진정의 눈빛이 변하면서, 내가 그에게 죽은 목숨이 되어버린 순간이 똑똑히 보였다. 난 시선을 피하지 않았다. 진정이 얼마나 오래 살지는 모르겠지만, 부디 나의 마지막 모습이 그가 죽는 날까지 따라다니며 괴롭혀주기를.

그의 손이 검으로 향했다.

순간 밀물이 들어오면서 얼음에 금이 갔다. 진정은 뒤로 휘청였다. 물은 계속해서 부풀어 올랐다. 깨져가는 얼음 사이로 붉은빛이 번뜩였다.

무언가 우리 아래서부터 부서져 나왔다.

나는 얼음판에서 떨어져 뜨거운 수면으로 스르르 들어갔다. 들이붓는 물 속에서 어떻게든 잡을 것을 찾으려고 애를 쓰다가, 문득 화기 금속의 질감을 느꼈다. 새의 울음소리가 허공을 찢었다.

나는 뻣뻣해진 손으로 금속의 가장자리를 잡았다. 날개의 끝이었다. 내 옆으로 펼쳐진 날개의 금속 깃털 아래로 불꽃 같은 기가 흘러나왔다. 그 열기가 마치 정전기처럼 마비된 나의 살을 찔러댔다. 수

증기가 사방으로 솟아올랐다. 날개가 더 가파르게 기울어지면서, 나는 그 끝을 따라 미끄러져 새의 몸에 올라섰다.

바로 주작의 몸통이었다.

크기는 열 배 정도 줄어든 상태였지만, 이건 분명히 주작의 표준형과 같은 형태였다. 내 머리가 제대로 돌아가지 않았다. 이게 대체 무슨 일인지 알 수가 없었다.

어떻게……?

하늘로 내려오며 타오르던 투명한 셀의 기억이 머릿속을 번뜩 스쳤다.

재진입하면서 열기를 받았었지. 그래서 그 열기로 조각들이 녹아서 하나가 된 거야.

"세민이니?"

나는 이 현상을 믿을 수가 없는 마음으로 물었다.

대답은 없었다. 하지만 내가 깃털 두 개를 잡자, 주작은 다시 선회하면서 내려가 다른 날개로 바다 위를 훑었다. 물결이 걷히면서 이치와 하란이 나타났다. 그들 역시 나처럼 당황한 표정이었다. 하란이 날개 위로 스르르 올라갔다. 이치는 하란의 손목을 잡았다. 나는 손을 뻗어 이치의 손을 단단히 잡고서 주작의 등으로 그를 좀 더 안전하게 올렸다.

우리의 눈이 마주쳤다.

우리가 무어라 반응을 하기도 전에, 훨씬 더 커다란 물체들이 바다에서 떠올랐다. 붉은색과 초록색의 빛줄기가 하이브 퀸을 향해 발사

되었다.

혼돈들이었다.

세상에, 이게 대체 무슨 일이야?

주작은 날개를 치며 하늘 높이 올랐고, 그렇게 혼란스러운 전투의 현장에서 멀어져갔다. 진정이 포격을 피해 하이브 퀸으로 돌아가는 모습을 본 것도 같았다. 분노와 안도감이 동시에 활짝 피어올랐다. 말도 안 되는 감정이었다. 나는 욱신거리는 머리를 두 팔로 감쌌다.

이건 꿈일까. 현실일 리는 없는데. 방금 무슨 일이 일어난 건지, 이게 무슨 의미인지 알 수가 없었다. 확실한 건 단 하나, 내 아래에서 느껴지는 열기가 너무나 기분좋다는 것뿐이다. 나는 따스한 금속 깃털에 뺨을 대고 몸을 뉘었다. 서서히 몸의 떨림이 멈춰졌다. 이윽고 어둠이 나를 삼켰다.

제56장

텡그리 카간

깨어나 보니 아직도 우리는 흔들리며 하늘을 날고 있었다. 내 얼굴을 스치는 바람결에 떡진 머리카락이 나부꼈다. 지금은 벌써 날이 어두워졌는데도 주작은 날개를 몇 초마다 펄럭이면서 계속 대양 위를 쏜살같이 날고 있었다.

겨우 머리를 들어보려는 시도에도 이마에 두통이 확 일었다. 나는 다시 뺨을 내려놓았다.

내 옆에 있던 이치 역시 엎드린 채로 한 손으로 턱을 괸 채 달빛이 드리워진 파도를 바라보고 있었다. 그는 나를 다시 살펴보았다. 우리는 여전히 손을 잡고 있었다.

나는 내 손을 홱 빼냈다. 이치의 눈에는 상처받은 기색은 없었다. 다만 체념뿐이었다.

나는 역광이 비친 주작의 깃털로 눈길을 돌렸다. 그리고 그 깃털을 손으로 쓸며 물었다.

"세민이니?"

"내가 벌써 물어봤지만 대답은 없었어."

이치가 말했다.

나는 쓰다듬던 손으로 주먹을 쥐었다. 처음으로 든 본능은 이치와 말을 섞지 말자는 것이었다. 그러다 침묵이 몇 초 흐르자, 나의 쎄쎄한 마음이 서서히 옅어졌다. 우리는 지금 망망대해에 고립되어 있고, 여기가 어딘지는 알 수 없다. 그러니 우리는 함께 힘을 모아 화하로 돌아갈 방법을 찾아야 했다.

"그럼 이건 뭐지?"

나는 중얼거리며 주작의 등에 귀를 대었다. 저 안쪽에서 무언가 희미한 진동음이 들려왔다. 저 소리는 뭔지, 또 저게 얼마나 지속될지는 알 수 없었다. 스팅어 데임의 조종석에 있던 척추 보호대를 가져올 걸 그랬다. 그러면 기감을 사용할 수 있었을 텐데.

이치는 더욱 나직하게 말했다.

"모르겠어. 하지만 세민은 분명히 이 안에 어떤 형태로든 있는 거야."

현무가 습격했던 순간을 떠올렸다. 세민이 혼자 주작을 조종하며 나와 이치에게 다가오지 못하도록 막아섰던 그 순간. 그건 인간으로서는 불가능한 일이었다. 혹시…… 세민의…… 영혼이 주작으로 옮겨간 걸까?

"하란이라면 뭔가 알고 있을까? 하란은 지금 뭐 해?"

나는 조심스럽게 고개를 빼어 이치 너머를 보려 했다. 이치는 하란을 슬쩍 곁눈질했다.

"자고 있어. 우리 행성 중력은 무역 정거장보다 높거든. 그러니 하란에겐 벅찰 거야. 지금은 나도 중력이 익숙하지 않지만, 적어도 내 몸의 근육과 뼈는 처음부터 이 행성에 맞추어 발달하긴 했으니까."

머리 위로 별들이 반짝였다. 몇 세기 만에 처음으로 저 별들과 이 땅 사이에 신들이 돌고 있지 않게 되었구나. 파괴한 조각들은 여전히 하늘을 가로질러 타오르는 중이었다. 온 행성에서 이것들이 보일까? 다들 무슨 일인지 궁금해하겠지. 부디 아무도 저 파편에 운 나쁘게 맞는 일이 없기를 바라.

"무역 정거장에서 대피한 사람들이 이 땅으로 내려올까?"

내가 물었다.

"그럴 거야. 달리 갈 곳이 없으니까. 그 대피정들은 행성간 여행용이 아니야. 엄밀히 말하자면, 그들이 우리 사람을 매년 몇 명씩 정거장으로 데려가는 이유는 혹시 여기 내려와야 할 긴급 상황이 생겼을 경우 이곳의 질병에 감염되어 죽는 일이 없게 하려는 거였어. 하지만 그들의 용어로 그런 사람들을 '이민자'라고 부르지 '공물'은 아니야."

다시금 침묵이 흘렀다. 신들이 이치와 소녀들을 어떻게 대했는지 물어봐야 했지만, 지금은 그걸 다 알아보기에는 너무 벅찼다. 그리고 나도 자세한 사항을 들을 마음의 준비가 되지 않았다.

우리에게 신으로 숭배받는 걸 아무렇지도 않게 여기는 멜리아인을 가득 실은 비행선이 이 행성 거주민이 사는 들판에 착륙한다고 생각하니 등줄기에 싸늘한 소름이 돋았다. 진정이 만약 화하까지 살아서 돌아간다면, 그는 나에게 품은 분노를 완아와 태평을 비롯하여 봉황 동맹 사람들에게 쏟아붓겠지. 손가락 사이가 파르르 떨려왔다.

"이치, 우리가 무슨 짓을 한 거지?"

내 목소리인데도 저 멀리 아스라하게 들렸다. 문득 추락할 것만 같은 느낌에 난 아래 보이는 금속 깃털을 움켜쥐었다.

"진정을 찌르지 말았어야 했어. 안 그래? 혹시 화하가 보복에서 살아남을 절호의 기회가 있었는데도 내가 없애버린 걸까?"

이치는 내 손 쪽으로 자기 손을 뻗었다. 하지만 우리가 다시금 진정의 규칙 아래 있다는 듯, 내 손에 닿지는 않았다. 그는 나직하게 말했다.

"다시 널 봤을 땐 하마터면 못 알아볼 뻔했어. 눈에 빛이 모두 사라진 것만 같았어. 그러다 그자의 가슴에 검을 꽂았을 때야 눈빛이 돌아오더라."

눈물이 확 솟았다. 나는 팔에 얼굴을 묻었다.

"네가 떠나버린 후, 내가 얼마나 많은 혼란을 정리하며 살아야 했는지 알아? 진정에게 죽이지 말아 달라고 설득했던 사람들이 얼마나 많았는지 알아? 그중에는 네 동생들도 있었어, 이치."

"미안해."

그의 목소리가 간신히 들려왔다.

이치가 나를 안아주기를 바랐다. 하지만 약함이란 위험했다. 난 다시는 그런 식의 약함에 굴복하지 않을 것이다. 믿을 수 없는 대상을 간절히 원한다면 결말이 하나같이 좋지 못한 법이다. 우리의 뿌리가 서로 얽혀 있다면, 그걸 뿌리 뽑아 우리 둘에게 천 갈래의 상처에서 피가 흐르게 하지 않고서는 떨어질 수가 없다.

무언가 단단한 것이 가슴뼈를 파고들었다. 그제야 나는 여전히 봉황 펜던트 반쪽을 차고 있다는 걸 깨달았다. 나는 그 금목걸이를 움켜쥐고서 소금기 가득 밴 조종사복에서 빼내려 하다가 이내 그만두었다. 나는 화하의 황후라는 지위를 포기할 마음은 없었으니까.

머릿속으로 애써 상황을 정리해 보았다. 진정은 적어도 한 달은 내가 한 짓을 공개하거나 내 이름을 사람을 처형할 수는 없을 것이다. 자신의 아이를 합법적으로 인정받을 마음이 있다면 말이다. 완아와 태평은 나라에 핵심적인 임무를 수행하고 있다. 그는 두 사람을 죽일 만한 합당한 이유가 없다. 만약 우리가 최대한 빨리 화하로 돌아간다면, 둘에게 경고를 해줄 수 있겠지. 또한 철의 미망인들과 봉황 동맹의 여성들은 여전히 나에게 충성을 바칠 것이다. 나는 그들에게 우리 세계의 진실을 알려주고, 그들이 모든 사실을 알고 있는 상황에서 다가올 미래에 대비할 수 있도록 도와줄 것이다. 그들은 원래부터 사실을 알고 있어야 했다. 나는 혼돈에 대한 거짓말이나 혼돈 학살에 더는 한 패가 되지 않을 작정이었다.

이치와 나는 그날 밤을 더는 아무 말 하지 않고 보냈다. 완전히 기가 소진되어버린 나는 다시금 의식을 잃었다.

새벽이 되자 이치는 내 이름을 불렀다. 눈을 깜빡여 뜨니 수평선 위로 육지가 나타났다. 해변과 숲 너머에는 만리장성이 보이지 않았다. 그렇다면 여기는 화하가 아니었지만, 시작은 되겠지.

해변에 내려앉은 주작은 날개를 낮추었다. 나는 한쪽 날개를 타고 내려와 모래밭으로 내렸고, 이치는 일어서지도 못하는 하란을 도와 다른 쪽 날개로 미끄러져 내렸다. 이치와 하란 모두 지면에 닿자마자 숨을 헐떡이고서는 바닥에 몸을 딱 대었다. 사람들이 모인 가운데 내가 가장 안정적으로 서 있기는 처음이었다.

주작이 고개를 떨구었다. 새의 눈이 흐려졌다.

"안 돼!"

나는 그 앞으로 비틀비틀 다가갔다. 이게 끝일 리 없잖아, 응?

나는 주작의 가슴에 손을 대고서 내면의 울림을 들어보았다. 손이 깃털 난 표면에 닿자마자 붉은빛이 쪼개지듯 퍼졌다. 따스하게 녹아내린 손가락이 내 손가락과 깍지를 꼈다. 이윽고 주작의 가슴에서 날개 달린 인간의 윤곽이 떠올랐다. 그건 주작의 기 아머를 입은 사람처럼 보였지만, 모든 부분이 금속으로 이루어졌고, 영웅형의 깃털과 부리 모양 가면이 얼굴에 조작되어 있다는 게 달랐다.

인간의 형체가 바닥에 내려서자, 나는 너무 놀라 입을 벌린 채로 뒷걸음질을 치고 말았다. 그 거대한 날개가 자유롭게 퍼덕이면서 빛이 서서히 사라졌다. 옆에 있던 이치와 하란 역시 나만큼이나 경이롭다는 기색으로 이쪽을 바라보았다.

어떻게 이런 게 가능하지?

희망과 의문 사이에서 이 불확실한 상태가 영원히 지속될 것만 같았지만, 결국 나는 용기를 그러모아 물어보았다.

"세민아……. 너 맞아?"

그 형상은 손을 이마에 얹었다. 새 마스크 뒤로 빛나는 각진 눈동자가 몇 번이나 밝아졌다가 어두워지기를 반복했다. 그러더니 낮은 목소리가 흘러나왔다.

"……미랑?"

에필로그

진정은 퍼뜩 놀라며 깨어났다. 아주 잠깐, 그는 과거의 실험실로 돌아왔다고, 그래서 지금 몸에 붙은 장치들이 자신을 측정하고 연구하기 위해 연결한 것이라고 봤다. 가슴에 달린 관을 뽑아내기 직전에서야, 이게 생존에 꼭 필요한 조처임을 기억해 냈다. 관이 연결된 침대 옆 기계는 그의 피를 받아 산소를 공급하는 회전 부품에 통과시킨 다음 다시 몸으로 보내는 작업을 수행 중이었다. 그는 이제 심장이 뛰지 않았으니까. 적합한 심장을 찾을 때까지 그는 이렇게 살아야 했다.

그래도 화하로 돌아올 때보다는 지금이 낫긴 했다. 그때는 목숨이 경각에 달린 참이라 의식적으로 심장 박동을 유지하려고 갖은 애를 썼다. 그는 공물로 바쳐졌던 소녀 둘에게 자신의 맥박이 5초 이상 느

꺼지지 않으면 깨우라고 명령해 두었다.

그는 두 소녀에게 후한 상을 내려야 했다. 소녀들의 말에 따르면, 천궁의 멸망을 목격한 다음 다른 지역에서 공물로 바친 소녀들과 합세해 탈출선에서 가짜 신들을 제압했다고 했다. 그리고 한어로 하이브 퀸에게 전파를 보내서 항복을 선언했다. 화하의 공물로 바쳐진 자들은 진정을 자신들의 통치자로 믿었기 때문이었다. 진정은 배에 오른 다음에도 여력이 없었기에 외국에서 공물로 바쳐진 자들을 자세히 관찰하지는 못했지만, 그들의 머리카락과 피부색이 전에 본 적 없는 다양한 범주로 분포한다는 건 확실히 흥미로웠다.

그들과 함께 천상의 포로들을 데리고 장안에 하이브 퀸을 착륙시키자 대단히 큰 소동이 벌어졌다.

진정은 산 정상에 모인 군중 사이에 설치된 근처 카메라에 대고서 말했다.

"신들은 사실 진짜 신이 아니라 우리와 같은 인간 지배자들이었다. 천궁은 이제 더는 존재하지 않는다. 내가 그걸 파괴했으니까. 추가 정보가 곧 나올 것이다. 이제 모두 물러가고 심장외과의를 데려오라."

수술대까지 급히 가던 길은 기억이 거의 나지 않았다. 삐걱대는 바퀴 소리와 눈부신 빛만 떠오를 뿐. 분명히 화하는 온갖 추측이 들끓고 있겠지. 곧 정신을 차리고 백성의 의문에 답을 해야 했다.

습관적으로 침대 반대편에 손을 뻗어 마음의 위안을 받으려 했다. 그러다 스스로에게 욕설을 지껄였다.

어떻게 감히 그 여자가 이럴 수 있나?

물론 자존심 강하고 오만한 여자라는 건 알고 있었다. 자신도 그러하니까. 둘은 시작이 좋지는 못했지만, 그래도 근 1년간 서로를 알아가면서 모종의 이해를 이루었던 게 아니었나? 함께 신들을 전복시키기도 했는데.

그런데, 어째서.

목에 걸고 있던 용 모양 펜던트 반쪽이 어깨로 미끄러졌다. 진정은 펜던트를 움켜쥐고 목에서 뜯어내 벽에 던져버릴까 하다가 마음을 고쳐먹었다. 내가 이렇게 쉽사리 패배를 인정할 것 같은가. 의식이 있을 때는 자신을 밀어냈지만, 깊이 잠들면 웅크리며 자신에게 몸을 붙여대었던 그녀. 아침 회의에 늦지 않게 가려고 무의식적으로 자신을 붙잡은 그녀의 팔을 억지로 떼어내어야 했던 순간, 그 얼마나 성취감이 느껴졌던가. 그녀의 진정한 감정을 알고 있건만, 어째서 그토록 자기기만을 하기만 하는지 진정은 이해할 수가 없었다. 남자에게 굴복한다는 생각을 참을 수 없어서 이러는 건가? 그녀가 이성적인 사고를 거부한다면, 자신이 대신 해주어야 하겠지. 자신은 그녀에게 너무나 관대했고, 무례함을 너무나 봐주었다. 꿈의 영역이 주는 의존성을 알면서도 밤마다 그녀와 연결되는 일은 없었어야 했건만. 감정 때문에 자신은 약해지고 말았다. 진정은 태어나서 처음으로 왜 여자에게 전족을 하는지 이해하게 되었다. 이런 말도 안 되는 생각이라니, 참을 수가 없군.

혼돈이 자신을 사방에서 덮쳤던 순간, 그녀가 어떻게 빠져나간 것인지는 완전히 알 수 없었다. 어디론가 날아가는 크리살리스를 본 것 같았지만, 그렇다면 그게 왜 바다에 있었지? 그 상황이 너무 아수라장인 데다, 자신은 절체절명의 순간을 겪고 있었기에 자세한 사항이 많이 기억나지는 않았다. 그 수수께끼는 그녀를 다시 찾아야만 알아낼 수 있겠지.

진정은 그녀의 기척을 느꼈다. 어마어마한 거리를 두고서도 특정 기척을 감지하는 훈련을 받은 사람은 측천만이 아니었다. 그녀가 전선에 갈 때마다 진정 역시 그 능력을 연마했다. 만약 자신이 제대로 본 게 맞다면, 그녀는 화하의 국경을 넘어서서 숨지는 않을 것이다. 어떻게든 돌아올 길을 찾을 테고, 그러면 자신은 그녀의 기척을 느낄 수 있으리라.

진정은 상관 비서관과 고 대신을 부르라고 직원에게 명령했다. 그들은 그녀의 소중한 친구들이었다. 자신이 그들의 목숨을 쥐고 있는 한, 그녀는 반드시 돌아올 것이다. 자신이 다리를 부러뜨려 질질 끌고 간다 해도, 그녀는 반드시 돌아오리라.

결국, 진정의 아들은 어머니 없이 커서는 안 되는 법이니.

※ 다음 권에서 계속

416

감사의 말

이 책은 측천무후가 통치 기간 동안 공포정치를 하며 권력을 다진 것과 중국 시황제의 엄격한 법치주의에서 영감을 얻었다. 물론 이들 역사적 인물들을 '혁명가'라고 부를 마음은 없다. 이들은 〈아이언 위도우〉 시리즈에서 재해석한 인물보다 훨씬 더 높은 사회 계층에서 태어났기 때문이다. 하지만 그들은 둘 다 그 시대에서 보기에는 권력 체계를 극적으로 개혁했다. 측천무후는 귀족 계급의 영향력을 파괴하고 평민 학자들을 등용함으로써 황제가 되었다. 시황제는 전국시대를 전쟁으로 정복한 후 봉건제를 폐지하고 중국 전역에 중앙집권 통치를 강제했다. 그의 꿈을 실현하기 위해 독재를 저질렀기에, 시황제 사망 후에는 왕조가 붕괴하고 말았지만, 진나라의 뒤를 이은 황조는 전국시대를 지배하던 몇 세기 전통의 귀족 가문이 아닌 평민

출신의 황제가 수립한 게 우연은 아니다. 반면, 측천무후는 자신의 위치가 더는 위협받지 않게 되자, 첩자들과 비밀 경찰을 통해 이루었던 공포정치를 중단했다.

물질적 조건이 더 가까운 현대 시대와 공상과학소설의 세계에서 등장인물들이 자본주의 권력 체계에 도전하는 모습이 더 자연스러워 보였다. 하지만 내가 강조하고자 하는 점은, 현실에서 일어나는 그 어떤 혁명도 이 소설에 나온 것처럼 보이지는 않으리라는 점이다. 이 책에 등장하는 특정 사건들 역시 역사상의 혁명과 진지하게 비교될 수는 없다. 내가 상상한 것은 결국 군사 쿠테타에 가까운 것이다. 현실에서는 200년 전의 전설 속 인물도 부활할 수 없고, 열여덟 살 먹은 소녀가 거대한 드래곤 로봇을 타고 하늘에서 내려오는 일도 없다. 우리의 현실에서 대규모 변화를 일으킬 수 있는 유일한 방법은 언제나 행동하고 조직화하는 것이다. 우리가 해방되려면 우리는 연대해야 한다. 노동조합에 가입하고, 지역 사회에서 대화를 나누며, 단체에 가입하고, 시위에 참여하자. 속임수에 빠져서 여성이나 유색인종, 퀴어, 이민자를 비롯하여 현실에서 많은 관심을 받는 것처럼 보이지만 실제로는 사회의 권력을 장악하지 못한 집단들을 미워하는 일은 없도록 하자. 이 책 자체는 여러분이 읽어야 하기에 대기업을 통하여 출판되었으나, 자본주의 아래에서 생존하기 위해 필요한 일을 하자. 더 나은 세상은 직접 행동과 연대를 통해 가능하다는 사실을 언제나 명심하자. 억압에 순응하며 사는 것은 인간의 본성이 아니기 때문이다.

이 책이 완전히 망할 뻔한 상황에서 구해준 레베카 쉐퍼, 새러 울프, 아카나 피닉스, 소피아 로블레다에게 진심으로 감사한다. 또한 특정 장면들이 점점 강렬해진 건 온전히 몰리 X 창 덕분이다. 넌 진짜 영향력이 끝내줘♥.

이 책의 초고를 쓰는 동안 내가 서서히 미쳐가는 걸 참 오랫동안 참아주고 기다려준 출판사에게 감사한다. 그 모든 시련을 함께 이겨내준 에밀리 바가와 새러 머갈에게 고맙다.

나와 5년 동안 이 모든 것을 함께 이뤄준 나의 전 담당자에게 감사드린다. 그간 있었던 일 때문에 당신이 이 글을 읽을 수 있을지는 모르겠으나, 내가 뭔가 이뤄낼 거라고 생각해준 사람이 아무도 없을 때, 나를 일으켜준 당신을 난 언제나 마음속에 간직할 것이다.

나의 엉성한 황룡 아머 스케치를 멋지게 구현해 주고, 진정을 "더 재수없고 멍청하게" 그려달라는 요청을 받아주어 놀라운 표지를 만들어낸 애슐리 매킨지에게 감사드린다.

〈아이언 위도우〉의 가능성을 믿고 스크린에 적합하도록 불굴의 작업을 해준 픽처스타트 팀에게 감사한다. 아주 멋있는 〈아이언 위도우〉 굿즈상품을 만들어 준 듀얼 월드 스튜디오에게도 감사한다. (아직 못 보셨다면 나의 웹사이트에 있는 링크를 참고해주시라!)

진정이 가끔 쓰는 런던 말투 구사를 도와준 키란 V, 조이 렌 보이드, 프랭클린 S. 뉴턴에게 감사한다. (그렇다, 나는 '노동자 계급 말씨'라고 써

놓았을 때 사람들이 이게 무슨 말투일지 혼란스러워할 거라고 생각했기에 진정에게 자연스러운 런던 말투를 부여했다. 나머지 대화는 고급스러운 영국 표준 발음으로 한다고 생각해 주시라.)

추 진, 알렉산드라 콜론타이, 로자 룩셈부르크, 안젤라 데이비스, 토마 상카라, 크리스틴 고드시, 폴 콕쇼트와 알린 코트렐에게 감사드린다. 이분들의 연설과 글에 이 책은 커다란 영감을 받았다.

내 삶이 점점 더 믿을 수 없는 방향으로 흘러갔을 때, 나를 현실에 발 디디고 설 수 있게 세워준 옛 친구들과 새 친구들에게 감사한다. 모든 이들의 이름을 여기에 다 쓸 엄두도 내지 못한 나를 용서하시라. 만약 썼다가는 얼마나 길어질지 생각만 해도 힘드니까.

마지막으로, 〈아이언 위도우〉를 열정적으로 아껴주고 이 책을 예기치 못한 대성공작으로 만들어준 모든 독자와 서평단, 서점 직원들과 사서를 비롯하여 독서 커뮤니티의 모든 분들에게 감사드린다. 내가 10대 작가 지망생으로 있으면서 더없이 웅장한 상상을 펼쳤을 때도 이 책이 이뤄낸 수준까지는 감히 꿈도 꾸지 못했다. 여러분들은 내 삶을 바꾸었고, 내게 지금 있는 모든 것은 다 여러분 덕택이다.

아이언 위도우

천상의 폭군 2

1판 1쇄 인쇄 2025년 12월 5일
1판 1쇄 발행 2025년 12월 15일

지은이 쟈오 재이 시란
옮긴이 심연희

펴낸이 김영곤
문학팀 김지연 원보람 **교정교열** 이영애
디자인 임민지
영업팀 정지은 한충희 장철용 강경남 황성진 김도연 이민재
제작팀 이영민 권경민

펴낸곳 (주)북이십일 아르테
출판등록 2000년 5월 6일 제406-2003-061호
주소 (10881) 경기도 파주시 회동길 201(문발동)
대표전화 031-955-2100 **팩스** 031-955-2151
홈페이지 www.book21.com

ⓒ 쟈오 재이 시란, 2024

아르테는 (주)북이십일의 문학 브랜드 입니다.

ISBN 979-11-7357-615-7 (04840)
ISBN 978-89-509-6531-0 (04840) (세트)

옮긴이 **심연희**

연세대학교와 같은 학교 대학원에서 영문학을 공부하고 독일 뮌헨 대학교(LMU)에서 언어학과 미국학을 공부했다. 영어와 독일어 전문 번역가로 활동 중이다. 옮긴 책 중 대표적인 것으로 소설 《아웃랜더》, 《레슨 인 케미스트리》, 《스파크》, 《미드나잇 선》, 그래픽노블 《인어 소녀》, 《티 드래곤 클럽》, 배우 톰 펠턴 에세이 《마법 지팡이 너머의 세계》와 시리즈물 《이사도라 문》, 《마녀요정 미라벨》, 《아이언 위도우 – 죽음을 삼킨 여자 1, 2》 등이 있다.